dtv

»Schicksal ist nicht nur, was kommt, Schicksal ist auch, was man tut«, sagt Marianne, die Erzählerin, trotzig, während sie sich das Leben ihrer Mutter vergegenwärtigt. Die Spurensuche führt bis in das Jahr 1887, als der Maurermeister Johann Peersen in Kiel an Land geht mit dem festen Willen, reich und glücklich zu werden. Der Aufstieg gelingt ihm – aber auf Kosten der Frauen in seiner Umgebung. »Das Buch«, urteilt die Münchner ›Abendzeitung‹, »darf als Musterbeispiel für eine Familiengeschichte gelten, die nostalgisch anrührt, weil sie so wahr ist und Vergangenheit sichtbar macht ... Eine episch vorzüglich inszenierte, undramatische, dabei bis zuletzt spannende Geschichte.«

Irina Korschunow, geboren und aufgewachsen in Stendal als Tochter einer deutschen Mutter und eines russischen Vaters, verfaßte zahlreiche bekannte Kinder- und Jugendbücher, schrieb Drehbücher zu Fernsehfilmen und die Romane ›Der Eulenruf‹ (1985), ›Malenka‹ (1987), ›Fallschirmseide‹ (1990), ›Das Spiegelbild‹ (1992) und ›Ebbe und Flut‹ (1995). Irina Korschunow ist Mitglied des PEN und lebt heute in der Nähe von München.

Irina Korschunow

Glück hat seinen Preis

Roman

Deutscher Taschenbuch Verlag

Ungekürzte Ausgabe
Juli 1986
12. Auflage Oktober 1998
Deutscher Taschenbuch Verlag GmbH & Co. KG,
München
© 1983 Hoffmann und Campe Verlag, Hamburg
Umschlagkonzept: Balk & Brumshagen
Umschlagbild: ›Die Toilette‹ (1911) von Félix Vallotton
Gesamtherstellung: C. H. Beck'sche Buchdruckerei,
Nördlingen
Gedruckt auf säurefreiem, chlorfrei gebleichtem Papier
Printed in Germany · ISBN 3-423-10591-7

Es gibt ein Bild von meiner Mutter, das Bild mit dem Fächer. Siebzehn war sie damals. Sie steht neben einem Sessel, den Kopf zur Seite geneigt, Blumen im Haar, den halbgeöffneten Reiherfächer in der linken Hand und das Kleid voller Spitzen.

»Echte Chamonixspitzen, Janne«, sagte sie jedesmal, wenn wir das Bild ansahen. Irgendwann, als ich klein war, muß es eine Zeit der Fotografien gegeben haben, tagelanges Wühlen in dem gelben Karton, Geschwister, Eltern, Tanten, Onkel, quer durch die Zeiten. »Onkel Justus mit drei Jahren. Und Tante Mieke als Baby. Und das ist die Hochzeit von Onkel Hans. Dahinten steht Tante Lena, sie ist auch schon längst verheiratet. Großvater Peersen? Der lebte damals doch nicht mehr. Aber hier, er und Großmutter Marie, noch ganz jung. Und das bin ich, mit dem Fächer...«

Die Stimme meiner Mutter, die Bilder und die Geschichten zu den Bildern. Wir sitzen im Wohnzimmer unter dem rosa Lampenschirm. Sie hat den Arm um mich gelegt, und alles an ihr ist rund und warm und weich. Ich bohre meinen Finger in ihr Doppelkinn, und sie schiebt ihn weg und sagt: »Woher ich das nur habe! Bei meiner Mutter ist es mir nie aufgefallen. Aber sie mußte ja auch schon mit achtunddreißig sterben.«

Wie alt war ich damals? Vier vielleicht, und meine Mutter Mitte Vierzig, wie ich heute. Nur die Art, wie sie den Kopf auf die Seite legt, und die Augen erinnern noch an das Mädchen im Spitzenkleid.

»Echte Chamonixspitzen. Ich habe es zum Ball in der ›Harmonie‹ bekommen, das schönste Kleid, dein Großvater Peersen wollte das. Wir sollten die schönsten Kleider anhaben, meine Mutter und ich. Gott, war er stolz, als er mit uns in den Ballsaal ging, rechts meine Mutter, links ich, und dieser Glanz, diese Lichter. Nie wieder habe ich so etwas erlebt, so ein Fest.«

Achtundsechzig Jahre später ist sie gestorben. Bevor sie das Bewußtsein verlor, ihre Hände waren schon ruhig geworden, sah sie mich noch einmal an.

»War das mein Leben?« fragte sie, als ob ich eine Antwort wissen müßte. Für wen? Für sie? Für mich? Ich werde sie finden. Ich habe die Bilder im gelben Karton, die Geschichten dazu. Und auch die Stadt, in die ich fahren kann auf meiner Spurensuche. Die Abrißkolonnen sind darüber hinweggegangen und später der Krieg, aber ein paar Straßenläufe gibt es noch, ein paar Häuser, ein paar Gräber, ein paar Menschen: Kiel, dänisch-beschaulich bis 1866, dann unter preußischer Herrschaft zur Großstadt explodiert, Stadt der Marine, der Schiffe, der Werften, Hafenstadt, Kaiserstadt, in die mein Großvater Peersen am 5. März 1887 kam, um sein Glück zu machen.

»Er kam vom Dorf«, sagte meine Mutter, wenn sie von seinen Anfängen erzählte. »Seine Eltern hatten einen kleinen Hof in der Probstei. Aber er träumte vom Häuserbauen, dein Großvater Peersen, und ist Maurer geworden und eines Tages nach Ellerbeck gegangen und mit einem Fischer rüber nach Kiel gefahren.«

Ich stelle mir meinen Großvater Peersen vor, nicht den Mann mit dem grauen Kinnbart und den runden Schultern, wie meine Mutter sie von ihm geerbt hat und ich vielleicht auch, sondern jung, breit, einsneunzig groß, mit hellen Haaren und hellen Augen, die er zusammenkniff, weil dort, von wo er herkam, immer ein Wind wehte.

»Lat mi mit röver«, sagte er zu dem Fischer im breiten Platt seines Dorfes hinter der Förde. Er war als Geselle auf Wanderschaft gewesen, danach zwei Jahre bei einem Meister in Flensburg. Er hatte sein Erbe verkauft, sechs Hektar Ackerland, Koppeln, das reetgedeckte Haus mit den Kastanien, die es vor dem Wind schützen sollten, ein paar Stück Vieh, und die Schwestern ausgezahlt. In seiner Tasche steckte der Meisterbrief. Maurermeister Johann Peersen.

Ich sehe ihn vorn im Boot stehen, und die Stadt kommt näher. Als er beim Schumachertor an Land geht, hört er die Rufe der Fischerfrauen: »Butt, springlebendige Butt, Krabben, dat ganze Pund för twintig Penn, Dorsch, hüüt morgen wern se noch inne See!« Mit seinem Reisekorb und dem Bündel über der Schulter steht er am Hafen, vor sich die Türme, deren Namen er noch nicht kennt. Der Wind zaust in seinen Haaren, er spürt den Wind und den Geruch nach Fisch und See und Stadt. Er ist dreiundzwanzig Jahre alt, gesund, stark, ohne Angst.

Jetzt bin ich da, denkt er. Jetzt fange ich an.

»Zuerst mußte er sein Geld loswerden«, erzählte meine Mutter. Er trug ja alles bei sich, was er besaß, gar nicht wenig. Er hatte seinen Reisekorb bei einer Fischerfrau abgestellt und eine Bank gesucht, und Aßmann und Söhne wollten ihn gleich wieder raussetzen, so, wie er aussah, ohne Kragen und mit einem Bündel...«

Aßmann und Söhne, Holstenbrücke, war das erste Bankhaus an seinem Weg. Er ging hinein, etwas unsicher, aber nicht zu sehr.

»Is dat hier de Bank?« erkundigte er sich vorsichtshalber beim Portier, der drinnen neben der Tür stand und ihn musterte, die Joppe, den kragenlosen Hals, die Maurerhose aus braunem Manchester.

»Wat wist du denn all hier?« fragte der Portier und wandte sich gleichzeitig ab, um einen Herrn in dunklem Gehrock zu bedienen.

»Guten Morgen, Herr Justizrat. Kann ich Herrn

Justizrat behilflich sein?« Dann, und obwohl er etwa zwanzig Zentimeter kleiner war als Johann Peersen, versuchte er ihn wieder nach draußen zu schieben.

Aßmann und Söhne war keine Groschensparkasse. Es war die Bank der Herren vom Hafen, der Schiffseigner und Kaufleute, der Werftaktionäre und Bauunternehmer. Leute ohne Kragen duldete man hier allenfalls, wenn sie Namen und Bankkonto besaßen.

Johann Peersen wischte die Hand des Portiers fort. Er sah die dunkle Holztäfelung an, die Marmorplatten vor den Schaltern, die Messingbeschläge, den Fußboden aus Terrazzo. Bisher hatte er mit Banken nichts zu tun gehabt, noch nicht einmal eine von innen gesehen. In seinem Dorf bewahrte man Geld zu Hause auf, das hatte er auch in der Fremde so gehalten. Jetzt war es anders. Er besaß eine größere Summe als je zuvor, und er wollte ein Geschäft gründen. Er wäre auch in jede andere Bank gegangen. Doch nun stand er in dieser, und sie gefiel ihm.

Er wischte also die Hand des Portiers fort und fragte: »Ich denke, hier nimmt man Geld?«

Er fragte es auf hochdeutsch, das er in der Schule gelernt und später auch gesprochen hatte, mit seinem Meister in Flensburg, der aus Berlin stammte.

»Sehr gutes Hochdeutsch«, hat meine Mutter

immer betont. »Bei uns zu Hause wurde nur Hochdeutsch gesprochen, darauf bestand er, überhaupt auf Manieren. Er war ein Herr, dein Großvater Peersen, nicht von Geburt, aber von innen. Schon allein, wie er sich verbeugte! So was hat man oder hat man nicht.«

Der Portier von Aßmann und Söhne muß es gemerkt haben, an der Sprache und auch daran, wie Johann Peersen ihn ansah, von oben herab, nicht nur wegen der zwanzig Zentimeter. Vor diesem Mann, das spürte er, würde man noch dienern müssen. Er ließ es zu, daß seine Hand weggewischt wurde. Er trat sogar einen Schritt zurück. Johann Peersen konnte zum Schalter gehen und seine Absichten bekunden.

Man wies ihn nicht ab. Die Summe, viertausendachthundert Goldmark, die er auf den Tisch legte, war groß genug für Aßmann und Söhne. Aber der Bankbeamte nahm sie mit spitzen Fingern, den Blick auf den nackten Hals gerichtet. Er hatte weniger Gefühl für Johann Peersens Würde als der Portier, vielleicht, weil er nicht so klein geraten war.

»Her möt Se ünnerschriewen, aver ornlich«, sagte er mit Verachtung in der Stimme. Und während Johann Peersen seinen Namen unter den Vertrag mit Aßmann und Söhne setzte, nahm er sich drei Dinge vor: Nie mehr wollte er ohne Kragen in dieses Haus kommen. Nie mehr wollte er platt sprechen. Und die Laffen in der Bank sollten eines Tages vor ihm dienern.

»Kein Platt mehr!« sagte meine Mutter. »Und ausgerechnet in Kiel, wo alle Welt platt sprach. Trotzdem, er hat es durchgehalten, in der Öffentlichkeit jedenfalls, auf den Ämtern, bei der Innung, immer, wenn es drauf ankam. Auch zu Hause. Hochdeutsch, das war sein Symbol fürs Hochkommen. Nur mit den kleinen Leuten hat er weitergesnackt, die verstanden ja auch nichts anderes – seine Arbeiter, meine Großmutter Steffens, Frau Jepsen.«

Frau Jepsen, ein Name, der früh auftaucht in der Geschichte meines Großvaters und lange darin bleibt. Die Witwe Jepsen – was weiß ich von ihr? Nicht viel. Daß sie schielte zum Beispiel, daß sie arm war und fromm. Aber wie arm? Wie fromm? Es reicht nicht, was ich weiß, Stichworte machen noch keine Geschichte. Ich muß mir ihre Geschichte zurechtdenken, wenn ich weiterkommen will mit der Geschichte meines Großvaters. Die Geschichte der Luise Jepsen aus der Faulstraße, bei der Johann Peersen nach seiner Ankunft in Kiel wohnte, die für ihn kochte und für ihn sorgte und ihm jenen ersten wichtigen Hinweis gab, mit dem sein Aufstieg begann. Die also die Weichen stellte für ihn und damit für meine Mutter und auch für mich. So wie diese ganze Geschichte meine Geschichte ist und ich sie nur deshalb erzähle.

Luise Jepsen war damals an die zweiundvierzig Jahre alt, eine kleine, knochige, unscheinbare Frau mit schon grauem Haar, das sie zu einem Dutt oben auf dem Scheitel gedreht hatte. Ihr Mann war Mörtelträger gewesen und vor acht Jahren beim Bau der neuen Universität am Schloßgarten vom Gerüst gestürzt. Seitdem lebte sie allein, ohne Hoffnung auf eine neue Heirat. Sie schielte. Sie schielte heftig. Ihr Schielen war das erste, was jeder, der sie traf, bemerkte und nicht wieder vergaß. »Scheefooge, Scheefooge«, riefen die Kinder hinter ihr her, und sie hatte es sich früh angewöhnt, die Augen niedergeschlagen zu halten – blaue Augen übrigens, klar und durchsichtig wie der Kieler Himmel im Frühling, was ihr nur leider nichts nützte. Es war für sie stets ein Wunder geblieben, daß Friedrich Jepsen sie genommen hatte.

»Der liebe Gott hat ihn mir geschickt«, pflegte sie zu sagen, obwohl die Ehe ohne große Umschweife von einer Tante des ebenfalls nicht gerade ansehnlichen Friedrich eingefädelt worden war, die mit Luise im selben Haus gedient hatte und ihren Fleiß, ihre Gutmütigkeit und ihre Ersparnisse kannte. Aber Luise schob es dennoch dem lieben Gott zu, und zwar deshalb, weil sie am Abend, bevor die Tante mit Friedrich Jepsen aufgetaucht war, lange vor ihrem Bett gekniet und um einen Ehemann gebetet hatte. Sie war schon immer fromm gewesen, mit einem Hang zum Mystischen.

Nach Friedrichs Tod, ganz auf sich gestellt, ohne Rente, die Ersparnisse aufgebraucht, betete sie noch häufiger als früher um Gesundheit, um Arbeit, um ein Auskommen. Sie litt an Krampfadern und konnte nicht mehr lange stehen. So verdiente sie ihren Unterhalt als Flickfrau in Bürgerhäusern, für Frühstück, Mittagessen und eine Mark bar, flickte abends auch noch Wäsche fürs Krankenhaus und brachte dennoch kaum genug zusammen, um das Notwendigste einzukaufen. Sie mußte die fensterlose Kammer neben der Küche zum Schlafen benutzen und ihre Stube, in der sie drei Jahre mit Friedrich Jepsen gelegen hatte, vermieten.

Bei Johann Peersens Ankunft in Kiel stand die Stube schon fast vier Wochen leer. Fünf Mark hatte sie sonst dafür eingenommen, die Hälfte der Summe, die der Hauseigentümer an jedem Monatsersten persönlich abholte und in dem blauen Mietbuch quittierte, ob ein Untermieter da war oder nicht.

In ihrer Not wandte sich Luise Jepsen, wie gewohnt, an Gott, vorerst ohne sichtbares Ergebnis. Es wurde eher noch schlimmer: Einige ihrer Kunden sagten ab, und sie wußte nicht aus noch ein. An einem Montag im März jedoch, als ihr Gebet sich, der Lage entsprechend, zu immer größerer Inbrunst steigerte, hörte sie eine Stimme: »Geh morgen früh auf die Straße, dort wirst du Hilfe finden.«

Frau Jepsen gehorchte. Sie verließ am anderen Morgen die Wohnung, ohne Frühstück, weil nichts mehr im Hause war. Sie ging durch die Faulstraße und die Haßstraße und über den Markt, sie ging die Holstenstraße entlang und über die Holstenbrücke, und als sie bei Aßmann und Söhne vorbeikam, traf sie auf Johann Peersen, der gerade die dunkelbraune Eichentür hinter sich geschlossen hatte und darüber nachdachte, wo er ein Quartier suchen sollte.

So sah ihn Frau Jepsen: auf der steinernen Treppe, groß, breitschultrig, mit dem hellen Haar, und ihre innere Stimme meldete sich zum zweiten Mal: »Das ist er!«

Einen Moment zögerte sie noch. Bisher hatten nur weibliche Personen in ihrer Stube gewohnt, des Anstands wegen und weil die Stube nur durch die Küche zu erreichen war, in der sich Frau Jepsen jeden Morgen wusch. Aber die Stimme hatte gesagt: »Das ist er.« Und so trat Luise Jepsen auf Johann Peersen zu und sagte, falls er eine Bleibe suche, sie hätte etwas, eine Stube, ordentlich und sauber, und fünf Mark mit Morgenkaffee, es ginge zwar durch die Küche, doch das ließe sich einrichten, und sie würde auf den jungen Herrn Rücksicht nehmen.

Sie sprach hastig und atemlos. Erst als sie fertig war, holte sie tief Luft. In ihrer Aufregung vergaß sie sogar, die Augen niederzuschlagen, und schielte Johann Peersen voller Angst und Erwartung an.

Johann Peersen antwortete nicht gleich. Erst einmal mußte er nachdenken. Er hatte ein Zimmer im Gasthof nehmen wollen, für den Anfang jedenfalls. Aber das Angebot der Witwe Jepsen war billiger, wahrscheinlich auch besser. Sie gefiel ihm, trotz der verdrehten Augen. Es ging Freundlichkeit von ihr aus, und die Art, wie sie ihr Umschlagtuch über der Brust zusammenhielt, erinnerte ihn an seine Mutter. Johann Peersen war jung und allein in der Stadt. Der Gedanke, bei dieser Frau zu wohnen, vielleicht mit ihr in der Küche zu sitzen, gab ihm ein Gefühl von Behaglichkeit.

Frau Jepsen deutete sein Schweigen falsch und ging im Preis herunter, auf vierachtzig.

»Vierachtzig, mit Morgenkaffee.«

»Nein«, sagte Johann Peersen. »Fünf, wenn es mir gefällt.« Dabei lachte er, halb verlegen, aber auch vergnügt, weil die Dinge sich zu ordnen schienen. Johann Peersens Lachen. Frau Jepsen sah es, es sprang zu ihr über. Alles kam ihr nicht mehr so schwierig vor. Und auch, daß Johann Peersen den Reisekorb gleich bei der Fischerfrau abholte, gab ihr Hoffnung.

Luise Jepsens Wohnung lag im ersten Stock, direkt unter dem Dach. Das Treppenhaus war ohne Licht. Sie ging vor Johann Peersen her, über die abgetretenen, knarzenden Stufen und schloß die Küchentür auf.

»Da!« sagte sie und öffnete die Tür zur Stube.

Es war ein fast quadratischer Raum. Ein Bett

stand darin, ein eiserner Ofen, der Ständer für die Waschschüssel, ein Tisch, zwei Stühle mit geschweiften Lehnen, ein Schrank und eine Kommode aus Kirschbaumholz, darüber der Regulator. Das Bett war mit einer blauen Decke zugedeckt, von Frau Jepsen einstmals für ihren Ehestand genäht und mit weißen Litzen besetzt.

Johann Peersen sah die Sachen an, vor allem die Kommode mit den Beschlägen und dem eingelegten dunklen Bandmuster. Friedrich Jepsen hatte sie kurz vor seinem Tod aus einem Abbruchhaus mitgebracht.

Biedermeier, ein Wort, das Johann Peersen noch nicht kannte. Aber er hatte Sinn für Form und Qualität, und die Kommode gefiel ihm.

»Is ja man allens ollen Kram«, sagte Frau Jepsen ängstlich.

»Und nach hinten raus.«

Johann Peersen trat ans Fenster. Der Blick ging auf den Nachbargarten, Äpfel- und Pflaumenbäume, Gemüsebeete, auch eine Kastanie.

»Ich bleibe«, sagte er, und Frau Jepsen, um nicht zu weinen vor Glück, fing wortlos an, das Bett zu beziehen. Sie nahm ihre beste Garnitur, weiß, das Kopfkissen mit Hohlsaum.

Johann Peersen öffnete seinen Korb. Er hängte den guten Anzug, der ihm für die Reise zu schade gewesen war, in den Schrank und legte seine Wäsche in die Kommode.

»Sie wissen noch nicht mal, wer ich bin«, sagte er. »Johann Peersen, Maurermeister.«

»Meister?« Frau Jepsen sprach das Wort mit Ehrfurcht aus. »Maurermeister? Meiner war auch Mauermann.«

»So?« fragte Johann Peersen. »Und wo ist er?«

»Tot. Vom Gerüst runter«, sagte sie, und Johann Peersen schwieg. »Haben Sie was zu essen da?« fragte er schließlich.

»Kartoffeln«, sagte Frau Jepsen nach einer längeren Pause und ging in die Küche. Er folgte ihr, sah den Tisch an, rechteckig, vor langer Zeit hellbraun gestrichen, den schmalbrüstigen Küchenschrank mit dem Papierblumenstrauß, die fleckigen Wände, den eisernen Ausguß, den Herd, das abgewetzte Sofa. Am Fenster stand die alte Singer-Nähmaschine.

»Bißchen frisch hier«, sagte Johann Peersen. »Soll ich Feuer machen?«

Er zog die Holzlade auf. Nur ein paar Späne lagen darin. Auch der Kohleeimer war leer.

Frau Jepsen blickte zu Boden. Sie sagte nicht »im Keller« oder »im Schuppen auf dem Hof«. Sie schwieg. Kohlen und Holz kaufte sie eimerweise, wenn gerade Geld da war.

Johann Peersen sah ebenfalls beiseite, auf das Wandbord mit den blauen Bechern. Er hatte es immer warm und satt gehabt und verstand, daß sie sich ihrer Armut schämte. Aber andrerseits war er ein praktischer Mann. Es ging auf Mittag. Er hatte Hunger. Auch Frau Jepsen mußte Hunger haben, mit nichts als rohen Kartoffeln im Haus, und so fingerte er ein paar Münzen aus seiner Tasche und sagte: »Hier ist das Mietgeld für März, Frau Jepsen, und wenn es Ihnen nichts ausmacht, dann holen Sie man noch Speck und eine geräucherte Wurst und kochen für uns beide Kartoffelsuppe.«

Dies war der Augenblick, in dem Johann Peersen der Witwe Jepsen endgültig als Gesandter des Herrn erschien. Sie fiel nicht auf die Knie und sang nicht Hosianna. Aber tiefe Ergebenheit erfüllte ihr Herz, für jetzt und für immer.

»Er war gutmütig, dein Großvater Peersen«, sagte meine Mutter in seinem Gedenken, wenn sie die Bilder ihrer Kindheit hervorholte.

»Er vergaß nie, daß er auch mal unten angefangen hat wie seine Maurer.«

Stimmt das? War er gutmütig, mein Großvater Peersen? Vielleicht am Anfang, als er fremd in die Stadt kam und bei der Witwe Jepsen eine warme Küche und Behaglichkeit suchte. Vielleicht auch später, wenn es nützlich war in dieser oder jener Weise. Einer, der von unten nach oben will, kann seine Gutmütigkeiten nicht wahllos verstreuen. Mein Großvater Peersen ging stets sparsam mit ihnen um. Oder, um genauer zu sein: Ich glaube nicht, daß er viel davon besaß. Ein gutmütiger Johann Peersen wäre nicht der reiche Johann Peersen geworden.

Aber meine Mutter brauchte einen gutmütigen Vater für ihre Erinnerungen. Mit der Frage: »War das mein Leben?« hat sie bis zum Schluß gewartet und mich dabei angesehen. Warum mich? Sie hätte ihn fragen sollen, zur rechten Zeit, mit *ist* statt *war,* auch wenn er keine Fragen dulden wollte, mein Großvater Peersen, den ich jetzt an Luise Jepsens Küchentisch setze, um ihn schon hier, ganz am Anfang, Gutmütigkeit und Nutzen verbinden zu lassen.

»De smeckt goot, de Katüffelsupp«, sagte Johann Peersen, den Blick sinnend auf der grauemaillierten Kelle, mit der Luise Jepsen in den Topf langte, um ihm den Teller zum dritten Mal zu füllen. Es war warm geworden in der Küche und roch nach ausgelassenem Speck, nach Zwiebeln und Gewürzen. Frau Jepsen hatte die Kartoffelsuppe mit Lorbeerblatt, Wacholderbeeren und Majoran gekocht, so, wie Johann Peersen es von zu Hause kannte, und während sie die letzten Wurststücke für ihn heraussuchte, faßte er einen Entschluß.

»Wollen Sie für mich jeden Tag das Essen kochen?« fragte er.

Frau Jepsen hatte auch schon daran gedacht, sagte aber, daß sie zum Nähen ginge und mittags nicht immer zu Hause sei.

Johann Peersen überlegte. »Dann abends. Lieber

abends bei Ihnen als mittags im Wirtshaus. Sie kochen für uns beide, und ich zahle, was Sie einkaufen. Wenn Sie damit zufrieden sind?«

Und sie sagte »Ja, Herr Peersen« und kochte in der folgenden Woche für ihn Steckrüben mit Schweinebacke, eingesalzene Bohnen süßsauer, Schellfisch in Senfsoße, Lungenhaschee, dicke Erbsen und zum Sonntag Kohlrouladen, das Leibgericht ihres verstorbenen Mannes Friedrich, kräftige Kieler Kost und, wie Johann Peersen es vorausgesehen hatte, billiger als im Wirtshaus.

»Wie wollen Sie es denn, Herr Peersen?« hatte Frau Jepsen gleich am Anfang gefragt. »Schlicht oder mehr wie bei Herrschaften, das kann ich auch«, worauf Johann Peersen ihr erklärte, daß er sparen müsse.

»Ich verdien ja man noch nix, Frau Jepsen, geht ja man alles vom Kapital«, sagte er, und dann: »Aber wenn ich es geschafft habe, gibt es jeden Sonntag frische Suppe.«

Frische Suppe, das Festessen seiner Kindheit: Bouillon von Rind und Huhn, goldgelb, mit Fettschlieren und vielen Fleisch-, Mark- und Grieskllößchen. Frische Suppe als Zeichen von Wohlhabenheit und Glück.

»Jeden Sonntag frische Suppe«, erzählte meine Mutter. »Für so viele Leute, stell dir das vor! Meine Großmutter Steffens rückte schon sonnabends an, um die Klöße vorzubereiten. Sie saß ganz still am Küchenfenster und rollte sie zwischen den Handtellern, vier von jeder Sorte pro Person, in ihrer guten Schürze aus blauem Satin, die trug sie nur bei uns. ›Ick bün ja schließlich de Modder vonne Fru‹, sagte sie. Merkwürdig, sie kam mir immer uralt vor, dabei war sie doch höchstens in den Sechzigern. Klein und dick mit roten Apfelbacken, und wenn sie aus ihrer Wohnung wegging, sagte sie jedesmal: ›Tschüß, min leven Küchenschrank. Tschüß, min lütt Kaffeepott.‹«

Frische Suppe. Fünfzehn Personen am Tisch. Großmutter Steffens, die Mutter von Marie Steffens, meiner Großmutter Marie. Noch ist es weit bis dorthin. Ein Traum erst, der Anfang eines Traums, vage, ohne Konturen, nur die frische Suppe liegt schon als Geschmack auf Johann Peersens Zunge, der, gesättigt von Luise Jepsens Kohlrouladen, in der Sofaecke sitzt und von seinen Träumen redet.

»Häuser bauen, Frau Jepsen, viele Häuser, einen ganzen Stadtteil. Jeden Tag kommen immer mehr Leute nach Kiel, der Hafen, die Werften, die Marine, so viele Leute werden gebraucht, die müssen Wohnungen haben, und die baue ich, Frau Jepsen, ich baue sie, ich werde reich, hier in Kiel liegt das große Geld. Und wenn ich reich bin, baue ich ein Haus für mich, das schönste Haus, mit Säulen am Eingang, da wohne ich mit meiner Frau und meinen Kindern. Und Sie ziehen zu uns, Frau Jepsen, und kümmern sich um das Leinen.«

Sie kam in seinen Träumen vor, Luise Jepsen, er gab ihr einen Platz, ob aus Gutmütigkeit oder der Nützlichkeit wegen, es war ihr egal. Sie kam darin vor und machte seine Träume zu ihren – auch seinen Ärger und die Ungeduld, wenn die Wirklichkeit sich gegen seine Träume kehrte.

Johann Peersens Träume. Ich sehe ihn durch die Kieler Innenstadt gehen, von der Faulstraße mit den geduckten, schiefen Fachwerkhäusern zum Markt, wo Frauen in raschelnden Röcken um Geflügelpreise feilschen, am Kloster vorbei, am Rathaus, an der Nikolaikirche, deren Portal sich vielleicht gerade für ein Hochzeitspaar öffnet. Im Wasser des Kleinen Kiel spiegeln sich die Bäume, Kinder lassen Steine springen, und überall sieht er Menschen, die in diese Stadt gehören, ihre Geschäfte besorgen, einander zunicken, sich kennen. Nur ihn, Johann Peersen, kennt keiner, und keiner will ihn haben. Noch weist die Stadt ihn ab.

Er hatte es sich so einfach vorgestellt mit seinen dreiundzwanzig Jahren: Ich komme und fange an. Jetzt war er da und wußte nicht, wie und wo er anfangen sollte.

»Geh zur Innung«, hatte sein Flensburger Meister ihm geraten. »Die hilft dir weiter.«

Aber die Innung half ihm nicht.

»Wat wülln Se, Hüser buun? In Kiel gibt es schon viel zu viele Leute, die Häuser bauen«, sagte der Innungsmeister und wandte sich zum Fenster, statt Baugebiete zu nennen, Preise, Adressen, Behörden. Johann Peersen begriff, daß die Innung eine geschlossene Gesellschaft war bei der Jagd nach dem Kieler Geld. Er ging weiter, um sich ohne ihre Hilfe zu suchen, was er brauchte, dorthin, wo die Stadt über ihre Grenzen hinausgewuchert war und die Koppeln begannen, aufgegebene Äcker, Brache, mit schmutzigem Gras bewachsen, Vorratsland für neue Wohnviertel. Es dämmerte schon, Nebel hob sich aus dem feuchten Grund, und Johann Peersen schloß die Augen und träumte. Er träumte von Alleen mit Herrschaftshäusern, von Balkonen und Erkern, Simsen und Friesen, von Bogenfenstern, geschwungenen Treppen und großen Räumen, in denen Ingenieure, Geschäftsleute, Beamte, Offiziere wohnen konnten, die Herren der wachsenden Stadt. Aber auch schmucklose Kästen ließ er in seine Träume, schnell und billig hochgezogen für die Massen, Knechte und Tagelöhner, die aus den Dörfern heranströmten, Arbeit suchten und eine Bleibe brauchten. Er träumte seine Luftschlösser auf die Koppeln, bis es dunkel wurde.

In den nächsten Tagen erkundigte er sich nach Grundstückspreisen, nach den Löhnen, die in Kiel gezahlt wurden, nach Materialkosten, Bauvorschriften, Lieferbedingungen, Bankzinsen. Nächtelang saß er an Luise Jepsens Küchentisch und rechnete. Dann wußte er, wie weit seine viertausendachthundert Goldmark reichen würden, für den Grund, den Keller und vielleicht noch das untere Geschoß eines Hauses.

Johann Peersens Träume. Er war drauf und dran, sie aufzugeben. Er stand auf dem leeren Bauland draußen hinter dem Knooper Weg und dachte, daß er wieder wegwollte von Kiel, in irgendeinen kleinen Ort, Preetz oder Schleswig oder Neumünster. Aber plötzlich, mitten in seiner Verzweiflung, spürte er eine Art Wärme – »als ob ich Glühwein getrunken hätte«, sagte er später –, und die Angst war verschwunden. Ich schaffe es, dachte er, ich schaffe es, und wenn ich mit meinen bloßen Händen die Erde aus der Baugrube wühlen muß, ich schaffe es.

Johann Peersen war ein Mann der Wirklichkeit. Seine Träume zielten aufs Durchführbare. Stimmen von oben, wie Luise Jepsen, hörte er nicht. Weswegen ich glaube, daß ihn die Wärme keineswegs draußen auf den unerschwinglichen Koppeln durchströmte, sondern erst später am Abend, als er schon fast entschlossen war, die Stadt zu verlassen und nur noch Luise Jepsen an sein Glück in Kiel glaubte.

»Sie schaffen es, Herr Peersen«, sagte sie an diesem denkwürdigen Abend in seine Resignation hinein. »Einer wie Sie schafft es bestimmt.« Aber es war keine Begeisterung in ihrer Stimme, eher

Trauer. Sie hatte weiße Bohnen auf Pökelfleisch gekocht, mit viel Suppengrün, wie er es gerne mochte, und abgesehen von der mehrmals gemurmelten Beschwörung »Sie schaffen es« blieb sie schweigsam, kaute auf einem zähen Fleischbrokken herum und rang mit sich.

Frau Jepsen hatte nämlich gebetet für Johann Peersens Wohlergehen und wieder einmal Stimmen gehört – Stimmen, die sie in einen Zwiespalt von Hoffnung und Zweifel geworfen hatten. Nein, kein Zweifel. Daß sie den Stimmen gehorchen mußte, war klar. Aber sie wußte auch, wenn die Stimmen nicht trogen, und ihre Stimmen trogen nie, wenn also die Stimmen Johann Peersen zum Glück führten, mußte sie ihn verlieren. Kurz: Luise Jepsen wurde ein Opfer abverlangt. Sie war bereit, es zu bringen, doch sie zögerte es noch hinaus.

Erst nach dem Essen, als sie die graue Emailleschüssel mit Abwaschwasser auf den Tisch gestellt hatte, als die Teller schon sauber waren, die Tassen auf dem Bord standen und sie mit einem Drahtlappen den rußigen Topfboden schrubbte, sagte sie: »Morgen muß ich bei Heinrich Ossenbrück nähen.« Johann Peersen hörte nicht hin. Er saß auf dem Sofa und las in der ›Kieler Zeitung‹, die er seit einer Woche im Abonnement bekam.

»Das muß sein«, hatte er Frau Jepsen erklärt. »Wenn ich bauen will, muß ich wissen, was hier los ist.«

Es war das erste Mal, daß er eine Zeitung hielt, und er las sie gründlich: Politik, Lokales, Anzeigen, sogar den Roman, mit besonderer Aufmerksamkeit jedoch alles, was mit Wirtschaft, Geld und Geschäften zu tun hatte.

»Morgen nähe ich bei Heinrich Ossenbrück«, wiederholte Frau Jepsen etwas lauter, während sie das fettige Abwaschwasser in den Schweineeimer schüttete. Der Nachbar im übernächsten Haus fütterte eine Sau. Frau Jepsen brachte ihm ihre Abfälle und erhielt dafür am Schlachttag Leberwurst und ein Stück Sauerfleisch. »Bäckermeister Ossenbrück, in der Flämischen Straße, kennen Sie doch. Zweimal im Monat muß ich da hin. Bäckerschürzen und Bäckerhosen, bei den vielen Gesellen, und auch noch das Zeug von ihm und von ihr und der Tochter.« Sie machte eine Pause. »Frieda heißt sie.«

»So?« Johann Peersen sah nicht einmal auf. »Was ist mit Licht, Frau Jepsen? Wird langsam dunkel.«

»Die haben Geld!« sagte Frau Jepsen. Sie stand jetzt am Ausguß und fuhrwerkte mit einem alten Handtuch in der Schüssel herum. »Die Ossenbrücksche stammt von einem Hof, den gibt's längst nicht mehr, alles Bauland, die ganzen Äcker Bauland, und was die dafür gekriegt haben, Herr Peersen! Auf einmal waren sie reich, und von dem Land ist immer noch was da, draußen beim Knooper Weg.«

Sie schob die Schüssel so heftig unter den Tisch,

daß es schepperte. »Un de Frieda kriggt keen Mann.« Sie stand neben dem Ausguß in ihrem alten braunen Wollrock, bei dem sich, wenn er unten durchgestoßen war, der Bund zum Saum machen ließ. Da stand sie, die Warbschürze vor dem Bauch, das verblichene Gesicht plötzlich rot und feucht und schrie noch einmal den entscheidenden Satz in die Küche: »Frieda kriegt keinen Mann!«

Endlich ließ Johann Peersen die Zeitung sinken. »Was ist denn los, Frau Jepsen?« fragte er, und ich bin nicht sicher, ob ich ihm diesen Satz in den Mund legen soll. Es gibt keine Überlieferung dieses Gesprächs. Ich muß es mir zurechtdenken als Brücke aus Luise Jepsens Küche zu der armen Frieda Ossenbrück, und wenn ich mir meinen Großvater Peersen vorstelle, wie er später war, also auch damals im März 1887 zumindest in Ansätzen schon gewesen sein muß, dann bezweifle ich nicht, daß er Frau Jepsen sofort verstanden hat. »Mal weiter!« hätte er ohne Umschweife sagen können. »Wie steht es mit dieser Frieda? Und wie fangen wir es an?«

Andrerseits – vielleicht wehrte sich seine Würde gegen eine so rasche Komplizenschaft, die Würde, die es zu wahren galt, nicht nur vor Frau Jepsen, sondern auch vor sich selbst, obwohl irgendwann die Frage auftauchen wird, was es mit Johann Peersens Würde auf sich hat. Doch jetzt, in diesem Küchengespräch, zu einer Zeit, als sie noch nicht zur Fassade verkommen ist, soll sie ein Argument sein für den Satz, den ich ihm fast aus dem Mund genommen hätte: »Was ist denn los, Frau Jepsen?«

Frau Jepsen ließ sich auf einen Stuhl fallen. Mit der Schürze wischte sie das Gesicht trocken, verlegen, weil Johann Peersen es sah. Seit einiger Zeit wurde sie von fliegender Hitze heimgesucht, bei Aufregungen vor allem, aber auch nachts, warme Wellen, die vom Nacken nach oben und unten flossen. Die Jahre waren das, die Jahre, und manchmal, wenn sie aufwachte und spürte, wie das Hemd am Körper klebte, mußte sie weinen um das, was verschwand, ohne genutzt worden zu sein. Frieda Ossenbrück. Warum war sie nicht Frieda Ossenbrück?

»Die Frieda Ossenbrück«, sagte sie, »die hat ein Kind gehabt, von einem Marineleutnant. Die dachten wohl, der heiratet sie. Schuld war die Ossenbrücksche, die ist ja übergeschnappt durch das viele Geld, wenn ut Schiet wat ward, Herr Peersen, ein anständiger Bäcker war da nicht mehr fein genug. ›Mein Schwiegersohn‹, hat die Ossenbrücksche schon immer gesagt, sogar die Aussteuer war bereits bestellt, bei Meislahn, darunter ging's ja nicht. Aber auf einmal war er weg, der Herr Leutnant. Das Geld hat er wohl nicht gewollt, nur den Spaß.«

Erschrocken über ihre Frivolität machte sie den Mund zu. »Und dann?« fragte Johann Peersen und erfuhr, daß das Kind zwar tot zur Welt gekommen sei, Frieda Ossenbrück aber dennoch keinen Mann mehr bekäme, jedenfalls keinen aus Kiel, höchstens einen hergelaufenen Flunki, und den wolle Heinrich Ossenbrück nicht, der suche was Honoriges für seine Frieda, weil sie sein Augapfel sei, obwohl er sie damals verdroschen hätte, fürchterlich, und eigentlich habe ja die Ossenbrücksche die Prügel verdient, und wer weiß, ob das Kind womöglich deswegen ...

»Wir müssen ja wohl Licht haben«, sagte Johann Peersen und holte die Petroleumlampe. Frau Jepsen band die Warbschürze ab, rückte dicht an die Lampe heran und griff nach einem Strumpf, der zu stopfen war. Johann Peersen las wieder in der Zeitung. Es war still in der Küche, bis Frau Jepsen kaum hörbar murmelte: »Soll ich der Ossenbrückschen morgen mal was von Ihnen erzählen?«

Johann Peersen antwortete nicht. Aber möglicherweise war dies der Moment, in dem ihn die besagte Wärme durchströmte. Jedenfalls faßte er vor dem Einschlafen den Entschluß, am nächsten Morgen noch einmal einen Versuch bei der Bank zu machen.

Das Gespräch in der Küche – ich stelle mir vor, es hätte nicht stattgefunden. Was wäre aus Johann Peersen geworden? Ein Maurer in Preetz vielleicht, in Schleswig oder Neumünster, ein kleines

Geschäft, ein Garten hinterm Haus, Hühner, und alles weit weg von dem Mann, dessen Tochter einen Fächer aus Reiherfedern bekommt für den ersten Ball. Dieses Gespräch, der Anlaß für sein Bleiben in Kiel, diese Brücke von Luise Jepsen über Frieda Ossenbrück zu meiner Großmutter Marie, zu meiner Mutter, zu mir – es hatte sich eingeschlichen in meine Gedanken, ich glaube, daß es stattgefunden hat, so oder so. Denn fest steht, daß Johann Peersen sein Ohr geöffnet hat für Luise Jepsens Versuchungen, trotz seiner Würde, und daß es von da an weiterging bis heute.

Am nächsten Morgen erwähnte keiner von beiden, weder Johann Peersen noch Frau Jepsen, den Namen Ossenbrück. Wortlos saßen sie am Küchentisch und tunkten Brotstücke in ihren Milchkaffee. Als Frau Jepsen gegangen war, wusch und rasierte sich Johann Peersen ausgiebig, zog den guten Anzug an und packte seinen Meisterbrief, die Baupläne, die er gezeichnet hatte, die Aufrisse und Berechnungen zusammen. In einem Geschäft am Markt kaufte er eine Tasche aus schwarzem Leder für seine Papiere. Dann ging er zu Aßmann und Söhne, der Bank an der Holstenbrücke, und verlangte in tadellosem Hochdeutsch und mit Nachdruck den für Kredite zuständigen Herrn zu sprechen.

Der alte Aßmann persönlich war es, zu dem man ihn ins Kontor führte, ein Herr mit weißem

Kinnbart und rötlichen Schnupfenaugen hinter der Goldrandbrille. Auf seinem Schreibtisch lag das Kontobuch, in dem Johann Peersens Einlagen verzeichnet waren.

Johann Peersen machte seine Verbeugung und stand wartend da, aufrecht, kein Mützendreher, der Maurermeister Peersen. »Sett die dal«, sagte Bankier Aßmann im Kieler Platt, »und vertelln Se mi, wat Se wülln.« Worauf Johann Peersen ihm hochdeutsch erklärte, daß er einen Kredit brauche, um ein Baugeschäft zu eröffnen.

Der alte Aßmann starrte in das Kontobuch. Sein Gesicht verzog sich, er nieste mehrmals hintereinander in ein großes weißes Taschentuch mit gesticktem Monogramm.

»Die Jahreszeit!« sagte er, jetzt ebenfalls hochdeutsch. »Der Regen, der Wind. Viertausendachthundert. Ist das alles, was Sie haben?«

Johann Peersen nickte.

»Und damit wollen Sie bauen?« fragte Aßmann mit einem prüfenden Blick auf diesen unbekannten Mann im guten Anzug.

»Ja«, sagte Johann Peersen entschlossen. »Damit will ich bauen. Weil ich nämlich weiß, wie. Und weil ich es schaffen werde.«

Der alte Aßmann wollte etwas entgegnen, aber Johann Peersen ließ ihm keine Zeit.

»Ich bin Maurer«, sagte er. »Meister! Und was ich mache, wird gut und solide und nicht so ein

Pfusch wie jetzt überall in Kiel, wo man einfach drauflosbauen kann, bloß weil Gewerbefreiheit ist in Preußen. Früher, in der dänischen Zeit, da hat ein Maurer gemauert und ein Schuster Schuhe gemacht. Jetzt mauert jeder, der will. Jeder Maler und Klempner und Pantoffelmacher kann 'ne Baufirma gründen. Aber ich bin Maurer, und wenn Sie mir Geld geben, dann kriegen Sie's auch wieder zurück, und meine Häuser, die stehen noch in hundert Jahren.«

Es war eine lange Rede, und sie gefiel dem alten Aßmann. Einmal wegen der Zuversicht, die aus Johann Peersen sprach, dann aber auch, weil der Bankier die Preußen nicht leiden konnte und sich, obwohl er unter der preußischen Herrschaft reich geworden war, nach den alten, ruhigen, soliden dänischen Zeiten zurücksehnte, in denen Maurer Häuser bauten und Schuster Schuhe machten.

»Tja, junger Mann«, murmelte er. »Zurückzahlen, das ist so eine Sache. Sie sind hier unbekannt, Ihre Firma existiert noch nicht, haben Sie Verständnis, daß...«

Wieder holte er das Taschentuch hervor, das Taschentuch mit dem Monogramm. Johann Peersen sah es, das dünne Leinen, die Initialen darauf, W. A., ineinander verschlungen, und es erschien ihm wie ein Symbol für Luxus und Ansehen. So ein Taschentuch wollte er haben, es ging ihm in diesem Moment um nichts anderes mehr, nur um dieses Taschentuch, und er sagte: »Ich habe da einen Plan. Wenn das erste Haus fertig ist, dann biete ich die Wohnungen solventen Mietern an, jede Wohnung fest für zehn Jahre oder auch fünf, je nachdem, die Miete im voraus. Natürlich billiger als bei Jahresmiete. Mir bringt das sofort Bargeld, und ich kann den Kredit zurückgeben. Oder wenigstens einen Teil. Denn vielleicht lassen Sie mir dann ganz gern was für das nächste Haus. Kapital bringt Kapital, es bleibt was hängen, muß ja wohl sein.«

Es war kühn, was Johann Peersen da vorbrachte. Der alte Aßmann saß an seinem Schreibtisch, das Kinn in die Hand gestützt, und sah ihn nachdenklich an. Dann nickte er langsam, sein Schnupfengesicht begann zu lächeln. Mit seinen eigenen Söhnen war nicht viel los. Einen Sohn wie diesen blonden Maurer hätte er gern gehabt.

»Stimmt, junger Mann«, sagte er. »Es bleibt was hängen. Bei Ihnen schon. Zeigen Sie mal Ihre Pläne.«

Johann Peersen öffnete seine neue Ledertasche. Als er eine halbe Stunde später das Kontor verließ, hatte er nicht nur die Zusicherung für einen Kredit zu günstigen Zinsen gewonnen, sondern darüber hinaus die Sympathie des Bankiers Aßmann. Und diese Sympathie war viel wert.

Johann Peersens zweiter Besuch bei Aßmann und Söhne – wieviel Zeit ist vergangen seit dem Tag, als er in Kiel ankam. Zwei Wochen vielleicht, nicht mehr. Noch ist März, ein Kieler Märztag mit Wind und Regen, auch Sonne manchmal, zwölf Uhr genau, die Glocken der Nikolaikirche sagen es. Wieder steht er auf der steinernen Treppe vor der Bank und überlegt, was er nun tun soll. Ein junger Mann mit dem ersten Erfolg, einer, der weiß, daß es endlich anfängt, daß seine Träume Gestalt bekommen, daß er es schaffen wird – wohin soll ich ihn gehen lassen in seinem Glück? Luise Jepsen? Sie ist aushäusig zur Zeit, beim Bäcker Heinrich Ossenbrück, dem reichen Vater der armen Frieda. Vielleicht an den Stadtrand, zu den Koppeln? Er kennt sie fast auswendig, diese Koppeln hinter dem Knooper Weg, er braucht sie nicht noch einmal zu sehen, heute nicht, später vielleicht. Wann später? Etwas in ihm weiß, worum es sich bei diesem Später handelt, erfüllt ihn mit Unruhe unter dem Glücksgefühl, er schiebt es weg, nein, die Koppeln will er nicht sehen.

Wohin also mit meinem Großvater Peersen bis zum Abend? Ich glaube, ich schicke ihn zu einer Frau.

Der Gedanke ist da, er leuchtet mir ein für diesen Tag, obwohl auch davon nichts verbürgt ist durch meine Mutter. Nur einen Ansatz gibt es in ihren Kiel-Geschichten, der mich auf diese Spur führt: daß Johann Peersen als Kind nie Zärtlichkeit empfangen hat, und wie zärtlich er war mit meiner Großmutter Marie.

»So ein strenger Mann!« sagte meine Mutter. »Nur bei ihr – immer, wenn er an ihr vorbeiging, mußte er sie streicheln oder ihr einen Kuß geben. Und das damals, wo doch alle so prüde waren.«

Johann Peersens Zärtlichkeit. Ach, Großmutter Marie. Sie half ihr nicht viel, nicht zum Überleben, diese Zärtlichkeit, für die er ihren Körper haben, ihn festhalten, besitzen mußte, auch noch, als es tödlich wurde.

»Kein Kind mehr, Herr Peersen«, hatte Dr. Sander nach der elften Geburt gewarnt. »Das hält Ihre Frau nicht aus.«

Aber er liebte sie und das, was er in der Nacht so zärtlich mit ihr tat, er liebte es zu sehr, um es sich zu versagen.

Johann Peersens rasende Zärtlichkeit. Wo kommt sie her?

»Die große Liebe«, pflegte meine Mutter zu schwärmen mit Rechtfertigung in der Stimme. »Die ganz große Liebe, vom ersten Moment an.«

Doch wo liegt der erste Moment? Es ist Zeit, ihm nachzugehen, die Ursprünge zu suchen von Johann Peersens Zärtlichkeit, jetzt, da er auf der Steintreppe steht, unschlüssig, wartend, und etwas braucht für sein Glück.

Was er brauchte, war Johann Peersen klar, allerdings nicht, woher er es nehmen sollte. Er hatte kaum Erfahrungen mit Frauen. Die Magd vom Nachbarn, ein paarmal, wenn er nach Hause kam im Winter, dann diese Meisterin in Schleswig, von der er sich hatte greifen lassen, widerwillig, aber es war eine Gelegenheit, schließlich hin und wieder schamvolle Besuche im Bordell, hauptsächlich aus Angst vor den vom Pastor schrecklich geschilderten Folgen der Onanie.

Nie war Liebe im Spiel gewesen. Liebe, was war das für ihn. Seine Mutter, abgearbeitet und immer in Hast, hatte ihm Essen gegeben und Befehle. Er kannte nichts von ihrer Wärme und Weichheit, weder ihre Lippen noch die Haut ihres Gesichts, und ihre Hände hatten ihn nie gestreichelt, nur gestraft. Niemand im Dorf hatte vor seinen Augen Zärtlichkeiten verschenkt. Kinder kamen wie Kälber, jedenfalls hatte er es immer so verstanden.

Worauf wartete er dort vor der Bank an der Holstenbrücke? Auf nichts vermutlich, außer auf den eigenen Entschluß, was zu tun sei an diesem Nachmittag. Es waren kaum Menschen unterwegs. Essenszeit. Johann Peersen überlegte, ob es vielleicht das beste wäre, in ein Gasthaus zu gehen.

Da sah er die Frau.

Sie kam vom Bootshafen her, schmal, schlank, die krausen, blonden Haare hochtoupiert, helle Haut, fast weiß, große, dunkle Augen. Johann Peersen starrte ihr entgegen. Er starrte ihr ins Gesicht, fand es ungehörig, konnte aber die Augen nicht losmachen. Sie war älter als er, um die dreißig vielleicht, zurückhaltend gekleidet, violetter Rock, hochgeknöpfte dunkle Jacke, und während er sich noch schämte, daß er sie so anstarrte, merkte er, wie sie im Vorübergehen seinen Blick auffing und erwiderte. Nach einigen Schritten blieb sie stehen, drehte sich um, hob mit einer winkenden Bewegung die Hand. Dabei schob sie die Zungenspitze zwischen den Lippen hin und her und lächelte. Sie lächelte und winkte und ging weiter.

Johann Peersen wußte jetzt, um was für eine Frau es sich handelte. Er spürte Bedauern, fast Schmerz. Eine Hure also. Er wollte keine Hure an diesem Tag. Doch er wollte diese Frau, und so folgte er ihr.

Sie ging den Wall entlang, in die Schumacherstraße, in die schmalen Gassen des Gängeviertels. Sie drehte sich nicht mehr um. Erst bei einem der Häuser hinter der Mauer wandte sie ihm wieder das Gesicht zu.

»Komm!« sagte sie und öffnete die Tür.

Das Zimmer oben im ersten Stock roch nach feuchten Wänden und Urin. Ein niedriges Fenster, Risse in der Blumentapete, die Dielenbretter abgewetzt, ein Waschtisch mit gesprungener Marmorplatte, das Lavoir darauf, der Eimer daneben. Das Bett sah sauber aus. Trotzdem spürte Johann Peersen Ekel. Am liebsten wäre er weggelaufen.

Die Frau zog die Jacke aus. Während sie anfing, die Knöpfe ihres Leibchens zu öffnen, blickte sie ihn an. Plötzlich lächelte sie, ging zu ihm hin, blieb dicht vor ihm stehen. Sie war viel kleiner als er, kaum daß sie bis an seine Brust reichte.

»Wie groß du bist, Junge«, sagte sie, hob die Hand und strich ihm über das Gesicht, über den Hals, den Arm. Wer weiß, warum. Vielleicht erinnerte er sie an jemand, an einen Bruder, einen Liebsten. Vielleicht gefiel Johann Peersen ihr auch nur, groß und blond, wie er war, und sie wollte es sich schön machen an diesem Nachmittag. Jedenfalls streichelte sie ihn, weich und zärtlich, wie ihn noch nie jemand gestreichelt hatte. Sie streichelte ihn immer weiter, und Johann Peersens Ekel schwand. Er vergaß, wer sie war. Er ließ sich streicheln, er schloß die Augen, lernte, sich streicheln zu lassen, zurückzustreicheln, lernte Zärtlichkeit von der Frau im Gängeviertel.

Bis zur Dämmerung blieb sie mit Johann Peersen zusammen, den ganzen Nachmittag.

»Du mußt gehen«, sagte sie schließlich.

»Warum?« fragte er.

»Weil gleich ein anderer kommt«, sagte sie, und er wußte wieder, wer sie war.

»Nein«, wollte er sagen. »Kein anderer mehr. Bleib bei mir.« Aber er sagte es nicht. Natürlich nicht. Dies war ein Hurenhaus. Er konnte sie nicht mitnehmen. Er wollte ein Geschäft gründen, Häuser bauen, reich werden und angesehen. Er war nicht nach Kiel gekommen, um sich mit einer Hure zusammenzutun. Er sah das Bett an, das Lavoir, den Eimer. Er dachte an die Männer, die sie vor ihm gehabt hatte, jeden Tag fünf oder zehn oder zwanzig, was wußte er von Huren, und an die Männer, die sie heute noch haben würde, gleich nach ihm. Er ballte die Fäuste, um seine Wut wegzudrücken, Wut auf die Frau, von der er sich hintergangen fühlte, weil er vergessen hatte, wer sie war.

Sie hob die Hand, um ihn noch einmal zu streicheln.

Er schlug die Hand weg.

»Hure«, sagte er.

Sie sah ihn an und lächelte.

Als er in seinem guten Anzug, mit Kragen und Krawatte, an der Tür stand, sagte sie: »Eine Mark.«

»Wie?« fragte er.

»Eine Mark«, wiederholte sie.

Er legte das Goldstück auf den Tisch.

»Du hast es billig gekriegt, Junge«, sagte sie, und Johann Peersen schlug die Tür zwischen sich und ihr zu.

Jedenfalls glaubte er das. Aber es war anders. Er wurde sie nicht los, sie nicht und das, was sie zusammen getan hatten. Es saß in seinem Kopf und in seinem Körper. Er wollte es wiederhaben. Als Eigentum. Und er bekam es. Später.

Nach fünf Tagen ging Johann Peersen in die Bäckerei Ossenbrück, wo man ihn bereits mit Spannung erwartete.

»Die wissen jetzt, daß Sie ein tüchtiger und strebsamer Mensch sind, Herr Peersen«, hatte Frau Jepsen am Abend nach ihrer Rückkehr von Ossenbrücks gesagt. »Sie sollen man ruhig mal hinkommen. Heinrich Ossenbrück denkt sowieso daran, wieder Land zu verkaufen. Weil er ja ein neues Backhaus bauen will. Der hat doch jetzt die Lieferungen für die Marine gekriegt statt Plumbohm. Wie den das wohl ärgert. Aber mit Plumbohms Brot kann man auch Löcher in den Kopf werfen. Und Ossenbrücks Brot...«

Sie redete ununterbrochen, ganz gegen ihre Gewohnheit, vermutlich um über das, was bei Ossenbrücks tatsächlich besprochen worden war, hinwegzureden. Johann Peersen hörte nicht hin. Mit leeren Augen sah er, wie Frau Jepsen Speck und Zwiebeln würfelte und vom Brett in die Pfanne schob, wie sie kalte Pellkartoffeln dazuschnippelte, das Feuer schürte, die Teller aus dem Schrank nahm. Er sah es und sah es nicht, dachte nur an den Nachmittag, an die Frau, ihre Haut, ihre Hände, ihren Mund, tat noch einmal, was sie getan hatten.

»Frieda Ossenbrück hat ein neues Kleid ange habt«, sagte Frau Jepsen. »Sah ja man richtig hübsch aus. Bißchen dick natürlich nach dem Kind, und dann der viele Kuchen, Unglück braucht Süßes. Aber das muß ja nicht so bleiben, Herr Peersen, so dick wie ihre Mutter wird sie nicht, die Frieda, und Klavierspielen kann sie auch. Auf einem schwarzen Klavier, hat Heinrich Ossenbrück extra gekauft.«

»Hören Sie doch mit Ihrer Schietfrieda auf!« rief Johann Peersen so laut, daß Frau Jepsen, die gerade Petersilie hackte, sich vor Schreck in den Finger schnitt, und er holte einen Lappen aus dem Küchenschapp und wickelte den Finger ein.

»Entschuldigen Sie man, Frau Jepsen«, murmelte er.

Fünf Tage, wie gesagt, dauerte es, bis Johann Peersen zu Ossenbrück ging, die übliche Zeit, die er brauchte, um mit Erschütterungen fertigzuwerden.

»Fünf Tage«, so die Überlieferung meiner Mutter. »Das wußten wir alle. Wenn irgendwas Grundlegendes passierte, dann schloß er sich ein, sprach nichts, aß nichts, und keiner durfte in seine Nähe. Als die kleine Elsbeth starb, war das so, und nach dem Einsturz von Samwerstraße sieben, und als es mit der Drainage am großen Kielstein nicht klappen wollte. Und natürlich der Tod von Großmutter Marie. Fünf Tage. Dann war er wieder da. Wie es innen bei ihm aussah, das wußte keiner. Aber er war wieder da und machte weiter.«

Fünf Tage also verbrachte er in einer Art Trance, strich ziellos durch die Stadt oder nur mit einem einzigen Ziel, ohne es jedoch anzusteuern, hoffte, der Frau zu begegnen, flüchtete, wenn er sie zu sehen glaubte, kehrte um, rannte hinter ihr her, verzweifelte, weil er sich geirrt hatte, irrte sich immer wieder, lag auf dem Bett mit seinen Erinnerungen, und selbst Luise Jepsens Essen schmeckte ihm nicht.

Frau Jepsen hielt es für eine Influenza. Sie kochte Haferschleim und Lindenblütentee. Auch betete sie für ihn halbe Nächte durch, weshalb sie es sich zugute hielt, als Johann Peersen nach dem fünften Tag sein altes Gesicht bekam und fragte, ob es nicht mal Sauerkraut geben könne. Mit Poten und Schnuten.

»Aber man gern, Herr Peersen«, sagte sie glücklich. »Sehen Sie, es war die Influenza. Die dauert fünf Tage.«

Johann Peersen fühlte sich tatsächlich besser. Er hatte es geschafft, seine Erinnerungen zu verstauen, abrufbereit, aber nicht mehr allgegenwärtig. Er ließ sich nicht von Erinnerungen umbringen.

An diesem Nachmittag ging er in die Ossenbrücksche Bäckerei, gegen fünf, als gerade wieder der Duft von frischen Semmeln bis auf die Straße drang. Eine unförmige Frau stand hinter dem Ladentisch. Der Busen unter ihrer weißen Schürze kam Johann Peersen wie ein Berg vor.

Er kaufte acht Semmeln.

»Sind Sie vielleicht Frau Ossenbrück?« fragte er, als er das Geld hinlegte.

Die Frau nickte, wobei das lockere Fleisch unter ihrem Kinn wabbelte. Wie Topfsülze, dachte Johann Peersen mit Widerwillen.

Er nannte seinen Namen und fragte, ob ihr Mann zu sprechen sei.

Frau Ossenbrück musterte ihn mit freudigem Interesse.

»Nein, ist das denn die Möglichkeit! Herr Peersen! Sind Sie denn wieder gesund? Frau Jepsen hat mir man gerade gestern erzählt, daß Sie krank waren, Influenza, nicht?«

Sie hatte eine merkwürdige Art zu sprechen, immer in der gleichen Tonlage, ohne die Stimme zu heben oder zu senken. Frau Jepsen hatte ihn schon darauf vorbereitet: »Die Ossenbrücksche, die nölt.«

Ein Kunde kam herein und kaufte Rundstücke. Dann schloß Frau Ossenbrück die Ladentür ab.

»Nun wollen wir mal zu meinem Mann, Herr Peersen. Er ist gerade wieder beim Brot. Das geht ja man den ganzen Tag mit der Marine«, nölte sie, und Johann Peersen folgte ihr in die Backstube, wo Heinrich Ossenbrück, über und über mit Mehl bestäubt, mit Bäckerschurz und Bäckerkappe, die Freude seiner Frau nicht zu teilen schien.

»Johann Peersen?« fragte er mürrisch und starrte ihm mit wässrigen Augen ins Gesicht, ohne dabei den Kopf heben zu müssen. Er war fast genauso groß wie Johann Peersen, viel dicker allerdings, wenn auch nicht ganz so dick wie seine Frau. »Kommen Sie doch noch? Ich hab schon gemeint, Sie wollen nicht mehr.«

»War doch die Influenza, Hinnerk«, nölte Frau Ossenbrück.

»Geh du man in deinen Laden«, sagte er.

Johann Peersen lehnte an einem der Tische, die die lange Backstube säumten, eine Backhalle eher, mit fünf Öfen und einer Vielzahl von Gesellen, Lehrlingen und Handlangern. Anders als Bäcker Illmer in Flensburg mit seinem Schietladen, dachte er, zog den Brot- und Kuchenduft in die Nase und sah zu, wie Heinrich Ossenbrück trotz seines Bauches durch die Backstube fegte, mit dem Holzschieber lange Reihen Rundstücke aus den Öfen holte, andere frisch füllte, einem Lehrling das richtige Feuern zeigte, dem nächsten ein Stück Teig aus der Hand riß, um ihm beizubringen, wie man eine ordentliche Kieler Semmel formt, zwei Gesellen, die neue Brotlaibe herrichteten, zu größerer Eile antrieb, fertige Kringel begutachtete, quellende Hefestücke prüfte und überall gleichzeitig zu sehen und zu hören war mit seinem hellen, schmetternden Tenor. Den Besuch schien er vergessen zu haben. Erst, als Johann Peersen Anstalten machte, die Backstube zu verlassen, kam er hinter ihm hergelaufen.

»Sie sehen doch, was hier los ist«, sagte er. »Na, dann wollen wir mal nach oben.«

Er nahm Schürze und Kappe ab, bemühte sich vergeblich, das Mehl vom Kittel zu klopfen und stieg mit Johann Peersen die Treppe hinauf.

Die Wohnung lag über der Bäckerei. Heinrich Ossenbrück wollte die Tür zur Küche öffnen. Nach kurzem Zögern jedoch nahm er die Hand von der Klinke, machte kehrt und führte Johann Peersen in die gute Stube, wo roter Plüsch und Spitzendecken, glänzendes Mahagoni, eine Pariser Uhr, persische Brücken und ein kunstvoll gearbeiteter Ofen, auf dessen Kacheln Ritter zu Tische saßen, jagten, tanzten und Turniere ausfochten, vom Ossenbrückschen Wohlstand zeugten. Auch Friedas Klavier, schwarz und so blank, daß Johann Peersen sein verzerrtes Spiegelbild darin erblicken konnte, stand an der Wand.

Heinrich Ossenbrück wies mit dem Kopf auf einen der Sessel. »Setzen Sie sich man hin«, sagte er. »Wollen wir 'n lütten Schluck trinken?«

Er holte eine Karaffe und Gläser aus dem Vertiko. Seine Hände hinterließen mehlige Spuren auf dem Kristall.

»Schnaps ist gut für Cholera«, murmelte er und als beim Einschenken ein paar Tropfen auf die polierte Tischplatte fielen: »Da wird Mutter wieder Krakeel machen. Na, denn Prost.«

Er kippte den Korn herunter. Schweigend saßen

sie da, unter zwei Bildern in goldenen Rahmen: Kaiser Wilhelm I. und Fürst Bismarck, die das Deutsche Reich gegründet, Kiel zum Kriegshafen gemacht und so die Voraussetzung für Heinrich Ossenbrücks Brotlieferungen an die Marine geschaffen hatten.

Wes Brot ich back, des Lied ich sing, dachte Johann Peersen, der sich immer noch als Schleswig-Holsteiner fühlte, treu den angestammten Augustenburgern, und in den Preußen eher eine Art Besatzungsmacht sah, nicht viel anders als früher die Dänen.

»Die Preußen, die mochte er nicht«, sagte meine Mutter. »Wenn der Kaiser zur Kieler Woche kam, mit der Kaiserin und den Prinzen und dem ganzen Hofstaat, dann sind wir alle zum Hafen gelaufen, und es war ja auch immer ein schöner Anblick. Nur Großvater Peersen, der ist zu Hause geblieben. Gebaut hat er für die Preußen, das war sein Geschäft, aber sonst wollte er nichts von ihnen wissen.«

Jedenfalls, die Bilder ärgerten ihn. Der ganze Kram rundherum ärgerte ihn, mitsamt Heinrich Ossenbrück und seiner wabbeligen Frau.

»Prost«, sagte Heinrich Ossenbrück zum zweitenmal, nachdem er die Gläser frisch gefüllt hatte. »Tja, und dann wollen wir man...« Er trank, räusperte sich, stellte sein Glas hin. »Sie sind Maurer, wenn ich das recht verstehe?«

»Ja«, sagte Johann Peersen. »Bin ich wohl. Maurermeister. Und zuerst mal: Was soll denn eine Parzelle bei Ihnen kosten? Groß genug für ein Mietshaus, so vier- bis fünfhundert Quadrat? Wenn Sie mehr als fünfhundert wollen – dafür krieg ich überall was.«

Der Vorstoß kam ziemlich direkt, ohne höflichen Schlenker – ein Affront, wenn man bedenkt, daß es eigentlich um andere Dinge ging als simple Landverkäufe. Vielleicht war es Johann Peersens letzter Versuch, seine Seele zu retten? Jedenfalls hatte er keine Lust mehr, hier noch länger um Gunst zu buhlen. Er blickte auf Friedas Klavier, beinahe hoffte er, daß Heinrich Ossenbrück ihn hinauswerfen würde und die ganze Angelegenheit damit erledigt sei.

Aber Heinrich Ossenbrück schickte ihn nicht weg. Im Gegenteil, er taute auf. Er hatte dem Besuch mit Bangigkeit entgegengesehen, diesem Gespräch, bei dem man um den Kern erst einmal herumreden mußte. Gleich mit Frieda anzufangen, das ging ja wohl nicht an, und diplomatischem Geplänkel fühlte er sich nicht gewachsen.

»Wat schall ick denn man bloß seggen, Modder, wenn der Kirl nu wirklich kümmt?« hatte er jeden Morgen seine Frau gefragt, ohne aus ihrem immer gleich »dat wart sik schon wisen, Hinnerk« Trost zu schöpfen. Daß Johann Peersen ohne Umschweife aufs Geld gekommen war, erleichterte ihn. Auf Geld verstand er sich, darüber konnte er reden, und so sagte er, daß fünfhundert durchaus angemessen beziehungsweise viel zu billig seien angesichts von Lage und Nachfrage, der Preis unter anderem aber davon abhinge, wie viele Parzellen jemand zu kaufen gedenke, und ob Johann Peersen denn überhaupt Kapital besitze.

Diese Frage kam nicht ohne Hinterlist.

Er habe etwas Geld, entgegnete Johann Peersen mit Würde. Geld, auch fertige Pläne und zudem eine feste Kreditzusage. Von Herrn Bankier Aßmann persönlich.

»Der alte Aßmann?« Heinrich Ossenbrück fühlte sich aus dem Konzept gebracht. Er schwieg. Er saß in seinem roten Plüschsessel, griff wieder nach dem Glas, und Johann Peersen nutzte seine Unsicherheit.

Ich schaffe es, dachte er in das Gesicht von Heinrich Ossenbrück hinein. Ich will es schaffen, ich gehe hier nicht weg, bevor ich es geschafft habe.

»Das ist nämlich so, Herr Ossenbrück«, sagte er. »Ich habe genug Kapital für ein Haus, und wenn das fertig ist, kann ich wieder eins bauen, und dann das nächste, und so geht es weiter, klein bei klein. Aber das will ich nicht, so 'n Klöterkram.«

Er machte eine Pause. Heinrich Ossenbrück nickte.

»Da hinterm Knooper Weg«, fuhr Johann Peersen fort, »die Straßen sind schon geplant, da kann man was machen. Nicht nur ein Haus und dann noch eins und noch eins, und immer für andere Leute, und wenn man alt ist, gehört einem womöglich keins davon.«

Er sah jetzt durch Heinrich Ossenbrück hindurch, sah wieder seine Straßen, seine Häuser, und Heinrich Ossenbrück stieß ein zischendes Geräusch durch die Zähne.

»Sie wollen wohl 'n bißchen viel auf einmal, junger Mann«, sagte er.

Johann Peersen kam wieder in die Realität zurück, in die gute Stube mit Friedas Klavier. »Warum eigentlich? Sie backen doch auch Ihr Brot nicht bloß für Hansen und Petersen. Sie backen für die ganze Marine. Mit vier Backöfen!«

»Fünf!« berichtigte Heinrich Ossenbrück etwas gereizt. »Fünf Backöfen! Und die habe ich bar bezahlt. Ich hatte nämlich Geld für fünf Backöfen.«

Johann Peersen setzte alles auf eine Karte.

»Und eine reiche Frau«, sagte er, lachte aber dabei, unbekümmert und jungenhaft. Er redete um seine Zukunft, und trotzdem, plötzlich mußte er lachen, daß er hier saß, von Frau Jepsen geschickt, und mit dem mehligen Ossenbrück über Backöfen redete.

Johann Peersens berühmtes Lachen.

»Er konnte lachen, dein Großvater Peersen. Es

steckte an, sein Lachen. Geschäftlich hat ihm das genützt, glaube ich, die Leute waren gern mit ihm zusammen, so hat er manches unter Dach und Fach gebracht.«

Auch bei Heinrich Ossenbrück, der schon den Mund für eine scharfe Entgegnung öffnen wollte – »Nu werden Sie man nicht kiebig, junger Mann« –, hatte Johann Peersens Lachen Erfolg.

»Tja«, sagte er und lachte jetzt ebenfalls. »Mag wohl so sein. Die Koppeln, die hat sie mitgebracht. Und war nicht zum Schaden.«

Er nickte vor sich hin, sah Johann Peersen mit seinen schwimmenden Augen an, der junge Mann gefiel ihm, der Name Frieda stand im Raum.

»Nicht zum Schaden«, wiederholte Ossenbrück. »Noch 'n Lütten zum Abschluß? Eilt mir 'n bißchen, das Brot wird schwarz, und um acht muß ich zum Singen. Können Sie singen?«

Johann Peersen schüttelte den Kopf.

»Vielleicht doch«, sagte Heinrich Ossenbrück. »Ich bin im Vorstand der Liedertafel, da brauchen wir junge Leute. Und wenn Sie wollen, dann kommen Sie man am Sonntag um drei zum Kaffeetrinken. Da gibt's Schokoladentorte, die macht meine Frau, und dann können wir weiterreden. Prost!«

»Prost!« sagte Johann Peersen. »Und schönen Dank auch, Herr Ossenbrück. Ich komme gern.«

Ich komme gern. Irgendwann müssen diese Worte gefallen sein, ob nun in Ossenbrücks guter

Stube oder an einem anderen Ort. Gesagt worden sind sie, es gibt Beweise: Heiratsvertrag, Heiratsurkunde, Grundstücksüberschreibung, Erbscheine. Auch ein Verlobungsbild.

»Geliebt hat er sie wohl nicht, die Frieda Ossenbrück, ist ja verständlich«, meinte meine Mutter stets mit Nachdruck, wenn sie, das Bild in der Hand, diesem Teil der Geschichte nachsann. »Sie war wirklich keine hübsche Person, und außerdem eine dumme Pute, hat Frau Jepsen immer gesagt. Aber Großvater Peersen brauchte etwas, um weiterzukommen. Ist ja verständlich, und sie wollte ihn um jeden Preis.«

Ist ja verständlich: Die Heirat nach Geld, Gegenwart für Zukunft hingeben, Sehnsüchte für Reichtum und Macht – ausgerechnet sie mußte diesen Satz sagen, meine Mutter, die, als es bei ihr soweit war, den umgekehrten Weg gegangen ist und auf alles verzichtet hat für Liebe. Dieser Satz, dem ich glaube nachspüren zu müssen, warum hat sie ihn immer wiederholt, mit soviel Nachdruck? Des Andenkens meines Großvaters wegen? Oder wußte sie, daß sie nur einem Muster gefolgt war, als sie sich ihren Mann nahm, meinen Vater, und ihre Zukunft auf seine Liebe bauen wollte wie Johann Peersen seine Häuser auf Frieda Ossenbrücks Land? Vergeblich, wie sich zeigen wird. Ihr Mann aus Moskau ließ nichts auf sich bauen, seine Liebe war kein Hort wie das Erbe Frieda Ossenbrücks,

Gefühle lassen sich nicht bei der Bank deponieren. Alles lief anders in ihrem Leben, als sie geplant hatte, bis sie nicht mehr wußte, was überhaupt ihr Leben gewesen war.

Ich weiß, was ich suche. Ich suche das Muster.

Im übrigen, dies vorweggenommen: Johann Peersens Einsatz war nicht hoch. Er bekam viel für wenig. Beim Abschluß des Geschäfts jedoch, man muß es ihm zugute halten, konnte er das nicht wissen – damals, als er Frieda Ossenbrück heiratete und, wie meine Mutter so oft betonte, ein guter Ehemann wurde.

Aber noch ist es nicht soweit. Noch steht Johann Peersen in Ossenbrücks guter Stube, sagt »ich komme gern« und kehrt danach in die Faulstraße zurück, wo Luise Jepsen, hin und her gerissen zwischen zwei Hoffnungen, auf ihn wartet.

Sie hatte den ganzen Tag Laken geflickt, Heimarbeit fürs Krankenhaus, mit der alten Nähmaschine, die noch durch eine Handkurbel in Gang gesetzt wurde. Ihr Kopf tat weh, wie immer, wenn sie ihre Augen anstrengte. Als Johann Peersen kurz vor sechs in die Küche trat, war sie froh, daß sie aufhören konnte.

»Tag«, sagte er, ging in sein Zimmer, zog den Rock aus, kam wieder zurück.

Luise Jepsen faltete die Laken zusammen. Sie suchte in seinem Gesicht. Er blickte gleichmütig.

»Soll ich Sauerkraut aufwärmen?« fragte sie.

Er schüttelte den Kopf und legte zwei Tüten auf den Tisch – die Ossenbrückschen Semmeln und einen Ring Blutwurst.

»Kochen Sie man Tee, Frau Jepsen«, sagte er, setzte sich hin und sah zu, wie sie den Wasserkessel füllte, das Herdfeuer anblies, die Wurst auf ein Holzbrett legte, zwei blaue Becher vom Bord nahm, den Tee aufgoß. Er spürte ihre Neugier, erzählte aber immer noch nichts, so lange, bis sie es nicht mehr aushielt und fragte: »Was ist denn nun, Herr Peersen?«

»Was soll schon sein?« Er schnitt drei dicke Scheiben von der Wurst ab und legte sie auf seine Semmel. »Sonntag geh ich zum Kaffeetrinken.«

»Ach!« murmelte sie und machte sich ebenfalls eine Semmel zurecht. »Was hat denn die Blutwurst gekostet?«

»Sechzig Pfennig das Pfund«, sagte er.

»Ach!« murmelte sie wieder. »Lorenzen nimmt aber nur fünfundfünfzig. Haben Sie Frieda gesehen?«

Johann Peersen schüttelte den Kopf, worauf Frau Jepsen seufzte, tief und kummervoll, als ob ihm die schwerste Prüfung noch bevorstünde.

Am nächsten Tag bürstete sie seinen Anzug gründlich, plättete das beste Hemd, brachte Johann Peersen sogar dazu, einen neuen Kragen zu kaufen. »Die Ossenbrücksche hat Augen wie 'n Schuhu«, sagte sie. »Die sieht alles.«

Was das Kaffeetrinken am Sonntag betrifft, so existiert nur eine verbürgte Nachricht: Die Schokoladentorte war gut.

Aber nicht die Schokoladentorte macht die Geschichte, sondern das, was sich um sie herumrankt. Wie kann es gewesen sein?

Johann Peersen, denke ich mir, war pünktlich. Um drei ließ er den Messingklopfer gegen die Tür des Bäckerhauses fallen, und die Magd kam vom ersten Stock heruntergelaufen und öffnete.

»Kommen Sie man rein«, sagte sie. »Die warten schon.«

Er folgte die Treppe hinauf. Sie war jung und zierlich, und unter dem gestreiften Baumwollrock ließ sich ein kleiner fester Hintern vermuten.

Wenn das Frieda wäre, dachte Johann Peersen, hegte aber keinerlei Hoffnung in dieser Hinsicht.

Die Magd machte die Tür zur guten Stube auf. »Nu isser da!« verkündete sie, und Johann Peersen trat ein.

Kaffeeduft schlug ihm entgegen, und was er sah, waren Vergißmeinnicht. Auf der gestickten Tischdecke, auf den Tassen, der Kanne, dem Milchtopf, der Zuckerdose, überall Vergißmeinnicht, und dazu passend Frieda Ossenbrück in einem vergißmeinnichtblauen Kleid aus Musselin, eng geschnürt die Taille, der Rock nach hinten gebauscht, Seidenschleifen auf der Brust. Sie stand neben dem Sofa, sah ihn an und errötete.

Frieda Ossenbrück. Johann Peersen warf ihr einen Blick zu, kurz nur, mehr brauchte er nicht. Sie war hochgewachsen, nicht ganz so dick, wie er befürchtet hatte, eher stattlich, eine stattliche Erscheinung. Aber er mochte keine stattlichen Frauen. Er mochte kleine, schmale, die ihm knapp bis zur Brust reichten. Blond mußten sie sein, hellhäutig, mit dunklen Augen. Bei Frieda war es umgekehrt: braune Haare, bräunliche Haut, Heinrich Ossenbrücks Augen, wasserblau, und ein rundes Gesicht, das tatsächlich schon anfing, dem ihrer wabbeligen Mutter zu gleichen.

Johann Peersen spürte, wie beim ersten Mal in Ossenbrücks guter Stube, den Drang, sich davonzumachen, schaffte es aber wieder nicht, denn schon schüttelte Heinrich Ossenbrück ihm die Hand, im dunklen Sonntagsrock, den Hals von einem Vatermörder zusammengepreßt.

»Pünktlich wie die Maurer!« rief er aufgekratzt. »Warum heißt das eigentlich so? Ist doch Tüddelkram, Bäcker müssen viel früher aufstehen.« Bis Frau Ossenbrück, eine Perlenkette auf dem beängstigenden Busen, sich mit »Nun mal Schluß, Vater, andere sind auch noch da« einmischte und Johann Peersens Hand an sich brachte. »Ich freue mich, werter Herr, und das ist unsere Tochter Frieda.«

Johann Peersen machte eine Verbeugung, seine tadellose Verbeugung, und verbeugte sich sozusagen in Friedas Herz hinein. Sie verliebte sich sofort in ihn, bestimmt, wie soll es anders gewesen sein. Ein gutaussehender junger Mann, Meister, Manieren, tüchtig, mit Zukunft – und sie in ihrer Lage.

Doch, sie hat sich in ihn verliebt. Und er sich nicht in sie. Das alte Lied. Warum ist er nicht weggelaufen, mein Großvater Peersen?

Nein, er blieb. Er saß am Tisch, Frieda gegenüber, erteilte sparsam und höflich Auskunft über sein bisheriges Leben und ließ im übrigen den Nachmittag über sich ergehen: aß Schokoladentorte, hörte sich Frau Ossenbrücks Familiengeschichte an, lauschte Friedas Bemühungen auf dem schwarzen Klavier und litt. Nicht unter Friedas Darbietung. Im Gegenteil. Das Klavier hatte den Vorzug, Frau Ossenbrück wenigstens zeitweilig zum Schweigen zu bringen. Ihr ununterbrochenes Nölen war es, was ihm auf die Nerven ging. Doch auch seinen Augen tat sie weh, weil sich das lilafarbene Seidenkleid mit dem roten Plüsch des Sessels biß. Er mußte einen anderen Ort für seine Blicke finden, Heinrich Ossenbrück zum Beispiel, der, breit und bequem auf den Tisch gestützt und eine Zigarre im Mund, seine Augen unentwegt zu seiner Tochter huschen ließ. Sorge lag darin, Hoffnung, Zärtlichkeit. Er liebt sie, dachte Johann Peersen erstaunt. Er will es gut für sie machen. Einen Moment lang hatte er ein schlechtes Gewissen. Aber seine Absichten deckten sich mit denen von Friedas Vater. Sie wußten beide, daß es um ein Geschäft ging, und so schickte auch Johann Peersen seine Blicke zu Frieda hinüber, lächelte sogar, was sollte er tun, wenn ihre Augen sich trafen. Zwar wußte er noch nicht genau, ob seine Absichten wirklich seine Absichten bleiben würden. Aber es konnte sein, es war möglich, und er lächelte. Manchmal lachte er auch dieses ansteckende Lachen, etwa, als Heinrich Ossenbrück zum Schrekken seiner Frau einen Witz losließ.

»Fragt doch so ein Binnenmensch einen Matrosen: ›Worüm is blots dat Water so natt?‹ Sagt der Matrose: ›Tja, weeten Se, dar hev ick man jüst...‹«

»Heinrich!« kreischte Frau Ossenbrück.

»Reingespuckt. Was hast du denn, Mutter?« fragte Heinrich Ossenbrück, und Johann Peersen lachte. Frieda sah ihn an und lachte mit.

Im übrigen stickte sie, graues Leinen, rotes Garn, das Ganze ein Klammerbeutel, wie Frau Ossenbrück erklärte, der mit dem Spruch

»Sauber und rein
sei die Wäsche dein«

verziert werden sollte. In Plattstich. Momentan war sie bei dem üppig geschwungenen W.

»Das Kind muß auch immer was in den Händen haben, Herr Peersen. Die Tischdecke ist auch von ihr, hübsch, nicht? Nun rede doch auch mal was, Frieda.«

Aber Frieda, sonst gar nicht so still, sagte nicht viel, nur ja und nein, vielleicht weil sie nicht mit vollen Segeln in die neue Chance laufen wollte, nicht gleich mitmachen bei dem Handel, sich möglicherweise dieser Zurschaustellung schämte, gerade, weil Johann Peersen ihr gefiel.

Arme Frieda. Warum soll ich sie für eine dumme Pute halten? Sie war die Erbin der Ossenbrücks, der Bäckersleute mit dem vielen Bauland, die sich einen feinen Schwiegersohn wünschten, etwas Besseres für die klavierspielende Tochter, und Frieda mußte es büßen. Da saß sie, stickte und schwieg. Wer weiß, was sie dachte. Vielleicht dachte sie auch, daß jetzt so etwas wie Glück auf sie zukäme. Immerhin hatte Johann Peersen sie angelächelt.

Gegen sieben, nach einer Platte mit belegten Brötchen und Heringssalat, den, wie Frau Ossenbrück betonte, Frieda gemacht hatte, konnte Johann Peersen sich endlich verabschieden. Heinrich Ossenbrück brachte ihn zur Tür. Er schwankte etwas. Zuviel Aufregung, zuviel Schnaps, das vertrug er nicht.

»Hoffentlich hat es Ihnen gefallen bei uns, Herr Peersen«, sagte er, auch mit der Zunge nicht mehr ganz sicher.

»Doch, doch. Vielen Dank.«

Heinrich Ossenbrück forschte in dem verschlossenen Gesicht und vergaß die Diplomatie.

»Min Fru, de snackt toveel«, sagte er. »Aber die sollen Sie ja nicht heiraten. Was meinen Sie, wollen wir morgen früh mal hin?«

»Wohin?« fragte Johann Peersen.

»Zu den Koppeln. So gegen zehn? Wir können die Pferdebahn nehmen.«

Johann Peersen antwortete nicht gleich.

»Oder haben Sie keine Zeit?« Es klang ängstlich. Johann Peersen verstand, was es in Wirklichkeit hieß: Oder gefällt Ihnen meine Frieda nicht?

»Also gut, um zehn, Herr Ossenbrück«, sagte er.

Wann war das alles? In der letzten Märzwoche, nehme ich an, etwas früher oder später, es ist nicht wichtig. Fest steht dagegen ein anderes Datum: Am vierten Juli achtzehnhundertsiebenundachtzig fand die Hochzeit statt, gute zwei Monate nach dem Sonntag mit Schokoladentorte und Heringssalat, der Johann Peersen übrigens schwer im Magen gelegen hatte. Wahrscheinlich war Friedas Mayonnaise zu fett gewesen, obwohl er Fett sonst gut vertrug. Frau Jepsen hatte ihm Pfefferminztee gekocht und eine Wärmflasche mit ins Bett gegeben. Aber er konnte trotzdem nicht einschlafen, stand schließlich auf, ging zum Klosett unten im Hof und steckte den Finger in den Hals. Danach war ihm wohler.

Als er zurückkam, saß Frau Jepsen in der Küche, im langen Parchenthemd, die Nachtjacke darüber, ein Häubchen auf dem Haar. Die Petroleumlampe brannte, auch das Herdfeuer, und der Wasserkessel fing schon an zu summen.

»Ich mach Ihnen noch mal Tee«, sagte sie.

Die Zähne schlugen ihm aufeinander. Er wickelte sich in eine Decke und wartete. Der Tee wärmte ihn, er trank zwei Becher. Dann fragte er: »Haben Sie Ihren Mann eigentlich geliebt, Frau Jepsen?«

»Geliebt?« Sie sah ihn verblüfft an. »Geliebt?« sagte sie noch einmal, so, als ob sie das Wort noch nie gehört hätte. »Ich weiß nun man wirklich nicht, Herr Peersen, wie Sie das meinen. Wir haben geheiratet, und er war immer ein guter Mann, arbeitsam und nie betrunken, nicht mal am Zahltag, und Schläge habe ich auch nicht gekriegt wie manche andere. Und wenn er noch da wäre, ginge es mir besser.«

»Ich habe nämlich darüber nachgedacht«, sagte Johann Peersen. »Mein Vater und meine Mutter und die Schwestern und Brüder von denen und die ganzen Leute im Dorf und die Meister und wen ich sonst noch kenne – wenn ich mir die alle ansehe, wie die verheiratet sind, das ist genauso, wie Sie sagen.«

Er stand auf. »Sind Sie morgen zu Hause?«

Sie nickte.

»Dann gehen wir nach dem Essen mal zusammen los und zu einem Doktor, damit Sie endlich eine Brille kriegen und nicht immerzu Kopfschmerzen haben.«

Eine Brille. Der Wunschtraum vieler Jahre.

»Das kann ich nicht bezahlen, Herr Peersen.«

»Sollen Sie auch nicht«, sagte er. »Das tu ich. Nacht, Frau Jepsen.«

Danach schlief er ein.

Am nächsten Morgen fuhren Johann Peersen und Heinrich Ossenbrück mit der Pferdebahn durch die Stadt bis Meltz, wo die Holtenauer Straße mit dem Knooper Weg zusammenstieß und es nicht mehr weit war zu den Koppeln. Heinrich Ossenbrück war schweigsam und mürrisch, teils, weil er am Abend zuvor eine halbe Karaffe Klaren ausgetrunken hatte, und teils wegen der Ursache für dieses Besäufnis.

Angefangen hatte es mit einer harmlosen Frage.

»Na, wie findet ihr ihn denn?« wollte er von seiner Frau und Frieda wissen, nachdem Johann Peersen gegangen war. Auf dem Tisch standen noch der übriggebliebene Heringssalat, die Teller und Gläser. Der Geruch von Kaffee, Zwiebeln, Zigarrenrauch hing in der Luft – die Reste dieses Nachmittags.

»Was soll man da sagen, Hinnerk?« nölte Frau Ossenbrück.

»Ein feiner Mensch, der Herr Peersen, direkt vornehm, gar nicht wie ein Maurer«, worauf Ossenbrück erst einmal die Fassung verlor, mit einem Faustschlag das Geschirr zum Klirren brachte und brüllte: »So was Dammliges hat ja wohl die Welt noch nicht gesehen! Was macht denn ein Maurer? Pinkelt der in die Stube? Ich bin man auch bloß ein Bäcker, und du, was bist du? Und wir können uns auch benehmen.«

Dann wandte er sich an Frieda.

»Was meinst du denn dazu, Deern?«

Frieda fädelte neues Garn ein und fing an, die Pünktchen über dem Ä zu sticken.

»Nun sag doch was, Frieda!« drängte Ossenbrück.

Sie legte ihre Arbeit beiseite, ging zum Fenster und zog die roten Samtvorhänge zu.

»Was soll ich denn sagen?« Ihre Stimme klang leer, nicht einmal Protest war darin. »Das ist doch schon alles fix und fertig abgemacht. Wenn er mich will, muß ich ihn ja wohl nehmen.«

»Gefällt er dir denn nicht?« fragte Ossenbrück ratlos.

»Gefall ich ihm?« fragte sie zurück, und ihre Mutter sagte: »Bestimmt, Friedachen, du gefällst ihm. Er hat dich man immerzu anplieren müssen, das hab ich gemerkt, und wie er dann gelächelt hat, direkt niedlich.«

»Ogottogott, Mutter«, sagte Frieda, setzte sich wieder aufs Sofa und fing an zu weinen.

»Jetzt mach bloß kein Gedöns«, schrie der bestürzte Ossenbrück sie an. Aber Frieda hörte ohnehin schon wieder auf. Sie machte kein Gedöns mehr. Sie war geschwängert worden und sitzengelassen, sie hatte Prügel bekommen und ein totes Kind, die Hebamme und eine andere Frau hatten sich auf ihren Bauch legen müssen, um es herauszupressen, ein kleiner Junge, den Kopf voll dunklen Flaums, und gleich nach dem ersten Atemzug war er gestorben – nein, sie machte kein Gedöns.

»Ich habe immer gedacht«, sagte sie, und das war ein letzter Versuch, »ich habe immer gedacht, vielleicht gibt's doch noch einen, der mich mag, nicht nur mein Geld.«

Heinrich Ossenbrück schüttelte den Kopf. Er nahm Friedas Hand, diese weiche, ein bißchen fette Hand, und tätschelte sie.

»Du liest zuviel Romane, min Deern. So, wie das bei dir steht, da kommt womöglich irgendein hergelaufener Kerl, der macht schöne Worte, aber in Wirklichkeit will er man auch bloß ans Geld, und dann bringt er es durch, und weg ist er. Dieser Peersen, das ist ein anständiger Mann, glaub mir, und die Liebe, die stellt sich dann auch ein, und außerdem ist ja noch nichts entschieden.«

»Wir wissen ja noch nicht mal, ob er dich nimmt, Frieda«, fügte Frau Ossenbrück hinzu. »Aber wenn, da kannst du dich freuen, so einer wie er, der könnte nämlich auch noch was anderes kriegen.«

»Hol din Snuut, Modder!« rief Heinrich Ossenbrück, doch sie nölte weiter.

»Bestimmt, Frieda, so wie der aussieht. Und du hast es dir ja nun man wirklich selbst eingebrockt, das muß mal gesagt werden, und wenn ich mir vorstelle, auf was für schöne Bälle wir gehen könnten, und als alte Jungfer rumsitzen, ist das etwa ein Spaß?«

Frieda antwortete nicht. Sie stickte schon wieder. Ihren Vater aber hatte dieses Gespräch so aufgeregt, daß er, ohne es zu merken, einen Schnaps nach dem anderen kippte und jetzt, am Morgen danach, als er mit Johann Peersen durch die Stadt fuhr, kaum die Zähne auseinander bekam. Erst bei den Koppeln wurde er wieder umgänglicher.

»Da ist es«, sagte er. »Man bloß noch der Rest. Der Alte war ja nicht zu halten, verkaufen, verkaufen, direkt ein Glück, daß er gestorben ist, na ja, Sie wissen schon, wie ich das meine, hat ja auch genug Schweiß hier reinlaufen lassen. Kartoffeln waren das und Roggen.«

Er starrte auf den Boden, der von Tag zu Tag im Wert stieg, und sagte, daß er selbst nur im Notfall etwas hergeben würde. »Jetzt zum Beispiel, Herr Peersen, für die Backöfen. Den Laden will ich nicht mehr. Warum soll meine Frau sich die Beine in den Leib stehen wegen der paar Semmeln? Ich baue an, da kommen noch mehr Öfen hin, das wird eine Brotfabrik.«

Er sah zum Himmel, wo sich wieder Wolken über die Sonne geschoben hatten, wollte weitersprechen, tat es aber nicht.

Johann Peersen hatte einen Bebauungsplan mitgebracht, in den die künftigen Straßen schon eingezeichnet waren. Die Größe des Ossenbrückschen Besitzes überwältigte ihn.

»Soviel Grund!« sagte er in die Stille. »Soviel Grund!«

Es waren seine ersten Worte nach der Besichtigung.

»Tja.« Heinrich Ossenbrück nickte. »Das reicht für die Öfen, da bleibt noch genug über. Für meinen Sohn, den Emil, er ist bei der Marine, Bäcker will der nicht werden, das wollte der andere, der gestorben ist, und zwei andere waren auch noch da, die sind gar nicht erst groß geworden, leider, wofür mach ich das eigentlich – tja, und Frieda natürlich. Auf das, was Frieda kriegt, kann man auch noch einen hübschen Haufen Steine draufmauern. Was meinen Sie dazu, Herr Peersen?«

Johann Peersen antwortete nicht gleich, worauf Heinrich Ossenbrück endgültig vorpreschte. Er wollte die Sache ins reine bringen, so oder so, und wieder in seine Backstube zurück.

»Ich weiß, daß Sie ein anständiger Mensch sind, Herr Peersen. Wir können ja offen reden. Frau Jepsen hat uns gesagt – und deswegen sind Sie ja schließlich gekommen – und Geld ist nichts

65

Schlechtes, und wenn der Mann es anständig meint, und das Geld – und langes Gedibber liegt mir nicht.«

Er verhedderte sich und fing von vorn an.

»Wir brauchen uns nichts vorzumachen, Peersen. Sie wissen sowieso, was unserer Frieda passiert ist. Dieses Unglück, stört Sie das?«

Johann Peersen schüttelte den Kopf.

»Aber die Leute, Peersen, Sie wissen ja, wie die Leute reden.«

»Die Leute sind mir schietegal«, sagte Johann Peersen. »Ich bin Maurer. Wenn ich gute Häuser baue, hören sie von selber auf.«

»Ja, Mann!« Heinrich Ossenbrück ließ seine Hand auf Johann Peersens Schulter fallen. »Dann ...! Ist ja man alles ein bißchen plötzlich, aber Sie haben es eilig, und das mit Frieda muß auch endlich seine Ordnung kriegen, und wir ...«

»Ich muß Ihnen was sagen«, fiel Johann Peersen ihm hastig ins Wort. »Ich ...«

»Ist was?« fragte Heinrich Ossenbrück erschrocken. »Sind Sie krank oder so was?«

»Nein«, sagte Johann Peersen. »Ich wollte nur – ich weiß nicht, aber es ist wegen der Liebe.«

Es war heraus. Mit rotem Kopf stand er da, schämte sich der großen Worte, aber es war heraus.

Ehrlicher Großvater Peersen! Soll ich froh sein, daß du es gesagt hast? Denn gesagt hat er es, nicht nur in meiner Geschichte. Es ist überliefert, von ihm selbst merkwürdigerweise. Er hat es Frau Jepsen erzählt, und Frau Jepsen konnte es weitergeben an meine Mutter und meine Mutter an mich.

»Er war eben ein anständiger Mann, dein Großvater Peersen. Anständig und ehrlich, ein Herr, nicht bloß nach außen. Natürlich, er hat ihr Geld gewollt. Doch sie hat Bescheid gewußt. Er hat sie nicht betrogen.«

Wirklich nicht?

Heinrich Ossenbrück lachte erleichtert. Er hatte Schlimmeres befürchtet.

»Ach, Junge«, sagte er. »Liebe! Sei man erst verheiratet mit meiner Frieda, dann kommt die Liebe von selber. Sie ist ein gutes Mädchen und 'ne söte Deern. War sie schon immer, von klein an, so 'ne söte Deern. Vielleicht 'n bißchen rundlich nach dem Unglück, aber das geht weg, wenn's überhaupt weggehen soll, ist ja ganz schön, 'n bißchen was zum Anfassen.«

So redete er dahin in seiner Hoffnung auf den guten Abschluß der Sache und weil er nicht wußte, daß er und seine Frieda betrogen wurden. Denn es war Betrug. »Es ist wegen der Liebe«, hatte Johann Peersen gesagt. Aber er hätte etwas anderes sagen müssen: »Ich finde sie widerlich mit ihrem Wabbelfleisch und den Wasseraugen«, hätte er zu Ossenbrück sagen müssen, »und nie im Leben werde ich sie lieben.«

Er tat es nicht, wegen des Baugrunds beim

Knooper Weg, und die Hochzeit wurde auf den vierten Juli festgesetzt.

Nicht gleich, das ist klar. Jetzt, da die Sache zwischen den Männern abgemacht war, sollte sich das junge Paar erst einmal näherkommen.

»Die Herzen müssen sich ja man auch so 'n bißchen finden«, formulierte es Frau Ossenbrück. Sie schlug eine Dampferfahrt mit der »Klaus Groth« vor, nach Laboe, dem Badeort an der Förde. In einem Brief wurde Johann Peersen eingeladen, sich »dem Ausflug in den Frühling« anzuschließen, und zwar am übernächsten Sonntag.

Der späte Termin hatte seinen Grund: Frieda paßte in ihr Frühjahrskostüm nicht mehr hinein, und für ein neues brauchte die Schneiderin Zeit.

Aber auch Johann Peersen hatte Probleme mit der Garderobe.

»Laboe? Da können Sie doch nicht mit Ihrem schwarzen Rock los!« sagte Luise Jepsen beim Mittagessen. Es gab Kartoffelbrei mit eingelegten Bratheringen, Frau Jepsens Spezialität, und der Brief lag auf dem Tisch. »Ist doch schon April, Herr Peersen! Ein Frühlingsausflug und im schwarzen Rock!«

Johann Peersen sagte, daß es ihm egal sei. Er habe nun mal keinen anderen.

»Sie müssen sich einen hellen Rock machen lassen«, erklärte Frau Jepsen, und als er dafür kein

Geld ausgeben wollte: »Dann nehm ich die Brille nicht.«

Die Brille war zwar schon bestellt, aber das Argument wirkte, zumal Frau Jepsen auch einen guten Schneider kannte, August Steffens, ein Freund ihres verstorbenen Friedrich und Geselle beim Hoflieferanten Knees, wo sowohl Marineoffiziere als auch zivile Herren arbeiten ließen.

»August Steffens verdient sich abends ganz gern ein paar Mark nebenbei«, sagte Frau Jepsen. »Bloß bei Knees, da dürfen sie nichts davon wissen.«

Dort also, bei August Steffens in der Küterstraße, wurde noch am selben Abend ein grauer Anzug aus feinem Strichtuch bestellt. Ein kompletter Anzug, nicht nur der Rock. »Bloß 'n nackter Rock, Herr Peersen?« hatte die apfelbakkige Schneidersfrau, Anna Steffens, gesagt, während sie die Teekanne auf den Küchentisch stellte. »Das ist doch nix, halbe Sachen sind keine Sachen, Kleider machen Leute, und so 'n schmukker Mann wie Sie! Lassen Sie meinen August man machen, der zieht Ihnen schon nicht das Fell über die Ohren, und wird trotzdem so gut wie bei Knees.«

»Vielleicht noch besser«, sagte August Steffens, ein kleiner dünner Mann mit fiebrigen dunklen Augen. »Weil's in die eigene Tasche mehr Spaß macht als für 'n Hungerlohn.«

»Nun sei man still, Vater«, sagte seine Frau. »Du hast einen festen Platz bei Knees und ein sicheres Auskommen, ist auch was wert.«

August Steffens höhnisches Lachen ging in Husten über. »Das nennst du Auskommen? Ich schneide bei Knees die Anzüge zu, und bei dem klingeln die Goldstücke, und wenn ich mal was Gebratenes essen will, muß ich dreimal darüber nachdenken, und die Wohnung ist feucht, da muß der Mensch ja krank werden. Ändert sich aber, Herr Peersen, ewig kann Bismarck die Gewerkschaft nicht verbieten. Und wenn wir Arbeiter uns erst mal einig sind, dann kriegen wir auch unsern Teil.«

Johann Peersen nickte nur vage mit dem Kopf, und Frau Steffens sagte: »Jetzt reicht's aber, August. Der Mann redet sich noch um Kopf und Kragen mit seiner Politik.«

Sie lachte ihn an voller Freundlichkeit, Anna Steffens, meine Urgroßmutter, die später so viele Klößchen zwischen den Handtellern drehen sollte, jeden Sonntag für eine frische Suppe.

»Aber das konnte niemand ahnen an diesem Tag«, sagte meine Mutter. »Großmutter Marie war gerade erst zwölf. Und sah aus wie zehn, so klein und dünn.« Sie war unerschöpflich im Ausmalen der Einzelheiten.

»Damals hat er Großmutter Marie zum ersten Mal gesehen. Sie saß mit am Tisch und hatte eine dunkelblaue Schürze um und den dicken Zopf auf dem Rücken, und Großvater Peersen hat sie kaum bemerkt.

Ist das aber 'ne magere Flunder, hat er nur gedacht, die kann man ja unter der Tür durchschieben! Aber ihr hat er gleich gefallen. Sie mußte ihn immerzu anstarren, weil er so groß war und so gut aussah und so lustig erzählte, von zu Hause und wie sie als Kinder dem Schullehrer einen Schweineschwanz angesteckt haben und von den Geburtstagen, an denen abends das ganze Dorf zum Feiern kam, und wie er dann unbedingt Maurer werden wollte und sein Vater ihn verprügelt hat, weil er den Hof nehmen sollte, und Geschichten von der Wanderschaft. Den ganzen nächsten Tag mußte sie an ihn denken.«

Die erste Anprobe fand noch in derselben Woche statt. August Steffens war bis tief in die Nächte hinein aufgeblieben, hatte zugeschnitten, genäht und gebügelt, getrennt, Teil an Teil gefügt, um ein bißchen extra zu verdienen für ein Sofa, das er und seine Frau sich wünschten. Sie bekamen es nie. Schon damals hustete er heftig und fühlte sich matt – die Schwindsucht, wie sich bald herausstellen sollte, und viele Anzüge konnte er nicht mehr nähen. Aber der graue für Johann Peersen wurde rechtzeitig fertig. Nach der dritten Anprobe saß er makellos, und pünktlich am Sonnabend brachte die kleine dünne Schneiderstochter ihn in die Faulstraße.

»Tag, Herr Peersen«, sagte sie und starrte ihn an.

»Tag, Marie«, sagte er. »Fein, daß du den Anzug bringst.«

Er gab ihr einen Groschen für den Weg. Sie knickste und starrte weiter.

»Was mußt du denn plieren mit deinen großen Augen?« fragte er. »Ist was komisch an mir?«

Da lief sie schnell weg.

»Die plieren immer so«, sagte Frau Jepsen. »Das liegt in der Familie. Der August hat's auch an sich, bloß nicht so hübsche Augen wie seine Lütte.«

Dunkle Augen. Helle Haut und dunkle Augen. Aber nicht einmal das fiel Johann Peersen auf. Sie war wirklich noch zu klein.

Endlich also die Fahrt nach Laboe. Johann Peersen wußte, was ihn erwartete. Er hatte zu dem grauen Anzug eine blaugraue Krawatte gekauft, auch einen Hut, dazu noch Schuhe und, weil Frau Jepsen keine Ruhe gab, ein neues Hemd nebst Kragen und gestärkten Manschetten. Bei einer solchen Investition konnte er sich nichts mehr vormachen.

Treffpunkt war die Seegartenbrücke. Als Johann Peersen fünf Minuten vor zwei eintraf, kamen Ossenbrücks ihm schon entgegen.

»Sie sehen aber nobel aus, Herr Peersen«, nölte Frau Ossenbrück, diesmal in olivgrauem Samt, bewundernd. Frieda warf ihm einen schnellen Blick zu, und auch Heinrich Ossenbrück musterte ihn wohlgefällig. Er hatte, von Skrupeln geplagt, die Zeit genutzt und in Flensburg, bei Johann Peersens letztem Meister, persönlich Erkundigungen eingeholt.

»Johann Peersen?« hatte der Meister gesagt. »Ein tüchtiger Kerl, zuverlässig, ordentlich und keine Flausen wie die meisten jungen Butschers.«

Nach dieser Auskunft wünschte sich Heinrich Ossenbrück nichts sehnlicher als eine baldige Entscheidung.

»Tja, dann wollen wir mal«, sagte er herzhaft, hakte seine Frau unter und marschierte mit ihr zur Anlegestelle.

Johann Peersen und Frieda folgten. Sie hatten noch kein Wort gewechselt. Schweigend gingen sie nebeneinander her, Johann Peersen mit dem Blick auf Frau Ossenbrücks grüne Hinteransicht und der zwanghaften Vorstellung, daß dies Frieda sei, zehn Jahre später.

Und Frieda Ossenbrück? Wie war ihr zumute? Bewunderte auch sie seine gute Erscheinung von der Seite, aus den Augenwinkeln? Dachte sie, wie schön es wäre, wenn dieser Mann ihr ein bißchen Zuneigung geben könnte, eine Spur wenigstens? Klammerte sie sich an die Worte ihres Vaters von der Liebe, die nach der Heirat von selbst käme? Oder hatte sie ihren Stolz endgültig begraben und hoffte auf diese Heirat, weil es üblich war, auf Heirat zu hoffen, mit Liebe, ohne Liebe? Niemand weiß es, nur, daß Frieda blau trug, ist überliefert, blauer Rips, schon wieder blau. Die Schneiderin hatte es ihr empfohlen, zu dem braunen Haar und der bräunlichen Haut. Ein lavendelblaues Kostüm, vorn spitz zulaufend, sogenannter Kürassierschnitt – »Das macht schlank, gnädiges Fräulein, das brauchen wir bei Ihrem Rubenstyp« –, dazu ein blaues Hütchen nebst blauem Sonnenschirm. Sehr teuer, sehr hübsch, mit Hilfe eines neuen Korsetts auch tatsächlich schlankmachend, eine lohnende Ausgabe also. Nur nicht im Hinblick auf Johann Peersen. Er konnte dieses ganze Blau nicht mehr sehen.

»So schönes Wetter heute«, sagte Frieda schließlich.

»Ja«, stimmte er zu. »Gar nicht wie April.«

Dann lächelte er sie an. Es mußte ja wohl sein.

»Der Himmel paßt direkt zu Ihrem Kleid, Fräulein Frieda«, sagte er, und sie nahm es als Kompliment.

An diesem Tag, nach der Dampferfahrt die Förde entlang, mit dunstigen Ufern rechts und links, der Sonne, dem Salzwind, den Möwen über Bug und Heck – an diesem Nachmittag fand die Verlobung statt.

Es gibt ein Bild des jungen Paares, gleich in Laboe vom Fotografen gemacht, damit man, wie Frau Ossenbrück sagte, noch das Glück auf den

Gesichtern sehen könne. Heinrich Ossenbrück stieß sie in die Seite, aber sie war nicht zu bremsen. »Daran werdet ihr euch noch erinnern, wenn ihr alt seid und die Enkelchen zu euren Füßen spielen«, nölte sie und weckte in Johann Peersen den Wunsch, daß es nie soweit kommen möge. Er wiederholte die Worte für Frau Jepsen, die mit ihm die Abneigung gegen seine Schwiegermutter teilte. So sind sie der Nachwelt erhalten geblieben, zusammen mit dem Verlobungsbild aus Laboe. Vergilbt und abgegriffen liegt es vor mir, und ich erinnere mich an das Kopfschütteln meiner Mutter: »Wie sie strahlt, die Frieda Ossenbrück. Sie wußte doch Bescheid, worum es ging.«

Strahlt sie? Doch, ein bißchen. Sie lehnt im Sessel, Johann Peersen steht daneben, seine Hand auf ihrer Schulter. Sie lächelt, und vielleicht könnte man das Lächeln als Strahlen deuten. Vielleicht hat es aber auch nur der Fotograf verlangt. »Strahlen, mein Fräulein, strahlen! Sie sind doch eine junge Braut! Und der Herr Bräutigam bitte ebenfalls etwas freundlicher.« Also lächelte auch Johann Peersen, verhalten, mit Ernst sozusagen, ein junger Mann, der gerade den Entschluß besiegelt hat, einen Hausstand zu gründen. Frau Ossenbrück pflegte aus der ›Glocke‹ zu zitieren, wenn sie das Bild im Laden herumzeigte: »O zarte Sehnsucht, süßes Hoffen, es schwelgt das Herz in Seligkeit...«

»Fräulein Frieda«, hatte Johann Peersen gefragt, »wollen Sie mich heiraten?« Sie saßen am Wasser, als diese Worte fielen, auf einer Bank, nicht weit vom Strandpavillon, in den sie zum Kaffeetrinken eingekehrt waren. Sie hatten Apfeltorte mit Schlagsahne gegessen, zwei Stücke pro Person, außer Frieda, die wegen der engen Schnürung kaum einen Bissen herunterbrachte. Dann, nach einem Gläschen Likör, war Frau Ossenbrück zur Sache gekommen.

»Ein bißchen frische Seeluft – was meinst du, Hinnerk?«

»Spazieren?« Heinrich Ossenbrück schüttelte den Kopf. »Mit soviel Apfeltorte im Bauch?«

Es klang verlegen, denn dieser Dialog war verabredet.

»Da sehen Sie es, Herr Peersen! Aber wenn Sie und Frieda...?«

»Ach, Mutter...«, versuchte Frieda einzuwenden, doch Johann Peersen stand auf.

»Denn man los, Fräulein Frieda«, sagte er. »Wo doch der Himmel so gut zu Ihrem Kleid paßt.«

Die Bank an der Strandpromenade. Sie waren fast allein, nur ein paar Spaziergänger hin und wieder. Frieda Ossenbrück hatte den Sonnenschirm aufgespannt. Der Wind zerrte daran, und das Spitzenmuster warf zitternde Schatten über ihr Gesicht.

»Wenn ich am Meer bin, muß ich immer mal

nachdenken«, sagte Johann Peersen, um fürs erste einem Gespräch auszuweichen, und sie nickte: »Das kann ich verstehen, Herr Peersen, mir geht es genauso.«

Da saßen sie also und blickten auf das Wasser, auf die Möwen, die mit den Wellen schaukelten, kreischend davonflogen, sich im Dunst zu verlieren schienen, und Johann Peersen dachte darüber nach, wo das Wasser wohl herkäme und wo es hinflösse und wie es wohl wäre, wenn man sich in ein Boot setzte und einfach wegtragen ließe. Was soll ich tun? dachte er, dreiundzwanzig und besessen von Gedanken an Frauen, eine Frau, seine Frau, ein Schlafzimmer, in dem sie zusammenlagen, ein Körper, der immer da war, eine schmale Frau mit heller Haut und hellen Haaren.

Und nun Frieda Ossenbrück, das Gegenteil dieses Traums, aber die Erfüllung eines andern: des Traums vom Bauen. Johann Peersen war gerade zwölf geworden, als der Traum begann, mit einem illustrierten Wochenblatt, der Himmel weiß, woher es kam: drei Seiten Fotos von Paris, Straßen, Häuser, Portale, Simse, Säulen, Fensterreihen – das war alles. Johann Peersen, der Junge aus dem Dorf, der nichts kannte als Reetdächer und den Blick über die Ebene, war tagelang mit dem Heft herumgelaufen, bis sein Vater es ihm aus der Hand riß, das nutzlose Zeug. Aber da hatte der Traum sich schon festgesetzt. Er wußte, was er wollte: Baumeister werden statt Bauer. Er träumte immer noch davon, auch wenn es nicht mehr Häuser waren in Paris, sondern in Kiel.

Johann Peersen sah Frieda an. Aufrecht saß sie da in ihrem blauen Kostüm, das Gesicht vom Schirm beschattet, die linke Hand auf dem Knie. Ein letztes Zögern. Dann legte er seine rechte Hand auf ihre.

Arme Frieda Ossenbrück. Sie blickte über das Wasser, den Möwen nach. Vielleicht dachte sie an den anderen, der sie berührt hatte und wieder losgelassen, vielleicht dachte sie, daß dieser hier sie festhalten würde, bei ihr bleiben Tag und Nacht, auch sie hatte ihre Träume, vielleicht glaubte sie, daß jetzt die Erfüllung käme, warum nicht, warum sollte sie nicht davon träumen, wer hält das schon aus, immer die Wirklichkeit.

Aber vielleicht war es auch anders. Vielleicht hoffte sie nur, daß sie endlich einen Mann bekäme und daß er gut zu ihr sein würde. Auf dem vergilbten Foto lächelt sie, und ich kann dieses Lächeln nicht deuten.

»Wollen Sie mich heiraten, Fräulein Frieda?« fragte Johann Peersen.

Sie wandte ihm das Gesicht mit den hellen Augen zu.

»Wollen Sie es wirklich?«

»Ja«, sagte er. »Wirklich.« Er sah sich um, und als niemand in der Nähe war, beugte er sich vor, küßte Frieda kurz und widerstrebend, und sie waren verlobt.

So geschah es zwischen Johann Peersen und Frieda Ossenbrück, ob nun zum Guten oder Bösen. Arm in Arm gingen sie zurück zum Strandpavillon, das Foto wurde gemacht, und am Abend, als sie wieder zu Hause waren, ließ Heinrich Ossenbrück aus Muhls Hotel, dem ersten Haus am Platze, eine kalte Platte vom Feinsten bringen und Champagner, um das Ereignis zu feiern.

Johann Peersen bestand darauf, Frau Jepsen zu holen. In ihrem dunkelgrauen Sonntagskleid stand sie vor Frieda und überreichte ihr eine Leinentasche, auf die mit blauem Garn der Spruch gestickt war:

»Es bringt dem Hause Nutzen
die Lampen gut zu putzen.«

Luise Jepsen hatte die Tasche zur Hochzeit bekommen, als Behälter für Dochtscheren, Zylinderbürsten und Poliertücher, sie jedoch nie gebraucht. Auch im Hause Peersen diente das Geschenk, weil schon bald Gas an die Stelle von Petroleumlampen trat, lediglich zum Aufbewahren von Staubtüchern, dies aber für viele Jahre, auch als die Hausfrau nicht mehr Frieda hieß. Sogar jetzt, nach dem Ersten und Zweiten Weltkrieg, nach Bombenangriffen, Flucht, Umzügen, Entrümpelungen, gibt es die Tasche noch. Zur Antiquität erhoben, hängt sie in meinem Wohnzimmer. Ich sehe sie an und stelle mir Luise Jepsen beim Glückwünschen vor.

»Alles Gute, Fräulein Frieda. Sie kriegen einen guten Mann«, sagte sie, und Tränen stiegen ihr in die Augen. Aber das merkte niemand, denn sie trug schon die neue Brille.

An Johann Peersen sah sie stumm vorbei. Erst als beide wieder in der Faulstraße saßen, nahm sie, vom Champagner ermutigt, seine Hand und sagte: »Also, Herr Peersen, dann hoffe ich man, daß Ihre Wünsche in Erfüllung gehen und daß Sie viele Häuser bauen können und daß Sie selber auch ein schönes Haus kriegen, mit Säulen, und vielleicht so 'n kleines bißchen glücklich werden.«

»Ach, Frau Jepsen«, murmelte er, und beide schwiegen.

Später betete sie lange und inbrünstig. Sie kniete vor ihrem Bett in der dunklen Kammer, den Kopf mit dem Nachthäubchen auf den Händen.

»Mach ihn glücklich, lieber Gott«, betete sie. »Ich habe das ja wohl alles richtig in die Wege geleitet, du hast es gewollt, und nun mach ihn glücklich.«

Schon eine Woche später suchte Heinrich Ossenbrück mit Tochter und Schwiegersohn die Kanzlei des Notars Braake am Markt auf, um die Überschreibung von drei Hektar Baugrund an Frieda zu regeln. Der Notar hörte sich seine Wünsche an und diktierte dann die Ossenbrückschen Vorstellungen, in Juristensprache übersetzt, dem Schreiber am Stehpult. Danach sollte Friedas künftigem Ehemann Johann Peersen nach der Eheschließung der Nießbrauch an dem gesamten Grund und Boden zugesichert werden.

»Nießbrauch?« fragte Johann Peersen. »Was ist das?« Er war mißtrauisch. Die kratzende Feder, der Notar mit der goldenen Uhrkette, dem sorgfältig getrimmten Backenbart und den teilnahmslosen Augen, das unverständliche Amtsdeutsch, in das die Angelegenheit zwischen ihm und Ossenbrücks verwandelt wurde – alles machte ihn mißtrauisch.

»Nießbrauch bedeutet«, erklärte der Notar Braake, »daß Sie den Grund nutzen können für Ihre Behufe, also Häuser darauf errichten nach Belieben, daß es jedoch Eigentum Ihrer künftigen Frau Gemahlin bleibt.«

Johann Peersen kniff die Augen zusammen und dachte nach.

»Ich muß da noch was wissen«, sagte er. »Ich stelle also ein Haus auf den Grund meiner Frau, und wenn ich das Haus verkaufen will, was dann?«

»Dann müssen Sie sich der Zustimmung Ihrer Frau Gemahlin, Ihrer zukünftigen Frau Gemahlin, versichern.«

»Und wenn sie nicht will?«

»Nun mach aber mal 'n Punkt, Johann«, rief Heinrich Ossenbrück dazwischen.

»Dann können Sie nicht tätig werden, Herr Peersen«, sagte der Notar geduldig. »Jedenfalls nicht ohne weiteres. Es bedürfte einer Einigung zwischen den Eheleuten. Aber da der Gatte ohnehin das Vermögen der Gattin verwaltet, wäre es wohl richtig anzunehmen ...«

»Und wenn meine Frau ...« Johann Peersen blickte Frieda an, die dasaß, als ob sie alles nichts anginge. »Entschuldige man, Frieda, aber das müssen wir ja wohl mal bereden – wenn sie vor mir stirbt?«

»Dat warrt nu woll toveel!« sagte Heinrich Ossenbrück bestürzt.

»Kann doch sein«, sagte Johann Peersen. »Kann auch sein, daß ich der erste bin. Aber wenn sie, was ist dann mit den Grundstücken?«

»Gehen Sie mal raus, Weber«, sagte der Notar zu seinem Schreiber und wartete, bis die Tür wieder geschlossen war. Dann wandte er sich an Johann Peersen.

»Bei einem traurigen Ereignis dieser Art«, sagte er, »fällt das Eigentum der Ehefrau zur Hälfte an die nächsten Blutsverwandten zurück, die andere Hälfte verbleibt dem Ehemann als Pflichtteil, es sei denn, es bestünde ein gültiges Testament, das ihn zum Gesamterben bestimmt oder ihn vom Erbe bis auf den geringst möglichen Pflichtteil ausschließt.«

»Aha«, sagte Johann Peersen. »Da sollte man das richtige Testament am besten wohl gleich aufsetzen, wie?«

»Testament? Wat schall dat denn sin?« Heinrich Ossenbrück geriet langsam in Wallung, und auch Notar Braake, der bis jetzt seine Auskünfte mit unbeteiligter Kühle gegeben hatte, wurde lebhafter.

»Mein werter Herr!« sagte er, indem er den Hals aus dem hohen Kragen herausschob und sich zu Johann Peersen vorbeugte. »Sie sind noch nicht einmal verehelicht!«

»Da haben Sie recht, Herr Notar.« Johann Peersen ließ sich nicht beirren. »Darum muß die Sache auch vorher ihre Ordnung kriegen. Und ein Testament, das genügt nicht, das könnte sie ja jeden Tag ändern, wenn ihr meine Nase nicht mehr paßt. Und da fällt mir ein, wenn meine Frau und ich uns mal nicht mehr so recht vertragen, hat's ja schon öfter gegeben, was passiert dann? Dann muß ich womöglich meine Häuser von ihrem Grund runternehmen, oder was?«

Der Notar lächelte dünn. »Nun, dergleichen hat sich noch nicht ereignet.«

»Klar«, sagte Johann Peersen. »So was nicht. Aber was anderes. Und ich kann meine Häuser nicht auf Grundstücke setzen, die anderen Leuten gehören.«

»Anner Lüdd?« rief Heinrich Ossenbrück. »Min Deern is keen anner Lüdd.«

»Ich weiß«, sagte Johann Peersen. »Es geht ja auch gar nicht um Frieda, es geht ums Gesetz. Und nach dem Gesetz ist so allerhand möglich, das merke ich man gerade.«

»Nu hol mal din Snuut!« Heinrich Ossenbrück, der sich dem ganzen nicht mehr gewachsen fühlte, fing an zu schreien, worauf der Notar beschwichtigend die Hände hob und den Herren riet, die Angelegenheit noch einmal in Ruhe andernorts zu besprechen. »Komm, Frieda«, rief Heinrich Ossenbrück. Frieda jedoch blieb sitzen und sagte: »Mir wär's lieber, wenn der Grund gleich auf Johann überschrieben würde.«

Ihr Vater, schon mit der Türklinke in der Hand, fuhr herum und schlug sich gegen die Stirn. »Du bist ja woll tüddelig, Deern«, rief er, und auch der Notar äußerte Bedenken.

»Ihr zukünftiger Ehemann, mein liebes Fräulein Ossenbrück, könnte das Land nach Belieben verkaufen und den Erlös – verzeihen Sie, Herr Peersen, ich muß es erläutern –, den Erlös in Monte Carlo verspielen, beispielsweise, wenn nicht noch schlimmeres. Auch dies hat man schon erlebt. Er könnte Sie an den Bettelstab bringen, Fräulein Ossenbrück.«

»Das tut er aber nicht«, sagte Frieda. »Ich heirate ihn, und wenn man jemand heiratet, muß man ihm vertrauen.«

»Na, denn man Prost«, schnaubte Heinrich Ossenbrück, und Johann Peersen dachte: Sie hat Angst, daß ich sie sitzenlasse. Sie weiß, worum es geht.

Wußte sie es? Wahrscheinlich, und Angst davor hatte sie bestimmt. Die Verlobungskarten waren verschickt, fein gestochen auf Büttenpapier, und noch einmal das Getuschel der Leute ertragen, den Spott in den Gesichtern, die Vorwürfe zu Hause – nein, das nicht noch einmal. Aber war das alles?

»Frieda hatte sich schon darauf gefreut, endlich wegzukommen von der Ossenbrückschen mit ihrer ewigen Nölerei«, sagte meine Mutter. »Einen eigenen Hausstand, welche Frau möchte das nicht. Und auf einmal diese Sache mit dem Nießbrauch. Großvater Peersen wäre bestimmt gegangen, mit Recht. Es war ja gegen die Abmachung, und das wollte sie nicht riskieren. Endlich Hochzeit, bloß endlich Hochzeit.«

So klang es bei meiner Mutter, als Echo von Luise Jepsen, die später, viel später, bei Peersens in der Wäschestube saß und die Geschichte der Nachwelt übermittelte, ihre Version, in der Johann Peersen der Held war und Frieda Ossenbrück die dumme Pute.

Aber ich will es nicht hinnehmen, was die eine Frau über die andere sagte, ich will Partei ergreifen. Ich will glauben, daß Frieda ihn liebte und ihn nicht verlieren wollte. Und außerdem: Frieda Ossenbrück, will ich sagen, war zu stolz, um noch länger über sich verhandeln zu lassen. Wenn sich Johann Peersen kaufen ließ, sie wollte nicht feilschen. Da, nimm es, sagte sie, das bist du mir wert. Das ist es mir wert, dich zu bekommen, einen Mann zu haben, eine Stellung im Leben, ein Ansehen. Ich kaufe es, ich zahle, und nun sei still. War es so? Ich möchte es glauben, weil etwas schon dagewesen sein muß von der Auflehnung, die nur eine Generation später die Frauen aus ihren Korsetts trieb, sie dazu brachte, Röcke und Haare abzuschneiden und die Bastionen der Männer zu berennen. Es muß sich vorbereitet haben, auch in Frieda Ossenbrück, obwohl sie für ihr vieles Geld noch keine andere Investition kannte als einen Mann, den sie liebte, nach dessen Berührung sie sich sehnte, den sie in ihrem Bett haben wollte, warum es verschweigen, auch die Tabus von achtzehnhundertsiebenundachtzig feiten nicht vor solchen Wünschen. Frieda Ossenbrück hatte schon einen Mann gehabt, wie heftig müssen ihre Wünsche gewesen sein, um die Tabus zu vergessen. Sie wußte, wie es war mit einem Mann, sie wollte es wieder haben, endlich, endlich, was weiß man von ihren Nächten mit sich allein, in dieser Zeit, die nur Männern einen Körper zuerkannte und Frauen allenfalls Kleider.

Da, nimm es, sagte sie, und sei still. Arme Frieda, was denke ich alles in sie hinein. Es gibt sie längst nicht mehr, sie liegt auf dem Südfriedhof, bei den Ossenbrücks, denn ihr Mann wollte eine andere neben sich haben. Nur das Bauland ist noch da, um das es damals ging, das Land und die Häuser, die er darauf setzte, und das graue Terrazzo vor den Eingängen trägt in roter Steinschrift die Anfangsbuchstaben seines Namens: J. P. Nach dem Abbruch der Verhandlung im Notariat war Heinrich Ossenbrück mit Frieda allein nach Hause gegangen. Johann Peersen hatte sich verabschiedet, obwohl ihn Frau Ossenbrück zu Rindfleisch mit Meerrettichsoße erwartete.

Bei diesem Mittagessen kam es dann zu einer Szene.

»Wir waren ja wohl schon genug im Gerede, Hinnerk«, sagte Frau Ossenbrück. »Wie stellst du dir das vor? Erst die kostspieligen Anzeigen, und nun willst du bei der Mitgift sparen.«

»Sparen?« rief er. »Du hest ja woll Stroh in din Kopp! Willst du ihm denn alles in den Rachen schmeißen? Wenn Frieda nun tatsächlich mal was passiert?«

»Womit rechnest du denn? Willst du dich versündigen?« fragte Frau Ossenbrück anklagend, und Heinrich Ossenbrück sagte, als Vater und Geschäftsmann dürfe er die Augen nicht davor verschließen, daß Peersen sich möglicherweise mit dem gesamten Besitz davonmachen könne, überhaupt, so stante pede, und sie sollten wenigstens erst mal eine Weile verheiratet sein. Worauf Frieda mit ruhiger Stimme erklärte, daß es zur Hochzeit ohne die vorherige Überschreibung gar nicht erst kommen werde, das wisse sie, und ihr Vater wisse es auch, und er hätte diese Verlobung gewollt, und wenn er sie jetzt ruiniere, dann ginge sie ins Wasser.

Es klang so entschlossen, daß ihre Mutter laut zu weinen anfing und Heinrich Ossenbrück brüllte, sie solle keinen Blödsinn reden, und erpressen ließe er sich nicht von diesen verqueren Frunslüüd, und für soviel Geld, wie die Grundstücke wert seien, gäbe es auch noch andere Männer. Mit Kußhand.

Sie wolle aber Peersen, sagte Frieda, und Frau Ossenbrück nölte unter Schluchzen, das Land hätte sie mitgebracht, und diese lumpigen drei Hektar, es bliebe schließlich noch genug übrig, und selbst wenn Peersen alles durchbrächte, was er bestimmt nicht täte, so ein netter, solider Mensch, aber wenn, für Frieda sei immer noch gesorgt, und wenn ihr Kind ins Wasser ginge, dieser Skandal, dann ginge sie hinterher, und ob Ossenbrück das etwa wolle!

»Nu hol din Mul!« brüllte Ossenbrück, dumme Rede, sie und ins Wasser, da würde die Ostsee ja wohl überschwappen, und sie hätte lieber auf ihre Tochter aufpassen sollen.

»Wenn du damit wieder anfängst, Vater!« Frieda weinte jetzt ebenfalls. »Wenn du das wieder rausholst!«

Die Meerrettichsoße wurde kalt und leimig, aber es ging immer noch weiter, bis Heinrich Ossenbrück erschöpft sagte, von ihm aus könne Peersen alles haben, alles, auch noch die Bäckerei, es gäbe ja ein Armenhaus in Kiel, und jetzt sollten sie sich zum Teufel scheren, er müsse sich ums Brot kümmern.

Doch dann, bevor er die Küche verließ, kehrte er noch einmal um und nahm Frieda in den Arm.

»Ach, min Deern, min Deern«, murmelte er.

Damit war es entschieden, um Friedas willen. Sogar seinen Groll gegen den Schwiegersohn versuchte Heinrich Ossenbrück zu begraben.

»Bist ja man 'n ganz gerissener Kerl«, griente er bei einem Versöhnungsschluck. »Noch schlimmer als ich! Und kann ja auch nichts schaden heutzutage!«

Der schließlich ausgehandelte und unterschriebene Vertrag besagte, daß die Grundstücke vom Tag der Eheschließung an in das Eigentum von Johann Peersen übergehen sollten. Zugleich wurde Gütertrennung vereinbart, damit, wie Heinrich Ossenbrück erklärte, Johann Peersen dereinst nicht auch noch mit Friedas Erbe machen könne, was er wolle.

In den folgenden Wochen ging Johann Peersen fast jeden Tag hinaus zu den Koppeln hinter dem Knooper Weg, als fürchte er, daß etwas davon verschwinden könnte, bevor es endgültig und unwiderruflich ihm gehörte. Die Vorbereitungen für diesen Termin hatte er bereits getroffen: sein Geschäft angemeldet, in der Gesellenherberge nach Maurern gesucht, mit Ziegeleien und Lieferanten verhandelt, sich auch schon entschieden, welche Parzellen zuerst bebaut werden sollten, und die Pläne neu gezeichnet. Jetzt wartete er auf den Hochzeitstag.

Sonst blieb er gleichgültig und ließ alles an sich vorbeilaufen, was Frieda und ihre Mutter für das Ereignis in Bewegung setzten. Meistens stand jetzt die Magd Auguste hinter dem Ladentisch, die weder rechnen noch Ordnung halten konnte und die weibliche Stammkundschaft durch schnippische Bemerkungen vergraulte, während Frau Ossenbrück sich durch Angebote, Kataloge, Muster kämpfte, von Laden zu Laden lief, auswählte, verwarf, und vor lauter romantischer Geschäftigkeit kaum noch Luft bekam.

»Tüddelkram!« schimpfte Heinrich Ossenbrück, wenn er weißbestaubt aus seiner Backstube auftauchte. »Als ob noch nie jemand geheiratet hätte. Da muß Johann ja Angst kriegen.«

Aber Johann Peersen zeigte wenig Interesse an dem, was demnächst sein Hausstand werden sollte. Nur auf einem beharrte er: kein roter Plüsch. Statt dessen setzte er, gegen Frau Ossenbrücks Widerstand, grün durch. Es blieb sein einziger Beitrag. Sonst sagte er nur: »Macht ihr das man, mir soll's recht sein.«

»Ist es dir denn ganz egal, wie wir wohnen?« fragte Frieda eines Tages, als es um die Vorhänge im Salon ging, und drückte damit genau das aus, was er empfand. Es war ihm egal. Frieda war ihm egal, die Vorhänge waren ihm egal, er wollte beides nicht. Auch die Wohnung nicht am Lorentzendamm mit Blick auf das Wasser des Kleinen Kiel, fünf Zimmer, Küche, Kammer, das Klosett bequem im Treppenhaus gelegen und alles zusammen ein Luxus, der ihm zu schnell und einfach gekommen war. Nein, es freute ihn nicht. Diesen Wohlstand hatte er nicht gemeint, damals am Strand von Laboe, als er seine Hand auf die von Frieda legte. Das Bauland war es gewesen, nur das Bauland, und die Wohnung, die Möbel, das Silber, die Wäsche mit Friedas Monogramm, sie betrafen ihn nicht. Höchstens, daß sein Trotz, diesem fremden Reichtum etwas Eigenes entgegenzusetzen, sich noch verstärkte.

»Er hat es ihnen dann ja auch gezeigt«, sagte meine Mutter, wenn sie auf diese Zeit zu sprechen kam. »Gerackert von früh bis in die Nacht. Ein guter Baumeister war er, Großvater Peersen, und auch ein guter Geschäftsmann, sonst hätte er es nie soweit bringen können. Beste Qualität so billig wie möglich bauen, das war sein Prinzip. Um seine Wohnungen haben die Leute sich ja regelrecht gerissen – alles so großzügig und modern und trotzdem solide und preiswert. Daran hat er verdient, am Vermieten und Verkaufen, viel verdient, mehr als Heinrich Ossenbrück mit seinem Brot.«

Über die Grundstücke sprach sie an diesem Punkt der Biographie schon nicht mehr gern, ließ Friedas Koppeln in der Geschichte zurück, weil sie den Mythos störten. Der Name Ossenbrück verschwand, der Name Peersen blieb.

»Ach Gott ja, dieses Land«, winkte meine Mutter ab, wenn ich die Rede darauf brachte. »Wahrscheinlich hätte er es auch allein geschafft.«

Die Lüge im Mythos.

Aber ich greife vor, mit Recht, denn auch die Geschichte greift vom Damals ins Heute. Trotzdem: Noch ist der Name Ossenbrück nicht in dem anderen untergegangen. Es gibt sie noch, den Bäckermeister, seine Frau und Frieda, Johann Peersens Braut. Alles ist für die Heirat vorbereitet, ein Teil der Möbel geliefert, Frieda stellt die Frage nach den Vorhängen.

Das war im Juni, vierzehn Tage vor der Hochzeit. Frieda und Johann Peersen befanden sich in ihrer künftigen Wohnung am Lorentzendamm, allein, obwohl dies nicht dem guten Ton entsprach. Doch die Erkerfenster mußten noch einmal durchgemessen werden, und Frau Ossenbrück war zu dem Schluß gelangt, daß die Kinder Gelegenheit brauchten, sich ein wenig näherzukommen. »Die Herzen müssen sich finden, Hinnerk, sonst passiert ja alles so plötzlich.«

Bisher hatten sie kaum unter vier Augen miteinander gesprochen, auch keine Gelegenheit dafür gesucht, Frieda aus Unsicherheit, Johann Peersen aus den bekannten Gründen. Meistens trafen sie sich im Beisein von Friedas Eltern bei Mahlzeiten, Spaziergängen, sonntäglichen Ausflügen, die, wenn das Wetter es erlaubte, in Ossenbrücks Kutschenwagen unternommen wurden, und Johann Peersen tat, was er konnte. Er machte seiner Braut Komplimente, gelegentlich auch kleine Geschenke, reichte ihr den Arm, drückte zur Begrüßung einen schnellen Kuß auf Lippen oder Wangen, alles, wie es sich gehörte für einen Bräutigam. Frieda schien zufrieden zu sein. Sie lächelte, wenn er kam, errötete bei seinen Gunstbeweisen, versuchte, ihn in Gespräche zu verwickeln, schob manchmal sogar ihre Hand in seine, wo sie allerdings nie lange blieb, weil er sich kratzen oder schneuzen mußte.

Und jetzt waren sie allein in dem Raum, der ihre Wohnstube werden sollte, oder Salon, wie Frau Ossenbrück sich ausdrückte. An der Wand standen schon das Vertiko und die Vitrine, und durch die offene Tür konnte man das Schlafzimmer sehen – zwei Betten in dunkler Eiche, leere Gestelle ohne Matratzen.

Johann Peersen vermied den Blick in diese Richtung. Er war mit Ausmessen beschäftigt. Frieda hielt ein Blatt Papier in der Hand und schrieb die Zahlen auf, die er ihr zurief.

»Sollen wir nun die Vorhänge in Samt oder Damast nehmen?« fragte sie, als er den Zollstock weglegte.

»Macht ihr das man«, murmelte Johann Peersen wie gewohnt, worauf sie die schon erwähnte Frage stellte, nämlich, ob es ihm denn egal sei, wie sie wohnten.

»Unsinn, Frieda.« Johann Peersen nahm ihre Hand, weil sie einen merkwürdigen Blick bekommen hatte. »Bald sind wir ja für immer hier.« Er lächelte sie an, wobei er sich einzureden versuchte, daß sie doch so übel gar nicht sei. Sogar schlanker war sie geworden, auch im Gesicht. Die dunklen Löckchen in der Stirn, das braunweißgestreifte Sommerkleid mit Spitzenapplikationen am Ausschnitt, die enggeschnürte Taille – eigentlich ganz passabel, dachte er, stellte sie sich nackt vor und spürte einen Schauder. Da lehnte sie sich an ihn, von vorn, ihre Brust knapp unter seiner, und flüsterte: »Hast du mich kein bißchen lieb, Johann?«

Sie konnte nicht anders. Ich versuche, mich in sie hineinzudenken, und weiß, sie konnte nicht anders, trotz des Jahres achtzehnhundertsiebenundachtzig. Zweieinhalb Monate war sie verlobt mit Johann Peersen. Zehn Wochen. Siebzig Tage und Nächte. Seit siebzig Tagen wartete sie auf Zärtlichkeiten, in siebzig Nächten hatte sie davon geträumt, Wachträume voller Nähe und Berührungen, und dann, wenn er kam, nur ein flüchtiges

Streifen über den Mund. In zwei Wochen sollte Hochzeit sein, und er hatte sie noch nie in den Arm genommen. Doch, ich verstehe es, daß sie einen Anfang machen mußte nach allem, was ihr passiert war, daß sie es nicht mehr aushielt mit ihren Hoffnungen und Zweifeln und dem, was sie Liebe nannte.

»Hast du mich kein bißchen lieb, Johann?« fragte sie, den Kopf an seiner Schulter. Er stand starr da. Noch weckte der weiche Busen unter dem Korsett nur Widerwillen in ihm. Er wollte sie wegstoßen, wagte es aber nicht, weil sie seine Braut war, seine künftige Frau, Frieda Ossenbrück mit dem vielen Land, überlegte, was zu tun sei, neigte den Kopf, um ihre Stirn zu küssen, etwas zu sagen, irgend etwas, um sie zu vertrösten, für den Moment loszuwerden, doch sie kam ihm entgegen, holte sich seinen Mund, saugte sich daran fest, preßte sich an ihn, und was sollte er tun, er war ein Mann, auch er konnte jetzt nicht anders, er griff nach ihr, wie er es gewohnt war bei Frauen, bis auf die eine.

Arme Frieda. Ob es ihr genügte? Vielleicht dachte sie, das ist es, darüber habe ich glücklich zu sein. Jedenfalls, als es vorbei war und sie nebeneinander auf dem Fußboden lagen, zwischen dem Vertiko und dem ovalen Tisch, schmiegte sie sich an ihn und weinte ein bißchen. »Wein doch nicht, Frieda«, sagte er und strich ihr übers Haar. Sie war ein liebes Mädchen, sicher war sie das, und sie tat ihm leid.

Frieda legte ihr Gesicht an seines. »Jetzt sind wir Mann und Frau«, flüsterte sie.

Mann und Frau, das bedeutet, du gehörst mir. Sein Mitleid verschwand. Am liebsten hätte er sie weggestoßen, und weil er es nicht konnte und sich verabscheute deswegen, verabscheute er sie noch mehr als zuvor.

»Wir hätten das nicht tun sollen«, sagte er und stand auf. Ihr Kleid war zerknittert. Auf dem Heimweg kam er sich vor wie beim Spießrutenlaufen.

An diesem Tag wurde etwas festgelegt für die Zukunft: Nie sollte Johann Peersen es fertigbringen, von sich aus nach Frieda zu greifen. Immer mußte sie den Anfang machen, und hinterher haßte er sie dafür.

Frieda aber war glücklich.

»Dumme Pute«, hätte Luise Jepsen gesagt. Doch sie kannte die Geschichte nicht. Nur von dem zerknitterten Kleid war ihr etwas zu Ohren gekommen, aber Knitter im Kleid können viele Gründe haben.

Die Hochzeit fand am vierten Juli statt, ein Tag mit blauem Himmel, Sonnenschein und, für Kieler Verhältnisse, wenig Wind.

Am Abend vorher hatte Johann Peersen bei Ossenbrücks gegessen, mußte aber frühzeitig aufbrechen, um seinen Anzug von Schneider Steffens abzuholen.

Marie öffnete die Tür und musterte ihn wieder mit großen Augen.

»Na, lütt Marie, wie geiht die dat?« fragte er, zog in der Schlafstube den Anzug an – schwarze Hose, schwarzer Rock, graue Weste – und stellte sich darin vor.

Frau Steffens bürstete ein paar Stäubchen vom Revers.

»Just wie 'n Graf, Herr Peersen«, sagte sie. »Na ja, jetzt werden Sie ja auch ein reicher Mann.«

Er lachte und legte dreißig Mark auf den Tisch.

»Einer, der viel Arbeit kriegt, Frau Steffens. Und wenn ich einen neuen Anzug brauche, komme ich wieder zu Ihrem Mann.«

»So?« Sie lachte nicht. »Hoffentlich kann er das dann noch, Herr Peersen.«

August Steffens sah jetzt noch schlechter aus als im März, hohlwangig geradezu, mit Schatten unter den Fieberaugen und einem bläulichen Schimmer auf den Händen.

»Was soll bloß werden?« sagte Frau Steffens, während sie den Hochzeitsanzug einpackte, meine Urgroßmutter Anna Steffens, die noch nichts wissen konnte von der Hochzeit ein paar Jahre später und nur an ihren Mann dachte, an das Blut, das er spuckte, an den Tod in seinem Gesicht, und daß bald kein Geld mehr ins Haus kommen würde.

»Und er wollte immer so gern ein Sofa haben«, sagte sie und fing an zu weinen. »Man gut, daß die anderen Kinder schon aus dem Haus sind, Herr Peersen. Nur noch uns lütt Marie.«

Johann Peersen stand hilflos daneben.

»Die wird auch groß, Frau Steffens. Und machen Sie sich man nicht solche Sorgen, das bessert sich wieder mit Ihrem Mann, bestimmt«, murmelte er und legte noch ein Markstück extra hin. »Für dich, Marie. Weil ich morgen heirate.«

Sie knickste, sagte »danke, Herr Peersen« und sah ihn an.

Augen hat die Deern, dachte er. Dann ging er zu Frau Jepsen.

Der letzte Abend in der Faulstraße. Ein Abend ohne viel Worte, es war auch schon alles gesagt. Sie saßen am Küchentisch und tranken Tee aus den blauen Bechern. Luise Jepsens Haar war frisch gewaschen und über der Stirn zu Löckchen gebrannt. Das Sonntagskleid, mit einem neuen weißen Spitzenkragen versehen, hing frisch gebügelt am Schrank, darunter standen die blanken Schuhe. Denn auch Luise Jepsen nahm als Gast an der Hochzeit teil, obwohl Frau Ossenbrück, die sie zum Personal rechnete, sich alle Mühe gegeben hatte, Johann Peersens Einladung zu hintertreiben. »Da kommen man lauter Verwandte, Frau Jepsen. Hoffentlich langweilen Sie sich nicht.«

Aber Luise Jepsen ließ sich nicht vergraulen. Gott hatte ihn zu ihr geschickt, Gott hatte sie beauftragt, seine Schritte zu lenken. Bei aller Demut, sie kannte ihren Stellenwert und schätzte ihn höher ein als den Ossenbrückschen. Womit sie recht hatte. Als von Ossenbrücks längst keine Rede mehr war, gab es Luise Jepsen immer noch.

Der letzte Abend also am Küchentisch. Johann Peersens Stube war schon ausgeräumt, alles, was ihm gehörte, zum Lorentzendamm geschafft. »Um die Kommode tut's mir leid, Frau Jepsen«, sagte er. »Die möchte ich.«

Sie ging zum Ausguß, spülte das Geschirr ab und stellte es auf das Wandbord zurück.

»Ich schenk sie Ihnen zur Hochzeit, Herr Peersen, wär meinem Friedrich wohl auch recht gewesen«, sagte sie, mit Tränen hinter der Brille, die im übrigen, wie sie jedem versicherte, einen neuen Menschen aus ihr gemacht hatte. »Keine Kopfschmerzen mehr, kaum zu glauben, ein ganzes Leben lang Kopfschmerzen, und auf einmal sind sie weg.«

Johann Peersen schob den Stuhl beiseite, hob die Arme, reckte sich mit zurückgebogenen Schultern. Nach vier Monaten ohne körperliche Arbeit schien er voller geworden zu sein, männlicher und gewichtiger, ohne diesen Rest von Jungenhaftigkeit, den er bei seiner Ankunft in Kiel noch besessen hatte. Aber vielleicht lag es auch an den Entscheidungen der letzten Zeit. Ich fange an, hatte er gedacht, damals im März. Ich fange an, dachte er auch jetzt. Nur, daß er inzwischen ein anderer geworden war.

»Dann gute Nacht auch, Frau Jepsen.«

»Nacht, Herr Peersen. Schlafen Sie man gut. Und wenn die Hochzeit morgen vorbei ist, können Sie endlich bauen.« Es war die Rechtfertigung für alles, was sie und er gemeinsam eingefädelt hatten.

»Soll wohl so sein«, sagte er, schon auf dem Weg zur Tür. »Und die Miete für meine Stube, die bezahl ich weiter. Dann kann ich hier ab und an mal sitzen und rechnen und zeichnen, und keiner stört mich. Aber das behalten Sie man für sich.«

»Ach, Herr Peersen.« Luise Jepsen machte einen Schritt auf ihn zu. Sie hatte den Wunsch, einmal, ein einziges Mal wenigstens, die Arme um seinen Hals zu legen. Aber natürlich tat sie es nicht. Statt dessen betete sie, wie schon so oft, für sein Glück.

Ist es wichtig, viel von der Hochzeit zu erzählen? Ich glaube kaum. Ohnehin ging es nicht ohne Peinlichkeiten vonstatten. Vor allem: keine weiße Braut.

Es hatte ein langes Hin und Her deswegen gegeben, mit Tränen und Geschrei. Schuld daran trug Frau Ossenbrück, die eines Abends mit den neuesten Modejournalen von der Schneiderin kam und es nicht lassen konnte, in Brautroben aus Taft, Tüll und Spitze zu schwelgen. Frieda saß stickend daneben, etwas blasser als sonst unter der Bräune, vor der sie kein Sonnenschirm bewahren konnte.

Heinrich Ossenbrück jedoch bekam einen seiner plötzlichen Wutanfälle: »Du kannst doch die Deern nicht in Weiß zur Kirche schicken!«

»Und warum nicht?« erkundigte sich Frau Ossenbrück kampfbereit. »Wir sind ja wohl in Kiel und nicht auf dem Dorf.«

»Aber ich lasse uns nicht zum Gespött machen! Jedermann weiß, was Frieda passiert ist. Und dann Kranz und Schleier! Da kommt womöglich einer und reißt ihr den ganzen Schiet runter.«

Hier fing Frieda an zu weinen, und ihr Vater geriet noch mehr in Rage.

»Heul nicht, Deern! Ich kann's nun mal nicht ändern, auch nicht mit viel Geld.«

»Aber Johann!« schluchzte Frieda. »Was sagt Johann?«

»Lot mi tofreeden mit din Johann«, rief Ossenbrück. »Der heiratet dich auch mit 'm Pißpott auf 'm Kopf«, eine Bemerkung, die Frau Ossenbrück nun ebenfalls zum Schluchzen brachte.

Heinrich Ossenbrück hielt sich die Ohren zu, brüllte irgend etwas Unverständliches und stürmte davon, in das Pastorat neben der Nikolaikirche. Dort knallte er dem verdatterten Pastor Harmsen eine größere Summe für die Armen hin und forderte eine unverzügliche Klärung des Problems.

Schon nach zwanzig Minuten war er wieder zurück, ausgerüstet mit der Nachricht, daß Pastor

Harmsen eine Haustrauung vorschlüge, in der guten Stube.

»Er baut seinen Altar auf, und dann wird getraut. Und wem das nicht paßt, der kann sich zum Teufel scheren.«

»Haustrauung?« Frau Ossenbrück spuckte das Wort aus wie ein Stück faulen Fisch. »Frieda, das vergesse ich dir nie.«

»Ich dir auch nicht«, weinte Frieda, und obwohl ihr Vater sie mit den Worten: »Lot man, min Deern, din Modder, de is jüst so dusselig as 'n Schaap« zu trösten versuchte, dauerte es lange, bis sie sich wieder beruhigt hatte.

Danach raffte Heinrich Ossenbrück sich nochmals auf und ging in die Faulstraße, um seinen Schwiegersohn über den Stand der Dinge zu informieren.

»Stört dich das, Johann?« fragte er.

Johann Peersen schüttelte den Kopf. Nein, es störte ihn nicht.

Haustrauung also. Keine vierspännige Fahrt zur Nikolaikirche, kein Hochzeitszug durch das mächtige Schiff, kein Glockengeläut. Auch kein Festmahl in Muhls Hotel, wie die Brautmutter es sich erträumt hatte. Statt dessen Ossenbrücks gute Stube und eine Kommode als Altar. Die Decke hatte Frau Ossenbrück extra anfertigen lassen: feinstes, weißes Leinen mit Spitzenborten, in welche die Worte »Glaube, Hoffnung, Liebe« eingeklöppelt waren.

Die Gäste, mehr als fünfzig, gehörten alle zu Friedas Seite: ihr Bruder Emil, Onkel und Tanten, Cousins und Cousinen. Johann Peersens Schwestern waren nicht gekommen. Mit den vielen Kindern fanden sie die Reise zu weit und zu teuer, und er hatte sie auch nicht allzu herzlich eingeladen. So stand nur Frau Jepsen da, voller Ernst und Andacht, wenn auch nicht frei von Schadenfreude, was die Ossenbrücksche betraf.

»Sollte ja man alles ganz fein sein«, pflegte sie sich später zu erinnern. »War aber nichts Halbes und nichts Ganzes.«

Heinrich Ossenbrück hatte an den Platz von Friedas Klavier, das in die neue Wohnung geschafft worden war, ein Harmonium stellen lassen und dazu Kantor Soetbier von der Nikolaikirche engagiert. Herr Soetbier intonierte ›So nimm denn meine Hände‹, Pastor Harmsen fing an zu singen, die anderen fielen ein, voran Heinrich Ossenbrück mit durchdringendem Tenor, und die Tür tat sich auf für das Brautpaar.

»Ah!« machte Friedas Cousine Martha Hastrup, Gattin von Fleischermeister Erich Hastrup, dessen Mettwürste und Holsteinische Schinken bis nach Berlin gingen. »Ah!« Und wirklich, es war ein hübsches Paar: der große blonde Bräutigam, stattlich und elegant, ein Herr geradezu, und neben ihm

Frieda, ebenfalls stattlich, aber nicht mehr zu sehr, in blaßblauem Duchesse, von Spitzen umrieselt, auf der üppigen Turnüre Vergißmeinnichtsträußchen, auch im Haar Vergißmeinnicht und in der Hand ein Gesteck aus Teerosen und weißen Lilien. Doch, ein hübsches Paar, wenn auch nicht direkt bräutlich, sondern eher, wie Martha Hastrup hinter vorgehaltener Hand äußerte, als ob es zu Ball ginge. Pastor Harmsen, mit Talar und Halskrause, hielt eine bewegende Predigt über den Spruch, den Frieda sich gewünscht hatte, 1. Kor. 13: »Die Liebe höret nimmer auf.« Auch Kantor Soetbier tat sein Möglichstes. Trotzdem, eine Haustrauung, und jeder wußte, warum.

Frau Ossenbrück kam nie darüber hinweg. In bordeauxroter Seide, eine Art Häubchen aus gleichfarbigen Spitzen auf dem Kopf, versuchte sie, während des Essens Haltung zu wahren. Es wurde in der großen, mit Blumen und Grün festlich geschmückten Backstube eingenommen, und als Kochfrau fungierte die berühmte Meta Mordhorst, um die sich die besten Häuser rissen. Ihre Suppen, Braten, Desserts, Torten waren dementsprechend, zwei Lohndiener servierten, es fehlte an nichts, die Stimmung stieg, Wohlbehagen breitete sich aus. Dennoch lag Frau Ossenbrück später weinend neben ihrem Mann im Bett. Heinrich Ossenbrück merkte es nicht.

Er hatte reichlich getrunken und schlief gleich ein.

Soviel zu der Hochzeitsfeier. Was die Nacht betrifft, die Nacht des Brautpaares – es geschah, was zu geschehen hatte, so, wie es beim ersten Mal geschehen war und auch weiter geschehen sollte.

»Johann«, flüsterte Frieda, als sie es nicht mehr aushielt. – »Johann!« Sie rückte ein Stück näher, noch ein Stück, immer noch ein Stück, weil er sie spüren sollte. Und dann endlich griff er nach ihr und brachte es hinter sich.

Aber das Land gehörte ihm.

Sechs Jahre dauerte die Ehe zwischen Johann Peersen und Frieda, geborene Ossenbrück.

Was geschah in diesen sechs Jahren?

Es gibt kein Bild, das von ihnen zeugt, nicht einmal ein Hochzeitsbild, nur das aus Laboe mit dem Verlobungslächeln.

»Wahrscheinlich haben ihre Eltern nach Friedas Tod alle Fotos an sich genommen«, meinte meine Mutter, wieder eine dieser Äußerungen, die mich mißtrauisch machen. Denn Ossenbrücks lebten schon nicht mehr, als Frieda starb. Ein anderer muß die Bilder beiseite geschafft haben, jemand, der die Erinnerungen löschen wollte, aus welchen Gründen auch immer. Keine Erinnerungen an Frieda.

Warum also schob meine Mutter die toten Ossenbrücks vor? Ich kann es nicht mehr von ihr erfahren. »War das mein Leben?« hat sie gefragt und ist gegangen. Was bleibt, sind Vermutungen.

Allerdings nur im privaten Bereich. Im geschäftlichen gibt es Tatsachen: die Häuser. Sie stehen immer noch, die Häuser aus der Friedazeit, ausgerechnet sie hat der Krieg übriggelassen. Häuser mit Simsen und Friesen, mit Bogenfenstern, Erkern und Balkonen, maßvoll in der Vielfalt, auch heute noch.

»Er hatte Geschmack, dein Großvater Peersen. Wenn er ein Haus plante, hat er sich eingeschlossen, stundenlang, und niemand durfte ihn stören. Ein Haus muß schön sein, sagte er.«

Johann Peersen hatte sofort nach der Hochzeit mit dem Bauen angefangen, ohne eine Pause einzulegen für das, was Frau Ossenbrück den Honigmond nannte.

»Nicht mal 'ne Hochzeitsreise«, nölte sie noch, als die ersten Wochen bereits vorüber waren. »Geld ist doch da, Johann! Fahrt einfach los, in ein elegantes Bad oder nach Rom oder Paris. Macht Spaß und ist gut für die Bildung. Könnten wir auch mal tun, Hinnerk.« Aber Heinrich Ossenbrück war für solche Pläne nicht zu haben.

»Schiet wat, Bildung«, sagte er. »Frieda braucht keinen Reiseonkel. Wenn Johann man tüchtig ist, darauf kommt's an.«

Er betrachtete mit Wohlgefallen Johann Peersens Unternehmungsgeist, hegte überhaupt die besten Hoffnungen für die Ehe seiner Tochter, am Anfang jedenfalls. Bald allerdings stellte sich Mißbehagen ein, wenig zuerst, mehr allmählich, bis er sich eines Tages in einem Wutanfall Luft machte und auf diese Weise das annehmbare Verhältnis zwischen sich und seinem Schwiegersohn zerstörte.

Der Vorfall ereignete sich zehn Wochen nach der Hochzeit, mittags, als Frieda und Johann Peersen zu Tisch saßen – nicht in der Küche, wie es beide von Kindertagen her gewohnt waren, sondern im Eßzimmer, das Frau Ossenbrück, ihrem Hang zum Pompösen folgend, mit roten Samtvorhängen, rotschwarzen Blumentapeten und einem tempelartigen Büfett versehen hatte. »Das Erbbegräbnis« nannte es Johann Peersen im stillen.

Es war ein warmer Septembertag, weswegen es außer der gebratenen Leber mit Zwiebeln und Kartoffelbrei noch rote Grütze gab, von Kirsch- und Himbeersaft. Frieda machte sich viel Mühe mit der Kocherei. Auch den Tisch deckte sie immer sorgfältig, band die Schürze ab und zog sich meistens sogar um, bevor ihr Mann zum Essen kam, ohne allerdings sicher zu sein, ob ihre Anstrengungen überhaupt zur Kenntnis genommen wurden.

»Schmeckt dir die Leber?« fragte sie. Johann Peersen antwortete nicht gleich. Sein Blick war auf den Teller gerichtet. Das Hantieren mit Messer und Gabel schien seine ganze Aufmerksamkeit in Anspruch zu nehmen. »Schmeckt es dir?«

Er nickte, schnitt sich ein Häppchen Leber ab, schob etwas von den gedämpften Zwiebeln auf die Gabel, dazu ein wenig Kartoffelbrei mit Soße, und Frieda überlegte, ob er wohl ihre neue Bluse bemerkt habe, weißer Voile, mit Spitzen am Ausschnitt. Sie trug sie zum ersten Mal, und noch während sie die gebrauchten Teller hinaustrug und saubere für die rote Grütze hinstellte, hoffte sie auf ein paar freundliche Worte, weil doch ihre bräunliche Haut so apart mit dem weißen Stoff kontrastierte. Jedenfalls hatte das Ladenfräulein diesen Ausdruck gebraucht, und es stimmte auch, nur daß Johann Peersen bräunliche Haut nicht mochte. Aber woher sollte Frieda das wissen? Sie wußte nur, daß er schweigsam war, bei Tag und bei Nacht.

Johann Peersen nahm sich zum zweiten Mal von der roten Grütze und goß kalte Milch darüber. Am Vormittag hatte er auf der Baustelle, wo die Gruben für zwei nebeneinanderliegende Häuser ausgehoben wurden, mit der Schaufel in der Hand das Tempo angegeben, sich jedoch vor dem Essen gewaschen und sein verschwitztes Arbeitszeug gegen ein frisches Hemd und einen leichten Sommeranzug eingetauscht. Er besaß jetzt mehrere Anzüge, und nicht nur für sonntags.

»Immer tipptopp, dein Großvater Peersen«, sagte meine Mutter. »Sowie er nach Hause kam, hat er sich umgezogen, selbst, wenn er nachmittags wieder zur Baustelle ging. Er war ja oft draußen bei den Leuten. Aber wenn er auch geschwitzt hat wie sie, er war der Herr und saß nicht wie ein Maurer am Tisch.«

Nein, nicht wie ein Maurer, schon damals nicht, als er anfing in der Wohnung am Kleinen Kiel. Er saß aufrecht, ohne Schweißgeruch, brachte den Mund nicht zum Löffel, sondern den Löffel zum Mund, schlürfte nicht, schmatzte nicht, und Frieda, die von zu Hause legere Sitten gewohnt war, versuchte, es ihm gleichzutun.

»Schmeckt gut, nicht?« fragte sie wieder.

»Soll wohl schmecken«, sagte er.

»Genau das Richtige für so einen warmen Tag, nicht?« bohrte Frieda weiter, um ein bißchen Beifall bittend, wenigstens für ihre rote Grütze, da klingelte es und Heinrich Ossenbrück stürmte herein, direkt aus der Backstube, wie es schien, jedenfalls noch mit Mehlspuren auf Kleidung und Gesicht.

»Stimmt das?« schrie er atemlos und offenbar außerstande, seine Stimme zu dämpfen.

»Was ist denn los, Vater?« fragte Frieda. »Willst du ein bißchen rote Grütze mitessen?«

»Schiet wat, rote Grütt!« schrie Ossenbrück. »Johann, stimmt das mit den Grundstücken?«

Johann Peersen stand auf.

»Komm man rüber«, sagte er und ging mit ihm in sein Kontor auf der anderen Seite des Flurs, ein

Raum, den Frau Ossenbrück beharrlich als Kinderstube zu bezeichnen pflegte, obwohl er ihn mit Schreibtisch, Zeichenbrett und Regalen eingerichtet und dafür gesorgt hatte, daß statt einer lila Tulpentapete grünbraune Streifen an die Wände gekommen waren. Auch Frau Jepsens Kommode stand dort, neben einem runden Biedermeiertisch und zwei Stühlen mit schwarzen Roßhaarsitzen, die Johann Peersen bei einem Trödler entdeckt hatte. »So 'n ollen Kram, Johann!« sagte Frieda jedesmal, wenn sie zu ihm ins Kontor kam, ohne zu ahnen, daß sie ihm damit neue Gründe für seine Abneigung lieferte.

Heinrich Ossenbrück schlug die Tür hinter sich zu. »Stimmt das?« schrie er.

»Setz dich man erst mal hin«, sagte Johann Peersen. »Und wenn du das Land meinst ...«

»Also stimmt es!« Ossenbrück ließ ihn nicht zu Worte kommen. »Also hast du verkauft! Einen Hektar! Ich dachte, Fiete Tonder macht Witze. Aber es stimmt. Friedas Land!«

»Mein Land«, sagte Johann Peersen. Sie standen sich gegenüber, Johann Peersen im Sommerrock, ruhig, äußerlich jedenfalls, und der bebende Ossenbrück.

»Na, so was! Da hat der Notar also recht gehabt.« Heinrich Ossenbrück flüsterte jetzt, und seine wasserblauen Augen schienen wegzuschwimmen vor Empörung. Was natürlich alles übertrieben war, denn er wußte, daß Johann Peersen nicht vorhatte, Friedas Mitgift in Monte Carlo zu verjubeln, also kein Anlaß zu so dramatischen Szenen bestand. Doch darum ging es ihm nicht mehr. Es ging ihm um etwas anderes. Auch Heinrich Ossenbrück nämlich brauchte Vorwände für sein Unbehagen. »Friedas Land«, sagte er, und was er meinte, war Friedas Glück.

Heinrich Ossenbrück. Er wird nicht mehr lange dasein, und einmal will ich noch seiner gedenken. Ich habe ihn in meine Geschichte geholt, den Toten zurück ins Leben, ohne ihn zu kennen, ihm wäßrige Augen gegeben, einen gewölbten Bauch und einen Tenor, er möge es mir verzeihen. Das wenige, was ich außer seinem Namen weiß, stammt aus Frau Jepsens Überlieferungen. »Ein grober Klotz, ein Geldsack, aber Frieda war sein Augapfel. Eine richtige Affenliebe«, hatte meine Mutter von ihr gehört, und Luise Jepsens Blick auf die Ossenbrücks war, wie wir wissen, getrübt. Affenliebe? Ich will dieses Wort nicht übernehmen. Ich will sagen: Heinrich Ossenbrück liebte Frieda. Er wollte es gut für sie machen, der reichgewordene Bäcker vom Dorf, der von Brot und Backöfen etwas verstand, aber sonst nicht viel; einen Platz für sie finden nach dem ganzen Unglück, seine Sorge für sie einem anderen übertragen, auch die Liebe, von der er meinte, daß sie sich schon einstellen werde, Gott weiß, warum. Lat man, min Deern, die Liebe kommt von ganz allein.

Und nun blieb sie aus. Sieben Wochen schon, und von Liebe, er sah es mit Kummer und Angst, keine Spur. Er hatte es sich angewöhnt, oft für ein Stündchen in der Wohnung am Kleinen Kiel aufzutauchen, abends meist, wenn Johann Peersen zu Hause war. »Dar bün ick all wedder«, sagte er, ließ sich in einem der grünen Sessel nieder, rauchte seine Zigarre, erzählte vom Ausbau der Bäckerei, erkundigte sich nach Johann Peersens Geschäften und ging jedesmal mit wachsender Sorge nach Hause. Kein liebevoller Blick von Johann Peersen zu Frieda, kein Tätscheln ihrer Hand, keine Vertraulichkeit, nichts von ehelichem Einverständnis. Nur das Nötigste, in allem nur das Nötigste, und das war nicht viel.

»Na, min Deern, wie geiht di dat?« hatte er kürzlich zu fragen gewagt. »Zufrieden mit dem Ehestand?«

Sie waren allein gewesen, nicht zum ersten Mal, denn Johann Peersen mußte immer öfter abends noch zur Baustelle gehen oder Schriftliches erledigen. »Zufrieden?« fragte Heinrich Ossenbrück, und Frieda hatte die Hände vor das Gesicht gelegt und geweint.

»Ach, min Deern, min Deern.«

Was sollte er sonst sagen, was zu ihr, was vor allem zu Johann Peersen? Sollte er »Liebe sie!«

sagen oder »Sei zärtlich zu ihr, tätschele ihre Hand, streichele sie, lege den Arm um sie, zeige ihr, daß sie dir gefällt«? Nein, das ging nicht an. Beim Ehevertrag war von Händetätscheln und zärtlichen Blicken nicht die Rede gewesen, es ließ sich nicht einfordern. Nur über das Land konnte er sprechen, Friedas Land, das ihr nicht mehr gehörte, von Heinrich Ossenbrück aber so genannt wurde, weil es ein Wort war für seine Angst.

»Friedas Land!« schrie er und blieb taub für alles, womit Johann Peersen sich zu rechtfertigen suchte: Daß er Boden unter die Füße bekommen müsse, sein Geschäft auf gesunde Grundlagen stellen, diese Unkosten, jede Woche Lohn für fünfzig Maurer, dazu das Material, gutes Material, teures Material. »Sogar der alte Aßmann hat mir zum Verkauf geraten«, sagte er. »Tut mir ja selber leid, und das steht fest, sowie Geld reinkommt, kaufe ich wieder Land, weiter draußen, da ist Grund noch billig, da krieg ich die Koppeln für 'n Appl und 'n Ei, und in ein paar Jahren sind sie zehnmal soviel wert.«

Johann Peersen rechtfertigte sich, obwohl er es nicht brauchte, denn das Land gehörte ihm. »Raus!« hätte er zu seinem Schwiegervater sagen können. »Was geht es dich an?« Aber ich will nicht, daß mein Großvater Peersen Salz in Heinrich Ossenbrücks Wunden streut. Er soll sie spüren, die Vorwände, es mitmachen, das traurige

Spiel, sich rechtfertigen für die Vorwände, wenigstens dafür, auch wenn Heinrich Ossenbrück nicht hinhört und immer weiterschreit – daß er es gleich geahnt habe, was Johann Peersen für ein Kujon sei, schon damals beim Notar, und so einem habe er seine Tochter gegeben.

»Nimm sie wieder mit!« war Johann Peersen drauf und dran zu sagen. »Frieda und das Land. Alles.« Aber er ließ es sein, weil man eine Frau nicht zurückgeben konnte, weil die ersten Baugruben schon ausgehoben waren, Arbeiter eingestellt, Kredite aufgenommen, und auch aus Mitleid, Schuldgefühl, Einsicht in das Unabänderliche – ein Mischmasch von Empfindungen, in dem für einen Moment Ossenbrücks Unglück zugleich sein Unglück war. Ein Moment des Erkennens und Wissens: So ist es, so wird es bleiben, keiner kommt heraus, weder Frieda noch er, der betrogene Betrüger. Er hatte es nicht gewußt. Er hatte einen Vertrag ins Blaue geschlossen. Jetzt war er in der Wirklichkeit angekommen.

Nein, er sagte nicht: »Nimm sie wieder mit.« Den Kopf gesenkt, stand er vor Heinrich Ossenbrück, dieses eine Mal, in diesem Moment.

Hörst du, Großvater Peersen, was ich wieder in dich hineindenke? Aber paßt es nicht zu der Geschichte und zu dir? Du warst noch jung damals, hart und weich zugleich, ein Panzer voller Löcher. Wie hätte es sonst auch geschehen können, dieses

Glück, dieses Unglück mit Großmutter Marie. Wem so etwas passiert, der kann nur hart sein und weich zugleich.

»Dein Vater denkt, daß ich das Geld durchbringe«, sagte Johann Peersen später zu Frieda. »Er hat mich einen Kujon genannt, weil ich Land verkaufe.«

»O Gott!« sagte sie. »Ich rede mit Vater. Das kommt schon wieder ins Lot.«

Sie machte einen Schritt auf ihn zu, und er schüttelte den Kopf. »Nein. Ich habe alles versucht. Jetzt ist Schluß. Du kannst ruhig hingehen in die Flämische Straße. Bloß mich laßt in Ruhe.«

Am nächsten Abend stellte Heinrich Ossenbrück sich bereits wieder ein, reumütig und weiß im Gesicht, aber nicht vom Mehl. Die Pferde seien ihm durchgegangen, könne doch mal passieren, mit dieser ganzen Aufregung. Der Laden verkauft, nächste Woche kämen schon die neuen Öfen, und nun dränge sich der Plumbohm dazwischen, der hätte der Marine ein Angebot geschickt, so billig könne kein Mensch Brot backen, der Ruin sei das, das mußt du doch verstehen, Johann, daß man mal aus der Haut fährt bei den ganzen Sorgen.

»Mag wohl so sein«, murmelte Johann Peersen und machte die Kontortür hinter sich zu. Das Zerwürfnis war da. Möglich, daß die Zeit manches geglättet hätte. Aber es blieb keine Zeit mehr. Wenige Wochen nach dem Streit starb Heinrich Ossenbrück, irgendwann im Schlaf, gerade, als die neuen Öfen in Betrieb genommen werden sollten. »Heinrich Ossenbrücksche Brotfabrik« stand über dem Eingang des großen Backhauses, das er hatte bauen lassen.

»Ein schöner Tod«, behauptete meine Mutter. Vielleicht hatte sie recht. Was weiß man über den Tod anderer Leute. Die Beerdigung dagegen, dies ohne Einschränkung, muß schön gewesen sein. Sogar in der ›Kieler Zeitung‹ konnte man einen ausführlichen Bericht über den »letzten Weg des hochangesehenen Bürgers« lesen. Frau Jepsen, die ohnehin viel für Friedhöfe übrig hatte, sprach gern und oft von dem Ereignis, und auch wenn meine Mutter davon erzählte, war noch etwas von dem Glanz zu spüren: die seidenen Innungsfahnen, der Posaunenchor von St. Nikolai, die Sangesbrüder der »Kieler Liedertafel« mit ihrem ›Wenn ich einmal soll scheiden‹ am offenen Grab, das Blumenmeer, die Ansprachen. Sicher eine Beerdigung ganz nach dem Herzen von Frau Ossenbrück, falls sie in ihrer schwarzverschleierten Trauer überhaupt Kenntnis von den Ehrungen nehmen konnte.

Schlecht war nur das Wetter – einer dieser Kieler Oktobertage mit scharfem Ostwind, der durch die dickste Unterwäsche bis auf die Haut pfeift. Frau Ossenbrück holte sich eine Lungenentzündung, nichts Besonderes damals, so mancher holte sich bei einer Beerdigung seine Lungenentzündung und starb daran, es gab ja noch kein Penicillin. Kurz, auch Frau Ossenbrück – fast zu viel Tod auf einmal, es entspricht jedoch den verbürgten Tatsachen und läßt sich nicht ändern –, auch Frau Ossenbrück also starb an Lungenentzündung, am Tod ihres Mannes, wie immer man es sehen will.

Ich tendiere zum ersteren. Sie war dem Leben zugetan und hätte sicher auch den Witwenstand genossen, in eleganten Bädern vielleicht, in Rom, Paris, Venedig, und je länger ich darüber nachdenke, um so mehr bedaure ich, daß sie aus der Geschichte verschwinden muß. Ich hätte die Ossenbrücksche gern noch ein bißchen behalten, um sie nölend, mit Federhüten und Seidenroben versehen, in die große Welt zu schicken. Aber es geht nicht, sie starb.

»Weil sie so dick war«, behauptete Frau Jepsen, die auch an diesem Grab stand und über das Welken irdischen Glanzes nachsann.

Vielleicht. Zwei Wochen jedenfalls nach Heinrich Ossenbrücks Ende wurde ihr Sarg zu ihm in die Grube gesenkt, ohne Posaunenchor, Innungsfahnen und »Liedertafel«. Aber zahlreiche Kundinnen, denen sie ein Leben lang das gute Ossenbrücksche Brot verkauft hatte, folgten ihr zum Friedhof und drückten Frieda, die sich kaum fassen konnte, mitleidig die Hand. »Was für ein Segen, daß sie noch rechtzeitig so 'n guten Mann gefunden hat«, war die einhellige Meinung.

Arme Frieda. Sie erwartete ein Kind, seit kurzem erst. Ihrer Mutter hatte sie es noch erzählen können. Aber Heinrich Ossenbrück war ohne diese tröstliche Neuigkeit dahingegangen. Frieda hatte nach dem Zerwürfnis ihre Eltern ebenfalls gemieden, aus Treue zu Johann Peersen, und vielleicht auch, weil sie dachte, er würde es ihr lohnen.

»Warum habe ich das getan?« schluchzte sie, sich fester an ihn klammernd.

Was ihn bewegte, weiß niemand. Ich will es mir auch nicht zurechtdenken. »Das Leben ging weiter«, sagte Frau Jepsen.

Ossenbrücks hinterließen ein beträchtliches Vermögen, dessen Aufteilung zwischen Frieda und ihrem Bruder Emil, der Zahlmeister bei der Marine war, zu einigen Unstimmigkeiten führte. Was sie schließlich erhielt, übertraf bei weitem die Mitgift. Land war ebenfalls dabei, viel Land.

»Nimm es ins Geschäft«, sagte sie zu Johann Peersen und begriff nicht, warum für das Bargeld ein Konto auf ihren Namen eröffnet wurde.

»Ich denke, wir sind verheiratet, Johann!«

»Muß alles seine Richtigkeit haben«, sagte er. »Wenn ich was brauche, kannst du unterschreiben.« Aber sie bestand darauf, ihm Vollmacht zu geben.

Auch Luise Jepsen profitierte von dem Erbe:

Johann Peersen sorgte dafür, daß sie die moderne Ossenbrücksche Nähmaschine erhielt. Frieda schickte auch noch mehrere Kleider ihrer Mutter in die Faulstraße, aus Stoffen, von denen Frau Jepsen nie zu träumen gewagt hätte. Wie gesagt, das Leben ging weiter.

Friedas Kind wurde nicht geboren. Das, was von ihm schon da war und aus ihm hätte werden können, ging gleich nach Weihnachten, gegen Ende des dritten Monats, mit einer heftigen Blutung dahin.

»Hab ich mir gleich gedacht«, sagte Frau Jepsen. »Wie bei der Ossenbrückschen. Da gab es auch dauernd Fehlgeburten. Aber schließlich hat sie ja doch noch fünf Kinder gekriegt, wenn auch zwei gar nicht erst zum Atmen gekommen sind.«

Für Johann Peersen war das kein Trost. Er hatte dieses Kind gewollt, im Juli, so, wie von Frieda angekündigt.

»Wir kriegen ein Kind, Johann«, hatte sie gesagt, an einem Sonnabend im Oktober, als sie zusammenlagen. Sonnabends war der Termin dafür, Johann Peersen hatte es, um wenigstens sonst vor Friedas Bedrängungen sicher zu sein, von Anfang an so eingefädelt. An den anderen Abenden saß er meistens lange im Kontor und schlief danach sofort ein. Sonnabends dagegen stand er zur Verfügung, aus Pflichtgefühl, aber auch, weil er eine

Frau brauchte, und Frieda lag nun einmal neben ihm. Sonnabends also. Er ging rechtzeitig mit ihr zusammen ins Schlafzimmer, löschte das Licht, wartete darauf, daß sie den Anfang machte, tat kurz das Seine und aus.

Frieda akzeptierte es. Sie begriff, so oder gar nicht, und nahm, was ihr geboten wurde, mit dem immer neuen Versuch, etwas Zärtlichkeit in das Geschäft zu bringen. Hinterher, wieder allein in ihrer Betthälfte, mit seinen gleichgültigen Schlafgeräuschen nebenan, fragte sie sich, ob das alles wäre, und dachte, daß es nicht alles sein könnte, und haßte ihn und liebte ihn wieder und wollte mehr und bekam es nicht und hoffte in ihrem Jammer, daß es einmal doch kommen müßte. Sie war schlanker geworden, sie wusch sich mit Bergmanns Lilienmilchseife, sie hatte eine Creme gekauft, die ihre Haut samtig machen sollte – irgendwann mußte es doch kommen.

Hoffnungen. Sie hatte noch Hoffnungen. Johann Peersen nicht. Er wußte, daß es mehr gab, wußte, wie es sein konnte, nur nicht für ihn. Manchmal war er drauf und dran, ins Gängeviertel zu gehen, zu der Frau hinter der Mauer, doch er ließ es sein, weil auch das nichts ändern konnte. Hingehen und wieder zurückmüssen zum Lorentzendamm, was nützte es. Ein Ehrenmann, mein Großvater Peersen, jedenfalls zu dieser Zeit. Nie erwog er, etwas zu tun, das möglich gewesen wäre:

Land verkaufen, sich auf- und davonmachen, irgendwo neu anfangen. Er hatte das Land genommen und sein Wort dafür gegeben, beides gehörte zusammen, nur seine Träume trugen ihn fort.

Ein Ehrenmann? Ich klopfe das Wort ab, es klingt hohl für mich. Aber für Frieda?

Ich sehe sie auf ihrem Platz im Erker, stickend wie eh und je, und wünsche mir eine andere Geschichte für sie, als die Wirklichkeit es diktiert. Eine Geschichte, in der Johann Peersen geht und Frieda zurückbleibt, in der sie ihre Erfahrungen nimmt und ihr Geld und ein Leben daraus macht ohne die qualvolle Lust der Sonnabende. Frieda, die Pionierin der Emanzipation – was soll ich sie werden lassen? Lehrerin! Gründerin eines Kindergartens? Inhaberin eines Geschäfts für feine Stickereien? Unternehmerin vielleicht in der Nachfolge ihres Vaters? Noch stand das Backhaus mit den neuen Öfen in der Flämischen Straße unverkauft, sie hätte einen Meister und Gesellen engagieren, die Firma weiterführen, die Brotfabrik gegen die Plumbohmsche Konkurrenz zum Erfolg führen können. Auch zu dieser Zeit gab es schon Möglichkeiten und Frauen, die nach ihnen griffen. Aber Frieda nicht. Frieda hielt sich fest an ihrem Ehemann und an den Sonnabenden, und in einer dieser Nächte sagte sie: »Johann, wir kriegen ein Kind!«

Johann Peersen hatte so etwas nie erwogen,

wahrscheinlich, weil alles, was er mit Frieda tat, keine Gedanken an Gemeinsames zuließ. Aber kaum war das Wort gefallen, da stand das Kind schon vor ihm, ein dickes Baby mit Speckringen und Pausbacken, sein Kind, ein Junge, dem er die Baustellen zeigen konnte, der neben ihm spielte, wenn er am Zeichenbrett saß, ihm zuhörte, von ihm lernte, seine Träume weiterträumte. Und nun lag Frieda in der Akademischen Heilanstalt. Das Blut war ihr an den Beinen entlanggelaufen, man hatte sie ausschaben müssen, mit dem Kind war es vorbei.

»Nächstes Mal, Herr Peersen«, sagte Frau Jepsen. »Sie sind ja man erst frisch verheiratet.«

Er schüttelte den Kopf und trank einen Schluck Kaffee aus dem blauen Becher, Bohnenkaffee, den er mitgebracht hatte. Während der sechs Tage, die Frieda im Krankenhaus bleiben sollte, aß er wieder bei Frau Jepsen, mittags und abends, wie in alten Zeiten. Sie hatte bei mehreren Nähkunden abgesagt, um für ihn kochen zu können, deftiges Kieler Winteressen, wie er es gern mochte: Grünkohl mit Speck und süßen Bratkartoffeln, Birnen und Klümp, Erbsen mit Schnuten und Poten, Dorsch mit Senfsoße. Und Biersuppe. Der Vorschlag, bei Frau Jepsen die Mahlzeiten einzunehmen, stammte von Frieda, wobei sich, selten genug, ihr Wunsch mit Johann Peersens Absichten traf. Was Frieda nicht wußte, war, daß er ohnehin ständiger Gast in der Faulstraße war, seit die Arbeiten am Bau des

Winterwetters wegen ruhten. Er erfand immer neue Ausreden, um abends aus dem Haus zu kommen. Sie sollte nichts wissen von seiner Stube bei Frau Jepsen. Er wollte sie nicht eindringen lassen in sein Refugium.

Warum eigentlich nicht?

Ein bißchen für mich sein, dachte er.

Ging es ihm nur darum? Ungestört mit Luise Jepsen klönen, Kaffee aus den blauen Bechern trinken und dann die halbe Nacht lang malen? Denn das war es, was er in seiner alten Stube tat.

Mit einem Block auf den Knien saß er am Fenster, strichelte, pinselte, machte Unsichtbares sichtbar: Häuser, immer wieder Häuser, aber nicht von der Art, wie er sie aus Holz und Ziegeln auf den Ossenbrückschen Koppeln errichtete. Eher Traumhäuser, Häuser mit Gesichtern, Häuser, die zum Himmel schwebten, aus denen Blumen wuchsen, die selbst zu Blumen wurden – merkwürdige, unbeholfene Bilder. Eins von ihnen ist erhalten. Meine Mutter bewahrte es in ihrer Kommode auf, früher Luise Jepsens Kommode, jetzt gehört sie mir. Ich lege das Blatt vor mich hin, zwei Häuser in bräunlichem, inzwischen altersbleichem Rosa, die sich einander zuneigen, und aus der Ferne grüßt Chagall.

Wie kam mein Großvater Peersen zu solchen Bildern? Ließ er seine beiden Träume zusammenfließen, den Traum vom Bauen und den von der

Liebe? Keiner ist mehr da, den ich fragen kann, doch es wird wohl so gewesen sein. Denn später, mit Großmutter Marie, hörte er auf zu malen.

Trotzdem noch einmal die Frage: Waren dies wirklich die Gründe für sein Versteckspiel? Ich mißtraue ihm, meinem Großvater Peersen, und seinen vorgeschobenen Gründen. Es muß andere gegeben haben, Gründe, die er selbst noch nicht kannte, geheime Wünsche, auf deren Erfüllung etwas in ihm hoffte und sich vorbereitete. Nicht umsonst, das wird sich weisen.

Aber noch hat es Zeit bis dahin, mehrere Jahre. Noch sitzt er in der Küche nach Friedas Fehlgeburt, sieht Luise Jepsen beim Abwaschen zu und trauert um seinen Sohn, den Frieda nicht festhalten konnte.

Gegen fünf war er bei ihr im Krankenhaus gewesen. Fahl, mit bläulichen Ringen unter den Augen, hatte sie ihm entgegengesehen. »Ich habe mich so gefreut auf das Kind, Johann.« Schluchzen, Würgen, Brechreiz. »Das ist der Äther«, sagte die Diakonissin, und dann das Suchen nach seiner Hand, nach Trost, nach Liebe, aber zu mehr als »Laß man, Frieda, das wird schon wieder« konnte er sich nicht bringen.

»Da kann Frieda nun wirklich nichts für, Herr Peersen«, sagte sogar Frau Jepsen. »Das kommt oder kommt nicht. Ist auch Veranlagung. Das erste Kind damals war ja auch tot.«

Trotzdem gab er Frieda die Schuld.

Frau Jepsen goß noch einmal Kaffee ein und stellte einen Teller mit Zuckerkuchen hin. »Das geht nun mal nicht nach Wunsch, Herr Peersen. Was weg will, kann man nicht festhalten, und Anna Steffens, die sitzt jetzt auch da und weint sich die Augen aus 'm Kopp. Schade, daß Sie nicht mit zum Friedhof waren, das hätte sie sicher gefreut.«

August Steffens, der Schneider aus der Küterstraße, war an diesem Vormittag beerdigt worden. Nach dem Hochzeitsanzug hatte er noch einen Paletot und einen braunen Rock mit zwei hellen Hosen für Johann Peersen genäht, dann konnte er nicht mehr.

»War keine schöne Beerdigung«, berichtete Frau Jepsen. »Arm gelebt, arm gestorben.« Sie hob den Kopf und sah ihn an. Er war immer noch der einzige, dem sie ungeniert ins Gesicht sah, obwohl ihr Schielen durch die Brille ein wenig gemildert wirkte. »Und Anna Steffens, der geht's jetzt zu jammervoll. Diese lange Krankheit von August, und keine Ersparnisse mehr, wovon denn. Einen kleinen Verdienst hatte sie ja immer noch, Heimarbeit, Jacken für die Marine, aber nun ...«

Frau Jepsen stand auf, um Holz nachzulegen, stocherte in der Glut, ließ frisches Wasser in den Kessel laufen.

»Das ist nämlich wegen der Nähmaschine, Herr Peersen. Die in der Küche stand, die gehörte

Knees, und Knees hat sie gleich abgeholt, August war ja man fast noch warm, da kamen sie schon. Und nun frag ich Sie, wie soll Anna Steffens ihr Brot verdienen ohne Nähmaschine?«

Sie hielt ihm den Teller mit Kuchen hin. Er nahm einen Streifen, tunkte ihn in den Kaffee und lutschte die aufgeweichten Stücke ab.

»Ich würde ihr ja meine geben, Herr Peersen, aber ich bin man auch so froh, daß ich sie gekriegt habe.«

»Hat Frau Steffens denn nicht ein paar große Kinder?« erkundigte sich Johann Peersen mit vollem Mund.

»Ach, Kinder.« Frau Jepsen machte eine hoffnungslose Handbewegung. »Kinder. Eine Mutter kann zehn Kinder ernähren, aber zehn Kinder... Und die kommen ja selber kaum durch.«

Sie setzte sich wieder hin, legte die Arme auf den Tisch und sah Johann Peersen an. »Könnten Sie Anna Steffens nicht was leihen für eine Nähmaschine? Sie gibt's auch zurück, klein bei klein, mit Zinsen, wenn Sie's verlangen. Die muß ja sonst zur Armenpflege, wenn sie nicht verhungern will mit Marie.«

Marie. Lütt Marie mit den großen Augen. Johann Peersen mußte lachen, weil ihm einfiel, wie sie dagestanden und ihn angestarrt hatte.

»Was gibt's denn da zu lachen?« fragte Frau Jepsen ängstlich.

»Ich hab bloß an was gedacht«, sagte er. »Was kostet denn so eine Nähmaschine?«

Frau Jepsen faltete die Hände. Die Summe war fast zu groß, um sie in den Mund zu nehmen.

»Hundertzwanzig«, sagte sie leise.

Johann Peersen schwieg. Für das, was da von ihm verlangt wurde, mußte er erst einmal über seinen Schatten springen. Noch nie – Luise Jepsen war da ein Sonderfall –, noch nie hatte er etwas verschenkt, schon gar nicht so große Summen. Geld war für ihn seit jeher etwas, das man dreimal umdrehte, bevor man es ausgab, und nach seiner Hochzeit hatte sich daran nichts geändert. Ein paar Anzüge, gut, das gehörte zum Geschäft, Kleider machen Leute, und der teure Haushalt war Friedas Sache, ihm würde es auch einfacher genügen. Immer noch konnte er das Ossenbrücksche Geld nicht als sein Eigentum betrachten. Nur das Land, auf dem er etwas aufbauen wollte, und wer etwas aufbauen will, muß den Groschen umdrehen, dreimal und öfter.

Dies war der Schatten, über den Johann Peersen zu springen hatte. Denn gleichzeitig, während er nachdachte, wurde ihm auch klar, wie leicht er Anna Steffens helfen konnte. Ich bin reich, dachte er mit Verwunderung.

Er stand auf, öffnete die Tür zu seiner Stube und sagte, daß er noch etwas erledigen müsse. Und morgen abend käme er dann vorbei mit dem Geld und zurückhaben wolle er es nicht, eine Nähmaschine sei ja wohl mal übrig, aber immer ginge das nicht so, und jetzt wolle er seine Ruhe haben.

Johann Peersen zündete die Petroleumlampe an, holte das Malzeug aus der Kommode, strichelte und tuschte eine Weile, nahm dann seinen Mantel und wollte gehen. Aber an der Tür drehte er sich noch einmal um.

»Haben Sie eigentlich schon mal so 'n richtigen Fehler gemacht im Leben, Frau Jepsen?« fragte er.

Luise Jepsen saß da und hielt den Kopf gesenkt. Er sah den kleinen Dutt oben auf dem Scheitel und daß ihr Haar darunter dünn wurde, graue Strähnen über der rosa Haut.

»Macht wohl jeder«, sagte sie. »Und grüßen Sie man Frieda von mir, Herr Peersen, und sie soll Rotwein trinken, mit Eigelb verquirlt, das gibt neues Blut.«

»Er war gutmütig, dein Großvater Peersen.« Meine Mutter bestand darauf, immer wieder, und die Nähmaschine diente als Beweis, Anna Steffens' sagenhafte Nähmaschine, an der sie fortan saß und ihren Unterhalt verdiente von morgens bis abends, zehn Stunden täglich, manchmal zwölf, und mehr als eine Mark fünfzig kamen trotzdem nicht zusammen. Es gab zu viele Frauen im überfüllten Kiel, die auf Arbeit warteten, für noch weniger Geld, wenn es sein mußte. Jeden Tag strömten neue herein aus den Dörfern, was sollte man tun.

»Und davon Miete, Heizung, Licht, Essen«, sagte meine Mutter. »Das kriegte man damals auch nicht geschenkt. Sechzig Pfennig das Pfund Rindfleisch, Schweinefleisch fünfundfünfzig, Dorsch zwanzig, ein Hering höchstens vier. Hört sich billig an heute – aber bei den Hungerlöhnen! Da reichte es an keiner Ecke. Großmutter Marie, die kleine Marie, wurde abends oft zum Markt geschickt, um nach Knickeiern zu fragen oder nach Schinkenknochen, Schwarten, Bruchrüben, geplatztem Kohl. Und ohne die Nähmaschine hätte es noch viel schlimmer ausgesehen.«

Ich höre das Lachen meiner Mutter an diesem Punkt der Geschichte, die sie mir immer wieder erzählen mußte, als ich ein Kind war, wie ein Märchen, das von Mal zu Mal schöner wird: »Ja, und später habe ich auf der Maschine nähen gelernt, in der Küche von Anna Steffens, die meine Großmutter Steffens geworden ist. Wenn er das damals gewußt hätte, dein Großvater Peersen!«

Frieda kam nicht mehr vor in diesem Zusammenhang. Aber noch ist sie da, trotz Maries Hineingleiten in die Geschichte. Die Geschichte Maries ist auch Friedas Geschichte, ich zumindest will ihr das Recht darauf nicht nehmen, obwohl es wenig Gutes zu berichten gibt.

Johann Peersen war fünf Jahre mit Frieda verheiratet, als er Marie Steffens wiedertraf.

Er hatte sich verändert in dieser Zeit. Der kurzgestutzte Kinnbart, den er jetzt trug, ließ ihn älter erscheinen als seine achtundzwanzig Jahre. Aber es ist nicht nur der Bart. Bei einem Richtfest – auch dies vom Fotografen festgehalten – steht er vorn in der ersten Reihe, ein wenig abgesondert, mit Paletot und rundem Hut. Die Maurer lachen, heben Bierseidel, er jedoch blickt gemessen, der Mann, der diesen Bau geplant, die Steine bezahlt hat und die Löhne, der die Verantwortung trägt für das Haus, für die Firma, die Arbeiter. Johann Peersen, Bauunternehmer, ein angesehener Mann inzwischen. Der Portier bei Aßmann und Söhne dienerte, wenn er die Bank betrat, und klopfte ihm, in Erwartung eines Trinkgeldes, imaginäre Stäubchen vom Ärmel. Auch in der Baugewerksinnung spielte er eine Rolle. Sie war in den achtziger Jahren gegründet worden, um Ordnung in den Schlendrian der Gewerbefreiheit zu bringen, und ließ nur selbständige Meister als Mitglieder zu. Man fing dort bald an, seinen Rat zu schätzen, vor allem, seit der Kaiser im Jahre 1890 gegen Bismarcks Rat die Sozialistengesetze aufgehoben hatte und die Gewerkschaften wieder ungestraft agitieren durften. Überall gab es Ärger mit den Maurern. Sie forderten mehr Lohn und kürzere Arbeitszeit, Unzufriedenheit ging um, das Wort Streik wurde immer lauter – kurz, bedrohliche Zeiten, die nach einem Zusammenschluß der Arbeitgeber verlangten, so, wie es Johann Peersen vorschlug.

»Warum sollen wir ungeschickter sein als unsere Leute?« drängte er bei den Versammlungen. »Die tun sich zusammen – warum wir nicht? Haben wir etwa nicht das gleiche Recht? Wer streikt, sollte keine Arbeit mehr kriegen. Der soll draußen bleiben. Darüber müssen sich alle Meister einig sein, Einigkeit macht stark. Wenn das Haus erst brennt, ist es zu spät, eine Spritze zu kaufen.«

Die Männer von der Innung hörten zu und nickten. Vielleicht 'n bißchen fix, der junge Peersen, aber nicht dumm. Bestimmt nicht dumm.

»Großvater Peersen sah immer ein bißchen weiter voraus als die meisten«, sagte meine Mutter. »Und 1892 bekam er dann auch in seinem Betrieb Schwierigkeiten, ausgerechnet mit Wilhelm Niemann, das tat ihm leid.«

Achtzehnhundertzweiundneunzig, ein wichtiges Jahr in der Geschichte, das Jahr schlechthin. Ich brauche einen Einstieg – warum nicht Wilhelm Niemann?

Johann Peersen kannte Wilhelm Niemann schon aus seiner Gesellenzeit. Sie waren eine Weile zusammen auf Wanderschaft gewesen, von Lübeck über Rostock und Stralsund bis Stettin, hatten dort, als letzte gemeinsame Tat, bei Nacht und Nebel ihren tyrannischen Meister verprügelt, gründlich und wortlos, sich dann aber aus den Augen verloren. 1887, als Johann Peersen in der Kieler Gesellenherberge zum ersten Mal nach Maurern suchte, hatte er Wilhelm Niemann wiedergetroffen und ihn sofort eingestellt, für fünf Mark Lohn pro Tag, also mehr, als Poliere üblicherweise bekamen. Er brauchte einen zuverlässigen Mann, vor dem die Leute Respekt hatten. Wilhelm Niemann war so einer. Er sorgte für Ordnung, verstand sein Handwerk und begriff auch, daß Johann Peersen nun der Meister war. Herr Peersen, nicht mehr Johann.

Doch dann begann Wilhelm Niemann, Unfrieden auf den Bau zu tragen.

»Elf Stunden oder zwölf, dat's toveel, Meester«, sagte er eines Tages, nach fünf Jahren, in denen er nichts anderes gezeigt hatte als unverdrossene Pflichterfüllung. »Von hell bis dunkel, das macht 'n Menschen kaputt, noch bevor er tot ist, das muß anders werden.«

Sie standen auf dem Gerüst von Waitzstraße 28, um die Mauer mit dem Lot zu prüfen. Es war ein heißer Junitag, die Sonne prallte auf ihre Köpfe.

Johann Peersen antwortete nicht gleich.

»Im Sommer, Willem«, sagte er schließlich. »Im Winter könnt ihr euch dann ja ausruhen. Und ich arbeite noch mehr.«

Das stimmte. Er stand um fünf auf und kam selten vor elf ins Bett, plante, rechnete, verhandelte und nahm auch immer wieder wie eh und je Kelle, Schaufel und Lot zur Hand, um die Qualität der Arbeit zu kontrollieren und den Leuten das Gefühl seiner Allgegenwärtigkeit zu geben.

»Ich arbeite fünfzehn Stunden, Willem«, sagte er.

»Dat soll woll so sin«, entgegnete Wilhelm Niemann. »Bloß nicht für lumpige vier Mark. Fällt ja wohl 'n bißchen mehr für Sie ab, Herr Peersen, als für 'n Maurer.«

»Du kriegst fünf«, sagte Johann Peersen.

»Und 'n Handlanger drei.« Wilhelm Niemanns Stimme wurde lauter, zwei Steinträger, die eine vollbeladene Karre vorbeischoben, verlangsamten ihre Schritte. »Und fünf Mark für 'n guten Polier ist ja wohl auch nicht die Welt, Herr Peersen, und im Winter, wenn 'n Maurer vom Gesparten leben muß, reicht's nicht mal für 'n Hering, bloß für die Soße.«

Johann Peersen wischte sich die Hände an den Hosen ab.

»Du kannst genauso viel verdienen wie ich, Willem«, sagte er. »Hol dir 'n Meisterbrief und stell fünfzig Leute ein. Aber da mußt du noch 'n bißchen was dazulernen und nicht bloß klug snacken.«

Damit stieg er vom Gerüst herunter. Daß man sich auch eine reiche Frau suchen müsse, sagte er nicht. Es war schon die Zeit der Verdrängung.

Wenig später wurde Wilhelm Niemann mit vier

anderen Maurern, die wie er am Bau von Gewerkschaft und Sozialdemokratie redeten, entlassen.

»Dat kannst du mi doch nich andahn, Johann!« rief Wilhelm Niemann, vor Schreck wieder in das alte Du zurückfallend. »Jüst so rutpüstern. Ick heff vier Kinner.«

»Dann vergiß das man in Zukunft nicht, falls du wieder Arbeit findest«, sagte Johann Peersen. »Tut mir leid, Willem, aber ich brauch einen Polier und keinen, der Volksreden hält.«

Vielleicht tat es ihm wirklich leid. Immerhin hatten sie einmal zusammen den Stettiner Meister verhauen. Doch jetzt gehörte er selbst zu den Meistern, mein Großvater Peersen, seine Gesinnung entsprach seinem Stand, und wenn er auch hin und wieder etwas verschenkte, Kaffee, Brillen, Nähmaschinen – Sozialisten, die gegen Hungerlöhne protestierten, duldete er nicht.

Soll ich es ihm übelnehmen?

»Jeder mußte sehen, wo er blieb, das war damals so«, sagte meine Mutter, wenn sie ihn und Kiel und das, was ihre sichere Welt gewesen war, gegen meinen Vater verteidigte; und er, mein Vater aus Moskau, der als junger Mann von der klassenlosen Gesellschaft geträumt hatte, dann aber vor den Läusen und dem Blut der Revolution geflohen war und nur noch im Wohnzimmer für eine bessere Welt kämpfen konnte, mein Vater rief mit funkelnden Augen: »War? Ist immer noch, Tina! Bißchen besser vielleicht, aber immer noch. Und ohne Gewerkschaft jeder macht wie damals in Kiel. Keine Entschuldigung, damals.«

Mein Vater. Unversehens ist er da, obwohl er vorläufig noch nichts zu suchen hat in der Geschichte, wie denn auch, noch gibt es nicht einmal meine Mutter Christine, die Tochter von Marie. Doch sei's drum, ich lasse ihn eingreifen an dieser Stelle. Es geht um Politik, und das war sein Ressort. Aber kurz bitte, keine endlose Russelei. »Häuser für Arbeiter? Häuser waren Bestechung, Schluß, aus«, darf er noch sagen, dann muß er gehen. Geh, Sascha, misch dich nicht ein, du bist noch nicht an der Reihe. Du hast gesagt, was nötig war, und nun geh.

Häuser für seine Arbeiter. Diese Idee kam Johann Peersen nach Wilhelm Niemanns Entlassung. Es war Freitag, und zum ersten Mal seit langem ging er wieder in die Faulstraße. Frau Jepsen hatte nicht mit ihm gerechnet, schon gar nicht an diesem Abend. Sie war nach einem langen Nähtag in Meltz zu Fuß zurückgelaufen, um das Geld für die Pferdebahn zu sparen, und fiel fast um vor Müdigkeit – da stand er in der Tür, mit einer Tüte Kaffee und einer Mettwurst.

»Das ist aber mal 'ne Überraschung, Herr Peersen«, sagte sie, knöpfte ihre Bluse wieder zu und schürte ein schnelles Feuer für den Wasserkessel.

Durch das offene Fenster kam Kühle. Ein Vogel sang, wahrscheinlich eine Nachtigall, dachte Johann Peersen. Er sah Frau Jepsen beim Kaffeemahlen zu, schnitt die Wurst in Stücke, aß und trank und versuchte, den Druck aus sich herauszureden.

»Ist ja 'n Jammer für Sie, das mit Wilhelm Niemann«, sagte Frau Jepsen. »Den haben Sie doch gemocht.«

Johann Peersen spürte die Kritik in ihren Worten und ärgerte sich, daß er die Sache nicht mit sich allein abgemacht hatte. »Ich kann mir die Leute nicht aufhetzen lassen«, sagte er.

»Das soll wohl so sein, Herr Peersen«, sagte Luise Jepsen und versuchte, mit einem zweiten Becher Kaffee das Blei aus den Gliedern zu treiben. »Ist aber trotzdem schade. Und drei oder vier Mark für 'n Mauermann ist 'n Hungerlohn, da beißt die Maus keinen Faden ab.«

»Jetzt fangen Sie auch noch an, Frau Jepsen.«

»Nee, nee, Herr Peersen.« Sie riß die Augen auf, um nicht mitten im Satz einzuschlafen. »Mein Friedrich, der war ja bloß Mörtelträger, wenn der seinen Lohn anbrachte, dann haben wir hier am Tisch gesessen und gerechnet, ob's wohl für 'n Stück Fleisch langt, gefüllte Rippe, die mochte er gern. Und wir hatten noch Glück, Küche und Stube für uns allein und in der Kammer ein Schlafbursche, und keine Kinder, was schade war, aber doch wieder 'n Segen. Denn wenn der Herrgott kein

Einsehen hat und schickt eins nach dem andern und nicht genug zu essen und bloß eine Stube für Kochen und Schlafen und drei oder vier zusammen im Bett, und man muß froh sein, wenn eins stirbt...«

Sie schwieg erschöpft.

»Ich kann nicht mehr, Herr Peersen. Zehn Stunden an der Nähmaschine, ich werd nun ja man auch bald fünfzig, und bei der Kahlschen, da liegt nicht mal was Ordentliches auf 'm Teller, bloß Buchweizengrütze und Musbrot.«

»Ich geh schon, Frau Jepsen«, sagte Johann Peersen. »Und hier sind drei Mark, damit Sie sich mal ausruhen können und nicht immer bloß nähen.«

Sie mochte ihn kaum ansehen in ihrer Dankbarkeit und dachte, er würde es schon richtig machen mit seinen Arbeitern, einer wie er könne doch gar nicht anders, dachte sie, und bat den lieben Gott, es Johann Peersen auch weiterhin richtig machen zu lassen, und die Menschen sollten es einsehen und ihm nichts Böses antun. Nur kam sie nicht ganz zu Ende mit ihrem Gebet, weil sie schon vor dem Amen einschlief.

Johann Peersen aber, auf dem Heimweg durch die kühle Juninacht, beschloß, noch im selben Jahr mit dem Bau von zwei vierstöckigen Häusern zu beginnen, auf den nassen Koppeln am westlichen Stadtrand, die er 1889 zu einem Spottpreis erworben und in der Zwischenzeit drainiert hatte. Einfache Häuser, ohne Simse und Friese, aber mit hellen Wohnungen, drei auf jeder Etage, Stube, Schlafstube, Küche, Wasser überall und das Klosett auf dem Treppenabsatz – anständige, billige Wohnungen für seine Maurer, nicht nur ein Raum für sechs Leute oder mehr.

War es Gutmütigkeit? Oder Kalkül? Oder beides zusammen? Die Leute fragten nicht danach. Von einigen Aufsässigen abgesehen, arbeiteten sie gern für Johann Peersen, oder jedenfalls lieber bei ihm als woanders. Zu jedem Richtfest bekamen sie eine Mark extra und Weihnachten sogar drei, damit sie sich Rosinenstuten leisten konnten und Milchkaffee. Und nun auch noch die Wohnungen! Im Jahr 1902, zur Zeit der großen Kieler Streiks, waren es schon sechsunddreißig, und neue sollten dazukommen. Johann Peersen baute in die Zukunft. Bestechung nannte es mein Vater aus Moskau. Jedenfalls: Bei ihm wurde nicht gestreikt. Seine Leute mauerten weiter.

Aber auch das ist schon wieder vorgegriffen, weit über den Punkt hinaus, an dem die Geschichte sich befindet: Juni 1892, der vierte Juni, fünf Jahre nach der Hochzeit, und wir kommen zu Frieda, die sich verändert hat, dick geworden, das steht fest, zänkisch, so wird behauptet.

Um es noch einmal zu sagen: Es paßt mir nicht.

Ich hätte gern etwas anderes aus ihr gemacht. Aber wie bitte, da sie nun einmal nichts anderes wollte als das, was den Frauen ihrer Zeit und ihrer Verhältnisse zugeteilt war. Und soll ich sie ihrem Mann weiterhin sanftmütig entgegentreten lassen, unbeirrbar in ihrer Liebe, was immer er ihr auch zumutet? Zuviel verlangt von Frieda. Auch von mir. Dick also, zänkisch – es wird sich zeigen, wie sie auf ihr Unglück reagiert.

»Wo warst du so lange?« fragte sie, als Johann Peersen die Wohnstube betrat, die sie hartnäckig Salon nannte.

»Es gab noch was zu bereden«, sagte er.

»Mitten in der Nacht?« Frieda ließ die Stickerei fallen und sah ihn an, die Lippen so nahtlos zusammengedrückt, daß alles Rot verschwand – sehr unvorteilhaft für sie. »Möchtest du noch essen?«

Er schüttelte den Kopf.

»Dann werden die Krabben verderben. Als ob das Geld auf der Straße läge.«

»Seit wann kommt's denn bei uns auf ein paar Krabben an?«

Streit hing in der Luft, wie häufig seit kurzem oder seit längerem, niemand wußte es mehr genau.

»Falls du meinst, daß ich zuviel Geld ausgebe«, sagte sie. »Es ist meins. Deins habe ich noch nie ausgegeben.«

»Ist schon gut, Frieda«, sagte er und ging in sein Kontor.

»Sie nölte direkt!« sagte Frau Jepsen, die gelegentlich an den Kleinen Kiel zum Nähen kam, obwohl es dort nicht viel zu tun gab bei nur zwei Personen. »Wenn sie draußen im Flur redete, dachte ich manchmal, da steht die Ossenbrücksche. Tatsächlich! Und von hinten sah sie ja auch beinahe so aus.«

Frieda hatte ihre Figur nur bis zum Ende des zweiten Ehejahres zu halten vermocht. Dann ging sie dahin, wie ihre Hoffnungen, nehme ich an, obwohl die Überlieferung zu diesem Thema schweigt. Nicht einmal Luise Jepsen brachte ihr »Unglück braucht Süßes« ins Gespräch, sie, die sonst ein so scharfes Auge hatte für menschlichen Jammer.

Und Johann Peersen? Ob er bei der Erfüllung seiner sonnabendlichen Pflichten, wenn Friedas wabbeliges Fleisch ihn mehr und mehr mit Widerwillen erfüllte, ob er in solchen Augenblicken darüber nachdachte, warum sie diese Unmengen Kuchen, Pudding, Schokolade, fette Soßen, Mayonnaisesalate in sich hineinstopfte? Vielleicht. Vielleicht auch nicht. Er wollte nichts ändern, konnte nichts ändern, man weiß es längst, er wird sich das Nachdenken über Frieda verboten haben. Er verbot es sich auch, mit ihr zu streiten. Bei den ersten Anzeichen zog er sich in sein Kontor zurück, wie auch an diesem Abend, und verbittert, weil er sie nicht einmal eines Streites würdigte, ging sie in die

Küche und aß die Krabben auf. Dann stellte sie sich ans Fenster und blickte auf den Kleinen Kiel hinunter, auf die hellen Mondstreifen im Wasser, oder war es das Licht der Gaslaternen. Eine Möwe schrie, sonst blieb es still. Sie dachte an die Menschen rundherum, Häuser voller Menschen, Paare, die zusammenlagen, miteinander schliefen in dieser Nacht. Nur sie war allein.

Eine Weile stand sie so am Fenster. Dann nahm sie ein Glas aus dem Schrank, füllte es mit gekühltem Tee, tat Zitrone, Zucker und einen Schuß Rum dazu und trug es ins Kontor.

»Vielleicht magst du das nach der Hitze«, sagte sie.

»Danke«, sagte er, und obwohl er keinen Durst hatte, trank er das Glas aus. »Willst du nicht zu Bett gehen, Frieda? Es ist bald elf.«

»Gleich.« Sie zögerte. »Montag, Johann, du weißt doch, Montag ist das große Abschiedsfeuerwerk für den Kaiser und den Zar von Rußland.«

»Die sollten lieber aufhören mit diesem Gepränge«, sagte er.

»Warum? Der Kaiser liebt doch Kiel und den Hafen.«

»Schöne Liebe. Wer muß das denn alles bezahlen? Wir doch«, sagte Johann Peersen, ohne zu bedenken, daß auch er von Wilhelms Vorliebe für den Kriegshafen, die Flotte, die Werften profitierte, so wie alle Geschäftsleute in der Stadt. Denn was bei prunkvollen Anlässen verpulvert wurde, kam durch die Marine vielfach wieder herein, bis zum Krieg jedenfalls und zum endgültigen Knall. Aber so weit dachte Johann Peersen nicht in diesem Augenblick. Er dachte an Steuern und Abgaben, also an sein eigenes Portemonnaie.

»Das kann man ihm doch wirklich nicht verübeln. Wer dachte denn an solche Dinge damals«, versuchte meine Mutter diese Blindheit zu rechtfertigen, und für einen Augenblick kommt mein Vater wieder dazwischen. »Damals! Kann ich nicht mehr hören. Hatten Leute keine Augen? Konnten doch sehen Kanonen auf Schiff!«

Aber ich will nicht, daß sie sich jetzt deswegen streiten, ich will bei dem Feuerwerk bleiben, zu Ehren von Kaiser und Zar, dem Feuerwerk am siebten Juni 1892. Es ist wichtig, dieses Datum, ich kann keine Ablenkung brauchen.

»In der ›Kieler Zeitung‹ steht, daß es so ein Feuerwerk bei uns noch nie gegeben hat«, sagte Frieda. »Hastrups laden uns zum Essen ein, und hinterher wollen wir alle zusammen hingehen.« Womit der Name Hastrup wieder in die Geschichte tritt, Martha Hastrup, Friedas Cousine, und ihr Mann Erich, der unternehmerische Schlachtermeister, dessen Holsteinische Wurstwaren man sogar in Berlin kaufen konnte. Er belieferte inzwischen auch die Marine, die Volksküche, das Krankenhaus, und neben dem althergebrachten »Schlachterei« stand »Wurst- und Schinkenfabrikation« auf seinem Ladenschild in der Holtenauer Straße.

Johann Peersen brachte dieser Verwandtschaft wenig Sympathie entgegen, vor allem, weil Erich Hastrup einen Preußen- und Flottentick hatte. Nicht genug, daß er sich bei jedem Kaiserbesuch mit Gehrock und Zylinder zum Hurrarufen am Kai einfand, er schickte auch regelmäßig und ohne je zu erfahren, ob sie den allerhöchsten Beifall fänden, Wurstpakete ins Kieler Schloß, wo Wilhelms Bruder Heinrich residierte. Vermittels einer größeren Stiftung war es ihm sogar gelungen, in den »Deutschen Flottenverein« aufgenommen zu werden, bei dessen Zusammenkünften er sich derart ungehemmt von seiner Begeisterung hinreißen ließ, daß die anderen Mitglieder ihm unter Anspielung auf seinen in ihren Kreisen etwas degoutanten Beruf den Spitznamen »Flottenschwein« angehängt hatten.

»Und alles nur, weil er preußischer Hoflieferant werden will«, behauptete Johann Peersen. »Soll er doch lieber unserm Holsteinischen Herzog was schicken. Aber das traut er sich nicht, der versteht was von Mettwurst.«

Martha Hastrup, wie alle aus Frau Ossenbrücks Sippe durch Bauland zu Reichtum gekommen, behagte ihm ebenfalls wenig. Sie verbrachte ihre Zeit hauptsächlich mit Geldausgeben, und auch Frieda verschwendete, seitdem sie sich mit ihr angefreundet hatte, Unsummen für Morgenkleider, Nachmittagskleider, Frühjahrs-, Herbst-, Winterkostüme. Sogar Ballroben ließ sie sich arbeiten, obwohl sich ihr kaum Gelegenheit bot, dieses ganze Zeug anzuziehen. »Für Gesellschaftskram habe ich keine Zeit«, hatte Johann Peersen ein für allemal erklärt. Nur zwei oder drei Innungsfeste machten sie mit, und dafür brauchte Frieda keine Atlaskleider aus dem teuren Salon.

Allerdings gehörte sie seit einiger Zeit zu einem wöchentlich tagenden Kaffeekränzchen mit Martha Hastrup, Hertha Renstorff, der Frau des bekannten Darmgroßhändlers, Hanne Kloss aus dem Farbengeschäft und noch einigen anderen Damen, die sämtlich über Personal verfügten. Frieda engagierte daraufhin ebenfalls ein Dienstmädchen, allerdings nicht jung und knackig wie die Ossenbrücksche Auguste von ehedem, sondern über vierzig und bereits ergraut. Sie schlief in der Kammer neben der Küche und lief Johann Peersen zwischen den Beinen herum, wenn er nach Hause kam.

»Für zwei Leute!« sagte er. »Du wirfst das gute Geld zum Fenster raus.«

»Es ist mein Geld, Johann.« Unvermeidlicher Refrain.

Und Frieda hatte recht: Das Geld kam von ihr, es lag genug auf der Bank vom Ossenbrückschen Erbe. Trotzdem, es ärgerte ihn, dieses sinnlose Vergeuden, und da er den wahren Grund nicht sehen wollte, gab er Martha Hastrup die Schuld. Als Frieda einmal sagte: »Ein bißchen Spaß muß ich doch haben«, überhörte er es.

Spaß. Ach Gott ja. Einmal nahmen Hastrups Frieda mit zum Ball des Flottenvereins. Sie trug gelbe Seide, mit blaßblauen Blütenranken, die vom Ausschnitt über den Rücken bis zum Ende der Schleppe rieselten. Sie hatte sich so eng geschnürt, daß sie nicht einmal Wein trinken konnte, und allein das Blumen- und Federgesteck in ihrem Haar kostete mehr, als ihr Dienstmädchen im Monat an Barem erhielt. Aber außer Erich Hastrup tanzte keiner mit ihr.

Und jetzt wollte sie zum Feuerwerk.

»Laß mich mit dem Preußenzirkus zufrieden«, wehrte Johann Peersen ab. »Erich und sein Hurra.«

»Diesmal nur«, sagte sie. »Bitte!«

Arme Frieda. »Bitte!« sagte sie, statt mit Hastrups zum Kai zu gehen, ohne diesen Ehemann, dessen Gegenwart oder Nichtgegenwart ihr doch längst hätte gleichgültig sein sollen. Vielleicht dachte Johann Peersen, wenn ihr schon sonst keine Wünsche erfüllt würden, dann wenigstens dieser. Er ging also mit Frieda zum Feuerwerk, und so geschah es: Er traf Marie.

»Schicksal«, sagte meine Mutter. »Alles Schicksal. Wäre er nicht zum Hafen gegangen an diesem Abend...«

Ein Entlastungsversuch. Was anstößig war in der Geschichte, sollte vertuscht werden für die Erinnerung, und das Schicksal bot sich als Argument.

Ich muß ihr widersprechen. Schicksal ist nicht nur, was kommt, Schicksal ist auch, was man tut. Johann Peersen hätte meine Großmutter Marie stehen lassen, ihr den Rücken zudrehen, sie aus sich heraustreiben können. Aber er wollte es nicht. Er wollte sie haben, sie behalten, sich endlich seinen zweiten Traum erfüllen, so radikal wie den ersten, ohne Rücksicht auf die Folgen für ihn und andere. Meine Mutter, die Chronistin, ließ ihre Träume verkümmern, und am Ende stand jener letzte Satz, um dessentwillen ich angefangen habe, hinter der Geschichte herzudenken. Was meinen Großvater Peersen bewegte in seiner letzten Stunde, weiß ich nicht, auch nicht, wer mehr zu beklagen hatte, sie oder er. Doch wie immer man es sehen will, Schicksal ist nicht das richtige Wort. Im übrigen wären sie sich ohnehin eines Tages wiederbegegnet, Johann Peersen und Marie, es ließ sich nicht vermeiden in der engen Kieler Altstadt, auch wenn schon zwei Jahre vergangen waren, seit er ihr beim Überqueren des Marktplatzes ein eiliges »Na, lütt Marie, immer kregel?« zugerufen hatte. Denn damals konnte man sie noch so nennen: lütt Marie, ein Kind mit Zopf und großen Augen, fünfzehn bereits, aber das glaubte keiner.

»Dünn wie 'n Hering, nicht mal 'n Busen«, hatte ihre Mutter etwas ratlos zu Luise Jepsen gesagt und Marie nach der Schule im Haus behalten. »Diese halbe Portion, und dann gleich in Dienst. Sie kann mir ja 'n bißchen beim Nähen helfen, so geschickt wie sie ist.«

Doch inzwischen hatte sich manches verändert, nicht nur Maries Busen: Gute achtzehn Monate schon war sie in der Lehre bei Mademoiselle Coutier, die an der Holstenbrücke, zwei Häuser vom Wäschegeschäft Meislahn entfernt, einen renommierten Modesalon besaß, das erste Haus am Platze.

Mademoiselle Coutier, aus einer seit des großen Kurfürsten Zeiten in der Mark ansässigen Hugenottenfamilie, war auf Umwegen, bei denen ein Ingenieur der Germaniawerft eine Rolle spielte, schon 1878 nach Kiel gelangt, wo man ihren Namen in der Aussprache zu »Fräulein Kuhtier« verballhornen wollte. Um dem einen Riegel vorzuschieben, setzte sie das Gerücht in Umlauf, Pariser Ursprungs zu sein, was, à la longue betrachtet, sogar halbwegs der Wahrheit entsprach und die Leute daran gewöhnte, von ihr als »Mademoiselle Kutjee« zu reden. Dies, verbunden mit französischen Brocken im ansonsten berlinernden Redefluß, aber auch die Eleganz ihrer Erscheinung bescherten Mademoiselle Coutier den Ruf eines ganz speziellen Chics, dem zu entsprechen sie keine Mühe scheute. Ihre Preise waren horrend und stärkten die Reputation.

Daß Marie in einem Haus solchen Zuschnitts die Schneiderei erlernen durfte, verdankte sie dem Zufall. Die geschäftstüchtige Mademoiselle Coutier hatte ihrem Unternehmen eine von Töchtern besserer Kreise frequentierte Nähschule angegliedert, mit dem Vorteil, daß die Mädchen Routinearbeiten erledigen konnten und dafür sogar noch bezahlten. Die feineren Arbeiten übernahmen versierte Näherinnen, und manches wurde auch außer Haus gegeben, an Anna Steffens zum Beispiel, die eines Tages ihre Tochter mit einem fertigen Stück in die Werkstatt schickte.

Normalerweise bekam Marie bei solchen Botengängen die Inhaberin nicht zu sehen. Doch diesmal trafen sie sich im Flur.

»Was tust du hier, mon enfant?« fragte Mademoiselle Coutier und betrachtete Marie, die gerade anfing, sich zu entwickeln, mit Wohlgefallen. »Ah, von unserer braven Steffens. Très bien, ma chère, komm herein, ich habe wieder etwas für deine Maman, du kannst es gleich mitnehmen.«

Auf diese Weise betrat Marie das Allerheiligste des Unternehmens, den mauvefarbenen Salon, wo Mademoiselle Coutier Modejournale und Stoffkreationen für die Kundinnen bereithielt, ihnen bei einem Gläschen Mandellikör Empfehlungen und Ratschläge gab, Maß nahm und auch die Anproben zelebrierte. Am Fenster stand die Schneiderpuppe mit einem fast fertigen Kostüm in Pflaumenblau.

Für einen Moment vergaß Marie, weswegen sie hier war. Sie sah die Puppe an und stellte sich eine Dame vor, die in dem Kostüm spazierenging, der Rock ein wenig über das Pflaster fegend, grüne Pleureusen auf dem Hut, so wie sie manchmal in der Phantasie mit Stoffen und Farben spielte, wenn sie ihrer Mutter beim Nähen half.

»Du lächelst, mein Kind?« sagte Mademoiselle Coutier. »Gefällt dir das Kostüm?«

Marie nickte. »Eine grüne Bluse dazu, das würde passen.«

Sie war, wie Anna Steffens manchmal beanstandete, etwas übermütig, sah den Leuten direkt ins Gesicht und sprach nicht nur, wenn man sie fragte, sondern wenn ihr danach zumute war.

»Grün?« Mademoiselle Coutier warf einen prüfenden Blick auf die Puppe, dann auf Marie. Grün zu diesem Blau? Woher hatte das Kind die Idee? »Was für ein Grün?« fragte sie. »Dort sind Stoffe. Welchen würdest du wählen?«

Marie griff nach einer indischen Seide, grün, mit leichtem Blaustich.

»Und ich würde die Bluse in Fältchen legen, so ungefähr« – sie fingerte an dem Stoff herum – »und ein Stehkragen mit einer kleinen Schleife vorn, und die Jacke mit grünem Besatz und der Rocksaum auch.«

Mademoiselle Coutier schwieg. Sie hatte an einen gemusterten Crêpe de Chine gedacht, aber das Grün paßte perfekt, und was für geschickte Hände die Kleine hatte!

»Hilfst du deiner Mutter manchmal beim Nähen?« fragte sie.

»Immer«, sagte Marie.

»Und was kannst du?«

»Nähte. Knopflöcher. Taschen einsetzen. Was so kommt.«

»Mit der Maschine?«

Marie nickte, und Mademoiselle Coutier dachte nach.

»Hättest du Lust, Schneidern zu lernen?« Sie zeigte auf das Kostüm. »So etwas?«

»Ich?« fragte Marie ungläubig. »Schneiderin?«

»Warum nicht? Ich würde dich in die Lehre nehmen.«

Marie schüttelte heftig den Kopf. »Das geht nicht. Das kostet doch Lehrgeld.«

Mademoiselle Coutier zögerte. »Meine jungen Mädchen zahlen natürlich für das, was ich ihnen beibringe. Ihre Eltern schicken sie zu mir, damit sie lernen, ihre Garderobe selbst herzustellen, wenn sie verheiratet sind, und kaum eine denkt an den Beruf. Bei dir wäre es wohl etwas anderes.«

Sie nahm das Kostüm und legte es Marie über den Arm. »Sage deiner Maman, es eilt, sie möge es bald bringen, dann rede ich mit ihr. Adieu, ma petite Marie.«

Drei Tage später wurde die Sache abgemacht. Schlicht um schlicht, schlug Mademoiselle Coutier vor, kein Lehrgeld, allerdings auch kein Lohn.

»Werden ja noch ein paar schwere Jahre«, sagte Anna Steffens, als sie nach Hause kam. »Aber zu Buttermilchsuppe wird's schon langen.«

Marie fiel ihrer Mutter um den Hals. »Und später nähe ich dann die schönsten Kleider von ganz Kiel.«

Anna Steffens lachte. »Mach du man, Deern. Eine gute Schneiderin kommt immer durch, wo es jetzt so viele Damen gibt in Kiel, die weiter nichts im Kopf haben als Plünnen.«

Das war kurz vor Weihnachten. Schon im Januar konnte Marie mit der Lehre anfangen.

Die ersten Monate, so der Bericht meiner Mutter, waren kein Zuckerschlecken. Mademoiselle Coutier war äußerst penibel, überwachte jeden Stich und entdeckte auch dort, wo kein Fehler zu sein schien, noch mindestens zwei. »Ma chère enfant, blau und grün zusammenzustellen ist noch kein Verdienst, aber eine perfekt sitzende Robe daraus zu fertigen.« Marie nahm das nicht schwer. Was sie kränkte, waren die anderen Mädchen, diese höheren und mittleren Töchter, die pikiert abrückten und sie ihren niederen Stand fühlen ließen.

Zwei Mütter sahen sich sogar veranlaßt, ihre Töchter aus dieser Gesellschaft zu entfernen – ein Vorfall, der Mademoiselle Gelegenheit gab zu zeigen, daß sie noch über andere Qualitäten als modischen Chic und Geschäftssinn verfügte. »Sie können von mir aus alle gehen, mes enfants, wenn es Ihnen bei mir nicht konveniert«, verkündete sie am nächsten Morgen. »Ich habe mehr Anmeldungen als Stühle. Marie jedoch, Marie bleibt. Voilà.« Und zu Marie sagte sie: »Warum echauffierst du dich, ma petite? Sie alle bezahlen, die Dummköpfe, und dir bringe ich es umsonst bei. Heul nicht, sieh zu, daß du etwas lernst. En avant, der Saum für Madame von Schmidt.«

»Und wie schnell sie gelernt hat!« wußte meine Mutter zu berichten. »Die Mädchen hörten bald auf mit ihren Sticheleien, weil sie die Geschickteste war und ihnen half, wenn sie etwas verdarben. Friederike Wittkopp, Oberlehrer Wittkopps Tochter, wurde sogar ihre Freundin und später meine Patentante. Von ihr weiß ich, wieviel Mademoiselle Coutier ihr beigebracht hat, Entwerfen, Schnitte zeichnen, Zuschneiden – schade, alles umsonst. Später hat sie ja kaum noch genäht.«

»Warum nicht?« fragte ich.

»Großvater Peersen war dagegen.«

»Warum?«

»Keine Ahnung. Er wollte es nun mal nicht.«

»Aber wenn sie es doch wollte!«

»Es geht nicht immer danach, was man will.«

Dialoge meiner Kindheit. Ich bin klein, größer, wieder größer, und meine Mutter erzählt von Großmutter Marie und den Kleidern und sagt: »Es geht nicht immer danach, was man will.« Wenn sie von ihrem Vater sprach, kam er dann auch, dieser Satz? Ich horche zurück in die Vergangenheit. Nein, nie.

Meine Großmutter Marie, die Marie von damals. Auch sie hatte ihren Traum. Aber er galt nicht.

»Geht man soweit alles gut«, berichtete Anna Steffens bei Luise Jepsen. »Und wenn die ersten zwei Jahre rum sind, will die Mamsell ihr sogar einen kleinen Lohn geben. Wenigstens braucht sie nicht in Dienst, wo jeder Stoffel sie in den Hintern kneifen kann, und vielleicht kriegt sie sogar einen Mann mit 'ner besseren Stellung. Schneidern, das ist wie Mitgift.«

»In 'n Hintern kneifen!« Johann Peersen hatte laut gelacht, als ihm dieser Ausspruch übermittelt wurde. »Die hat ja gar keinen Hintern zum Kneifen, die magere Flunder.«

Und dann, am siebten Juni, sah er sie, beim Abschiedsfeuerwerk für den Zaren.

Was ist überliefert von diesem Ereignis? Nicht viel. Aber doch einiges. Zum Beispiel, daß Marie ein weißes Kleid trug und daß es Aal gegeben hat bei Hastrups.

»Räucheraal! Den mochte Großvater Peersen doch für sein Leben gern. Davon konnte er nie genug kriegen, obwohl er genau wußte, daß es ihm nicht bekam.«

Daß auch der Hastrupsche Aal Johann Peersen nicht bekam, lag hauptsächlich an seinem Schwager Emil Ossenbrück, der völlig unvorhergesehen an diesem Abend bei Martha und Erich Hastrup aufgetaucht war und zum allgemeinen Mißbehagen mit zu Tisch gebeten werden mußte.

»Na, dann mal her mit der Fourage«, sagte er und säbelte sich ein Stück Mettwurst herunter, wobei unter seinen Rockärmeln diamantene Manschettenknöpfe aufblitzten. »Was dem Kaiser schmeckt, ist auch gut für min Vadder sin Söhn. Wann kriegst du denn nun endlich deinen Schinkenorden, Erich?«

Emil Ossenbrück, zweiunddreißig bereits und immer noch Junggeselle, hatte nach dem Tod seiner Eltern unverzüglich alles, was ihm als Erbe zugefallen war, in Miethäusern angelegt und den Zahlmeisterdienst bei der Marine quittiert, um fortan vom Vermögen zu leben. Dabei war es zu schweren Unstimmigkeiten gekommen. Emil hatte nämlich das gesamte Land in einer Blitzaktion an Fremde veräußert, was Johann Peersen ihm nie verzieh. Aber auch Emils luxuriöses Leben als Privatier und seine Versuche, die neue Kieler Elite zu kopieren, ärgerten ihn: Immer nach der neuesten

Mode von den Gamaschen bis zum Monokel, Villa, Diener, Gesellschaften. Sogar ein Reitpferd hatte er sich angeschafft, auf dem er, wie Johann Peersen höhnte, mit so dämlichem Gesicht saß, als ob er Graf Ossenbrück sei. »Verkehrt ja auch nur noch mit Offizieren«, behauptete Frau Jepsen, die durch die Näherei allerlei hörte. »Kommen aber nur in Zivil zu ihm, und in Uniform kennen sie ihn dann nicht mehr. Na ja, die Ossenbrücksche hatte man auch schon 'n lütten Schlag weg. Ist wohl so, wenn ut Schiet wat ward.«

Immer, wenn Emil Ossenbrück mit seinem Schwager zusammentraf, gab es Streit. Auch an dem Abend bei Hastrups legte er sofort seinen Finger auf eine von Johann Peersens Wunden.

»Nun wollen sie dich wohl doch nicht den neuen Bahnhof am Sophienblatt bauen lassen, wie?«

»Das steht noch lange nicht fest«, sagte Johann Peersen, obwohl seine Bewerbung um ein Baulos bereits abgelehnt worden war.

»Ach nee!« bemerkte Emil in seinem preußisch-schnarrenden Tonfall, der allein schon genügte, um Johann Peersen in Rage zu bringen. Weshalb er viel zu viel von dem fetten Aal aß, so viel, daß ihm schlecht wurde.

Schon beim Feuerwerk fing es an, diesem größten und aufwendigsten Brillantfeuerwerk, das Kiel je erlebt hatte. Dicht gedrängt standen die Menschen an der Kaimauer vom Strandweg, vor sich den Hafen mit den beiden illuminierten Yachten, die »Polarstern« des Zaren Alexander, die »Hohenzollern« des deutschen Kaisers. Um sie herum Panzerschiffe, Fregatten, Korvetten, Kanonenboote, über alle Toppen geflaggt, die Matrosen in Reih und Glied erstarrt, und oben in der Dunkelheit zerplatzten Raketen, drehten sich Feuerbälle am Himmel, rot, blau, grün, gelb, stoben als Sternenregen auseinander und fielen funkelnd in das schwarze Wasser. »Ah!« und »Oh!« rief das Volk, »hurra! vivat!«, um den beiden Herrschern zu huldigen, wobei Erich Hastrup in seiner Begeisterung kaum zu halten war und, als der deutsche und der russische Adler als leuchtende Flammenbilder am Firmament erstrahlten, die gesamte Umgebung zu Ovationen hinriß. Wer dachte an diesem festlichen Abend schon daran, daß es noch andere Feuerwerke gab. Die Kanonenrohre auf den Kriegsschiffen schienen nur zum Salutschießen dazusein, vivat, vivat.

Auch Frieda jubelte, und Emil Ossenbrück stieß Johann Peersen mehrmals in die Seite. »Nu mal los, Johann. Oder hast du immer noch nichts übrig für unseren Kaiser?«

»Lat mi tofreeden«, knurrte Johann Peersen, dem der Aal immer schwerer im Magen lag, was seine Sympathie für den Preußenzirkus nicht gerade hob. Und während die »Polarstern« unter Marschmusik, Kanonendonner und Sternenregen sich anschickte, den Hafen zu verlassen, sagte er zu Frieda: »Mir ist übel im Magen. Ich muß nach Hause.«

Frieda schüttelte so vehement den Kopf, daß die Federn auf ihrem kleinen grünen Hut zitterten, und Martha Hastrup schlug ihm vor, allein zu gehen, Erich und sie würden Frieda später zum Lorentzendamm bringen.

»Von mir aus«, sagte Johann Peersen und versuchte, sich durch die Menge zu schieben. Seine Übelkeit wuchs. Verdammter Aal, dachte er.

Da sah er Marie.

Sie stand dicht vor ihm und starrte ihn an, mit diesen großen Augen, dunklen Augen in einem hellen Gesicht, und das blonde Haar darübergetürmt, Massen von Haar, überall sprangen Locken heraus, fielen über die Stirn, die Schläfen, den Nacken.

»Da stand sie«, schilderte meine Mutter den großen Moment, »in ihrem weißen Kleid voller Volants. Großmutter Steffens hatte es genäht, aus Nachtjacken von irgendeiner Herrschaft, alte Nachtjacken aufgetrennt und gewaschen und gebleicht. Alle drehten sich nach ihr um, so hübsch sah sie aus, und Großvater Peersen hat sich gleich in sie verliebt.«

Woher wußte meine Mutter das so genau? Ich hätte sie danach fragen sollen, denn womöglich haben sie es sich nur zurechtgelegt, die Überlieferer, weil sie die Liebe zur Rechtfertigung brauchten für Marie und Johann.

Soll ich es übernehmen? Ich sehe das Foto an, das Marie hat machen lassen für ihn, und noch aus dem vergilbten Braun kommen ihre Augen auf mich zu, und wie jung sie ist und daß sie nicht fragt nach dem Profit, obwohl sie schon als Kind um Knickeier feilschen mußte. Ewig Dein! steht auf der Rückseite, in steiler gotischer Schönschrift, und darunter M., als ob sie glaubte, sicherer zu sein, wenn sie ihren Namen verschwieg. Siebzehn erst, und M. hin, M. her, sie hat sich eingelassen und ausgeliefert. Risiko ohne Netz, ein dreifacher Salto für ein Mädchen im Jahr 1892, und daß es gut ausging, war nicht vorauszusehen. Wobei auch das »gut« noch fragwürdig ist.

Doch, ich übernehme die Liebe. Nicht das Schicksal, dieses unredliche Argument, aber die Liebe, um des Fotos willen und weil ich sie brauche für die Geschichte, mit ihr hantieren kann in meinen Gedanken, auch längst schon alles auf sie angelegt habe, damals im Gängeviertel.

Wobei ertappe ich mich? Will auch ich rechtfertigen? Etwa meinen Großvater Peersen? Oder Großmutter Marie? Arme Marie, sie hat Rechtfertigung nicht nötig, sie hat mit dem Leben bezahlt.

Trotzdem, es soll so sein: die große Liebe.

Johann Peersen erkannte Marie nicht gleich. Sie erinnerte ihn an jemanden, er zögerte. Zuerst dachte er, sie sei es, aber nein, sie war jünger, viel jünger, auch keine Hure, warum starrte sie ihn so an?

Dann bemerkte er Frau Steffens. Sie stand hinter ihr, lachte und winkte ihm zu, Anna Steffens mit dem freundlichen Gesicht und den Apfelbacken.

»Guten Abend, Herr Peersen!« rief sie. »Das ist aber mal schön, daß wir uns treffen. Und kennen Sie Marie nicht mehr?« Marie. Lütt Marie. Schon früher hatte sie ihn immer angestarrt. Augen hat die Deern...

Er gab ihr die Hand. »Sie sind ja 'ne richtige junge Dame geworden, Fräulein Marie.« Und Anna Steffens erzählte, was er schon wußte, von der Schneiderlehre und wie geschickt sie sei, und bald könne sie selbst ihre Kleider nähen.

»Sie hat ja schon so ein hübsches Kleid an. Steht Ihnen gut, Fräulein Marie, aber frieren Sie denn nicht? Ist doch 'n bißchen frisch in der Nacht«, sagte er, weil er sie ja nicht nur ansehen konnte, und spürte zugleich wieder den Aal, so heftig, daß auch Maries Augen nichts mehr nützten. Er hatte das Gefühl, grün im Gesicht zu werden, wurde es wohl auch, denn Frau Steffens musterte ihn besorgt und sagte: »Sie sehen man nicht ganz extra aus, Herr Peersen.«

»Aal!« stöhnte er. »Ich habe wohl ein bißchen zuviel Aal gegessen.«

»Da soll Ihnen Ihre Frau mal fix 'n tüchtigen Kamillentee machen«, empfahl Frau Steffens.

»Die ist nicht zu Hause.«

»Dann kommen Sie man gleich mit zu uns in die Küterstraße«, sagte sie resolut. »Ist ja bloß um die Ecke.«

Verdammter Aal, dachte er. Oder auch nicht? »Wie das Leben so spielt«, würde Luise Jepsen sagen.

In Anna Steffens Küche hatte sich nichts verändert. »Setzen Sie sich man hin, Herr Peersen«, sagte sie. Aber er konnte sich nicht setzen. Er mußte auf den Hof gehen, den Finger in den Hals stecken und den Aal, der seine Dienste getan hatte, loswerden. Erst dann trank er Anna Steffens Kamillentee, zwei Tassen, und blieb noch eine Weile, um Marie zuzuhören, die von dem Modesalon erzählte und den Kundinnen, diesen reichen Frauen, daß es so was gibt, Herr Peersen! Und sie machte die Kommerzienrätin Wilde nach, wie sie sich vor dem Spiegel drehte, eine Stoffbahn über der Schulter: »Hebt mich die Farbe, meine Liebe? Bringt sie den Teint zum Blühen? Ach Gott, wie fahl er wird!«

»Ein paar Worte, ein paar Gesten«, erzählte meine Mutter. »Das reichte. Wir haben so oft darüber gelacht, auch Großvater Peersen. ›Wie im Theater‹, sagte er. ›Das kommt von ihren großen Augen, damit sieht sie den Leuten auf den Grund.‹«

Schon damals in der Küche amüsierte er sich

über die Vorstellung und dachte gleichzeitig, daß er gehen müsse, sofort, und sie auf keinen Fall wiedersehen dürfe und daß er sie besser gar nicht erst getroffen hätte, verdammter Aal, aber nein, und natürlich sehe ich sie wieder.

»Warum haben Sie mich damals eigentlich immer so angestarrt, Fräulein Marie?« fragte er.

»Weil Sie so groß sind.«

»Also Sie wissen das auch noch?« fragte er, direkt in ihre Augen hinein. Sie wurde rot, und Anna Steffens zog die Stirn kraus und sagte: »Inzwischen ist Ihre Frau bestimmt schon zu Hause, Herr Peersen. Was die sich wohl denkt?«

Er holte seine Uhr aus der Westentasche, Gold, mit dem Monogramm J.P. auf dem Deckel, ein Geschenk von Frieda zum ersten gemeinsamen Weihnachtsfest.

»Längst elf! Entschuldigen Sie man, Frau Steffens, war so gemütlich. Und Ihr Kamillentee hat mir gut getan, der Aal ist weggeschwommen.«

»Von wegen weggeschwommen!« lachte sie. Marie lachte auch und sah ihn an, wie er in der Tür stand, immer noch so groß, und ein richtiger Herr in seinem hell- und dunkelgraukarierten Anzug und der grauen Krawatte dazu.

»Wie alt sind Sie eigentlich, Herr Peersen?« fragte sie.

»Aber Marie!« rief Frau Steffens. »So vorlaut, wie die Deern auch immer ist.«

»Lassen Sie man«, sagte er. »Achtundzwanzig. Und Sie, Fräulein Marie?«

»Siebzehn.«

»Man eben erst geworden«, ergänzte ihre Mutter, und als Johann Peersen gegangen war, sagte sie: »Du mußt dir mal das Plieren abgewöhnen, Marie. Ein junges Mädchen pliert 'n Mann nicht so an, schon gar nicht, wenn er verheiratet ist.«

»Ich hab ja gar nicht gepliert«, sagte Marie. »Ich plier überhaupt keinen Mann an. Ich will mal einen Salon haben wie Mademoiselle Coutier.«

Anna Steffens schüttelte den Kopf und lachte: »Unsinn, Auguste, heiraten mußte.«

In der Wohnung am Lorentzendamm kam Frieda ihrem Mann aufgeregt entgegen.

»Wo warst du denn um Gottes willen, Johann!«

Er erzählte ihr von Frau Steffens und dem Kamillentee.

Steffens? Sie hatte den Namen noch nie gehört, vermutete etwas, sagte nicht, was, unterstellte nur, daß er lüge.

»Wo soll ich denn wohl gewesen sein, Frieda?« fragte er. »Meinst du, ich geh vom Feuerwerk direkt in 'n...«

Er verschluckte das Wort. Es setzte eine Intimität voraus, die nicht da war zwischen ihnen.

Sie sah ihn an, die Lippen zusammengepreßt. In

seinem Gesicht war etwas Neues, sie wußte nicht, was, aber es erfüllte sie mit Panik.

»Jetzt fängst du auch noch an zu lügen«, sagte sie, und der Abend endete im Streit.

In der Nacht konnte er keine Ruhe finden, halb wach, halb schlafend lag er da. Schließlich stand er auf und ging in den Raum, den er Wohnstube nannte und Frieda Salon. Er zog die Vorhänge zurück, Mondlicht kam herein.

Johann Peersen fühlte sich müde und abgeschlagen. Er saß in einem der grünen Sessel, die er seinerzeit Frau Ossenbrück abgetrotzt hatte, zwischen Vertiko und Vitrine und dem schwarzen Klavier, zwischen silbernem Teeservice, vergoldeten Mokkatäßchen, Nippes, Zimmerpalmen und Draperien und den zahllosen, von Frieda an langen Nachmittagen gestickten Kissen, Wandbehängen, Decken, diesem ganzen Ossenbrückschen, sich unentwegt vermehrenden Kram, der ihn wie ein Alptraum einzukreisen schien. Auf der Kommode stand die schwarze marmorne Uhr, das Hochzeitsgeschenk seiner Schwiegereltern, und er spürte den Wunsch, sie in die Vitrine zu schleudern, diesen Raum zu verwüsten und unbewohnbar zu machen.

Was sollte er tun? Die Nacht verging, er grübelte sich von einer Stunde zur anderen, das Ergebnis ist bekannt: die Hochzeit mit Marie am 12. Oktober 1893. Viel mehr allerdings nicht. Was außerdem geschah, von der Begegnung im Juni bis zu diesem

Tag, wurde von der Überlieferung ausgeschlossen. Meine Mutter raffte die beiden Ereignisse zusammen, was dazwischen lag, gab es nicht mehr. Sogar das Datum der Heirat verschwieg sie, und auch von dem Bild auf ihrer Kommode sagte sie nicht, daß es das Hochzeitsbild sei. Erst später, nach ihrem Tode, als ich den Schildpattrahmen öffnete, konnte ich es auf der Rückseite lesen: 12. Oktober 1893, unser Hochzeitstag!! – in Maries sorgsamer Schrift und mit zwei Ausrufungszeichen.

Ein Hochzeitsbild ohne Kranz und Schleier. Weder Glockengeläut noch Gäste, nehme ich an, denn schon drei Monate später wurde Christian geboren, der erste Sohn. Und noch manches andere galt es zu vertuschen. Nein, keine genauen Auskünfte. Das Schicksal und die große Liebe. Aber Angst und Tränen, Schimpf und Scham sollten nicht dabeisein in der Geschichte. Auch nicht die Schuld. Nicht der Preis, der gezahlt werden mußte für das Glück.

Was also war? Oder: Wie kann es gewesen sein?

Johann Peersen, nachts in dem grünen Sessel, umgeben von den Mauern, die er um sich hatte aufbauen lassen, wußte nur eines: daß er Marie wiedersehen mußte. Jahrelang hatte er einen Traum mit sich herumgetragen. Jetzt wollte er nicht mehr von Träumen leben.

Um es gleich zu sagen: Nach Abenteuer war ihm nicht zumute. Er war kein Mann der leichten Taten.

Er hatte Frieda sein Wort gegeben gegen drei Hektar Land, das ließ sich nicht aus der Welt schaffen. Auch nicht, was er erreicht hatte in den vergangenen Jahren – ein erfolgreicher Bauunternehmer, angesehen und geachtet, jemand, dem der Bankier Aßmann unbedenklich Kredit gewährte. Ein Ehrenmann, mein Großvater Peersen. Ahnte er, worauf er sich einließ, wenn er Marie Steffens wiedersah? Ich denke hinter ihm her und sage: Ja, er wußte es, aber es war ihm nicht mehr wichtig, als Ehrenmann zu gelten. Was immer aus diesem Wiedersehen werden sollte – nur Marie war wichtig für ihn.

Und Marie, dachte er daran, was aus ihr werden sollte? Vermutlich kaum. Hätte er an Marie gedacht, wäre es nicht zu dem Wiedersehen gekommen, nicht zu dem, wohin es führte in dieser Geschichte, die ich im Begriff bin, mir zurechtzudenken aus dem wenigen, was ich weiß. Aber Abläufe haben ihre Dramaturgie, und die Phantasie fährt auf vorgegebenen Schienen.

Im übrigen hat er nie an andere gedacht, mein Großvater Peersen, damals nicht, später nicht. Und das war es.

Gleich am nächsten Tag versuchte Johann Peersen, Marie beim Marktplatz abzufangen. Sie hatte ihm erzählt, daß sie meistens bis halb acht im Salon bliebe, um Mademoiselle Coutier beim Zuschneiden zu helfen. Und so schlenderte er um diese Zeit an den Geschäften vorbei, starrte Auslagen an, ging ein Stück die Kehdenstraße entlang, kehrte um, fühlte sich beobachtet durch sämtliche Fenster, wollte sich davonmachen, blieb jedoch noch einmal vor den Persianischen Häusern stehen, und da kam sie, in blauem Rock und weißer Bluse, und voller Entzücken bemerkte er, wie leicht sie ging, nur bei Kindern hatte er es so gesehen, wenn sie im Spiel den Boden unter den Füßen zu verlieren schienen.

»Nanu, Fräulein Marie!« sagte er.

Sie blieb stehen und sah ihn an.

»Schöner Abend heute, nicht?« sagte er. »Ich wollte gerade mal ein bißchen in den Schloßgarten. Da singt eine Nachtigall.«

»Bei uns im Hof auch«, sagte sie. »Die singen jetzt überall.« Und schon war sie in der Küterstraße verschwunden.

Also der nächste Abend. »Hallo, Fräulein Marie, treffen wir uns schon wieder?«, und sie errötet und sieht ihn an, und er sieht sie auch an und sagt: »Wollen wir nicht doch mal in den Schloßgarten zu den Nachtigallen?«

War es so? Vielleicht. Irgendwie muß es ja begonnen haben, obwohl es mir nicht ganz gefällt für meine Geschichte: der Park, ausgerechnet der Park. Aber wie, um alles in der Welt, hat ein Mann es damals angefangen, wenn er ein Mädchen verführen wollte? Kein Auto, kein Kino, kein

Schwimmbad, weder Tanztee noch Disco, schon gar nicht eine Wohnung in der Anonymität eines Hochhauses. Statt dessen eine strenge Mutter, wachsame Nachbarn, Beobachter überall, auch noch in Kiel, wo die Einwohnerzahl sich in den letzten zwanzig Jahren mehr als verdoppelt hatte, achtzigtausend schon, immer weiter quoll die Stadt über die Grenzen hinaus. Doch in den alten Straßen um den Markt kannte man sich nach wie vor: Das ist ja Anna Steffens' Marie! Und das da Johann Peersen, Frieda Ossenbrück hat er geheiratet, aus der Bäckerei. Was will er denn von der Deern?

Kein Pflaster für Verführungen. Kann ich sie wirklich zu den Nachtigallen schicken? Nicht einmal dort sind sie sicher. Nur bitte, wohin sonst? Mir fällt nichts ein im Moment, später vielleicht. Aber jetzt, für den Anfang, die Nachtigallen.

Es war noch hell, Mitte Juni inzwischen, der Monat mit den langen Tagen. Um diese Stunde saßen die Kieler zu Hause bei Buttermilchsuppe oder Bratkartoffeln, bei Brot mit dünn Schmalz oder dick Mettwurst, je nachdem, und niemand beobachtete Johann und Marie. Überall im Schloßgarten duftete der Jasmin, süß und schwer, mit einem Schuß Fäulnis dazwischen. Sie gingen nebeneinander her, die geschwungenen Wege entlang, und Johann Peersen dachte, wie es wohl wäre, wenn er sie in die Arme nähme und küßte, wagte aber nicht einmal, ihre Hand zu nehmen, und erzählte statt dessen von dem Haus, das er gerade plante.

»Wissen Sie, Fräulein Marie, wenn ich mich mit so einem Haus beschäftige, dann ist mir immer, als ob ich darin wohnte. Ich gehe von Zimmer zu Zimmer und guck aus den Fenstern und sitze beim Essen oder im Erker oder liege im Bett – lachen Sie darüber?«

»Nein, Herr Peersen!« Sie schüttelte energisch den Kopf, hob den Arm, um das Haar zurückzustreichen, und er sah, wie ihr Busen sich bewegte, kein kleiner Busen, so zierlich sie doch sonst war, ob sie ein Korsett trug?

»Nein, Herr Peersen, ich lache überhaupt nicht, warum denn, ist doch nichts zum Lachen, weil, was Sie da sagen – mir geht's nämlich genauso mit Stoffen, ein Stück Stoff, und was ich da alles sehe!«

»Wirklich? Ihnen auch? Ist das wahr? Ich bin ja man 'ne Stange älter als Sie, elf Jahre, aber als Lehrjunge und schon früher – was hab ich bloß alles zusammengeträumt! Ganze Städte gebaut im Traum – na ja, ein bißchen was ist ja inzwischen draus geworden. Wissen Sie, das ist so eine fixe Idee von mir, später, in hundert Jahren, wenn ich nicht mehr da bin, und meine Häuser stehen noch...«

Er suchte in ihren Augen, ob sie verstand, was er meinte, und sie sagte: »Als ob Sie weiterleben, nicht? Mit Kleidern und Hüten ist das ja wohl anders, die schmeißt man irgendwann in den Lumpensack. Trotzdem, eine Weile bleiben die auch. Und ich habe sie mir ausgedacht und aufgezeichnet und genäht.« Sie blieb stehen und sah ihn an und sah durch ihn hindurch auf das, was ihr Traum war.

Er war entzückt von ihrem Eifer, und wie ihre Augen leuchteten. Aber von ihren Träumen wollte er nichts wissen, er wollte, daß ihre Hände sich trafen, wie es passiert, wenn man nebeneinander hergeht.

»Ich habe so was noch keinem erzählt«, sagte Marie. »Nur meiner Mutter, aber die hat gemeint: Träum nicht soviel, sieh man lieber zu, daß du immer einen warmen Mantel anzuziehen hast, das ist die Hauptsache, warm und satt.«

Sie brach einen kleinen Zweig ab und schob ihn zwischen die Lippen. »Man muß sich doch auch mal was vorstellen können, was Schöneres, sonst ist alles so traurig. Finden Sie nicht?«

»Doch«, sagte Johann Peersen. »Aber es gibt auch noch was anderes Schönes, Marie, nicht nur Kleider.«

Sie blieb stehen, nahm den Zweig aus dem Mund und sagte: »Ich muß jetzt nach Hause, Herr Peersen.«

»Noch ein bißchen.«

»Nein«, sagte sie. »Überhaupt, wenn meine Mutter das wüßte!«

Sie zog die Schultern zusammen, und er hätte sie beinahe doch noch in den Arm genommen. Nur der Gedanke, daß jederzeit ein Spaziergänger um die Ecke biegen könnte, hielt ihn davon ab. Nein, nicht hier, es mußte sich ein anderer Ort finden.

Noch zwei solcher Abende, da liebte sie ihn oder glaubte es jedenfalls, was dasselbe war. Es spielt keine Rolle, die Art dieses ersten Gefühls. So oder so, es wurde ihr Leben daraus und ihr Tod, und schon damals wußte sie nicht mehr, wie sie sich Johann Peersen entziehen sollte. Wenn sie wach wurde, bevor sie einschlief, beim Nähen und Trennen, bei Knopflöchern und Volants und beim Zureichen von Stecknadeln, er war gegenwärtig, sein Gesicht, die Stimme, die Hand, die, beabsichtigt oder nicht, ihre Hand berührte. Johann Peersen, groß und stattlich, ein Mann, der Häuser baute und fünfzig Maurer beschäftigte – kein Wunder, daß sie sich in ihn verliebte, trotz der Frau, zu der er abends zurückkehrte.

Als sie anfing, darüber nachzudenken, konnte sie schon nichts mehr ändern. Ihr schlechtes Gewissen, Worte wie Ehebruch, Sünde, Schande, was immer es gab an Bezeichnungen für das, worauf sie im Begriff war, sich einzulassen, quälten sie. Trotzdem, wo war das alles, irgendwo im Niemandsland, und was bedeutete diese Frau mit dem Namen Frieda gegen seine Blicke, seine

Hand, seine Stimme: »Marie, es ist so schön, daß wir hier sind und miteinander reden können.«

In der Nähstube wurde sie beim Träumen ertappt und mußte wiederholt aufgefordert werden, doch bei der Sache zu sein, s'il vous plaît. Wahrscheinlich verliebt, dachte Mademoiselle Coutier mit einem halbbitteren Blick auf die Kastanien vor dem Fenster. Sie war fünfunddreißig und hatte ihre Erfahrungen in Dingen des Herzens, weshalb sie Marie zu sich in den Salon rief, sie bei der Hand nahm und sagte: »Wenn du dich jemandem anvertrauen willst, ma chère petite, ich bin da. Und außerdem ist hier eine Mark von Frau Justizrätin für den Kopfputz, den hast du wirklich sehr hübsch gemacht, und Frau Majorin Clemens möchte auch etwas in der Art haben, zu der weißen Ballrobe passend, und laß dich nicht mit einem jungen Schnösel ein, dazu kannst du zuviel.«

Aber Marie brach nur in Tränen aus, nahm den Klosettschlüssel vom Haken und rannte die Treppe hinunter, um wenigstens ein paar Minuten allein zu sein. Später ließ sie Wasser über ihr Taschentuch laufen und kühlte sich die Augen. Sie wollte nicht verweint aussehen abends im Park, erst recht nicht bei ihrer Mutter.

»Was ist denn bloß los? Bist du krank?« drängte Friederike Wittkopp. Marie sah an ihr vorbei. »Laß man, Frieke, das verstehst du nicht«, sagte sie und gab gleich darauf trotzdem etwas preis. Nicht, um wen es sich handelte, nur, daß sie ihn heimlich traf.

Und Anna Steffens – hat sie wirklich nichts gemerkt von der Verwirrung ihrer Tochter, nichts vermutet hinter diesen ständigen Verspätungen, eine halbe Stunde oder mehr? Kaum vorstellbar, bei ihrer Wachsamkeit, außerdem ein Zeichen dafür, wie schnell Marie gelernt haben muß, was nötig war, um ihr Geheimnis noch für eine Weile zu sichern: Verstellung und Lügen.

Der Kaiser höchstpersönlich half ihr dabei beziehungsweise die Segelregatta des kaiserlichen Yachtclubs, zu der wieder Wilhelm II. nebst Gemahlin Augusta Victoria erwartet wurden, ein Ereignis, das die Kieler Gesellschaft in größte Geschäftigkeit versetzte. »So 'ne Menge Arbeit, Mutter! Kannst du dir gar nicht vorstellen. Da muß ich abends länger bleiben.« Mit roten Backen berichtete Marie von dem Trubel im Salon, zeichnete die Ballkleider auf für Anna Steffens, machte sogar vor, wie die Frau Kommerzienrätin vor dem Spiegel einer Ohnmacht nahegekommen war, weil sie plötzlich die Wespenhaftigkeit ihrer Taille in Zweifel zog. »O Gott, liebste Mademoiselle, die vielen Diners sind mein Ruin. Schnüren Sie, bitte schnüren Sie!«

Anna Steffens lachte, sah ihre muntere Tochter mit Stolz und ein wenig Besorgnis an und sagte: »Sei bloß nicht so 'n Übermut, Marie, und laß deine Mamsell nicht merken, daß du dich über die Damen lustig machst. Die können ja nichts dafür, daß sie sonst nichts zu tun haben, und iß man noch 'n bißchen was, damit du Kraft in die Knochen kriegst.«

Marie senkte den Kopf über die Buttermilchsuppe und schämte sich, obwohl ihre Lügen einen Schuß Wahrheit enthielten. Es gab tatsächlich mehr als sonst zu tun bei Mademoiselle Coutier, wenn auch nicht in solchem Ausmaß, wie Marie es schilderte. Dennoch: Die Regatta, von da an Kieler Woche genannt und ein Lieblingskind Wilhelms, die Regatta, die Kaiserfamilie, die Matinees, Soirees, Bälle, Empfänge, Paraden, der ganze Preußenzirkus um die Flotte herum, um Deutschlands Griff nach den Meeren und der Weltmacht, dieser Salto mortale geradewegs in den Untergang – die Regatta mit den hektischen Toilettensorgen der Damen machte es möglich: Anna Steffens merkte nichts, und es ist mir recht. Nein, keine Szenen zwischen Mutter und Tochter zu diesem Zeitpunkt der Schwebe. Noch soll es schön sein.

Ob es ihm gefällt, meinem Großvater Peersen, wie ich es arrangiere für ihn und Marie? Ich will ihm nicht wohl in dieser Angelegenheit, und trotzdem soll er doch einmal auf Wolken gehen, legal hin, legal her, wer bin ich, um zu richten.

»Marie, lütt Marie!« sagte Johann Peersen, als er sie zum ersten Mal in den Armen hielt, draußen hinter der Förde, wo die flache Küste sich in Buchenwälder hineinschwingt. Ein Sonntag im späten Juli. Sie waren mit dem Dampfer bis nach Heikendorf gefahren, jeder für sich, Johann Peersen auf der einen Seite vom Deck, Marie auf der anderen. Am Steg hatte sie eine Weile gewartet, bis sie ihn nicht mehr sehen konnte, und war ihm dann den Feldweg entlang gefolgt, bis zum Wald, unter den Schutz der Bäume. Sie gingen weiter, abseits der Schneisen und Wege durch Gebüsch und Unterholz. In einer Lichtung, zwischen Buchen, Himbeerhecken und Schlehdorn, nahm er den Mantel vom Arm und legte ihn über das Moos.

Es hatte einiger Vorbereitungen bedurft, um diesen Ausflug zustande zu bringen.

»Wollen wir nicht mal am Sonntag eine Dampferfahrt machen?« hatte Johann Peersen vorgeschlagen, als er es kaum noch aushielt, immer nur im Park neben ihr herzulaufen, von der Zeit gedrängt und der Sorge, beobachtet zu werden.

»Was Sie sich wohl so denken, Herr Peersen!«
»Mögen Sie nicht?«
Seine Hand kam zu ihrer.
»Ob Sie nicht mögen, habe ich gefragt.«
»Weiß ich nicht. Geht ja auch nicht. Meine Mutter...«

»Doch«, sagte er. »Wenn wir uns was überlegen.«

»Und dann regnet's vielleicht.«

»Soll man denn immer bloß denken, vielleicht regnet's?«

Er drückte ihre Hand, und sie sagte nein, eigentlich nicht, und am nächsten Abend kam Friederike Wittkopp abends bei Frau Steffens vorbei und fragte, ob sie und Marie wohl am Sonntag, wenn das Wetter so bliebe, mal wieder, wie vorigen Sommer, nach Heikendorf fahren könnten zu ihrer Tante Wittkopp, der Garten dort und die See und der Strand, das wär doch mal schön, wo man sonst immer nur drinnen sitzen müsse und nähen.

Frau Steffens stimmte erfreut zu. »Das ist man nett von Ihnen, Fräulein Friekchen. Marie sieht sowieso ein bißchen blaß aus, wie Braunbier und Spucke. Mögen Sie eine Tasse Tee?«

»Sie arbeitet ja auch immer so lange«, sagte Friederike geistesgegenwärtig. »Vielen Dank, aber für Tee habe ich keine Zeit mehr. Darf Marie mich noch ein Stückchen begleiten?«

Draußen rannten sie atemlos die Küterstraße entlang. Erst am Marktplatz blieben sie stehen.

»Ogottogott«, keuchte Friederike. »Hoffentlich merkt sie nichts. Und Sonntag, da müssen wir unbedingt denselben Dampfer nehmen, bei der Rückfahrt auch. Stell dir vor, wenn sie abends an der Seegartenbrücke auf dich wartet.«

Marie hielt den Kopf gesenkt. »Das vergeß ich dir nie, Frieke, da kannst du dich drauf verlassen«, und Friederike Wittkopp, praktisch, wie sie war, sagte: »Nun mach man, der wartet doch schon, sonst ist die Zeit gleich rum.«

Sie sah hinter ihr her und überlegte, wie der Mann wohl beschaffen sein müsse, für den ein Mädchen soviel riskierte. Abenteuerliche Gedanken gingen ihr durch den Kopf. Daß es sich um einen verheirateten Maurermeister handeln könnte, darauf kam sie nicht, versuchte auch in keiner Weise, es herauszufinden. Sie hatte Marie versprochen, nicht nachzuforschen, und hielt sich daran, sogar am Sonntag auf dem Dampfer, wo sie nur jeden Mann verstohlen überprüfte, Johann Peersen jedoch von vornherein aussortierte. Er hatte sich an der Reling neben zwei Kinder gestellt, und sie hielt ihn für den Vater.

Eine gute Seele, Friederike Wittkopp, etwas eckig, mit vorstehenden Hasenzähnen und zu großer Nase, wie ihr Foto zeigt, eine gute Seele und Marie ein Leben lang so zugetan, daß es Johann Peersen, der nichts und niemand neben sich dulden wollte, später zu stören begann. Als sie ihm wegen der vielen Kinder Vorwürfe machte, verbat er ihr eines Tages den Umgang mit seiner Frau, und sie mußten sich heimlich treffen, wie seinerzeit er und Marie in Heikendorf.

Auch Johann Peersen mußte sich die Gründe für den Ausflug zurechtlügen. Schon am Freitagmorgen sagte er zu Frieda, die ihm in einem türkisch gemusterten Negligé gegenübersaß und zwei Semmelhälften dick mit Leberwurst bestrich, daß er sich am Sonntag mit einem Husumer treffen müsse.

»Er will in Kiel bauen. Ich fahre mit dem Dampfer nach Heikendorf, dort besucht er Verwandte.«

»Kenne ich ihn?« fragte Frieda. »Und kann er nicht herkommen?«

»Schließlich will er mir einen Auftrag geben. Da muß ich mich nach ihm richten. Kennst du wen aus Husum? Petersen heißt er.«

Jeder zweite an der Küste hieß Petersen, und Frieda kannte ihn nicht.

»Ich hätte doch mal mitfahren können«, beschwerte sie sich. »Und nun bin ich bei Hanne Kloss zum Geburtstag eingeladen.«

»Geschäft ist Geschäft, Frieda. Schließlich handelt es sich ja nicht um 'ne Landpartie«, sagte er, versprach jedoch, sie am Abend bei Hanne Kloss abzuholen und außerdem eine frischgeräucherte Makrele mitzubringen aus Heikendorf. Das besänftigte Frieda ein bißchen. Er brachte ihr nicht oft etwas mit.

Schlimmer war es am Sonnabend, als Johann Peersen sich nachts zum ersten Mal Frieda verweigern wollte.

»Komm doch, Johann!«

Sie rutschte zu ihm hinüber, und er sagte, daß er kaputt sei von der Hitze am Bau und heute mal nicht, und schlecht sei ihm auch, Krabbenmayonnaise, warum eigentlich dauernd Mayonnaise, sie wisse doch, daß er die nicht vertrage, aber Frieda gab keine Ruhe, und er tat es voller Zorn und stieß sie dann weg. Da weinte sie, und er mußte die Finger ineinanderkrampfen, um sie nicht zu schlagen.

Aber dies alles lag jetzt hinter ihm. Es war Sonntag. Er hatte den Mantel ausgebreitet, seinen guten hellgrauen Sommerpaletot. Die Buchenblätter raschelten, es ging ja immer Wind in dieser Gegend, und Sonne und Schatten spielten auf dem Waldboden.

Nebeneinander saßen sie da, aufrecht, Marie die Hände vor den Knien gefaltet. Sie trug wieder das weiße Kleid mit den Volants, Locken fielen über Stirn und Schläfen, wie damals beim Feuerwerk.

»Haben Sie Hunger?« fragte er und holte Schokolade aus der Manteltasche.

Sie sah zu, wie er das Päckchen öffnete mit seinen rissigen Maurerhänden, aus denen der Schmutz sorgfältig herausgebürstet war.

»Schön hier?« fragte er.

Sie nickte. »Wie im ...«

»Was wie im?«

Sie legte den Kopf zurück und zögerte.

»Jüst as in Droom«, sagte sie und wandte ihm das Gesicht zu, und er ließ die Schokolade fallen und nahm sie in die Arme und küßte sie.

Sie ließ es zu, natürlich ließ sie es zu. Sie öffnete die Lippen und küßte ihn wieder, sie konnte es nicht anders, sie wollte es nicht anders, sie wollte es, wie sie es geprobt hatte in ihren Träumen, bei Knopflöchern, Kappnähten, Säumen und Spitzenbesätzen. Seine Zärtlichkeit, diese gehortete Zärtlichkeit. Niemand hatte ihr erzählt, daß es so etwas gab. Sie war keine unwissende höhere Tochter, die in der Hochzeitsnacht zu den Eltern flieht. Sie war auf den Höfen der Altstadt großgeworden, mit Kindern, die in den engen Wohnungen zuhörten, wenn neue Kinder entstanden, und auch Anna Steffens redete unverblümt mit ihr. »Sieh dich vor, Marie. Die Männer, die haben nur eins im Sinn, die wollen da unten ran, und eh man sich's versieht, sitzt man da mit so 'nem lütten Wurm. Und ein Kind ohne Vater, das mußt du allein durchbringen, kein anständiger Mann nimmt dich mehr, und die Schande dazu.«

Sie wußte, wovor man sich zu hüten hatte, war auch mit dem Vorsatz, sich zu hüten, hierhergekommen. Nur in seiner Nähe sein, hatte sie gedacht, einmal ungestört, vielleicht ihn küssen, doch, küssen schon, warum nicht, von Küssen kamen keine Kinder. Und nun die Zärtlichkeit, von der niemand gesprochen hatte, weder die Hofkinder noch ihre Mutter, auf die sie nicht vorbereitet war, gegen die sie sich nicht wehren konnte.

»Marie, lütt Marie«, flüsterte Johann Peersen ihr ins Ohr, und während er es tat, zum ersten Mal seit fünf Jahren ohne Widerwillen, zum ersten Mal im Leben mit Liebe, wußte er, daß er Marie nie hergeben würde, was immer auch geschah.

»Wir gehören zusammen«, sagte er später, »das habe ich von Anfang an gewußt, das bleibt auch so. Ich weiß noch nicht wie, ich hab nun mal eine Frau, und es ist alles nicht so einfach. Aber du bist auch meine Frau, und irgendwas wird sich finden.«

Sie wunderte sich, daß die Welt nicht unterging. »Ich muß jetzt was essen, Johann«, sagte sie, und er lachte, brach Schokolade ab und schob sie ihr in den Mund, und es schmeckte wie immer.

»Liebe macht hungrig«, sagte er. »Paß man auf, was du noch für 'n Hunger kriegst, lütt Marie.«

Schluß damit. Ich lasse mich von Zärtlichkeiten hinreißen und vergesse, um wen es geht, dort auf dem Waldboden bei Heikendorf: Um meinen Großvater Peersen und meine Großmutter Marie, die mir verzeihen mögen für die neuerliche Indiskretion – falls es eine Indiskretion ist. Denn vielleicht war auch alles ganz anders, nicht Heikendorf, sondern Mönkeberg oder überhaupt nicht im Wald, obwohl ich mir nicht vorstellen kann, wo sonst sich hätte Gelegenheit bieten sollen für dieses erste Mal. Aber es ist auch nicht wichtig. Das, was ich suche, die Antwort auf jene letzte Frage meiner Mutter, finde ich nicht in äußeren Dingen, sondern in dem, was geschehen sein muß, ob in Heikendorf oder anderswo – die Verführung Maries, die Einvernahme ihres Lebens durch Johann Peersen. Was sie wollte, wovon sie träumte, blieb auf der Strecke. Und darauf kommt es an in der Geschichte.

Am Dampfersteg wartete Friederike Wittkopp auf Marie.

»War's schön?« fragte sie.

»Hm«, machte Marie. »Und bei dir, Frieke?«

»Die Johannisbeeren sind reif«, sagte Friederike. »Hättest man lieber mitkommen sollen.« Sie suchte wieder das Deck ab nach einem, der es sein könnte. Vergeblich. Nur Familien waren da und Paare, kein einzelner Mann. Johann Peersen fuhr erst mit dem nächsten Dampfer, vorsichtshalber, weil Frau Steffens Marie bei den Seegartenbrücken abholen wollte.

Ob sie es mir ansieht? dachte Marie.

Aber Anna Steffens freute sich nur über ihre frische Farbe.

»Hat dir gut getan!« sagte sie. »Mußt du öfter machen, solche Landpartie. Nehmen Sie Marie man mal wieder mit, Fräulein Friekchen.«

»Wir sehen uns wieder, Marie«, hatte Johann Peersen zum Abschied gesagt. »Mir fällt schon was ein.« Und was dir eingefallen ist, Großvater Peersen, liegt nahe. Ich brauche nicht viel Phantasie, um es nachzuvollziehen. Ich sehe dich, wie du den Dampfer verläßt, am Wall entlang gehst, zu Hanne Kloss, um Frieda abzuholen, und der Gedanke sitzt dir schon im Kopf.

Der Name Hanne Kloss ist überliefert durch ihre Tochter, Paula Kloss, der alten Freundin meiner Mutter, die ich bei meiner Spurensicherung aufsuchte.

Ich stand vor ihrer Tür, in einem jener Kieler Neubauviertel, die weit über das hinausgingen, was sich mein Großvater Peersen je hätte vorstellen können. Sie öffnete vorsichtig, ohne die Sperrkette zu lösen, spähte durch den Spalt und sagte mit zittriger Altfrauenstimme: »Christine Peersen!«

»Nein«, sagte ich, »Marianne. Christines Tochter.«

Sie ließ mich eintreten und führte mich ins Wohnzimmer, eine magere, faltige Frau, vornübergebeugt, mit vorsichtigen, tastenden Schritten.

»So ist das«, sagte sie. »Meine Mutter war ja eine Freundin von Frieda und ganz und gar gegen Christine eingenommen. Ja, und jetzt ist sie tot, und Christine ist tot, und ich bin bald tot, alle sind tot – nun sagen Sie mir bloß, was soll das, diese ganze Aufregung.«

»Was war eigentlich mit Frieda?« fragte ich.

Sie sah mich so erstaunt an, als ob ich mich nach der Frau von nebenan erkundigte.

»Kannten Sie Frieda denn nicht? Ach Gott, können Sie ja gar nicht, ich bringe auch schon alles durcheinander«, sagte sie und tippte sich gegen die Stirn. »War wohl ein mächtiger Skandal damals, Herr Peersen und Christines Mutter, und Frieda noch am Leben. Ach Gott ja, man war nun mal prüder als heute, und dieser Skandal mit den heimlichen Rendezvous.«

»Wo denn?« fragte ich.

»Keine Ahnung. Trinken Sie eine Tasse Kaffee mit mir? Dann kommen Sie man mit in die Küche.«

Sie schlurfte vor mir her, Schritt für Schritt, und ich dachte an das Klassenfoto von 1911. Der Finger meiner Mutter wandert darüber, hält an bei einem der Mädchen, das größte in der Reihe, mit lachendem Gesicht. »Paula Kloss! So hübsch. Und so viele Verehrer! Aber ihr Verlobter ist gefallen bei Verdun, das hat sie nie verwunden.«

Paula Kloss ließ Wasser einlaufen und stellte den Kessel auf den Herd. Mit einem Teelöffel füllte sie Kaffee in den Filter. »Jetzt fällt es mir ein«, sagte sie. »Bei einer Frau, einer Näherin, hat meine Mutter mir erzählt. Später wohnte sie bei Peersens im Haus, ich habe sie auch noch gekannt.«

Luise Jepsen! Wer sonst. Ich hätte Paula Kloss nicht gebraucht, um darauf zu kommen. Wenn ich

Johann Peersens Gedanken gefolgt wäre, seiner Suche nach einem Unterschlupf, nur zu ihr könnte er gegangen sein. Doch jetzt ist es belegt, meine Phantasie hat einen Haltepunkt, fragt sich nur noch, wann er beschlossen hat, Luise Jepsens Hilfe zu gewinnen. Schon auf dem Dampfer? Oder erst, als er bei Hanne Kloss erschien, um Frieda abzuholen?

Es war bereits nach acht, und Frieda stand unruhig wartend am Fenster.

»Tut mir leid«, sagte Johann Peersen. »Entschuldigen Sie man, Frau Kloss, aber meine Geschäfte haben sich hingezogen.«

»Ich weiß schon, Sie fürchten sich vor so vielen Damen«, schäkerte Hanne Kloss, die ein Faible für Johann Peersen hatte und Frieda um diesen stattlichen Mann beneidete.

»Hast du die Makrele mitgebracht?« fragte Frieda, als sie nach Hause gingen. Nein, keine Makrele. Johann Peersen hatte die Makrele vergessen, nicht verwunderlich, wie Frieda bemerkte, er dächte bekanntlich an alles, bloß nicht an seine Frau, womit sie recht hatte, sie wußten es beide. Frieda konnte kein Ende finden, immer neue Vorwürfe brachen aus ihr heraus, nur worum es wirklich ging, sagte sie nicht. Und vielleicht war das der Moment, in dem Johann Peersen beschloß, Frau Jepsen aufzusuchen.

Die Nacht vom Sonntag zum Montag brachte ein Unwetter über Kiel, mit Donner, Blitz, Sturm und so wilden Wolkenbrüchen, daß sich das Wasser in den Straßen der Altstadt staute und die Keller überschwemmte.

»Regnet direkt junge Hunde«, sagte Anna Steffens, die am Fenster stand und besorgt in die rauschende Küterstraße hinausblickte. »Jetzt laufen die Gruben wieder über, und dann stinkt's den ganzen Sommer. Morgen früh kannst du mit einem Kahn zu deiner Mamsell fahren, Marie.«

Marie hörte nicht, was ihre Mutter sagte. Sie kroch bei Gewitter immer unter die Bettdecke, und diesmal fürchtete sie sich noch mehr als sonst. Zusammengekrümmt, die Fäuste vor den Mund gepreßt, bezog sie das Naturereignis auf sich, als Strafe des Himmels für ihre Sünde. »Lieber Gott, verzeih mir«, betete sie, obwohl sie sonst kaum noch betete, auch wenig zur Kirche ging, die Kirche und der liebe Gott, hatte ihr Vater gesagt, wären für die Reichen da, einen Armeleutegott müßten sie erst noch erfinden, »lieber Gott, mach, daß ich kein Kind kriege, ich tu's auch nicht noch mal«, und tat es trotzdem schon wieder in ihren Gedanken.

Auch Frau Jepsen in der Faulstraße betete. Das Dach war seit einiger Zeit undicht, und mit dem Feudel in der Hand flehte sie zu Gott, daß er nicht zuviel Regen durchlassen möge. Es nützte nichts.

Mehr und mehr Wasser platschte in die Schüsseln und Eimer und daneben. Frau Jepsen blieb fast die ganze Nacht wach, um dagegen anzukämpfen, und trotzdem sammelten sich immer größere Lachen auf dem Küchenboden. Nach einer Weile kam die Witwe Buten, inzwischen fast achtzig und kaum noch bei Kräften, weinend die Treppe hinaufgetappt, weil es jetzt zu ihr ins Parterre durchtropfte. Luise Jepsen ging mit nach unten und versuchte, auch diese Küche trocken zu bekommen, dann wieder ihre eigene, und am Morgen war sie so erledigt, daß sie länger im Bett blieb und erst gegen zehn bei Behrends am Markt erschien, wo man sie zum Nähen erwartete. »Da muß ich Ihnen aber drei Stunden abziehen«, sagte Frau Behrends pikiert. Frühstück gab sie ihr ebenfalls keins mehr, und Luise Jepsen brauchte wieder einmal ihre ganze Zuversicht, um nicht zu verzagen.

Am Abend jedoch, als sie in der feuchten, muffelnden Wohnung gerade den Küchenherd geheizt hatte und alle Fenster für den Durchzug öffnete, wußte sie wieder, daß sie sich auf ihren lieben Gott verlassen konnte: Johann Peersen stand da.

»Was ist denn hier los?« fragte er.

»Durchgeregnet, Herr Peersen«, rief Luise Jepsen mit verzweifeltem Schielen zur Decke hinauf. »Das Dach!«

Johann Peersen fuhr mit der Stiefelspitze über

die vollgesogenen Dielenbretter. »Warum haben Sie mir das denn nicht schon längst gesagt?«

»Wann denn? Wo Sie sich kaum noch blicken lassen!«

»Und der Hauswirt?«

»Lewerenz?« Frau Jepsen schüttelte den Kopf. »Der kommt ja selbst kaum durch mit seinem mickrigen Laden. Der sagt höchstens, ziehen Sie man aus, wenn's nicht mehr recht ist, andere freuen sich. Stimmt ja auch, wo es so wenig billige Wohnungen gibt.«

Johann Peersen sah die Wände an, die er vor fünf Jahren gelb getüncht hatte. Der Anstrich blätterte schon wieder ab.

»Dann werd ich morgen wohl jemanden herschicken müssen, der 'n paar Ziegel aufs Dach packt.«

»Ach Gott, Herr Peersen«, sagte Frau Jepsen mit Inbrunst. »Ich hab's ja gewußt. Mögen Sie Bratkartoffeln?«

»Nur Kaffee.« Er legte eine Tüte Bohnen auf den Tisch. »Ich muß am Lorentzendamm essen. Frieda wartet.«

Frau Jepsen füllte die Mühle, nahm sie zwischen die Knie und fing an, die Kurbel zu drehen. Das Kaffeearoma zog durch die Küche.

»Und bei Ihnen, Herr Peersen?« fragte sie. »Alles gut?«

Er zuckte die Schultern. Von gut konnte keine

Rede sein. Der Sturm hatte einen seiner Rohbauten samt Gerüst eingerissen, wieso, konnte er sich nicht erklären, wahrscheinlich lag es am Polier, nachprüfen ließ sich das nicht mehr. »Mit Wilhelm Niemann wäre so was nicht passiert«, sagte er. »Ein Glück, daß rundherum noch keine Häuser standen. Ist aber auch so Verlust genug.«

»Und nun?« fragte sie.

»Na, was wohl? Von vorn anfangen. Die Koppeln, wo es nächste Woche losgehen sollte, sind auch wieder überschwemmt. Also neu drainieren, geht nicht anders, und kostet und kostet und kostet. Do har de Düwel drinsten.«

Sie holte die blauen Becher vom Bord und goß Kaffee ein. »Richtig besorgt sehen Sie aus.«

Er nahm den Becher, stützte die Ellenbogen auf den Tisch, trank ein paar Schlucke.

»Da ist so 'ne Sache, Frau Jepsen. Jetzt müssen Sie mir mal ein bißchen zur Seite stehen.«

»Ich? Ihnen?« Sie seufzte.

Er stellte die Tasse hin. Wie um Himmels willen sollte er es ihr beibringen?

»Sie sind doch nicht krank?« erkundigte sie sich ängstlich.

»Krank? Bestimmt nicht. Aber Sie wissen doch, wie das ist mit Frieda.«

Ja, das wußte sie. Was sie weniger genau wußte, war, ob sie es beklagen sollte oder nicht, neigte jedoch – und bat Gott um Vergebung dafür – zum letzteren, einmal wegen der alten Abneigung gegen alles Ossenbrücksche und dann, weil sie Johann Peersen nicht ganz und gar an Frieda verlieren wollte.

»Frieda sollte man nicht soviel Kuchen essen«, sagte sie, die Augen niedergeschlagen.

»Ach, Kuchen.« In seiner Handbewegung lag alle Gleichgültigkeit, die er Frieda und dem, was sie betraf, entgegenbrachte. »Ich hätte es wohl doch lieber sein lassen sollen mit ihr.«

»War doch nötig, Herr Peersen. Wo Sie unbedingt...«

»Frau Jepsen!« fiel er ihr ins Wort. »Ich kenne jetzt eine, die mag ich, und sie mag mich, und wir brauchen einen Platz, wo wir uns mal sehen können, und meine Stube hier – hätten Sie was dagegen?« Er hielt ihr die Tasse hin. »Noch 'n bißchen Kaffee in der Kanne?«

Sie saß stumm da, die Hände im Schoß. »Herr Peersen, das geht doch nicht. Ist doch nicht honorig. Was sagen denn die Leute? Und der Hauswirt, de smit mi ja rut, wenn ihm das einer zuträgt.«

»Trägt ihm keiner zu«, sagte er. »Die alte Buten, die sieht und hört nichts, und wenn Marie als erste kommt und nach einer Weile ich, und sie geht wieder vor mir weg, wer soll denn da was merken?«

»Marie?« fragte Frau Jepsen, in der langsam die Neugier hochstieg. »Kenn ich sie?«

»Doch, die kennen Sie.« Und weil es irgendwann gesagt sein mußte: »Marie Steffens, Frau Jepsen.«

Die Kaffeekanne, nach der sie gerade gegriffen hatte, klirrte wieder auf den blechernen Untersatz zurück.

»Nein, Herr Peersen. Das können Sie mir nicht antun. Das mach ich nicht mit, ganz bestimmt nicht, und ich muß es auch Anna Steffens erzählen.«

»Schon gut, Frau Jepsen.« Er stand auf. »Dann erzählen Sie ihr das man, wenn Sie unbedingt müssen. Auf Wiedersehen, Frau Jepsen.«

Er nahm seinen Hut, ging zur Tür, aber Luise Jepsen rannte hinter ihm her und zog ihn an den Tisch zurück. »Nun laufen Sie doch bloß nicht gleich weg. Da muß man doch erst mal ein bißchen drüber nachdenken!« rief sie verzweifelt. Und ich weiß nicht, ob man es Johann Peersen verzeihen kann, daß er sie in so eine Lage brachte. Marie, Anna Steffens' Tochter, und ihre Stube! Zuviel, viel zuviel, dieses Ansinnen, und trotzdem konnte er sicher sein, daß sie in ihrer Zuneigung und Dankbarkeit, auch in der Angst, ohne ihn nicht mehr zurechtzukommen – es lief ja alles etwas leichter, seit er die Hand über sie hielt, und Not lehrt nicht nur beten –, daß sie, ergeben, wie sie ihm war, letztlich doch tun würde, was er verlangte.

Mein gutmütiger Großvater Peersen. Kein Wunder, wenn weder Luise Jepsen noch meine Mutter sein Bild durch diese Episode trüben wollten. Sogar mir tut es weh, und wäre die alte Paula Kloss nicht mit ihren Erinnerungen, wahrscheinlich hätte ich mir die Geschichte anders zurechtgedacht, obwohl der Name Jepsen so nahe liegt.

»Marie!« Frau Jepsen schaffte es kaum, den Becher an den Mund zu bringen. »Sie sind doch kein Muselmann, Herr Peersen, mit twee Frunslüüd up eens!« rief sie, und er sagte, es ginge nur darum, die erste Zeit zu überbrücken, und wenn Marie volljährig sei, bekäme sie von ihm ein Haus und er würde für sie sorgen, solange er lebe und auch in seinem Testament.

»O Gott!« stöhnte Frau Jepsen, »o Gott, dann soll Marie wohl nie eine ehrbare Frau werden? Nein, für so was kann ich meine Hand nicht hergeben, eher möchte ich man in der Erde liegen und von nichts mehr was wissen.« Da sah sie, daß Johann Peersen weinte. Bewegungslos saß er am Tisch, und unaufhaltsam tropfte es über die Bakken, den Hals hinunter und in den Kragen. Seit Jahren war ihm dergleichen nicht geschehen. »Was 'n ordentlicher Kerl ist, der flennt nicht«, pflegte sein Vater zu sagen und so lange auf ihn einzudreschen, bis keine Träne mehr kam. Doch Frau Jepsens Worte hatten ihn dort getroffen, wo das Weinen saß, er konnte nichts dagegen tun.

»Aber Herr Peersen!« stammelte sie. »Nun lassen Sie das doch man sein, wird ja schon werden, kommen Sie man her mit Marie, und ich sag auch nichts, kein Wort, bestimmt nicht, aber beruhigen Sie sich doch bloß.«

Sie stand auf und begann, die blauen Becher abzuwaschen. Sie war bereit, alles zu tun, alles, und der liebe Gott, hoffte sie, möge ihr vergeben.

Mein Großvater Peersen hatte nicht umsonst geweint.

Es folgten zwei Monate des Glücks oder was sie so Glück nannten in ihren knappen Stunden: ein bißchen Zeit zum Lieben, ein bißchen Zeit, um die Zuckerkringel zu essen, die er mitbrachte, weil Marie immer Hunger bekam, ein bißchen Zeit zum Abschiednehmen. Aber sie wußten wenigstens, daß sie sich wiedersehen würden – vermutlich jedenfalls, sicher war es nie.

Was die Stube betraf, die Stube in der Faulstraße, so konnte sich zumindest kein Hauswirt mehr dieser Angelegenheit bemächtigen. Gleich nach dem Gespräch mit Frau Jepsen nämlich, noch am Montagabend, war Johann Peersen zu Bruno Lewerenz gegangen, dem Gemischtwarenhändler am Rand des berüchtigten Gängeviertels, um ihm ein Angebot zu machen.

Bruno Lewerenz wollte gerade die Ladentür abschließen. »Wulln Se wat köpen?« fragte er mit einem mürrischen Blick auf diesen besseren Herrn.

Johann Peersen tippte auf das Erstbeste, einen Beutel mit Backpflaumen. »Ein Pfund.«

Er wartete, bis die Pflaumen abgewogen waren. Dann brachte er sein Anliegen vor. Er habe gehört, das Haus in der Faulstraße stünde zum Verkauf, und er würde sich dafür interessieren.

»Gehört? Wo denn?« wollte Bruno Lewerenz wissen.

»Hat sich so rumgesprochen, wohl über 'n Makler«, sagte Johann Peersen auf gut Glück, weil er sich kaum vorstellen konnte, daß jemand wie der knickrige Lewerenz nicht danach trachtete, ein so unrentables Objekt loszuschlagen.

»Hat Rollwagen mal wieder nicht dicht gehalten, wie?« knurrte Lewerenz und fing an, seinen Laden aufzuräumen. Er deckte das Heringsfaß zu, wickelte einen Käselaib in feuchte Tücher, klatschte Butterreste vom Brett in den Kübel zurück und hing zwei Speckstücke an die Wandhaken – alles mit so verbiestertem Gesicht, als müsse er das ganze Zeug selber essen.

»Und Rollwagen wollte Ihnen nicht mal tausend Mark geben, wie?« fragte Johann Peersen, wieder auf gut Glück. »Regnet ja auch schon mächtig rein. Das Dach muß repariert werden.«

»Nicht von mir«, sagte Bruno Lewerenz, der nun wirklich kein Geschäftsmann war und, wie Johann Peersen im stillen dachte, nichts Besseres als diesen Laden verdiente. Und was der Herr denn überhaupt mit so einer Bruchbude wolle.

»Ich habe ein Baugeschäft«, erklärte Johann Peersen. »Ich brauche Wohnungen für meine Leute. An welchen Preis denken Sie denn?«

Bruno Lewerenz griff nach einem Lappen, er wischte den Ladentisch ab, das Messer, das große Schneidebrett.

»Tausendvierhundert«, murmelte er, worüber Johann Peersen lachen mußte. »Bißchen happig, Herr Lewerenz, da muß ich mich wohl nach was anderem umsehen.«

Bruno Lewerenz hielt ihn zurück. »Dreizehnhundert«, murrte er widerwillig. Johann Peersen bot elfhundert, mehr nicht, und Herr Lewerenz wisse wohl, daß dies ein guter Preis sei.

»Dann kommen Sie man morgen noch mal her«, sagte Bruno Lewerenz, verlangte nach Rücksprache mit seiner Frau am nächsten Tag zwölfhundertfünfzig und ließ sich auf zwölfhundert drücken.

Damit ging die Faulstraße in Johann Peersens Eigentum über, was, so erklärte er Frau Jepsen, in mehrfacher Hinsicht von Vorteil sei. Erstens könne ihr jetzt kein Hauswirt mehr wegen der Stube irgendeinen Strick drehen und außerdem werde der Wert von Grund und Boden in der Altstadt mit Sicherheit steigen. Um den Markt herum sollten große Geschäftshäuser entstehen, er denke daran, noch weitere alte Häuser zu kaufen, die Leute warteten ja nur darauf, sie loszuwerden.

»Sie machen das schon richtig, Herr Peersen«, sagte Luise Jepsen, zutiefst beunruhigt nach wie vor, andererseits aber erleichtert über das reparierte Dach. Auch die Stube und die Küche hatte Johann Peersen neu streichen und einen Gasanschluß legen lassen, so daß es endlich nicht mehr nötig war, im Sommer für jede Tasse Tee den Herd zu heizen. Allerdings führte diese Neuerung anfangs zu einer Katastrophe, wenn das Hinscheiden der Witwe Buten diesen Namen verdient. Auch in ihre Küche nämlich war ein zweiflammiger Kocher gestellt worden, dem sie, der modernen Technik nicht mehr gewachsen, alsbald zum Opfer fiel. Frau Jepsen stieg der Gasgeruch zu spät in die Nase, die alte Buten war schon tot. Man beerdigte sie in einem Armengrab, und Johann Peersen beschloß, die Wohnung vorerst nicht wieder zu vermieten. Er konnte keine fremden Augen und Ohren im Haus gebrauchen.

Frau Jepsen, der Hauskauf, der Tod der alten Buten, eins fügte sich zum anderen, und auch die Komplizenschaft von Mademoiselle Coutier darf nicht vergessen werden.

Ich tappe durch die Geschichte mit meinen Vermutungen. Aber es muß Helfer gegeben haben, Komplizen, je nachdem, wie man es sehen will, um Johann Peersen und Marie wenigstens den August und September überstehen zu lassen, und beim

Zurechtdenken der Wahrheit drängt sich Mademoiselle Coutier geradezu auf. Niemand paßt besser für diese Rolle als sie, nicht nur besser, sie ist die einzige. Wie sonst, ohne ihr Verständnis und ihren Konsens, hätte Marie sich während der Arbeitszeit mit Johann Peersen treffen können?

Mademoiselle Coutier also. Auch von ihr gibt es ein Bild in dem gelben Karton. Eine elegante Erscheinung, hochgewachsen, schlank, tailliertes Kostüm, Schleppdrock, Spitzenjabot, geschwungener Hut, Straußenfeder, Schirm, Lorgnon und um den Mund ein hochmütiges Lächeln, das die Augen nicht erreicht – kühle, prüfende Augen, Distanz wahrend, ohne Bitte um Wohlwollen.

Sophisticated Lady würde ich sie nennen. Sie ist der Typ, kritisch, unabhängig und arrogant, Beobachterin am Rand der Szene, Schneiderin der Kieler Hautevolee, die ihre Kundschaft schmückt, durchschaut, vielleicht auch ausnimmt – also jemand mit dem nötigen Zuschnitt, um Marie zur Seite zu stehen.

»Was ist los mit dir, mon enfant?« fragte sie einige Tage nach dem Ereignis in Heikendorf. Sie hatte Marie in den Salon rufen lassen. Dort stand sie neben der Schneiderpuppe, die eine resedafarbene Robe trug, und wies auf die samtenen Applikationen. »Schief! Faltig! Wie denkst du dir das, s'il vous plaît?«

Marie antwortete nicht.

Mademoiselle Coutier ging zum Sofa und wies auf den Platz neben sich.

»Komm her, ma petite«, sagte sie in verändertem Ton. »Mach kein Gesicht wie eine Kuh. Und erzähle mir endlich, was los ist. Ein Mann, n'est-ce pas?«

Marie setzte sich hin. Ihr Blick wich dem von Mademoiselle Coutier nicht aus. Die Zustände, die sie in der Nacht heimgesucht hatten, waren mit dem Gewitter verschwunden. Sie wußte, was sie getan hatte. Doch sie wußte auch, daß sie es wieder tun würde, weil ein Leben ohne Johann Peersen ihr schlimmer vorkam als alles andere.

»Ist er verheiratet?« fragte Mademoiselle Coutier ohne Umschweife.

»Ja«, sagte Marie.

»Voilà!« Mademoiselle Coutier seufzte. »Toujours la même chose. Was hat er dir vorgelogen?«

»Gar nichts!« protestierte Marie. »Er lügt mir nichts vor.«

»O mon Dieu!« Mademoiselle Coutier ließ den Kopf gegen das Sofapolster fallen. »O mon Dieu, du hast dich ihm doch nicht etwa hingegeben?«

Marie nickte. Und weil es nun einmal heraus war, sagte sie auch gleich, daß sie ihn treffen müsse, hin und wieder wenigstens, und daß dies nur während der Arbeitszeit möglich sei, sonst käme ihre Mutter dahinter, und ob Mademoiselle Coutier sie zweimal in der Woche weglassen würde, für eine Stunde bloß, sie wolle auch nie mehr träumen, und abends könne sie länger bleiben und das Versäumte nachholen.

»Ach, ma pauvre Marie!« Mademoiselle Coutier saß noch in der gleichen Haltung da, den Kopf zurückgelegt und die Augen zur Decke gerichtet, auf die neue Lampe mit Glaskuppeln und Messingornamenten, für die sie mehr als das halbe Monatsgehalt eines Werftingenieurs bezahlt hatte. »Ma pauvre Marie! Eigentlich müßte ich zu deiner Mutter gehen und dafür sorgen, daß du keinen Schritt mehr allein machen darfst.«

»Nein!« rief Marie.

Mademoiselle Coutier lachte. Sie richtete sich auf und legte den Arm um Marie.

»Ich tu's auch nicht. Warum? Ich will es dir sagen. Als ich so alt war wie du, bin ich von zu Hause durchgebrannt, hinter einem Mann her, der mir das Blaue vom Himmel versprochen hat. Olàlà, was für herrliche Dinge! Aber dann hat er eine Frau mit einer Aussteuer und dreitausend Mark bar geheiratet, und ich saß da. Rien ne va plus.«

Sie lächelte Marie an.

»Keine Angst, chérie, die Geschichte geht gut aus. Damals ist mir nämlich klargeworden, daß ich mich nie mehr auf einen Mann verlassen darf, nur auf mich selbst.« Sie hielt Marie ihre Hände hin. »Diese hier! Sonst nichts. Und das Ergebnis? Keine sechs Kinder, wie die Gattin jenes Herrn, sondern mein Salon, aus dem sich diese Person höchstens einen rechten Ärmel leisten könnte. Und das Wichtigste: Es bereitet mir Pläsier. Ich bin eine Künstlerin, chérie, ich ziehe dieses Leben dem in der Küche vor.«

Mademoiselle Coutier stand auf, ging zu der Schneiderpuppe, und während sie ihr die resedafarbene Robe abstreifte, sagte sie: »Mach auch du deine Erfahrungen, mon enfant. Ich glaube nicht, daß man die Menschen davor bewahren sollte. Wer ist es?«

»Johann Peersen.« Marie gab ohne Zögern den Namen preis. »Er baut Häuser.«

»Etwa der Gatte dieser unförmigen Dame mit den schrecklichen Hüten? Sie wollte bei mir arbeiten lassen, aber ich habe abgelehnt. Nun, dann ist er vermögend und wird einspringen, wenn etwas passiert, entweder aus Liebe oder aus Angst vor dem Skandal, dafür sorge ich.«

Sie warf Marie das Kleid zu. »Bring es in Ordnung. Zweimal in der Woche kannst du gehen, dienstags und freitags von halb sechs bis halb sieben, und jede Minute wird nachgeholt. Und sollte es Schwierigkeiten geben, komm rechtzeitig zu mir, es bieten sich immer Lösungen. An die Arbeit, wenn ich bitten darf, allez hopp!«

Marie ließ das Kleid fallen, lief zu ihr hin und schlang die Arme um sie. Für einige Sekunden stand Mademoiselle Coutier bewegungslos da, Maries Kopf an der Brust. Dann stieß sie Marie weg. »Olàlà«, sagte sie mühsam. »Kein Drama, s'il vous plaît. Warte ab. Noch weißt du nicht, ob du mich eines Tages dafür hassen wirst. En avant, wir haben wahrhaftig genug Zeit vergeudet.«

Als Mademoiselle Coutier wieder allein war, trat sie ans Fenster. Sie blickte auf die Kastanien, lange, und niemand wird erfahren, was sie wirklich dazu bewog, Marie so ungeschützt ins Glück oder Unglück laufen zu lassen. Waren es die Gründe, die sie genannt hatte? Ich sehe das Foto mit dem hochmütigen Lächeln, und vielleicht, möglicherweise, waren es auch andere, verborgene. Vielleicht dachte sie, es könne sich ihr Muster bei Marie wiederholen. Eine Liebe. Eine Enttäuschung. Ein neuer Anfang. Was für einer? Vielleicht mit Mademoiselle Coutier?

Vermutungen, alles Vermutungen, und nicht einmal dafür, ob Marie in Dankbarkeit oder Haß ihrer gedachte, gibt es überlieferte Beweise. Eins allerdings steht fest: Offenbar ist Mademoiselle Coutier aus Maries späterem Leben verschwunden. In den Berichten meiner Mutter jedenfalls kam ihr Name nicht mehr vor.

Doch die Weichen waren gestellt für das erste Glück, oder was sie so nannten, dienstags und freitags von halb sechs bis halb sieben, zwei Monate nur.

Eine kurze Zeit. Eine lange Zeit.

Ich liebe dich, Marie, ich liebe dich, Johann, und wieder vorbei bis zum nächsten Mal, Dienstag, Freitag, Dienstag, Freitag, immer so schnell vorüber, diese eine Stunde, und trotzdem nach vier Wochen fast schon zuviel: nicht das Zusammensein, aber wie es war, in dem fremden Bett, an dem fremden Tisch, mit Kaffee aus Frau Jepsens Kanne und Zuckerkringeln von Plumbohm, und keiner hatte mit den Tagen des anderen etwas zu schaffen.

»Ich würde so gern mal einen richtigen Stuten für dich backen«, sagte Marie. »Oder Törtchen. Mit guter Butter und ganz vielen Eiern. Meine Mutter nimmt höchstens drei, die muß sparen, aber du hast ja genug Geld, Johann.«

»Tust du auch mal, Marie. Mit zehn Eiern! Bestimmt! Wenn du einundzwanzig bist, ziehst du in eine eigene Wohnung, und ich komme zum Essen, und hinterher gehen wir zusammen los, und ich kauf dir was Schönes.«

»Ach, Johann«, sagte sie. »Wird ja nie was draus, da schlägt mich meine Mutter vorher tot«, und sie umarmten sich wieder, weil das die einzige Möglichkeit war, zusammenzusein, dienstags und freitags, unter Ausschluß des Alltäglichen.

Einmal seine Strümpfe stopfen.

Einmal zugucken, wie sie Kartoffeln schält.

Ihm Zwiebelsaft machen, wenn er Husten hat, Zwiebeln und brauner Kandis, damit es sich löst.

Dabeisein, wenn sie morgens aufwacht.
Ihm den Rücken waschen.
Mit ihr überlegen, wieviel Kohlen wir brauchen.
Unerfüllbare Sehnsüchte. Keine Aussicht, jetzt oder später.
Nur die eine erfüllte sich, diese ewigen Flittertage, und das war nicht genug. Wie sollte es weitergehen?
»Tja, Herr Peersen, das läßt sich nicht ändern«, sagte Luise Jepsen bei einer ihrer seltenen Begegnungen. »Wenn Ihnen schlecht ist im Magen von zuviel Fett, dann stecken Sie den Finger in 'n Hals und sind's los. Hier müssen Sie wohl anders durch, wie, weiß ich auch nicht.«
Fast immer richtete sie es so ein, daß sie dienstags und freitags unterwegs war zum Nähen. Sie wich auch Anna Steffens aus und betete jeden Abend lange und inbrünstig um einen möglichst gnädigen Ausgang der Dinge.
»Wird sich schon von allein lösen, Herr Peersen«, sagte sie. »Ist man nichts so fein gesponnen, kommt doch an das Licht der Sonnen. Hoffentlich wird das Elend nicht zu groß. Sie sind reich inzwischen, da passiert nicht soviel, aber die arme Marie.«
Danach, was aus ihr werden sollte, in der Nachbarschaft und überhaupt, wenn die Schande sich offenbare, fragte sie gar nicht erst. Auch für diesen Tag wappnete sie sich im Gebet.

»Hauptsache, Marie kriegt kein Kind. Was dann?«

Das wußte Johann Peersen auch nicht. Es gehörte zu den Problemen, die er vorerst beiseite schob.

»Dann, Frau Jepsen«, sagte er, »ändert sich alles.«

Vorerst rettete er sich in die Arbeit. Noch nie hatte er so viele Projekte gleichzeitig geplant und durchgeführt, noch nie mit solchem Elan spekuliert, verkauft, gekauft, als ob seine Gefühle für Marie alle verfügbaren Reserven in Bewegung brächten.

»Sie sind ja wie 'n Rennpferd«, sagte der alte Aßmann. »Vergaloppieren Sie sich man nicht, mein lieber Peersen.«

»Sieht's danach aus, Herr Bankier?« fragte Johann Peersen, und der alte Aßmann schüttelte den Kopf. »Um Sie mach ich mir keine Sorgen. Bloß Ihre Frau, die kommt jetzt alle naselang mal rein und will wissen, was vom Ossenbrückschen Konto abgehoben ist.«

»Wie bitte?«

»Ja, so ist das. Ich würde mal ein freundliches Wort mit ihr reden. Und hören Sie auf meinen Rat, Peersen, Germania-Aktien! Der Kaiser braucht Kriegsschiffe, Krupp engagiert sich auch, und wo Krupp dabei ist!«

»Schönen Dank auch, Herr Bankier, ich denke dran.« Johann Peersen stand auf. »Und wenn Sie noch einen Moment Zeit hätten...«

»So?« Der alte Aßmann erhob sich ebenfalls und ging um den Schreibtisch herum. »Was Privates?«

»Wie ist das eigentlich«, fragte Johann Peersen. »Ich weiß nicht viel von solchen Sachen, aber es soll ja Eheleute geben, die – soll es ja geben, Scheidungen.«

Er verstummte hilflos, und der Bankier Aßmann drehte sich um und ging wieder hinter seinen Schreibtisch.

»Da muß ich mich erst mal hinsetzen«, murmelte er. Er holte sein weißes Taschentuch hervor, mit Monogramm, wie auch Johann Peersen es inzwischen besaß, und schnaubte gründlich. »Hat Ihre Frau sich was zuschulden kommen lassen?«

Johann Peersen schüttelte den Kopf.

»Aber warum denn in drei Teufels Namen so einen Eklat? Da nimmt doch kein Hund mehr ein Stück Brot von Ihnen.«

»Manchmal«, sagte Johann Peersen, »kommt einem das gar nicht mehr so wichtig vor.«

Mit einer unwilligen Handbewegung fegte der alte Aßmann den Satz beiseite.

»Kein Hund 'n Stück Brot. Und ist auch richtig, wenn Sie mich fragen. So eine Ehe, die hat was mit Recht und Ordnung zu tun, die kann man nicht auch noch einfach einrumpeln wie die alten Häuser. Irgendwas muß ja schließlich erhalten bleiben heutzutage, bei dem ganzen Fortschritt. Was ist denn geworden aus unserm Kiel? Jeden Tag neue Leute. Kein Gesicht auf der Straße kennt man mehr. Da setzt sich einer morgens in Berlin in die Eisenbahn und ist abends hier und ein anderer Mensch.«

Er schob den Sessel zurück, umrundete den Schreibtisch, in einer Hand die goldene Brille, in der anderen das Taschentuch, Bankier Aßmann, der den Fortschritt finanzierte, die Werften, vermutlich auch die Eisenbahn, und dessen Geschäft die Maßlosigkeit war – er legte den Kopf zurück, um Johann Peersen besser ins Gesicht sehen zu können, und sagte: »Nein, nein, mein lieber Peersen, die Ehe soll bleiben, was sie ist, und wenn was verquer geht und was zu kurz kommt, dann holen Sie sich's man in Gottes Namen woanders, tut so mancher und hat keiner was gegen, solange Sie es diskret machen. Aber Scheidung – mein lieber Peersen, Sie sind noch jung, mit der Zeit werden Sie ruhiger, dann sind Sie froh, daß Sie den Unfug gelassen haben. Und noch mal: Germania-Aktien! Warten Sie nicht zu lange!«

Er schüttelte ihm die Hand, und Johann Peersen ging durch die Halle und fragte sich, ob der alte Aßmann recht hätte. Warten, bis man ruhiger wurde? Bis das Leben vorbei war? Er stand vor der Bank, ein sonniger Septembertag, wenig Wind, um ihn herum die Häuser von Kiel, die Türme, die Geschäfte, der Hafen, die Werften, Kiel, keine fremde Stadt mehr, seine Stadt, mit seinen Häusern, was sollte er tun.

Es war Viertel nach fünf. Um halb sechs mußte er in der Faulstraße sein bei Marie. Er stieg die Steintreppe hinunter, wandte sich nach rechts, ging die Holstenstraße entlang, um noch eine Tüte Zuckerkringel zu kaufen. Germania-Aktien, hatte Aßmann gesagt. Sollte er das Haus in der Waitzstraße verkaufen, das gerade fertig geworden war, und mit dem Geld bei der Germania einsteigen? Am Markt blieb er vor dem Hosmannschen Grundstück stehen und sah den Abbrucharbeiten zu. Das alte Gemäuer fiel zusammen, ein Kaufhaus wollten sie hier bauen, wahrscheinlich nicht das letzte. Hier müßte man investieren, dachte er, nichts geht über Grund und Boden. Und dann überkam ihn plötzlich der Wunsch, alles, was er hatte, loszuschlagen und mit Marie zu verschwinden, weit weg, nach Amerika, ein neues Land, ein neues Leben.

Amerika. Ich drehe den Gedanken hin und her und frage mich, warum er es nicht getan hat, mein Großvater Peersen. Es wäre eine Lösung gewesen, auch für Frieda. Sie war jung, sie war wohlhabend, weshalb hatte sie nicht noch einmal anfangen sollen, Schluß machen mit dem Kummerspeck, weshalb nicht sogar das finden, wonach sie sich sehnte,

Glück, ein kleines wenigstens, sie war ja bescheiden. Du hättest nach Amerika gehen sollen, Großvater Peersen, mit deiner Marie, die dann allerdings nicht meine Großmutter Marie geworden wäre. Peerson hättet ihr geheißen, John and Mary Peerson, sicher vermögend, selbstverständlich, du und Amerika, und auch Mary hätte ihren Teil beitragen können, ein Mode- und Hutsalon, Mary Peerson Fashion, alle Welt trägt Mary Peerson Fashion – was für Aussichten. Warum bist du nicht nach Amerika gegangen, Großvater Peersen?

Aber er tat es nicht. Noch während er darüber nachdachte, wußte Johann Peersen, daß er es nicht konnte. Er war kein Abenteurer, heute hier, morgen dort. Er hatte Häuser gebaut in Kiel, er wollte noch mehr Häuser bauen, er hatte mit einem seiner Träume Wurzeln geschlagen in dieser Stadt. Frieda, dachte er. Alles wäre gut, wenn es Frieda nicht gäbe. Warum verschwindet sie nicht. Sie soll gehen. Weg soll sie sein, verschwinden, sterben, tot.

Am Abend saß Johann Peersen mit Frieda im Wohnzimmer, die Lampe brannte schon. Er war, nach seinem unergiebigen Gespräch mit Bankier Aßmann, in der Faulstraße eine Stunde glücklich gewesen, hatte danach bei Frieda filierte Heringe samt Kartoffeln und Zwiebelsoße essen müssen und versuchte nun, über der ›Kieler Zeitung‹ Ruhe zu finden, was ihm nicht gelang. Also legte er die Zeitung hin und fragte Frieda, wieso sie dazu käme, das Bankkonto bei Aßmann und Söhne zu kontrollieren.

Frieda stickte. Natürlich stickte sie. Sie beugte den Kopf über das weiße Leinen, stach mit der Nadel in den Stoff, zog den Faden hoch, stach wieder zu.

»Nachschnüffeln! Warum tust du das?« fragte er.

Frieda biß den Faden ab, fädelte einen neuen ein.

»Muß ich ja wohl«, sagte sie. »Von dir höre ich doch nichts, kein Wort. Ich tappe im dunkeln, das geht nicht. Vater hat mir das auch geraten.«

»Denkst du, daß ich dich um dein Geld bringen will?« fragte er. »Neulich für die Lohngelder, da hatte ich im Moment nichts flüssig, und dann, als die Wiesen noch mal drainiert werden mußten nach dem Unwetter. Aber sonst...«

»In Zukunft nimmst du nichts mehr von meinem Geld ohne Erlaubnis«, unterbrach sie ihn. »Das werde ich auch der Bank mitteilen.«

Er sprang auf.

»Büst du mall in din Kopp? Ich denke, wir sind verheiratet.«

»Verheiratet?« Endlich legte Frieda die Stickerei hin. »Wie sind wir denn verheiratet? Du machst deinen Stremel, als ob's mich nicht gäbe, und immer sitze ich allein. Andere gehen mal aus oder fahren weg, Hastrups waren sogar in Venedig...«

In diesem Moment Venedig. Es nahm ihm die Fassung.

»Ich habe nun mal ein Geschäft! Aber wenn du mitkommen willst« – er merkte, wie er anfing zu schreien –, »wenn du mitkommen willst auf den Bau, bitte, immer los, komm mit, kontrollier mich, leg mir ein Halsband um, wenn's dir Spaß macht, ein Mann mit 'nem Halsband, zwing mich doch, so wie du's in der Nacht tust.«

»O Gott«, flüsterte sie. »O Gott«, und plötzlich tat es ihm leid. Was konnte sie dafür, daß sie ihm im Weg stand.

»Wir haben wohl ein bißchen viel geredet«, sagte er. »Und jetzt sollte ich ein paar Schritte machen, um den Kleinen Kiel herum. Geh du man schon zu Bett, Frieda. Wir müssen irgendeinen Weg finden, nicht wegen des Geldes, das meine ich nicht, dein Geld will ich nicht haben. Aber schlaf man erst.«

Er ging zur Tür und hörte, wie sie seinen Namen rief. »Johann!«

»Ja?«

»Verstehst du das denn nicht?« sagte sie. »Ein bißchen Glück. Habe ich denn überhaupt kein Recht auf ein bißchen Glück?«

»Ja, Frieda«, sagte er. »Und tut mir ja auch leid.«

Johann Peersen lief um den Kleinen Kiel herum, so schnell, daß er zu keuchen begann. Als er in die Wohnung zurückkam, schlief Frieda schon. Er zog sich aus, legte sich neben sie, und während er versuchte, ebenfalls einzuschlafen, war der Gedanke wieder da. Tot, dachte er, tot, und hatte das Gefühl, als ob ein dritter Arm aus ihm herauswüchse und sich um ihren Hals legte.

Nein! Um Gottes willen, nein!

Er schlug die Decke zurück, stand auf und flüchtete ins Wohnzimmer.

Schluß. Genug von diesen Wunschphantasien, mit denen ich drauf und dran bin, meinem Großvater Peersen ein M auf die Stirn zu drücken. Nichts in der Überlieferung erlaubt solchen Verdacht. Frieda starb. Sie starb zur rechten Zeit. Aber kein Griff an den Hals brachte sie um, sondern ein totes Kind in ihrem Leib, der so gierig war nach Johann Peersens Samen und nicht stark genug, etwas daraus zu machen.

Nein, meinen Großvater Peersen trifft keine Schuld. Auch Marie, meine Großmutter Marie, die er liebte, ist an einem Kind gestorben. Konnte er etwas für die Schwäche der Frauen?

»Ein Himmelfahrtskommando«, hatte Paula Kloss, die alte, ehelose Lehrerin, das Geschäft des Gebarens genannt.

»Das kannte man damals nicht anders«, sagte meine Mutter. »Man hat es hingenommen, es war selbstverständlich.« Sie lächelte dabei, eine Frau, noch dicht an der Generation der Opfer. Ein ganz gewöhnlicher Tod, der Tod im Kindbett, keiner Rechtfertigung bedürftig. Mein Großvater Peersen jedenfalls, soviel steht fest, brauchte keinen dritten Arm, er verfügte über eine andere Waffe, legitimiert von Gesetz und Moral. Bleibt nur die Frage: Hat er sie bewußt eingesetzt, um Frieda loszuwerden?

Nein, ich will es nicht hinnehmen, dies nicht. Es muß anders gewesen sein. Aber wie? Wer sagt mir, wie? Ratlos tappe ich durch die Vergangenheit, komme in die Alleen von Düsternbrook, zu Johann Peersens Haus, der gelben Villa, die er gebaut hat für sich und Marie, lasse den Löwenkopf gegen die Tür hämmern, betrete die getäfelte Diele, die Treppe führt ins Souterrain, wo Luise Jepsen an der Wäschemangel steht. Sie legt ein Laken unter die hölzerne Rolle, dreht die Kurbel, schiebt nach. »Faß man mal mit zu, Christine«, sagt sie. »Allein geht es so schwer.« Sie hält mich für meine Mutter, das ist gut. Ich ziehe an dem Laken, glatt und weiß kommt es mir entgegen, gemeinsam falten wir es zusammen.

»Ich möchte etwas von Ihnen wissen, Frau Jepsen«, sage ich. »Wegen Frieda. Hat er es mit Absicht getan? Weil er wußte, daß es gefährlich werden konnte nach den vielen Fehlgeburten?«

Das Tischtuch, das sie aus dem Korb genommen

hat, fällt wieder zurück. Sie starrt mich an mit ihren schielenden Augen, obwohl, so hieß es doch, sie niemandem gerade ins Gesicht sah außer Johann Peersen.

»Das ist aber nun mal 'ne ganz dumme Rede! Und direkt eine Beleidigung. Wo er doch nie was von Frieda wissen wollte und am liebsten immer einen Bogen um sie gemacht hätte. Aber Frieda war ja hinter ihm her wie der Düvel. Und wenn sie schwanger geworden ist und gestorben, dann lag es an ihr und war ihre Schuld und sonst nichts.«

»Danke, Frau Jepsen«, sage ich erleichtert und gehe zurück vom Damals ins Heute mit meiner getürkten Information. Sie paßt zu Johann Peersen und zu Frieda und zu ihrer Geschichte, die, ob so oder so, nur auf eine Weise enden kann: mit Schrecken.

Anfang Oktober war es soweit: Frieda erfuhr, daß ihr Mann und Marie Steffens sich heimlich trafen.

Ans Licht gezerrt wurde die Affäre durch Hastrups ehemalige Helene, die nach langen Dienstmädchenjahren Ende August den verwitweten Eisenbahnkondukteur Dirk Sievers geheiratet hatte und seitdem gegenüber von Luise Jepsen wohnte. Jeden Sonnabend machte sie noch wie eh und je den Fleischerladen ihrer früheren Herrschaft sauber. Sonst jedoch saß sie bequem am Fenster, nähte für die Marinekammer Bänder an Matrosenmützen und beobachtete, was sich auf der Straße tat. Dabei weckte das seltsame Kommen und Gehen von Johann Peersen, den sie seinerzeit bei Hastrups kennengelernt hatte, ihre Neugier. Was um alles in der Welt wollte ein Mann wie er jeden Dienstag und Freitag von halb sechs bis halb sieben in der Faulstraße? Während sie, aus dem Fenster spähend, sich den Kopf zergrübelte und bereits einer ebenso sensationellen wie perversen Liaison zwischen Johann Peersen und der schielenden Witwe auf der Spur zu sein glaubte, wogegen allerdings sprach, daß Luise Jepsen meistens gar nicht anwesend war, wenn er erschien, während also Helene Sievers, immer noch am Fenster, verzweifelt nach einer Ordnung in dem Verwirrspiel suchte, kam ihr Marie ins Blickfeld, Marie Steffens, die sie bis dahin, in der falschen Richtung denkend, nicht mit Johann Peersen in Verbindung gebracht hatte. Helene schlug sich vor die Stirn über soviel Blindheit. Es war der dritte Freitag im September. Bereits zwölf Stunden später konnte sie ihre Beobachtungen bei Hastrups melden.

»Ogottogott, ist ja wohl nicht die Möglichkeit!« sagte Martha Hastrup erschüttert. »Kein Wort, Lene, zu keinem, und wenn du noch so gern snackst.« Am nächsten Dienstag bezog sie ebenfalls Posten am Sieverschen Fenster. Dann verständigte sie Frieda. Das Finale begann.

Ob es ihr Spaß gemacht hat, der unglückseligen

Frieda, Johann Peersen zu entdecken, bloßzustellen, dem Gelächter preiszugeben? Doch, sie soll ihre Freude haben, die Lust an der Rache, ein böses Glück, es steht ihr zu.

Am Freitag, dem letzten im September, war alles sorgfältig vorbereitet. In der Küche am Lorentzendamm saß Luise Jepsen und besserte Wäsche aus, auf Friedas Drängen, die plötzlich diesen Termin und keinen anderen verlangt hatte. Ohne aufzublicken, ratterte sie die Nähte runter, froh, daß Frieda sich nicht um sie kümmerte. Die Frühstücksbrote brachte sie nur mühsam herunter. Auch mittags aß sie wenig. Es gab Schellfisch mit Buttersoße. Johann Peersen war nicht da.

Gegen halb fünf kam Frieda in die Küche, fertig zum Ausgehen.

»Ich muß weg«, sagte sie. »Machen Sie auch Schluß. Hier ist Ihr Geld.«

»Ist doch noch zu früh«, protestierte Luise Jepsen.

»Egal.« Friedas Stimme klang gereizt. Sie fing an, die herumliegenden Wäschestücke in den Korb zu werfen, geflickt, nicht geflickt, was sie gerade griff. Zusammen gingen sie die Treppe hinunter. »Kommen Sie man«, sagte sie unten auf der Straße, »wir haben ja dieselbe Richtung.«

»Wo wollen Sie denn hin, Frau Peersen?« erkundigte sich Luise Jepsen unsicher. Frieda schien es nicht zu hören.

Am Markt warteten die beiden Hastrups.

»Dann mal los, was, Frau Jepsen?« sagte Erich Hastrup.

»Was denn?« fragte sie. »Wie meinen Sie das, Herr Hastrup?« Er griff nach ihrem Arm und zog sie neben sich her.

»Aber was wollen Sie denn von mir?« rief Luise Jepsen bereits in Panik.

»Nu hool mal din Snuut.« Er dirigierte sie in die Faulstraße, wo Helene Sievers bereits vor ihrer Haustür stand. »Hier rein! Und dann geben Sie Frau Peersen den Wohnungsschlüssel, die will nämlich zu ihrem Mann.«

Endlich begriff Luise Jepsen, daß die Stunde, für die sie sich im Gebet zu wappnen versucht hatte, gekommen war. Sie wehrte sich nicht mehr. Sie ließ sich in das Sieversche Haus schieben, die Treppe hinauf, zur Wohnstube. Dort stand Emil Ossenbrück, das Monokel im Auge.

»Die Vögel sind noch nicht da«, sagte er. »Habt ihr die alte Puffmutter mitgebracht?«

Luise Jepsen blickte zu Boden. Frieda schwieg und die anderen auch. Nur Helene Sievers flatterte hin und her und bot Kaffee an, bis Martha Hastrup sie mit den Worten »jetzt setz dich doch bloß mal fünf Minuten up din Achtersten, Lene, wir sind nicht zum Kaffeeklatsch hier« zur Raison brachte.

»Da kommt so 'ne Sprotte angelaufen«, sagte Emil Ossenbrück in die Stille hinein.

Es war Marie. Der blauweiße Rock bauschte sich im Wind, um die Schultern hatte sie ein Tuch gelegt. Vor dem Haus gegenüber blieb sie stehen, blickte sich um und verschwand.

Emil Ossenbrück schnalzte mit der Zunge. »Hat Geschmack, mein Herr Schwager, was?«

Frieda gab einen Schluchzer von sich, und Martha Hastrup sagte: »Du bist hier nicht bei deinen Offizieren, Emil.«

Luise Jepsen, wäre es möglich gewesen, hätte sich gewiß in Luft aufgelöst, für immer und ewig. Lieber Gott, flehte sie stumm vor sich hin, lieber Gott, tu was, hilf uns, bewahre uns vor diesem Unglück, obwohl sie im Moment kaum mit Beistand von oben rechnete. Aber ihre Hoffnung war auf die Zukunft gerichtet: Gott, deine Wege sind wunderbar, du wirst es gut machen, auch wenn alles schlecht aussieht und die große Not kommt. Halte deine Hände über uns, Herr, stoße uns in die Grube, wenn es dein Wille ist, aber hol uns man auch wieder raus.

Johann Peersen war an diesem Tag später als sonst zu Marie gekommen, weil es Ärger gegeben hatte auf dem Bau. Für Wilhelm Niemann hatte sich noch immer kein Ersatz gefunden. Dem einen Polier, den Johann Peersen nach ihm eingestellt hatte, tanzten die Arbeiter auf der Nase herum, der nächste konnte nicht einmal eine gerade Mauer hochziehen, und der dritte, der sein Handwerk verstand und mit den Leuten zurechtkam, trank. »Der Kruse hat 'ne Buddel einstecken«, war Johann Peersen hinterbracht worden. »Und zwischendurch nimmt er immer mal wieder so 'n Lütten zur Brust, da braucht er die Kelle gar nicht bei hinzulegen.«

Trinken auf dem Bau war verboten. »Wenn einer besoffen vom Gerüst fallen will, soll er das man woanders tun, nicht bei mir«, sagte Johann Peersen und hatte Kruse an diesem Nachmittag die Papiere gegeben.

Warum machen die Menschen ihr Leben kaputt? dachte Johann Peersen. Keine Arbeit bedeutete kein Geld, kein Essen, vielleicht bald keine Wohnung mehr. Ein saufender Maurer, das sprach sich herum. Er hatte es satt mit dem dauernden Wechsel und beschloß, endlich zu tun, was er sich schon längst vorgenommen hatte, nämlich Wilhelm Niemann aufzusuchen.

Er nahm eine Pferdedroschke, um das unangenehme Geschäft sofort hinter sich zu bringen, und fuhr nach Gaarden, traf aber Wilhelm Niemann nicht an.

»Der ist auf Arbeit«, sagte seine Frau und schob einen Haufen Flickwäsche beiseite, damit Johann Peersen sich setzen konnte. Die Küche hatte sich verändert. Sie war mit Betten vollgestellt, an den Wänden hingen Kleidungsstücke, es roch nach Schlafen und Essen.

»Die Stube müssen wir vermieten«, sagte Frau Niemann.

»Willem ist ja nicht mehr Polier, und vier Kinder!«

Johann Peersen nickte. Bei der Innung war bekannt, weshalb er Wilhelm Niemann gefeuert hatte.

Die Frau war jung, adrett, hübsch, noch nicht gezeichnet vom täglichen Kampf mit der Armut. Das Kind auf ihrem Schoß hatte rote Backen. Es lutschte an einer Brotrinde.

»Ein nettes Kind haben Sie«, sagte er.

»Sind alle nett«, sagte sie. »Was wollen Sie denn von Willem?«

»Mal mit ihm reden.«

Sie setzte das Kind auf den Boden. Es krabbelte zu Johann Peersen und spielte an seinen Schuhen.

»Ach Gott, Herr Peersen«, sagte sie, »warum war er denn bloß so 'n Döskopp?«

»Wüßte ich auch gern, Frau Niemann.« Er stand auf. »Mir tut's leid. Ich brauch einen tüchtigen Polier. Bloß seine Politik, die müßte er draußen lassen.«

»Der Willem mit seinem harten Schädel«, sagte sie.

»Ich hab auch 'nen harten Schädel«, sagte Johann Peersen, »und bin trotzdem hergekommen. Reden Sie man mit ihm, die Frau kann das am besten.«

Die Droschke hatte draußen gewartet. Johann Peersen ließ sich bis zum Marktplatz bringen. Es war schon fast Viertel vor sechs, als er endlich zu Marie kam.

»Marie, lütt Marie« – dann waren sie da, und ich, die Enkelin, bringe es kaum übers Herz, geschehen zu lassen, was geschehen muß. Da liegt sie, meine Großmutter Marie, neben ihm, den Kopf in seinem Arm, gottlob wenigstens neben ihm, schrecklich, wenn sie früher gekommen wären, sie ist erst siebzehn und weiß noch gar nichts, wartet nur und glaubt, jeder Tag müsse das Wunder bringen.

Und nun dies. Kein Wunder, sondern dies, und sie muß es ertragen ohne Trost, anders als ich, die ich in die Zukunft blicke und weiß, daß alles eine Zwischenstation ist auf dem Weg zum Glück, obwohl auch dieses Glück, das, was sie Glück nennen, schon darauf lauert, sich wieder ins Gegenteil zu verkehren, und es vielleicht das beste ist für Marie, nur den Moment zu kennen. Trotzdem, es tut mir weh, sie leiden zu sehen.

Johann Peersen hatte sich aufgerichtet, weil er das Geräusch draußen hörte. Frau Jepsen, dachte er, doch die Tür ging auf, und Frieda kam in die Stube, hinter ihr Erich Hastrup und zuletzt sein Schwager Emil, der, den Kopf vorgeschoben, sein Monokel auf Marie blitzen ließ.

Marie verschwand unter der Decke. Johann

Peersen jedoch, nackt wie er war, sprang aus dem Bett und warf sich auf Emil. Gemeinsam stürzten sie zu Boden, es sah aus, als ob er ihn erwürgen wolle. Frieda schrie, ihr Schreien ging in Schluchzen über, und Erich Hastrup zerrte mit kräftigen Schlachterarmen Johann Peersen von seinem Opfer herunter.

»Willst du etwa 'nen Mord begehen, Mann?« fragte er. »Zieh dir lieber was an.«

Er reichte ihm die Hose, aber Johann Peersen stieß ihn weg.

»Raus!« schrie er, weiß vor Wut. Niemand hatte ihn je so erlebt. Emil Ossenbrück rannte zur Tür, Erich Hastrup folgte ihm. Nur Frieda war noch da, ohne Tränen jetzt, mit einem Gesicht wie aus Gips.

»Johann«, sagte sie. »Wenn du heute abend nach Hause kommst, soll dies hier nicht mehr erwähnt werden.«

»Raus!« wiederholte er.

»Wenn nicht«, sagte sie, die Augen auf seinem nackten Körper, »beantrage ich die Scheidung. Wegen Ehebruchs. Ich habe Zeugen. Ich verlange meine Mitgift zurück, und du kommst für sechs Monate ins Gefängnis. Und die da hoffentlich auch.« Dann drehte sie sich um und verließ ebenfalls das Zimmer.

Zurück blieb Stille. Der Pendelschwung des Regulators, sonst nichts. Johann Peersen hob Marie hoch und bettete sie in seine Arme. »Komm, lütt Marie«, sagte er, »das ist nun mal so, wein doch ein bißchen, komm, weine. Wird schon wieder werden, du und ich, wir bleiben zusammen, du bist meine Frau«, und ich möchte wissen, ob er wirklich daran glaubte, mein Großvater Peersen mit seinen zwei Träumen, von denen er keinen für den anderen hergeben wollte. Er wollte beide, bekam sie auch auf legale, im Urteil der Welt durchaus honorige Weise, und der Skandal, der eine Weile die Stadt zum Beben brachte, versickerte wie andere Histörchen und Schwänke bei den Erinnerungen.

Doch als er sich an diesem Abend von Marie trennte und zu Frieda ging – denn daß er zurückging, steht fest –, ob er im Moment dieses Abschieds an seine Worte glaubte? Äußerlich spricht wenig dafür. Aber die Geschichte lebt nicht von dem, was den Leuten gezeigt wurde – ein reumütiger, die Versöhnung sichtbar vollziehender Ehemann. Innerlich, so wie ich ihn inzwischen kennengelernt habe, meinen Großvater Peersen, innerlich war er weit entfernt von Demut und Reue. Er überstürzte nur nichts. Er wollte nicht vorzeitig ein Opfer bringen, er vertraute auf bequemere Lösungen, wobei ich nicht darüber nachdenken will, woher er dieses Vertrauen bezog. Keine Angst, Großvater Peersen, ich schweige, es gibt Dinge, die sollen mit dir begraben sein, ich will dir zugestehen, daß wenigstens dein Kopf nichts davon wußte, und vielleicht war auch alles ganz anders. Trotzdem, ich glaube, meine Spur stimmt.

Spekulationen. Vermutungen. Die Realität war der Skandal. Daß es zu einem Skandal kam, dafür sorgte Emil Ossenbrück. Bereits am Abend, nach dem zweiten Glas Champagner, gab er im Freundeskreis eine Schilderung des Vorfalls zum besten, detailliert und mit pantomimischen Einlagen. »Und splitterfasernackig!« war dabei sein Refrain. Am Morgen erzählte jeder das, was ihm als verkaterte Erinnerung geblieben war, in die verschiedensten Richtungen weiter, und beim Mittagsläuten durchliefen vielfältige Versionen die Stadt. Gegen Abend hieß es bereits, daß Johann Peersen, nach einem Sprung aus dem Fenster, halbtot in der Faulstraße gelegen habe, splitterfasernackig.

Arme Anna Steffens, meine Urgroßmutter mit den Apfelbacken, die jedesmal »Tschüß, min lütt Kaffeepott« sagte, wenn sie später in Ehren zu ihrer so glänzend verheirateten Tochter ging, um Klößchen für die frische Suppe zu drehen. Ich sehe sie an der Nähmaschine sitzen, unermüdlich für zwei Mark am Tag – nein, ich kann es nicht zulassen, daß es sie aus heiterem Himmel überfällt. Wenigstens eine Warnung will ich ihr geben, bevor der Skandal zur Küterstraße schwappt und sie Spießruten laufen muß durch das Getuschel und Gezischel. Ich schicke ihr Johann Peersen, um ihretwillen, um seinetwillen. Er soll Mitleid haben mit denen, die er ins Unglück bringt.

»Ja, das ist aber mal 'ne Überraschung, Herr Peersen«, lachte Anna Steffens, als er in der Tür stand. Dann verging ihr das Lachen.

»O Gott, nein.« Sie ließ sich auf die Bank fallen, ihre zerstochenen Nähfinger hielten sich an einem Lappen fest.

»Sie sollten es wissen, bevor Marie kommt«, sagte er hilflos. »Und ich werde machen, was ich kann, das müssen Sie mir glauben, und es tut mir leid.«

Sie sah zu ihm hoch, den Kopf nach hinten gelegt, weil sie im Sitzen so klein war. »Hat's Ihnen denn vorher nicht leid getan, Herr Peersen? Meine Marie und so leichtfertig...«

»Nein, Frau Steffens, das dürfen Sie nicht denken.« Er sprach hastig, als ob er glaubte, sie mit vielen schnellen Worten überzeugen zu können. »Leichtfertig ganz bestimmt nicht. Marie, die ist alles für mich, und ich will auch für sie sorgen...« Weiter kam er nicht.

Anna Steffens sprang auf, stellte sich vor ihn hin und rief: »Einen Deubel werden Sie tun! Was hat so ein feiner Herr eigentlich im Kopp, und dabei sind Sie noch nicht mal einer, mein August, der hat Ihnen extra billig 'n Anzug genäht, damit Sie Frieda Ossenbrück heiraten konnten, und denken Sie denn, Sie können alles kriegen mit Ihrem Sündengeld? Machen Sie, daß Sie rauskommen, und wenn Sie die Deern nicht in Ruhe lassen, dann geh ich zu Gericht.«

Sie drückte ihre Schürze vor die Augen und schluchzte hinein. »Ihre Nähmaschine«, schluchzte sie, »die können Sie man auch wieder mitnehmen.«

Sie riß die Tür auf und drängte ihn nach draußen und hätte fast, im ersten Impuls, tatsächlich die Nähmaschine hinterhergeschoben. Aber ihre Vernunft verbot ihr, so hochfahrend zu sein. Was sollte sie tun ohne Nähmaschine.

Als Marie nach Hause kam, weinte Anna Steffens immer noch, schrie das Elend in die Welt, verabreichte ihrer Tochter, die störrisch schwieg, auch einige verzweifelte Ohrfeigen, nahm sie dann jedoch in die Arme und brachte sie zu Bett. Weiß wie die Stubendecke lag Marie auf dem rotkarierten Kissen. Sie fing an, mit den Zähnen zu klappern, und Anna Steffens wärmte einen Becher Milch, brockte Brot hinein und schob ihr die weichen Stücke zwischen die Lippen. »Und wenn du ein Kind kriegst?« jammerte sie.

»Ich kriege kein Kind«, erklärte Marie.

Diese Gewißheit stammte von Mademoiselle Coutier.

»Es mußte einmal passieren, mon enfant«, hatte sie gesagt, als Marie aufgelöst in den Salon zurückgekommen war. »Wenn auch etwas mehr Delikatesse angebracht gewesen wäre. Jetzt sammle dich und gerate nicht in Hysterie. Das dürfen sich die Gnädigen erlauben, wir nicht. Du weißt, die Winterroben stehen ins Haus.«

Sie füllte zwei Gläschen, nicht mit Mandellikör, den sie verabscheute, sondern mit altem Cognac. »Komm, trink das. Ich weiß, es tut weh. Aber du wirst es überstehen, eines Tages spürst du es nicht mehr, und vielleicht kommt ein anderer.«

»Nie!« rief Marie.

»Vielleicht auch nicht, um so besser, in diesem Falle hält dich niemand davon ab, Kleider zu machen, auch Hüte, du hast Gold in den Händen. Contenance, ma chère, es gibt andere Freuden als Johann, und wenn du schwanger sein solltest, in Hoffnung, wie man es albernerweise nennt, so lasse es mich wissen. Ein Kind bekommst du nicht, das verspreche ich dir.« Nein, kein Kind für Marie, noch nicht. Auch kein Nachdenken darüber, ob Mademoiselle Coutier verhindernd eingreifen mußte. Es spielt keine Rolle im Gang der Ereignisse. Ein anderes Kind ist von Bedeutung, Friedas Kind, das die Wende bringt, Tod oder Leben, je nachdem, wie man es sieht. »Wat den een sin Uhl, is den annern sin Nachtigall«, sagte Frau Jepsen.

Als Johann Peersen nach dem Überfall in der Faulstraße nach Hause kam, ging er sofort in sein Kontor. Nach einer Weile kam Frieda herein. »Willst du noch etwas essen?« fragte sie mit bemühter Gleichgültigkeit.

»Geh raus!« In seiner Stimme lag soviel Abscheu, daß sie zusammenzuckte. »Ich bin wiedergekommen, weil ich ein Geschäft habe und mir das von dir nicht ruinieren lassen will und auch erst mal nachdenken muß. Aber damit du es weißt: Ich habe dich nie gemocht, du warst mir zuwider von Anfang an, laß mich in Ruhe.«

Damit war es vorbei. Frieda, mißbraucht, gedemütigt, dachte nur noch an eins: ihm das gleiche zu tun.

In dieser Nacht, als sie nebeneinander lagen, griff sie nach ihm.

»Laß das«, sagte er, aber sie war schon da und ließ sich nicht wegschieben. Ihre Worte und Hände verloren alle Scham, und er, wehrlos gegen seinen Körper, mußte es tun, und während er es tat, dachte er: Tot sollst du sein, tot sollst du sein, bis es vorbei war. In dieser Nacht begann er, sie umzubringen, in dieser, der nächsten, den folgenden Nächten, tot sollst du sein, und vielleicht wollte sie es so, vielleicht war es ihre Art, sich aus der Welt zu schaffen, denn als sie im November merkte, daß sie schwanger war, ließ sie von ihm ab.

»Wir bekommen ein Kind, Johann.«

»So?«

»Diesmal wird es leben«, sagte sie.

Aber sie glaubte nicht daran, weder an das Leben des Kindes noch an ihr eigenes. Es gibt ein Zeichen dafür: das Testament, im Dezember beim Notar Braake hinterlegt. Mit diesem ihrem letzten Willen schloß Frieda für den Fall ihres Ablebens ihren Ehemann Johann Peersen, dessen ehebrecherisches Verhältnis – anliegend eidesstattliche Erklärungen der beiden Zeugen – eine Scheidungsklage gerechtfertigt hätte und der somit von Gesetzes wegen auch keinen Anspruch mehr auf den Pflichtteil besaß, vom Erbe aus und vermachte ihren gesamten Besitz an Kapital und Grundstücken ihrem Bruder Emil Ossenbrück. Es wurde die große Überraschung.

Frieda starb im März 1893, im fünften Monat ihrer Schwangerschaft.

Über dem Winter, der ihrem Tod vorausging, liegt Schweigen, ich will es nicht brechen, was gesagt werden mußte, ist gesagt. Nur eins noch: Sie hatte keine Vorbereitungen getroffen für das Kind. Keine Wiege stand bereit, keine Windeln waren gezählt. »Ist doch alles noch da vom ersten Mal«, sagte sie, wenn man sie darauf ansprach. »Hat Zeit.« Um den Haushalt kümmerte sie sich kaum noch, ließ das Mädchen wirtschaften, stickte auch nicht mehr. Meistens saß sie im Erker, die Hände übereinandergelegt, und sah aus dem Fenster.

Ende März spürte sie, daß das Kind aufhörte, sich zu bewegen. Sie horchte in sich hinein, wartete ab. Erst nach einigen Tagen, als die Hebamme kam, erwähnte sie die Stille in ihrem Leib.

Die Hebamme untersuchte sie: »Ach Gott, Frau Peersen.«

»Ist es tot?« fragte Frieda.

»Ach Gott, Frau Peersen, ja.«

»Und nun?« fragte Frieda.

»Sie war ganz ruhig«, erzählte die Hebamme später. »Just wie 'n Stein, als ob sie das gar nichts anginge. Die arme Frau, hat wohl gewußt, was ihr bestimmt war, nach allem, was sie durchmachen mußte, und war ja sowieso keine fürs Kinderkriegen, aber der Mensch denkt, und Gott lenkt, und die Stifte haben auch nichts mehr genützt.«

Laminariastifte, seit langem bewährt, um den Muttermund zu weiten und Wehen in Gang zu setzen. Die Hebamme legte sie bei Frieda ein, man wartete, nichts geschah, der Körper weigerte sich, das tote Kind herzugeben. Ein Arzt wurde hinzugezogen und ließ sie in die Chirurgie der Akademischen Heilanstalten einliefern.

»Das Kind muß operativ entfernt werden. Es ist eine Leiche, Herr Peersen«, sagte er. »Ihre Frau stirbt, wenn nicht sofort etwas geschieht.«

»Und wie geschieht es?« fragte Johann Peersen, woraufhin er erfuhr, daß man das Kind stückweise herausholen werde, schmerzlos für Frieda, im Ätherrausch.

Es geschah am nächsten Vormittag. Als Johann

Peersen ins Krankenhaus kam, hatte Frieda die Nachwirkungen der Narkose bereits hinter sich. Sie lag auf dem Rücken und sah ihn an, ohne das Gesicht zu bewegen.

»Jetzt ist es weg«, sagte sie. Er wollte ihre Hand nehmen, aber sie wehrte ab. »Laß man, Johann.«

Die Krankheit, an der sie dann starb, Peritonitis, Bauchfellentzündung, kam als Folge der Operation: eine Verletzung der Gebärmutter, eine kleine Blutung nach innen, eine Infektion in der Bauchhöhle, Darmlähmung, Nierenversagen. Vielleicht hatten auch schon die Laminariastifte das Ihre getan. Der Leib blähte sich auf und gab keine Zeichen mehr. »Komisch«, sagte Frieda, »totenstill ist es da drin.« Das Fieber stieg, aber sie fühlte kaum Schmerzen, auch jetzt nicht, nur Schwäche. »Ich bin müde«, sagte sie. Johann Peersen saß an ihrem Bett, Pastor Harmsen kam, er legte ihr die Hand auf die Stirn und sprach den Valetsegen, zusammen beteten sie das Vaterunser, und vergib uns unsere Schuld, so wie wir vergeben unseren Schuldigern.

»Frieda«, sagte Johann Peersen, als sie wieder allein waren. »Verzeih mir.«

»Du mir auch, Johann«, sagte sie mit einem verqueren Lächeln, das er nicht verstand.

Am Abend wurde sie unruhig. Die Finger huschten über das Leintuch, als ob sie etwas suchten. »Wo ist es?« rief sie, »wo ist es?« – »Hier,

Frieda«, sagte Johann Peersen und griff nach ihren Händen. »Du doch nicht, Johann«, sagte sie und suchte weiter. Dann fiel sie in Bewußtlosigkeit. Kurz vor acht starb sie.

Als Johann Peersen das Krankenhaus verließ, war es dunkel, der Mond nur eine Sichel hinter Wolkenschleiern, kaum Sterne, Frost lag in der Luft. Er ging durch die stillen Straßen, mein Großvater Peersen, der Witwer, den ich an Friedas Bett habe beten lassen und der jetzt trauern soll, einmal wenigstens, an diesem Abend, und wenn nicht um sie, so um den Tod, denn in jedem Tod ist auch der eigene, und um die sechs Jahre mit ihr, diese Vergeblichkeit für sie und ihn, und daß nur der Tod sie trennen konnte. Ich lasse ihn in die Wohnung gehen, die leere Wohnung am Lorentzendamm, in den Raum, den er nie Salon genannt hatte ihr zu Gefallen, nicht einmal das, zu den grünen Sesseln, dem Vertiko, der Uhr, den gestickten Kissen, Decken, Wandbehängen, er steht vor dem schwarzen Klavier, er legt die Arme darauf und weint.

Später verließ er noch einmal das Haus, ohne Ziel, wie er glaubte, frische Luft brauche ich, dachte er, Luft zum Atmen. Doch am Marktplatz bog er in die Küterstraße. Bei Anna Steffens brannte noch Licht. Er klopfte ans Fenster. »Frieda ist tot«, sagte er.

Johann Peersen und Marie heirateten im Oktober 1893, sieben Monate nach Friedas Tod.

Damals wohnte Johann Peersen schon längst nicht mehr am Kleinen Kiel. Nachdem ihm bei der Testamentseröffnung, in Gegenwart des hämischen Emil Ossenbrück, seine Enterbung mitgeteilt worden war, hatte er auch auf das, was ihm von Rechts wegen zustand – die Wohnungseinrichtung und ein geringer Pflichtteil –, verzichtet und noch am selben Tag seine persönliche Habe, Kleidung, Gerätschaften, Schreibtisch, dazu Luise Jepsens Kommode, den Tisch und die Stühle vom Trödler, in die Faulstraße schaffen lassen, wo er bis zur Hochzeit blieb. Danach zog er mit Marie in die Eckernförder Allee, Johann Peersen und Frau.

Pastor Harmsen von der Nikolaikirche hatte ihnen die kirchliche Trauung verweigert. »Lassen Sie doch wenigstens das Trauerjahr mit Anstand vorübergehen. Ein Kind? Nun denn, mag es in Sünde geboren werden, so wie es in Sünde empfangen wurde.«

Der Pfarrer von Sankt Jürgen dagegen war, nach einer nicht unerheblichen Spende für die neue Orgel, bereit gewesen, die Zeremonie zu vollziehen, allerdings in Heimlichkeit und mit einem Gesicht, als könne er Gott dabei nicht ins Auge blicken. Johann Peersen ging seitdem kaum mehr zur Kirche, auch Marie nicht, obwohl sie, genau wie ehedem Anna Steffens zum Ärger des atheistischen

August, mit ihren Kindern betete und ihnen abends Liebegottgeschichten erzählte.

Die ersten Kinder kamen schnell hintereinander: im Januar 1894 Christian, Krischan genannt, der später zur See fuhr und 1916 in der Schlacht bei Skagerrak mit der »Wiesbaden« unterging. Dann die frühverstorbenen Zwillinge Paul und Dorothee, Namen ohne Erinnerungen. Schließlich, 1896, Christine.

Ich öffne den gelben Karton und suche nach dem ersten Familienbild: Christine im bauschigen Kleidchen, einen Blumenstrauß vor die Brust gepreßt, Schleifen im Haar, Locken, die sich über der Stirn ringeln, große, ernste Augen. Daneben Bruder Krischan im Matrosenanzug und hinter ihnen die Eltern. Johann Peersens Hand liegt auf Maries Schulter, er sieht sie an.

»Er liebte sie so sehr«, sagte meine Mutter. »Wir waren alle glücklich, solange sie lebte.«

Solange sie lebte. Ein trauernder Engel auf dem Südfriedhof trägt die Tafel mit ihrem Namen: Marie Peersen, geliebte Gattin und Mutter, geboren am 17. Mai 1875, gestorben am 15. Oktober 1913 bei ihrem dreizehnten Kind.

Sag mir, Großmutter Marie, warst du glücklich? Eine Fotografie, aufgenommen an ihrem siebenundzwanzigsten Geburtstag, neun Jahre nach der schwierigen Hochzeit: sechs Kinder schon, vier im Haus, zwei auf dem Friedhof, aber noch sieht sie aus wie das Mädchen auf dem Brautbild, die Lippen geöffnet, die Augen voll Hoffnung und – wie nannte es Anna Steffens? – Übermut.

»Ich bin so glücklich, Frieke«, sagte sie einmal zu Friederike Wittkopp, der Freundin mit den Hasenzähnen, die in den Besitz einer kleinen Erbschaft gekommen war und einen Handschuhladen in der Holtenauerstraße eröffnet hatte. »Ich hab gar nicht gewußt, daß ein Mensch so glücklich sein kann.«

Es war das Jahr, in dem Johann Peersen anfing, sein Haus am Düsternbrooker Weg zu bauen: die weiße rechteckige Villa, vier Säulen vor dem Portal, eine breite, steinerne Treppe, hohe Fenster, Täfelungen im Parterre, das Eßzimmer fast ein Saal, vom ersten Stock der Blick weit über die Förde, und alles aus dem besten Material.

Johann Peersen konnte es sich leisten, so prächtig zu bauen. Über hundert Leute arbeiteten jetzt für ihn, Maurer, Putzer, Zimmerer, Stein- und Mörtelträger. Von seinem Kontor, das sich seit Friedas Tod zusammen mit dem großen Bauhof und dem Materiallager in der Hansastraße befand, fuhr er per Einspänner von Baustelle zu Baustelle, allgegenwärtig wie eh und je, und immer noch bereit, Kelle und Lot zur Hand zu nehmen. Er besaß Häuser, verkaufte Häuser, baute auch für die Werften, den Magistrat, beschäftigte einen Buchhalter, Zeichner, Schreiber, vertrat die Innung im

Arbeitgeberverein. »Der Name Peersen ist Gold wert«, sagte der alte Aßmann. Der Skandal von einst war vergessen. Johann Peersen mit dem vielen Geld, und seine Frau, schlank trotz der Kinder, anmutig und elegant. Marie entwarf ihre Garderobe selbst, überwachte jede Naht, worüber die Schneiderin sich zwar ärgerte, dann jedoch die Schnitte kopierte und Ruhm mit ihnen erntete – für Marie, wenn sie den Modellen auf der Straße begegnete, stets Anlaß zum Zorn. Wenigstens ihre Hüte hätte sie gern selbst angefertigt, aber Johann Peersen wollte auch das nicht, und es blieb ihr ohnehin bald keine Zeit mehr für diese Flausen, wie er es nannte, mit dem großen Haushalt, und immer mehr Kinder, kaum, daß sie aus Schwangerschaft und Stillen noch herauskam.

Mit Personal war er sparsam, das Dienstmädchen Ella, eine Waschfrau, mehr nicht, die Kindheit in der Probsteier Kate war noch zu nahe. Was du selber kannst beschicken, braucht kein andrer sich zu bücken, Arbeit macht das Leben süß, sich regen bringt Segen. Er liebte Marie, aber eine Frau hatte ihre Sache zu tun, von morgens bis abends, genau wie er, so war es nun einmal.

Das Haus aber sollte ein Herrschaftshaus werden, so wie er es vor seinem inneren Auge gesehen hatte, damals, als er nach Kiel gekommen war. Schon jetzt kaufte er auf Auktionen und bei Trödlern alte Möbel, für die er eine Vorliebe hatte und vielleicht auch, weil er glaubte, das junge Haus Peersen mit Tradition füllen zu können.

»Ist es nicht zu prächtig?« fragte Marie, als er ihr zum ersten Mal die Pläne zeigte.

»Für dich ist nichts zu prächtig«, sagte er, »für dich und die Kinder und die Enkel und die Kinder von denen und von denen und von denen.«

Stammvater Johann Peersen. Er sah sich am Anfang einer langen Reihe, tief in die Zukunft hineinreichend, ein Haus für die Ewigkeit. Es hielt nicht einmal ein halbes Jahrhundert. 1943 wurde es von englischen Bombern zerstört, mitsamt den Menschen, die darin wohnten, und auch sie hießen schon nicht mehr Peersen. Aber woher sollte er wissen, daß er für den Untergang baute, an jenem Abend seines Stolzes.

Sie saßen im Wohnzimmer, er und Marie, noch Eckernförder Allee, die Kinder schliefen, Christian, Christine, Käthe, der kleine Justus, der noch die Brust bekam, obwohl Marie schon wieder schwanger war.

»Gleich wieder ein Kind, Johann!«

»Das Haus wird groß genug«, sagte er. »Platz für einen Haufen Kinder. Können gar nicht zuviel werden.«

Noch freuten sie sich auf jedes Kind, obwohl Marie sich fürchtete vor den Geburten, schmal und zart, wie sie war. Wenn sie schrie, haderte Johann Peersen mit der Natur, die sie nicht gut genug ausgestattet hatte für dieses Geschäft. Doch die Schmerzen vergingen, was blieb, war ein Kind. Die strahlende Marie, ihr Jüngstes auf dem Arm, die anderen um sie herum – ein Bild der frühen Jahre.

»Wenn ich an Großmutter Marie denke«, sagte meine Mutter, »nicht die aus der letzten Zeit, nein vorher, dann sehe ich sie nur lachen. Und ihre Sprüche! Christinchen, Christinchen, unser Butterbienchen, Käthchen, Käthchen, gib mal Pfätchen, Justus, Justus, kriegt 'ne Kußnuß – lauter Unsinn, was ihr so in den Kopf kam. Getanzt hat sie mit uns, gespielt und geschmust, eine schöne Kindheit, nur nicht lange genug. Aber in dem neuen Haus waren wir zuerst ja nur fünf.«

Erst fünf Kinder, als sie Einstand feierten, an einem Sonntag im Herbst 1903, und die kleine Elsbeth, sechs Wochen alt, noch im Körbchen. Nur Christian, Christine, Käthe und Justus saßen an dem großen Ausziehtisch, den Johann Peersen bei einer Nachlaßversteigerung entdeckt hatte. Dazu kamen die Gäste: Anna Steffens, rotwangig, rund, nach allen Seiten strahlend, Friederike Wittkopp, immer noch ohne Ehemann, aber verheiratet, wie sie sagte, mit ihrem Handschuhladen, Wilhelm Niemann, Johann Peersens Stellvertreter und rechte Hand, nebst Frau und ältestem Sohn, und Luise Jepsen natürlich, im umgearbeiteten lila Seidenkleid der seligen Ossenbrückschen, den Blick gesenkt und so atemlos vor Glück, daß sie fast nichts essen konnte von der frischen Suppe, dem gespickten Rinderbraten mit Jägerkohl und der köstlichen Weincreme, die Anna Steffens nach einem Rezept aus ›Meta Mordhorsts Kochbuch für die feine holsteinische Küche‹ zubereitet hatte. Denn auch Luise Jepsens Wünsche waren in Erfüllung gegangen.

»Und Sie, Frau Jepsen, ziehen zu uns und kümmern sich um das Leinen.« Unvergessene Worte, und jetzt, nach Zeiten der Prüfungen, des Wartens und Zweifelns, jetzt wohnte sie hier oben im zweiten Stock, und nicht nur eine Kammer, nein, eine große Stube mit zwei Fenstern zur See, weiße Mullgardinen davor und ein Teppich, ein Sessel, ein neues Sofa – mehr Pracht, als sie je in ihre Träume hineingelassen hatte.

»Ja, dann sollten wir wohl mal anstoßen!« sagte Johann Peersen und hob sein Glas. »Daß wir gesund bleiben in diesem Haus und zufrieden, und daß immer Brot auf dem Tisch steht und was dazu und die Boshaftigkeit draußen bleibt und jeder seine Pflicht tut und auch 'n beeten Spaß dabei ist. Ihr wißt ja: Wer Dag för Dag sin Arbeit deit, und jümmers up 'n Posten steiht, und deit dat goot und deit dat geern, de kann sik ok mol amüseern. Prost denn auch!«

Er ging von einem zum andern, küßte die Kinder, stieß mit Friederike, Anna Steffens, Luise Jepsen und Niemanns an und umarmte zum Schluß Marie, Marie im zartgrauen Tuchkleid mit schwarzem Samtbesatz, das Haar hochgetürmt, Locken in der Stirn und im Nacken, seine Marie, die ihn entzückte wie am ersten Tag, und Anna Steffens mußte sich die Augen wischen vor Rührung. Sie konnte es nie fassen, das Glück ihrer Tochter, und forderte auch Marie stets zur Dankbarkeit auf. »Nun jammere man nicht, Marie, andere Frauen kriegen auch Kinder, und was Lüttes in der Wiege, wenn das einen anpliert, ist doch 'ne Freude. Und immer genug zu essen. Sei man recht zutunlich zu deinem Mann, das hat er wahrhaftig verdient.«

Was wird sie darauf erwidert haben, meine Großmutter Marie, im Jahre 1906 etwa, sieben Kinder im Haus und zwei unter der Erde? Vielleicht: »Brauchst mich nicht zu ermahnen. Bloß ich weiß nicht, jedes Jahr ein Kind.«

Und dann Anna Steffens: »Ja, so ist das, Glück hat seinen Preis.«

Aber war sie noch glücklich?

Ein Bild von 1910, aufgenommen nach der elften Geburt. Das Gesicht ist noch schmaler geworden, fast zu klein für die Haarfülle, der Mund zusammengepreßt. »Die Zähne«, sagte meine Mutter, »ihre Zähne wurden schlecht.« Nur die Zähne? Und irre ich mich, oder haben auch die Augen sich verändert? Ich blicke hinein, liegt wirklich Verzweiflung darin?

Eins ist sicher: Die Marie von 1910 sieht nicht

mehr glücklich aus, obwohl meine Mutter so oft betonte, wie glücklich sie alle waren.

»Damals, wenn wir um den großen Tisch herumsaßen, und sie teilte das Essen aus, und er schnitt das Fleisch, und sonntags frische Suppe, und zum Kaffeetrinken mit der Kutsche nach ›Waldesruh‹ in Hasseldieksdamm oder eine Dampferfahrt rüber nach Heikendorf, und der Karpfen am Heiligen Abend, und Pfingsten neue weiße Kleider, und Großmutter Steffens mit ihrem plattdeutschen Snack, und nie ein böses Wort...«

»Nie?«

Sie schüttelt den Kopf, zieht mich näher an sich heran, gibt die Kieler Zärtlichkeit weiter. »Wenn Großvater Peersen abends nach Hause kam, standen wir alle in der großen Diele. Dann küßte er Großmutter Marie und die Kinder und noch einmal Großmutter Marie, doch, so war das bei uns, nicht so kalt wie in seinem Dorf. Ich weiß noch, einmal kam seine Schwester mit ihrem kleinen Jungen zu Besuch, der war vier oder fünf und hatte noch nie gesehen, daß Erwachsene sich küßten. »Kiek mol, Modder«, rief er. »De beet sik!«

Meine Mutter lacht und sieht meinen Vater an, ihren Mann aus Moskau, der nie eine weiße Villa bauen wird und sie nicht küßt in der getäfelten Diele, der ihr keine teuren Kleider schenkt und keine Position hat und keine Kutsche bestellt für den Sonntagsausflug und seinen Zorn in die Welt schreit, wann immer ihm danach ist. »Ja, ja, Tina«, sagt er. »Weiß Bescheid. Schöne Kieler Märchen. Gibt Kind richtige Bild von Welt.«

»Und haben sie sich nie gezankt?« wollte ich wissen, später, zu einer Zeit, als ich nicht mehr mit Märchen zufrieden war.

»Gezankt?« Sie zögerte, unschlüssig, die Risse aufzudecken. »Einmal nur, daran erinnere ich mich, ich war elf. 1908 also.«

»Und warum?«

»Ach«, sagte sie, »man kann es nicht rechnen. Sie stand kurz vor der Geburt von Onkel Klaus, und es ging um die Arbeiter, Streiks wahrscheinlich, die streikten ja dauernd, und Großvater Peersen wollte keine Leute von der Gewerkschaft bei sich dulden, darüber hat sie sich plötzlich aufgeregt. Sie stand in der Diele und schrie.«

»Großmutter Marie? Was schrie sie denn?«

»Daß er ein Ausbeuter sei. Großer Gott, ausgerechnet Großvater Peersen, der soviel für seine Leute tat. Weihnachtsgeld, wer gab das schon, und die billigen Wohnungen und noch alles mögliche extra.«

»Alles mögliche extra!« Wieder mein Vater, der sich einmischt, er kann es nicht lassen bei diesem Thema. »Sklaverei, und alles mögliche extra, Glas Bier bei Richtfest mit Stück Wurst«, und ich sage, daß er still sein soll, ich muß nachdenken über Marie.

»Marie?« ruft er mit flammenden Augen. »Marie nicht wichtig, Freiheit von Arbeitern wichtig«, und ich sage, wenn schon von Freiheit geredet wird – die Freiheit auf dem Bau, die Freiheit meiner Großmutter Marie, wo liegt der Unterschied? Freiheit ist Freiheit, und die eine gibt es nicht ohne die andere.

Ausbeuter also. Endlich etwas, das mich weiterbringt in der Geschichte Maries, der Verklärten.

Sie stand in der Diele, ein warmer Sommertag, Türen und Fenster weit geöffnet, Wind ging durchs Haus, aber sie schwitzte. Immer schwitzte sie bei Schwangerschaften. Im fünften Monat ungefähr fing es an und hörte nicht auf, dauernd dieses feuchte Gefühl am Körper, die Kleidung klebte, und wenn sie sich wusch, brach schon beim Abtrocknen der Schweiß wieder aus.

»Vater kommt!« rief Christine, die am Wohnzimmerfenster saß und dem faulen Justus bei den Schularbeiten half.

Der Türklopfer schlug an, ein Löwenkopf aus Messing mit den Initialen JP, Maries Geschenk zu seinem vierzigsten Geburtstag.

»So früh, Johann?«

Er legte die Arme um sie, küßte die Kinder, Christine, Käthe, Justus, Elsbeth, Lena und den Jüngsten, Friedrich, genannt Fiete, küßte sie, aber hastiger als sonst, ohne zu lächeln.

»Wo ist Krischan?«

»Am Hafen wahrscheinlich.«

Er warf den Hut auf die Ablage. »Was will er da? Er soll rechnen. Kannst du ihn nicht im Haus halten?«

»Hattest du Ärger?« fragte sie.

»Streik!« sagte er. »Schon wieder. Den ganzen Nachmittag habe ich vergeudet mit diesen Kujonen von der Gewerkschaft. Mehr Geld und weniger dafür tun. Arbeitersekretariat! Und mit denen sollen wir verhandeln.«

»Und?« fragte sie.

»Was und? Wir wehren uns. Wenn gestreikt wird, sperren wir aus.«

»Du doch nicht«, sagte sie. »Du bist doch immer ganz gut ausgekommen mit deinen Leuten.«

»Alle«, sagte er, »sonst sind wir verloren. Bei mir haben sich auch wieder ein paar Scharfmacher reingedrängt, die wollen am liebsten gar nichts mehr arbeiten, nur noch Löhnung kassieren.«

»Das glaube ich nicht, Johann«, sagte sie und dachte vielleicht an ihren Vater, den schwindsüchtigen Schneider, und sah durch die geöffneten Türen den flandrischen Schrank im Eßzimmer, die Messingbeschläge der Kommoden, die kostbare Standuhr mit der Pendüle und spürte gleichzeitig das Kind, es drückte auf die Blase, und dazu dieser Schweiß.

»Was verstehst du davon, Marie«, sagte er. »Die wollen uns kaputt machen, aber damit ist Schluß, bei mir nicht, morgen soll mir jeder unterschreiben, daß er keiner Gewerkschaft angehört und keinem sozialdemokratischen Verein, und wer das nicht will, der fliegt, den püster ik rut, auch aus den Wohnungen.«

Und dann fing sie an zu schreien, vor den Kindern, vor der staunenden Ella, vor Frau Jepsen, die aus der Wäschestube herbeistürzte.

»Aus den Wohnungen?« schrie sie. »Die in den Wohnungen sind seit Jahren bei dir, die haben deine Häuser gebaut, das Geld für dich verdient, das hier, alles, was hier steht, alles kommt von denen, du hast sie für dich arbeiten lassen, du hast sie ausgesaugt.«

Sie hatte nicht mehr genug Luft, um weiterzusprechen.

»Marie!« sagte er, und starrte sie hilflos an.

»Du bist ein Ausbeuter«, schrie sie mit letzter Kraft. Dann mußte sie sich übergeben. Er hielt sie fest, während sie sich über die Schüssel beugte, brachte sie zu Bett, flößte ihr Tee ein. In der Nacht sprang die Fruchtblase, die Wehen begannen, Klaus, ihr neuntes Kind, wurde geboren. Diesmal verlor sie eine Unmenge Blut, kaum, daß es gestillt werden konnte. Die Hebamme legte das schwere kalte Bügeleisen auf ihren Leib, für drei Tage. »Das soll nun aber auch drauf bleiben, Frau Peersen, sonst geht's wieder los, und jetzt hätten Sie man langsam genug Kinder gekriegt, und wenn doch noch eins kommt, müssen wir Doktor Sander holen, aber keins wär besser, sagen Sie das Ihrem Mann.«

Ich weiß nicht, ob sie es ihm sagte, als er an ihr Bett kam, mit Tränen in den Augen, jedesmal hatte er Tränen in den Augen, wenn ein neues Kind geboren worden war.

Ob sie es ihm gesagt hat? Oder ließ sie es bei dem einen Aufschrei bewenden? Ich weiß es nicht. Ich habe nur das Bild von 1910, mit dem veränderten Blick, und vier Kinder wurden noch geboren.

»Neunzehnhundertzehn«, erzählte meine Mutter, »gab es manchen Kummer bei uns. Erst Krischan, der absolut Marineoffizier werden wollte und sich deswegen mit Großvater Peersen so zerstritt, daß sie kein Wort mehr miteinander sprachen. Dann bekamen fünf von uns Kindern Diphterie. Käthe, Justus, Lena und Klaus haben es überstanden, aber Elsbeth starb, ausgerechnet Elsbeth, sie war niedlich und lieb wie ein kleiner Vogel. Großmutter Marie, nie vergesse ich das, klammerte sich an den Sarg und schrie: »Warum dies alles, wenn sie sterben müssen?«

Einen Monat später traf Anna Steffens der Schlag, kurz vor dem Ausgehen, möglich, daß sie gerade »Tschüß, min lütt Kaffeepott« gesagt hatte. »Ein schöner Tod«, tröstete Luise Jepsen die weinende Marie. »Nun geht sie zu August, der liebe Gott macht es schon richtig, und wein man nicht so, du kriegst was Lüttes, da ist Weinen von Übel.«

Irgendwann in dieser Zeit, stelle ich mir vor, begegnete sie Mademoiselle Coutier. Seit der Hochzeit war Marie ihr ausgewichen, aus vielerlei Gründen. Doch jetzt standen sie sich gegenüber, Ecke Holstenstraße/Holstenbrücke.

»Olàlà!« sagte Mademoiselle Coutier. »Attention, ma chère!«

Marie erschrak. Mademoiselle Coutier im schwarzen Kostüm, exquisit wie eh und je, war mager geworden, das Gesicht eingefallen und gelblich, und es schien ihr Mühe zu machen, sich gerade zu halten. Sie lächelte, griff nach dem Lorgnon, sah Marie lange an.

»Schmal bist du geworden. Aber immer noch schön, mon enfant – Verzeihung, Madame Peersen.«

»Das ist nicht nötig«, sagte Marie. »Und schön, ach Gott...«

»Komm, trinken wir ein Gläschen, ma petite«, und sie gingen die Treppe hinauf, in den mauvefarbenen Salon, wo die Schneiderpuppe stand mit einem grauen Kostüm.

Marie strich über den knisternden Stoff. »Eine rosé Bluse wäre gut dazu«, sagte sie und lachte. »Wer bekommt es?«

»Frau von Schmidt«, sagte Mademoiselle Coutier. »Du kennst sie ja noch. Tadellos übrigens, was du anhast. Très chique.«

Sie saßen auf dem Sofa, genau wie vor siebzehn Jahren, derselbe Bezug, dieselben Gläser in dem offenen Schrank, so schien es Marie, dieselben Stoffe wie damals.

»Wie viele Kinder hast du?« fragte Mademoiselle Coutier.

»Acht. Und drei tote.«

»Mon dieu.«

»Es ist nicht nur ›mon dieu‹«, sagte Marie. »Man liebt jedes Kind, das kommt. Und hält es nicht aus, wenn man eins verliert.«

»Wie viele willst du noch haben, um sie zu lieben, ma petite?«

Marie antwortete nicht.

»Ein schönes Haus, in dem du wohnst.« Sie schwieg, trank, stellte das Glas zurück. »Mir geht es schlecht, ich brauche eine Nachfolgerin...«

Marie griff nach ihrer Hand. Mademoiselle Coutier zog sie fort. »Eine Zeitlang hatte ich gehofft, du könntest es werden. Passé, ma chère, aber ich hoffe, du bist glücklich.« Sie nahm das Lorgnon und beugte sich vor. »Du siehst nicht so aus.«

Marie griff nach der Uhr, die sie an einer Kette um den Hals trug, ziseliertes Gold, Brillanten auf dem Deckel. »Abgehetzt bin ich ein bißchen, der große Haushalt, zwölf Leute am Tisch, und die

Kinder waren krank, aber Christine hilft mir, so eine Stütze, überhaupt, lauter gute Kinder, und so 'n Lüttes, wenn das einen anpliert...«

Sie lachte, und während sie lachte, fing sie an zu weinen.

»Komisch«, sagte sie, als sie sich beruhigt hatte, »immer, wenn ich hier auf dem Sofa sitze, weine ich.«

»O ma petite«, sagte Mademoiselle Coutier. »Ma pauvre petite, dein Mann sollte sterben, bevor du stirbst.«

Marie sprang auf: »Wie können Sie, Mademoiselle Coutier! Ich liebe meinen Mann!«

Mademoiselle Coutier legte den Kopf zurück, sie blickte auf die Deckenlampe mit den Messingornamenten, und Marie erkannte die Haltung wieder, wann war es gewesen, damals, nach dem Sonntag in Möltenort, mache deine Erfahrung, mon enfant. »So? Du liebst ihn? Eh bien, und ich liebe dich, chérie, immer noch, ich habe nicht mehr lange zu leben, da kann ich es wohl sagen, und du wirst mir verzeihen, wenn ich seinen Tod dem deinen vorziehe.« Sie erhob sich ebenfalls. »Adieu.«

Marie zögerte und schlang die Arme um Mademoiselle Coutier, auch das wie damals. Noch einmal diese Sekunde aus Vergangenheit und Gegenwart. Dann lief sie zur Tür, die Treppe hinunter, nach Hause. Niemand erfuhr, was geschehen war, nur ich weiß es, denn es mußte sein, einmal noch

Mademoiselle Coutier, bevor die Geschichte meiner Großmutter Marie zu Ende geht.

Das zwölfte Kind, Marie, genannt Mieke, kam im Januar 1912 zur Welt, unter Strömen von Blut, und Dr. Sander, den man wieder hinzugezogen hatte, sprach erneut seine Warnung aus: »Bloß kein Kind mehr, Herr Peersen. Ich habe es Ihnen doch erklärt. Gebärmutteratonie, sie zieht sich nicht mehr zusammen, der Blutverlust wird zu groß, Herr Peersen! Kann wohl sein, daß Ihre Frau Gemahlin es nicht noch einmal überlebt.«

Die Tür zwischen Diele und Wohnzimmer war nur angelehnt. Christine hörte, was der Arzt sagte, verstand es aber als einen Appell an den Himmel, von wo, wie sie glaubte, die Kinder in den Leib der Mutter gesandt wurden. Seit ihrer Konfirmation an Palmarum hatte sie eine innige Beziehung zu Gott. »Kein Kind mehr, lieber Gott«, trug sie ihm auf, und als sich trotzdem wieder eins anzeigte, weigerte sie sich, weiter zur Kirche zu gehen. Irgendwann erfuhr sie, wie ein Kind zustande kommt. Da verzieh sie sowohl Gott als auch ihrem Vater und griff zum Schicksal, dem altbewährten.

»Schicksal«, sagte sie später, wenn sie mit mir über den langsamen Tod ihrer Mutter sprach. »Diese Unwissenheit damals, keine Aufklärung, keine Verhütungsmittel, und Abtreibung, wer tat so etwas schon in unseren Kreisen? Überhaupt, dieses Thema, man sprach nicht darüber, man hatte noch Schamgefühl, ob das nun gut war oder schlecht. Jeder lebt in seiner Zeit.« Ein Einwand von mir und sie, lächelnd und ohne Anklage: »Er hätte es lassen können? Du lieber Gott, schließlich war er ein Mann.«

Ach, Großmutter Marie, alle rechtfertigen deinen Tod, immer noch, heute noch. Was sagst du? Daß es sich doch geändert habe, daß es besser geworden sei für uns, die Späteren? Ja, sicher, und wir kommen noch darauf. Aber unsere Insel mit Pillen, Kondomen und Gynäkologie ist klein und gefährdet. Frage nach in Rom und Peru, sieh dich um in der Welt. Es ist noch längst nicht vorbei.

Meine Großmutter Marie starb im Oktober 1913, bei der Geburt ihres dreizehnten Kindes, so, wie es auf der Tafel des Engels überliefert wird. Während der letzten Jahre litt sie unter Kopfschmerzen, war müde und fror. »Anämie«, sagte Dr. Sander, verordnete Eisenpräparate, gequirltes Ei in Rotwein, frisches Beefsteakhack, Rote Bete, Ruhe. Weihnachten 1912 schenkte Johann Peersen ihr ein langes Cape aus Feh, das sie fast immer trug, sogar in der Küche. Unter ihren Sachen fand Christine später ein Notizbuch, braunes Leder mit eingeprägten Vergißmeinnicht. Ich blättere darin, Namen, Geburtstage, Rezepte. Dann dieser Vers:

»Mein lieber Mann hat mir ein Cape geschenkt,
weil er in Liebe mein gedenkt,
im weichen Pelze wird mir warm,
als ruhte ich in seinem Arm.«

Ich gebe die Worte weiter, obwohl ich ihnen nicht glaube. Oder irre ich mich? Bitte, Großmutter Marie, sage mir, daß ich mich nicht irre in meinem Nachdenken über dich. Sage: Du hast recht, Enkelin. Ich brauchte eine Lüge. Streiche die letzte Zeile des Verses, auch die dritte. Es ist mir nie mehr warm geworden.

Johann Peersen beobachtete Maries Kränkeln voller Sorge, ermunterte sie, mehr zu essen, brachte ihr Delikatessen mit aus der Stadt und abends heiße Honigmilch ans Bett. »Trink, lütt Marie, dann wird dir warm.« Er stieg sogar hinunter in die Wäschestube, um Luise Jepsen aufzufordern, sich an Gott zu wenden.

»Tu ich doch sowieso, Herr Peersen, kann man ja nicht mehr mit ansehen«, sagte sie, und fast hätte sie ihm nahegelegt, auch das Seine zu tun oder vielmehr zu lassen, wagte es dann aber doch nicht und versuchte statt dessen, ihn wenigstens zum eigenen Gebet anzuhalten.

Er schüttelte den Kopf, dafür sei sie zuständig, wurde ihre Worte jedoch nicht los. Als Marie wieder schwanger war, fing er an, sonntags die Kirche zu besuchen. Taub für alles, was rundherum vorging, saß er auf der Bank, den Kopf in den Händen, und flehte zu Gott, daß er es noch einmal gut sein lassen möge, ein letztes Mal, er schwöre es, kein weiteres Kind, dies bringe er zum Opfer, wenn Marie nichts geschähe. Aber Gott nahm das späte Opfer nicht an.

Marie starb leicht und ohne Schmerzen. Es gab keine Hilfe mehr, das Leben lief aus ihr heraus, sie verblutete. Versteinert stand Johann Peersen an ihrem Bett mit den Kindern, sie lächelte bis zum Schluß. »Johann«, sagte sie. »Krischan, Christine, Käthe, Justus, Elsbeth...« Weiter kam sie nicht, und Frau Jepsen, die an Anna Steffens Stelle die Wochenpflege übernommen hatte, drückte ihr die Augen zu.

Ach, Großmutter Marie, ich weine um dich. Ich war an deinem Grab. Verdammter Engel.

Zur Beerdigung versammelten sich alle Kinder auf dem Friedhof, außer der neugeborenen Anna, die man in der Obhut einer eilig herbeigeschafften Amme gelassen hatte. Die kleine Mieke, im Arm des Dienstmädchens Ella, verbarg ihr Gesicht an deren Schulter, weil sie sich vor den vielen schwarzen Gestalten fürchtete, und Hans, der mit seinen drei Jahren ebenfalls noch nichts begriff, fragte laut: »Will Mama denn die ganzen schönen Blumen fressen?«, was bei Käthe einen hysterischen Lachanfall verursachte, so daß sie von Frau Niemann ergriffen und weggeführt werden mußte. Christian, der Fähnrich, stand in eiserner Haltung zwischen Justus und Johann Peersen. Seit seinem Eintritt in die Marine hatte Marie ihn nur noch heimlich bei Friederike Wittkopp treffen können. An ihr Sterbebett war er zu spät gekommen. Jetzt knirschte er mit den Zähnen, um nicht zu weinen, und nachdem er drei Hände voll Erde auf den Sarg geworfen hatte, schlug er die Hacken zusammen und ging.

»O Herr!« sagte Luise Jepsen, und Christine stopfte ihr Taschentuch in den Mund vor Verzweiflung. Doch sie hatte wenig Zeit für den eigenen Schmerz. Die Kleinen, Lena, Klaus und Fiete, drängten sich an sie und wollten getröstet werden, und während ihr die Tränen über das Gesicht liefen, beugte sie sich zu den Geschwistern herab und flüsterte: »Laßt man, wird ja schon gut, weint doch nicht so, ich bin ja da.«

Christine, meine Mutter, heraustretend aus dem Schatten der anderen. Ihre Geschichte beginnt. Ich sehe sie in dem Jahr, als ihre Mutter starb: siebzehn Jahre, hochgewachsen, schlank, mit vollem Busen und Schuhgröße einundvierzig. Nichts von Maries Zartheit, nur die helle Haut, die dunklen Augen, das üppige Haar, kastanienbraun jedoch, fast rötlich in der Sonne. »Seht mal das Haar von der Peersen, das schimmert wie Gold!« hatte ein jüngerer Lehrer einmal mitten im Unterricht ausgerufen und damit fast seine Karriere ruiniert.

Schon mit vierzehn sah sie aus wie achtzehn, blieb dann aber lange unverändert. Ein hübsches Mädchen, mit leichten Bewegungen, trotz der Peersen-Füße, und einem Lächeln, das ihr die Menschen zugetan machte bis zum Schluß. Auf ihrem ersten Ball, im weißen Kleid aus Chamonixspitze, konnte sie sich kaum retten vor Verehrern.

»Na, Christine«, hatte Johann Peersen sie am nächsten Morgen necken wollen, »behalten wir dich denn wohl noch 'ne Weile?« Worauf sie ihm mit der Entgegnung: »Keine Angst, Vater, ich heirate nicht so fix, ich werde ja Lehrerin« die Laune verdarb.

Wegen dieses Themas nämlich war es an ihrem sechzehnten Geburtstag, kurz vor Schulabgang, zu einer Unstimmigkeit zwischen ihnen gekommen, die weiterschwelte, obwohl Christine sich halbwegs durchgesetzt hatte, jedenfalls glaubte sie damals daran.

»Unfug, Kinder von fremden Leuten!« rief er. »Kannst du Essen kochen? Kannst du Strümpfe stopfen? Lehrerin! Schlag dir das aus dem Kopf.«

»Und ich mach's doch!« sagte Christine später zu Marie, »Hanne Kloss wird es auch.«

»Ich«, sagte Marie, »wäre auch gern Schneiderin geworden. Aber es geht nicht immer so, wie man will. Und ich habe gedacht, daß du mir nach der Schule noch eine Weile hilfst, wenigstens bis die Lütten aus dem Gröbsten raus sind. Ich brauche dich doch.«

Ich brauche dich doch, dieser Appell, der sie seit eh und je weggeholt hatte von sich selbst. »Christine, hilf Mutter, sie braucht dich.« Mit acht Jahren ließ man sie bereits die kleine Lena baden, Christine konnte man trauen, sie ließ kein Baby fallen. »Eigentlich«, sagte sie später, »habe ich den größten Teil meiner Kindheit übersprungen und bin gleich so eine Art Ersatzmutter geworden. Christine, riefen alle, wenn sie etwas brauchten. Manchmal höre ich es jetzt noch im Traum: Christine!«

»Lehrerin!« Marie schüttelte den Kopf. »Diese Flausen. Als ob du Geld verdienen müßtest.« Sie lachte. »Unsinn Auguste, heiraten mußte, hat Großmutter Steffens immer gesagt.«

Flausen nannte sie es und hatte vielleicht schon vergessen, daß es Träume gab. »Ich brauche dich doch«, sagte sie, blaß und fröstelnd, obwohl sie das Pelzcape trug, und auch Christine ließ ihren Traum fallen. Nein, nicht fallen, noch nicht. Sie schob ihn auf.

»Bis ich achtzehn bin, und Mieke zwei, dann soll Vater endlich ein Kindermädchen einstellen. Redest du mit ihm?«

Marie nickte. Zwei Jahre sind lang, dachte sie zwar, nimm di nix vör, denn geiht di nix fehl, sprach aber mit Johann Peersen, und auch Frau Jepsen, ein zerschlissenes Bettlaken, das zu Küchentüchern verarbeitet werden sollte, in der Hand, schaltete sich ein. »Ist man alles anders als früher, Herr Peersen, soll sogar schon Doktors geben bei den Frauen, und warum nicht, was im Kopf kann mehr wert sein als 'ne Tasche voll Goldstücke, und wenn schlechte Zeiten kommen, weiß man ja nie, braucht sie sich nicht die Finger kaputtzustechen mit Prünerei«, ein Argument, das Johann Peersen schließlich der Zweijahresfrist zustimmen ließ. Zwei Jahre sind lang, dachte auch er.

Jetzt hatten sich alle Absprachen erledigt. Marie war tot, und Christine, die kleinen Geschwister an sich gedrückt, versicherte unter Tränen: »Ich bin ja da.«

Sie war da, und sie blieb. »Pflicht«, erklärte sie später, dieses Wort, so schnell und so leicht gelernt, viel zu schnell, und immer nur als Reim auf Verzicht.

»Geh aufs Seminar, Christine«, hatte ihre Deutschlehrerin, Fräulein Passow, gesagt, eine kleine, etwas verwachsene Person, die, wenn sie längere Zeit hintereinander sprechen mußte, von Kurzatmigkeit befallen wurde, was sie aber nicht davon abhielt, die Schönheit eines Verses mit soviel Enthusiasmus zu preisen, daß selbst die eher prosaischen Kieler Töchter aufhorchten, besonders Christine. Manchmal lud Fräulein Passow sie deshalb zu sich in die Schloßstraße ein, wo sie Tee tranken und über Bücher redeten. Von ihr bekam Christine ›Die Weber‹ und ›Nora‹, ›Effi Briest‹ und ›Schuld und Sühne‹, ›Madame Bovary‹, Zolas ›Germinal‹ und die ›Buddenbrooks‹ des jungen Thomas Mann in die Hand. Da sie heimlich lesen mußte, nachts meistens, bei Kerzenlicht, denn sonst hätte Johann Peersen sie unweigerlich gefragt, ob es denn keinen kaputten Strumpf mehr gäbe im Haus, erhielt Literatur für sie den Glanz des verbotenen Elitären, nur ihr und wenigen Auserwählten zugänglich.

Fräulein Passow stimmte darin mit ihr überein. Für sie bestand die Menschheit ohnehin aus Lesenden und Nichtlesenden, wobei sie allerdings in ihrer Bücherwelt verhaftet blieb, sich also über die Nöte der Hauptmannschen Weber bis zur völligen Atemlosigkeit echauffieren konnte, ohne daß sie der Gedanke, in ihrer Kieler Nähe könne es ähnliches geben, auch nur streifte.

Aber Realität war es auch nicht, was Christine bei ihr suchte. Realität hatte sie zu Hause genug. Sie suchte sich selbst im Spiegel der Bücher, das Bekannte, das Unbekannte, sie suchte Schuld und Sühne, Liebe und Haß, Gut und Böse und einen Menschen, mit dem sie darüber sprechen konnte, bis Fräulein Passow, deren Kurzatmigkeit einen Namen bekommen hatte, Angina pectoris, sich vorzeitig pensionieren lassen mußte und nach Plön zu einer Schwester zog.

»Werde Lehrerin«, hatte sie zum Abschied gesagt. »Du bist geboren für diesen Beruf.« Das war ein Vermächtnis. Aber was galt das noch.

»Jetzt mußt du wohl erst mal 'ne Weile hierbleiben, Christine«, sagte Johann Peersen eine Woche nach der Beerdigung, als er aus dem Schlafzimmer, wo er sich mit seinem Schmerz versteckt hatte, wieder hervorkam.

Christine nickte. Sie hatte keine Zeit gehabt, hinter einer verschlossenen Tür zu trauern, weil die kleinen Geschwister gewaschen und angezogen und die größeren zur Schule geschickt werden mußten, weil alle essen wollten und überhaupt jemand dafür zu sorgen hatte, daß es weiterging.

Sie standen im Eßzimmer, neben dem großen Tisch, an dem sie jeden Tag dreimal gesessen hatten. Was immer geschah, dieser Tisch blieb. Noch gab es Marie überall. Aber jedesmal, wenn Christine in die von ihr geschaffene Ordnung eingriff, eine Kristallvase oder Silberschale verschob, eine Tasse aus dem flandrischen Schrank nahm, welke Blätter von einer Topfpflanze knipste, nach einer Garnrolle im Nähtisch griff, fühlte sie, wie die Spuren der Toten verwischt wurden. Alles ging so schnell dahin. Sie sah ihren Vater an, sein kalkiges, trostloses Gesicht, die Tränensäcke unter den Augen. Er war alt geworden, der Kinnbart fast grau, auch die Haare schon schütter, und während sie ihn ansah, veränderte sich etwas in ihr. Sie liebte ihn, sie war stolz auf ihn, Johann Peersens Tochter, die Leute wohnten in seinen Häusern, sie arbeiteten für ihn, lebten von ihm, achteten ihn, fürchteten ihn. Und in diese stolze, auch etwas ängstliche Liebe mischte sich Mitleid, so, als sei er in die Reihe der Geschwister getreten.

Aber immer noch ließ sie ihren Traum nicht fallen.

»Vier Jahre bleibe ich noch«, sagte sie. »In vier Jahren ist Käthe sechzehn, dann soll sie weitermachen, und ich gehe aufs Seminar. Du wolltest doch auch Maurer werden, um jeden Preis.«

»Das ist was anderes«, sagte Johann Peersen, »bei einem Mann.«

Er streckte die Arme nach ihr aus und zog sie an sich. »Du bist 'ne gute Deern. Daß ich dich wenigstens behalten habe.«

Er weinte. Sie hatte ihn noch nie weinen sehen, nicht einmal bei der Beerdigung. Sie weinten zusammen, und der Traum blieb auf der Strecke.

Christine Peersen verließ ihr Elternhaus erst im September 1920, nicht nach vier, sondern nach sieben Jahren. Sieben Jahre, eine lange Zeit. Der Krieg war verloren inzwischen, das Volk im Elend, der Kaiser im komfortablen Exil. Kiel, die Stadt seines Größenwahns, hatte ihren falschen Glanz eingebüßt. Keine Kieler Woche mehr, kein Kaiserwetter, keine Paraden, Salute, Bälle und Feuerwerke. Die Werften lagen still, die Matrosen hatten ihre Offiziere davongejagt und die Revolution probiert. Deutschland war Republik geworden, das Leben ging weiter.

Sieben Jahre, Christine vierundzwanzig, der Zeitpunkt fürs Seminar verpaßt. Was bringt einen Menschen dazu, seine Träume zu verpassen?

Am letzten Sonntag vor ihrer Abreise fuhr Christine noch einmal mit ihren Geschwistern nach Laboe, die Förde entlang, ein blaßblauer Septembertag mit sanftem Wind, Heikendorf zog vorbei, Möltenort, sie stand an der Reling und blickte auf die Sonntage ihrer Kindheit und wußte, daß sie dies alles nicht wiedersehen würde. Sie tranken Kaffee im Strandpavillon, liefen mit bloßen Füßen am Wasser entlang, suchten Muscheln, der Fotograf machte ein Bild von ihnen: Christine, der Mittelpunkt, im hellen, wadenlangen Kleid, das Haar nicht mehr hochgebauscht, sondern zum griechischen Knoten gewunden, Locken in der Stirn und an den Schläfen. Ihr Gesicht ist etwas fülliger geworden, auch der Busen, eine junge Mutter, die keine war, und um sie herum die Kinder, sechs nur noch. Krischan, in der Schlacht bei Skagerrak ertrunken, wird auf keinem Foto mehr erscheinen, und Justus besucht die Bauschule in Neustadt. Auch Käthe fehlt. Käthe hatte sich abgesetzt, als Christine ihr den Haushalt übergeben wollte, und einen vierzigjährigen Bremer Anwalt geheiratet.

Jung oder alt, Liebe, keine Liebe, alles egal, nur weg. »Gewissenlos«, sagte Christine.

Sechs also: Lena, fünfzehn schon, Fiete, Klaus, Hans, Mieke und Anna, die Jüngste, die Maries Leben gekostet hat. Sie klammert sich an Christines Hand und blickt zu ihr auf. Geh nicht weg, Tinne.

»Geh nicht weg, Tinne«, sagte sie bis zum Schluß, rief es noch dem flatternden Taschentuch nach, und daß Christine ging, fort von diesem Kind, das fast ihr eigenes war, lag nicht an ihr. Es lag an Johann Peersen. Er hatte sie zur Mutter gemacht für die Geschwister. Jetzt brauchte er sie nicht mehr.

Sie erfuhr es am Abend nach einem anstrengenden Waschtag, den sie wie üblich mit ihrem Vater im Wohnzimmer verbrachte, wo sonst. Den Kontakt zu Gleichaltrigen hatte sie schon im Trauerjahr verloren, keine Feste mehr, keine Bälle, Ausflüge, Picknicks, keine Flirts, Blicke hin und her, erste Liebe. In der Zeit, in der ihre Freundinnen sich auf ein Leben als Frau vorbereiteten, war sie es schon, nur ohne Mann. Selbst das, was der Krieg an Gelegenheiten übrigließ, ging an ihr vorbei.

Johann Peersen war schweigsam geworden, unzugänglicher, was Christine zum Teil der seltsamen Frömmigkeit zuschob, der er sich seit einiger Zeit mit strengem Eifer widmete. Lange Zeit wußte niemand, wie und wo er dem Herrn, dessen Namen er bald nach Maries Tod immer häufiger im Munde zu führen begann, diente, aber ein Ort der Milde schien es nicht zu sein. »Der Herr zürnt, wenn sein Brot nicht gewürdigt wird«, sagte er, den gleichfalls zürnenden Blick auf Miekes nur halbgeleertem Teller, und machte aus jedem kleinen Vergehen der Kinder eine »Sünde wider des Herrn Gebot, seine Gaben zu ehren.« Mehrmals in der Woche begab er sich zur »Stätte des Herrn«, und nur durch einen Zufall erfuhr Christine, daß diese Stätte sich in der Waitzstraße befand, wo er eine seiner Wohnungen zum Betsaal hatte umbauen lassen, Treffpunkt einer sektiererischen Gruppe, die sich »Apostolischer Bruderbund der Gesegneten« nannte und von einem als erleuchtet bezeichneten Obersekretär im Amtsgericht namens Uttendiek geführt wurde. Alles weitere blieb verborgen. Selbst Frau Jepsen bekam keine näheren Auskünfte, ließ sich jedoch, in ihrem ureigensten Gebiet betroffen, nicht einfach abwimmeln, sondern bezog mehrmals Posten dicht bei der »Stätte«, wo sie tatsächlich unter den Uttendiek-Jüngern eine alte Bekannte entdeckte. So erfuhr sie, auf Umwegen und mit frommer Schläue, was der erleuchtete Obersekretär Uttendiek seinen Anhängern verkündete, nämlich daß er, als unmittelbarer und von Jesus persönlich beauftragter Nachfolger des Apostels Johannes, ihnen, den Gesegneten, alle

Sünden, kleine wie große, vergeben könne, wenn sie den Geboten des Herrn Folge leisteten und fest seien im Glauben.

Frau Jepsen nahm allen Mut zusammen und versuchte, Johann Peersen von dieser Verirrung zum hoffenden Gebet zurückzuführen, was beinahe den Bruch zwischen ihnen zur Folge hatte.

»Ist wohl wegen Frieda«, sagte sie zu Christine. »Und vielleicht auch wegen Marie. Ein Mensch mit zuviel auf der Seele, der soll wohl hin und wieder ins Taumeln kommen.«

An jenem Abend nach dem Waschtag war Christine eingenickt über einem Buch. Johann Peersens Stimme schreckte sie auf.

»Ich muß dir etwas sagen, Christine.«

Er saß in dem hohen Lutherstuhl, das letzte alte Möbelstück, das er noch aufgespürt hatte, kurz bevor Marie gestorben war.

»Ich will wieder heiraten.«

»O Gott, Vater!«

»Der Herr will nicht, daß der Mensch allein sei«, sagte er.

Christine drehte den Kopf zur Seite, um ihn nicht ansehen zu müssen. Ihr Blick fiel auf Maries Nähtisch, der noch wie früher am Fenster stand. Einmal, als kleines Mädchen, hatte sie mit dem Trennmesser einen langen Kratzer quer über die Nußbaumplatte gezogen und dafür den ganzen

Tag nicht mit ihrer Mutter sprechen dürfen. Ein Spitzenläufer deckte seitdem den Schaden zu.

»Eine aus deiner Kirche?« fragte sie.

Er schüttelte den Kopf. »Dort gibt's keine Unverheiratete, jedenfalls nicht im passenden Alter, und muß auch nicht sein. Sie heißt Gesine Eckstädt, eine einfache Frau, keine, die Gedichte liest.«

»Mutter war auch eine einfache Frau«, sagte sie. »Und trotzdem...«

»Du kannst natürlich hierbleiben und helfen«, sagte er hastig. »Gibt ja wohl genug Arbeit in so einem Haushalt. Und Ella könnten wir dann einsparen.«

»O Gott, Vater!« sagte sie wieder.

»Mißbrauche nicht ständig den Namen des Herrn!« fuhr Johann Peersen sie an. »Überhaupt, warum heiratest du nicht? Alle Mädchen heiraten, und du bist doch 'ne ganz ansehnliche Deern.«

»Ich hatte keine Zeit zum Heiraten«, sagte sie. »Ich habe Essen gekocht. Und Wäsche gewaschen.« Sie hielt ihm die aufgeriebenen Hände vors Gesicht. Seit Jahren bekam sie kein Geld mehr für eine Waschfrau. Krieg und Nachkriegszeit hatten die Bautätigkeit fast zum Erliegen gebracht, und Johann Peersen war noch sparsamer mit Personal geworden als früher. »Wäsche für zehn Personen, Vater.«

»Konrad Skibbe interessiert sich für dich«, sagte er, »'ne gute Partie und sogar Stadtverordneter.«

»Er ist fast fünfzig«, unterbrach sie ihn.

»Na und?« fragte er. »Dat is beter, achter een olen Mann to schulen, as bi 'n jungen to hulen.«

»Und er hat sieben Kinder«, sagte Christine. »Da braucht er wohl eine wie mich, so wie du, und jetzt soll ich weg.«

Sie preßte ihr Taschentuch vor den Mund, und er legte den Arm um sie und sagte: »Hör auf, Christine, wird sich schon alles zurechtrütteln, und tut mir ja leid.«

»Zurechtrütteln?« Sie nahm das Taschentuch vom Mund, damit kein Wort verloren ging. »Wie denn? Willst du mir meine sieben Jahre zurückgeben? Lehrerin könnte ich jetzt sein, wie Hanne Kloss, oder einen Mann haben und eigene Kinder und einen Platz, wo ich hingehöre. Warum hast du mir alles weggenommen?« Er saß da mit gesenktem Kopf, sie sah sein schütteres Haar. »Das war nun mal so, Christine, es tut mir leid.«

Schon am nächsten Sonntag kam Frau Eckstädt ins Haus, samt Koffer und Reisekorb. Sie war fünfundvierzig, prall, resolut, warmherzig, und mit ihrem schwarzen, noch wie zu Vorkriegszeiten knöchellangen Kleid und dem Dutt oben auf dem Scheitel erinnerte sie Christine an die Schwester ihres Vaters, deren kleiner Junge »Guck mal, Mutter, die beißen sich!« ausgerufen hatte, als Johann

Peersen seine Frau küßte. Nachdem sie sich, stumm und offenbar überwältigt, das Haus hatte zeigen lassen, blieb sie gleich in der Küche und begann Berge von Eierkuchen für die Kinder zu backen. »Nu eet man düchtig, mit 'n vullen Muul kann keen een dumm Tüüch snacken«, sagte sie, während der Teig in die braune, brutzelnde Butter lief. »Kümm man all her, solang dar noch wat ringeiht«, wobei sich herausstellte, daß sie hochdeutsch zwar verstand, aber nur mit Mühe über ihre ans Platt gewohnten Lippen brachte. Sie stammte aus dem Dorf Molfsee, war mit einem Seemann verheiratet gewesen – »he is afsopen« – und hatte danach als Köchin auf einem Gut in Wankendorf gearbeitet, mit zwei Küchenmädchen, denen sie erst mal hatte beibringen müssen, »dat man nich in 'n Kartüffelpott spuckt«. All dies gab sie mit Freimut und Mutterwitz zum besten, auch schauerlich-schöne Geschichten, von Aalen zum Beispiel, die, bereits abgehäutet, noch mit letztem Zittern aus der Pfanne sprangen, und da sie außerdem einen winzigen, männchenmachenden Terrier namens Ares mitgebracht hatte, gewann sie die Kinder im Nu. Nur Anna blieb loyal. »Tinnes Eierkuchen schmecken viel besser«, erklärte sie laut und tapfer, und die künftige Mutter Gesa strich ihr über das helle Marie-Haar. »Dat glöv ik di geern, min Lütten.«

»Sie ist eine gute Frau«, sagte Christine zu Johann Peersen, »aber sie paßt nicht zu uns.«

»Zu mir paßt sie«, sagte er. »Und die Kinder müssen sich sowieso umgewöhnen. Wahrscheinlich wird das Haus verkauft. Ich brauche Bargeld, eine von den großen Wohnungen in der Esmarchstraße tut's auch, da kann sogar Frau Jepsen bei uns bleiben. Ich habe zu kämpfen, Christine. Ohne die Marine stockt alles in Kiel, die Werftaktien sind nichts mehr wert, und gebaut wird kaum noch, wer hat denn schon Geld. Wenn ich dreißig Leute halten kann, bin ich froh, und Gesine Eckstädt kann arbeiten, auch ohne Dienstmädchen, und ist trotzdem zufrieden.«

Was er verschwieg, waren seine Spekulationsverluste seit der beginnenden Inflation und daß er, im Sog des großen Geldes, Grundbesitz verkauft hatte, statt sich daran festzuklammern, und jetzt bei der Bank um Kredit betteln mußte. Zwei Häuser gehörten ihm nur noch. Auch die, in denen seine Arbeiter gewohnt hatten, waren verkauft worden, die tüchtigsten Leute danach gegangen, und der schlimmste Schlag: Wilhelm Niemann hatte gekündigt.

»Ich hab 'n Angebot von Brinkhage, Johann, 'n reelles. Wer weiß, wie lange du noch durchhältst, dann sitz ich da.«

Für Johann Peersen war es ein Anlaß gewesen, sich zwei Tage einzuschließen. Kein Glück mehr. Er hatte kein Glück mehr.

»Es ist ihm wohl alles damals über den Kopf gewachsen«, sagte meine Mutter, wenn sie von der schweren Zeit nach dem ersten Krieg erzählte. »Aber der Konkurs blieb ihm erspart, und Justus konnte das Geschäft später neu aufbauen. Und Mutter Gesa war wirklich eine gute Frau. Ganz anders als Großmutter Marie, und das hat er wohl gebraucht. Bloß ich, ich wollte weg, und ich habe es auch geschafft.«

Ich horche den Worten nach und möchte wissen, warum sie ihre Kraft nicht benutzt hat, um ihr Recht einzufordern für die vergangenen sieben Jahre. Aber vielleicht galt ihr Lehrerinnentraum schon nicht mehr. Vielleicht hatte sie ihn längst eingetauscht gegen einen anderen, den von der Liebe, und Liebe, das hieß Ehe, Haus und Herd, so war es ihr eingeprägt worden von kleinauf.

Ich erinnere mich an meine Mutter: Sie steht am Herd, Kartoffeln brutzeln in der Pfanne, sie trägt ein Kopftuch, rot mit weißen Punkten, weil sie vorher die Asche aus der Grude genommen hat, und ich sage: »Wenn ich groß bin, werde ich Forscherin in Afrika und fange kleine Löwen.« Und sie schüttelt die Pfanne und sagt: »Ach, Janni, was man so alles will. Werde Lehrerin, das ist ein schöner Beruf, dann verdienst du was und hast immer noch genug Zeit für Mann und Kinder.« – »Ich will aber nach Afrika«, sage ich. Da lacht sie: »Unsinn, Auguste, heiraten mußte.«

Ein Zufall kam Christine zu Hilfe, ein Zufall von fast Jepsenschen Dimensionen, wenn man bedenkt, daß sie nach Frau Eckstädts Ankunft Gott um Beistand gebeten hatte und am nächsten Tag etwas völlig Ungewöhnliches tat. Als sie nämlich, bei Besorgungen in der Stadt, das Kaufhaus Jacobsen verließ, fiel ihr Blick auf das Café Uhlmann. Sie bekam Appetit auf ein Stück Apfelkuchen mit Schlagsahne, zögerte, ging hinein und setzte sich an einen der runden Tische. Auf dem Stuhl neben ihr lag eine Zeitung, keine aus Kiel, eine auswärtige, ›Der Altmärker. Tageszeitung für Stadt und Landkreis Stendal‹. Gleichgültig blätterte sie darin herum, las, daß ein Theater eröffnet werden sollte in Stendal, wo immer dieser Ort liegen mochte, las etwas von den Sorgen der Schernikauer Zuckerrübenbauern, las Todesanzeigen: Gustav Schulze, Winkelmannstraße, Wilhelmine Hogrewe aus Röxe und dann folgende Anzeige: »Wohlsituierter Gymnasialprofessor i. R., sechzig Jahre, gehbehindert, sucht eine Dame heiteren, jedoch nicht albernen Gemütes zur selbständigen Führung seines Hauswesens. Sie sollte nicht nur Interesse am Inhalt der Kochtöpfe, sondern auch an dem von Büchern haben, so daß sich die Möglichkeit zu Gesprächen bietet. Gfllg. Offerten unter ›ex libris‹ an den ›Altmärker‹.«

Noch am selben Abend schrieb Christine einen Brief.

»Geehrter Herr! Nachdem mir der Zufall Ihre Annonce in die Hände gespielt hat, möchte ich Ihnen meine Bewerbung unterbreiten. Allerdings bin ich erst vierundzwanzig Jahre alt, führe aber schon seit dem Tod meiner Mutter vor sieben Jahren meinem Vater, dem Bauunternehmer Johann Peersen, und meinen acht jüngeren Geschwistern den Haushalt. Alle sagen, daß ich gut koche, desgleichen kann ich einmachen, die Wäsche pflegen und was sonst noch nötig ist. Da mein Vater sich wieder verheiratet, möchte ich nicht in Kiel bleiben. Wenn ich einen Platz fände, wo ich hingehöre, würde ich dort alles, was mir anvertraut ist, wie mein Eigenes versorgen. Ich habe die höhere Töchterschule bis zur zehnten Klasse besucht, an Büchern immer große Freude gehabt und wäre gern Lehrerin geworden. Ob ich jedoch für Gespräche geeignet bin, muß sich wohl erst herausstellen. Auch kann ich nicht sagen, ob ich ein heiteres Gemüt besitze, aber albern bin ich bestimmt nicht. Ihrer Antwort entgegensehend, grüßt Sie freundlich Christine Peersen.«

Die Antwort kam postwendend. »Sehr geehrtes Fräulein Peersen! Ihr Brief hat mir ausnehmend gut gefallen. Gestatten Sie, daß ich Ihnen ein Eisenbahnbillet überreiche, mit der Bitte, nach Stendal zu kommen, damit wir Gelegenheit haben, einander persönlich kennenzulernen. Dies müßte natürlich in gegenseitiger Unverbindlichkeit geschehen, doch hoffe ich zuversichtlich, daß wir zu einer Übereinkunft gelangen mögen. Ich weiß nicht, wie weit Ihr Herr Vater über Ihre Schritte unterrichtet ist. So möchte ich vorsorglich ihm und auch Ihnen versichern, daß in meinem, eines alten Lehrers Hause jeder jungen Dame Ehrerbietung und Schutz zuteil wird. Meine derzeitige Hausdame, die sich, sobald eine Nachfolgerin gefunden ist, zu verehelichen gedenkt, kann Sie darin versichern. Bitte teilen Sie Ihre Ankunft mit, damit ich für Ihren Empfang am Bahnhof Sorge tragen kann. Mit ergebenem Gruß Dr. Louis Ferdinand Keune.«

Am nächsten Tag zeigte sie die Briefe ihrem Vater. Nachdem er sie aufmerksam gelesen hatte, legte er sie auf die Kommode und schwieg.

»Ich habe mir das nicht so vorgestellt, Christine«, sagte er schließlich. »Aber vielleicht hast du recht. Die Zeiten sind anders geworden. Mädchen gehen ihre eigenen Wege.«

»Ich brauche Geld, Vater«, sagte sie, »für ein neues Kostüm und einen Wintermantel und Wäsche und einen ordentlichen Koffer.«

Er bot ihr tausend Mark an und erhöhte auf tausendfünfhundert, als sie ihm vorrechnete, daß tausend Mark nicht einmal soviel wert seien wie hundert zu normalen Zeiten. Mehr, sagte er, könne er nicht geben, er habe die Inflation nicht gemacht.

Als sie wieder allein war, öffnete sie den flandrischen Schrank. Sie nahm die schwere Silberschale heraus, ein Geschenk der Innung zu ihrer Konfirmation, außerdem den silbernen Tafelaufsatz und einen Leuchter. Am nächsten Tag fuhr sie nach Hamburg, ging von Juwelier zu Juwelier und verkaufte die Sachen dem, der am meisten bot. Sie hatte sieben Jahre gearbeitet, dies stand ihr zu.

»Ich wollte nicht als Lumpenjule bei Dr. Keune ankommen«, sagte sie später, halb beschämt, halb stolz wegen dieser Tat und daß sie über ihren Schatten gesprungen war, einmal wenigstens, und sich geholt hatte, was ihr zustand.

Johann Peersen, der von diesem Griff nach dem Familiensilber damals noch nichts wußte, gab ihr zum Abschied Maries goldene Uhr. Zusammen mit den Geschwistern brachte er sie zum Bahnhof. »Geh nicht weg, Tinne, bleib hier«, rief die kleine Anna.

Als der Zug abfuhr, stand Christine am Fenster, ließ ihr Taschentuch flattern und sah die Gestalt ihres Vaters, der, obwohl seine Schultern nach vorn zu fallen begannen, immer noch alle überragte, kleiner und kleiner werden. Der große Johann Peersen, Hort und Sicherheit der frühen Jahre, der Vater, auf den sie alle in der Diele warteten, der sie umarmte, wenn er nach Hause kam, der oben am Tisch saß, sonntags in der Kutsche mit ihnen ans Meer fuhr, der streng war und gütig, »Vater!« rief sie, und schon jetzt verblaßten die Risse in seinem Bild. Der Mythos begann.

Mein Großvater Peersen. Ich weiß nicht, was er dachte, als der Zug sie davontrug, Christine, seine Tochter, die dritte Frau, die er verlor. Frieda und Marie hatten ihm auf der Seele gelegen. Sie auch? Vier Jahre später, als eine Grippeepidemie über Deutschland wegging und er starb, wollte er sie noch einmal sehen. »Vater erkrankt, sofort kommen«, hatte Justus telegrafiert. Es war die Zeit der reifen Pflaumen, im Waschkessel des Hauses Keune wurde Mus gekocht, nach einem Rezept der weiland Meta Mordhorst, mit Walnüssen und harten Birnen. Zwei Mädchen wechselten sich beim Rühren ab, aber Christine traute ihnen nicht. Um das Anbrennen zu verhindern und wohl auch, weil sie sich den Ernst der Lage nicht vorzustellen vermochte, nahm sie statt des Abendzuges den am nächsten Morgen. So kam sie zu spät. »Und jetzt ist Vater tot«, sagten alle vorwurfsvoll.

Er wurde, wie er es gewollt hatte, zu Marie gelegt und sein Name unter ihren in die Tafel gemeißelt: Johann Peersen, 1864–1923. Mehr nicht.

Vorgegriffen. Wieder vorgegriffen, als ob ich es nicht abwarten könnte, daß mein Großvater Peersen stirbt.

Ich war noch einmal an seinem Grab, und ich weiß, warum ich nicht gewartet habe mit diesem Tod bis zum richtigen Zeitpunkt im Gang der Geschichte: um Distanz zu schaffen zwischen uns, damit ich ihn nicht immer wieder Christine stören lassen kann, wenn sie ihr neues Leben beginnt. Es ist leichter so, mit ihr die Freiheit zu proben. Eine Chance für Christine, auch wenn längst feststeht, wie wenig sie davon nutzen wird.

Im übrigen hat auch sie ihn vor der Zeit sterben lassen, schon damals im Zug, als er auf dem Bahnsteig zurückblieb. Warum sonst ist sie nie wieder nach Kiel zurückgefahren, auch nicht in der letzten Nacht, als das Pflaumenmus plötzlich so wichtig war?

Noch einmal dein Bild, Großvater Peersen, das letzte vor deinem Tod. Du siehst mich an über die Jahre hinweg, so viele Jahre. Erledigt und vorbei, ich weiß, du hast es hinter dir.

Als Christine am späten Nachmittag in Stendal den Zug verließ, wurde sie auf dem Bahnhof von einem Mann erwartet, »Schulze, Hausmeister und Gärtner bei Herrn Dr. Keune, allet, wat so anfällt, Frollein«, sagte er. Er trug ihre Koffer zu einem Taxi. »Danke schön, Herr Schulze«, sagte sie. »Schulze, janz eenfach Schulze, Frollein, det jenücht.«

Dann fuhren sie los, Bahnhofstraße, Tangermünder Tor, Schadewachten, Breite Straße, links herum ins Alte Dorf zum Ünglinger Tor und von dort durch die Petrikirchstraße über den Markt wieder zurück ins Zentrum. »Ik hab 'n kleenen Umwech bestellt«, sagte Schulze. »So sehn Se jleich wat vonne Stadt, hoffentlich jefällt se Ihnen.«

Stendal also, zum ersten Mal die Stadt, in der sie fünfundzwanzig Jahre bleiben sollte. »Hauptstadt vonne Altmark«, erklärte Schulze mit Stolz. »Fast dreißigtausend Innwohner, Eisenbahnknotenpunkt und die Eisenbahnwerkstatt ham wa ooch.« Eine breite Hauptstraße, schmale Gassen, Fachwerk und Gründerzeit, die Backsteingotik der Marienkirche, die moderne Fassade vom Kaufhaus Ramelow, das Winckelmanndenkmal. Antwortete etwas in ihr? Nein, noch nicht. Vorläufig war alles nur neu und klein.

»Jetzt jeht's noch anne Sperlingsida vorbei«, sagte Schulze, »und det hier is schon die Rathenowerstraße, und jleich sind wa inne Arnimer.«

Tangermünder Tor, Ünglinger Tor, Ramelow, Winckelmanndenkmal, Marienkirche, Sperlingsida – Worte, die ich nur zögernd denke. Die Stadt meiner Kindheit, meine Stadt, auch wenn sie mir längst nicht mehr gehört. Ich sehe ihre Umrisse vor mir, das Netz ihrer Wege und Plätze, finde noch im Schlaf mich dort zurecht und kann Christine ohne Umschweife zu Louis Ferdinand Keune führen. Sie steht vor dem Haus, sie geht hinein, bald wird sie dort den Namen Sascha Lewkin hören, die Brücke, über die er in ihr Leben tritt, ist schon geschlagen. Die Geschichte beginnt auch meine Geschichte zu werden.

Dr. Keune erhob sich mühsam. Er ging Christine entgegen, und sie mußte sich beherrschen, um nicht »O Gott« zu rufen vor Überraschung. Er war klein, viel kleiner als sie, schmal, gebeugt, mit fast schulterlangem, weißem Haar und trug eine braune, lockere Samtjacke, einen gelben Seidenschal dazu und auf dem Kopf ein braunes Wollkäppchen gegen den Zug, alles in allem eine seltsame, bohemehaft-großväterliche Mischung und keineswegs das, was sie sich unter einem pensionierten Gymnasialprofessor vorgestellt hatte.

»Herzlich willkommen«, sagte er mit milder, melodischer Stimme, sanft nannte Christine sie später, wenn von dieser ersten Begegnung die Rede war. »Ich hatte schreckliche Angst, als ich vor dem großen Haus stand, fast ein Schloß, mit Söllern und Türmchen und Balustraden, und der Park drumherum, und dann er, in dieser Kostümierung. Aber ich brauchte nur seine Stimme zu hören, da war alles gut.«

Auch von Dr. Keune gibt es ein Bild, ein zerbrechlicher alter Herr, auf seinen Stock gestützt, der weiße Haarkranz länger als damals üblich, mit dunklen, ein wenig verschleierten Augen. Es stammt aus dem Jahr 1933, als man in der Stadt anfing, von dem Juden Keune zu sprechen, was er, getauft und christlich erzogen, preußisch vor allem, nicht ertrug, zum Glück vielleicht, wer weiß, was er sonst noch hätte ertragen müssen.

Die Villa hatte sein Vater gebaut, warum ausgerechnet in Stendal, ist unbekannt, vielleicht, weil er Frau und Sohn nicht zu nahe haben wollte, aber auch nicht zu weit entfernt von Berlin, wo er bis zu seinem Tod als Finanzmakler tätig gewesen war. Dem Vermögen, das er hinterließ, hauptsächlich Grundbesitz und Schweizer Franken, konnten deutsche Währungskrisen nichts anhaben. Louis Ferdinands Haushalt lief auch während der Inflation bequem weiter, unabhängig von der immer wertloseren Lehrerspension, und überhaupt war es ihm auf ein Gehalt nie angekommen. Aber er wollte, das betonte er häufig, kein Drohnendasein führen, ein Ausdruck, mit dem er, bewußt oder nicht, daneben gegriffen hatte, wie es oft passiert bei Vorwänden.

Ich sehe sein Bild an, das Gesicht mit den vielen Falten, dem greisenhaften Rest früheren Feuers. Schade, daß ich keins aus jüngeren Jahren kenne. Er muß gut ausgesehen haben oder hübsch eher bei soviel Zartheit, diese Augen, der immer noch empfindsame Mund, eine fast griechische, keineswegs gebogene Nase. Der Schwarm mancher Mädchen, möchte man meinen. Aber er war Junggeselle geblieben, ohne Liebschaften und Affären, und in der Stadt wurde gemunkelt, daß er es nicht mit

Frauen habe. Anhängen ließ sich ihm nichts, und er wird wohl auch, schüchtern und preußisch verklemmt, kaum einen anderen Wunsch gewagt haben als den, unter seinen Knaben im Gymnasium zu weilen. Doch nicht einmal dieses mäßige Glück gönnten sie ihm. Er gehe zu sanft mit den Schülern um und neige zu Bevorzugungen, begründete man seine Versetzung ans Lyzeum, 1902, als er schon vierzig war.

Damals trug er sich mit dem Gedanken, den Dienst zu quittieren, tat es dann jedoch nicht. Er behandelte fortan die Mädchen so sanft wie ehedem die Knaben, begegnete überhaupt Frauen mit viel Freundlichkeit und Verständnis und zog sie damit an, ohne daß sie etwas anderes von ihm erwarteten. Auch nach seiner Pensionierung, frühzeitig, weil er an Arthrose in der Hüfte litt, kam manche ehemalige Schülerin noch zu ihm ins Haus, um Rat zu suchen oder auch nur, weil sie seine Nähe als tröstlich empfand. »Wie reizend, daß sie mich besuchen«, sagte er dann, obwohl ihm andere Gäste sicher lieber gewesen wären.

»Wie kannst du das behaupten«, höre ich meine Mutter sagen. »Außerdem, was geht es uns an.«

Aber es geht mich etwas an, spätestens im Jahr 1933, und auch jetzt schon, an diesem Punkt der Geschichte. Denn daß Christine in sein frauenloses Haus kam und mit ihm leben konnte, hängt damit zusammen, und auch, daß sie dort Sascha Lewkin traf, meinen Vater, der schon vorher, ein Feind damals und Fremdling, Gastlichkeit in Dr. Keunes Haus gefunden hatte. Sein Bild steht auf dem Schreibtisch in der Bibliothek, bald wird sie nach ihm fragen, das ist der Anfang. Ohne Louis Ferdinand Keunes verborgene, ängstlich verborgene Neigungen hätte es diesen Anfang nicht gegeben und alles nicht, was danach geschah, wie kann man sagen, es ginge uns nichts an.

Der gute Mensch Keune. Nur zögernd, mit Sympathie, doch ohne Freude, bringe ich ihn in die Geschichte ein, nicht nur, weil ich weiß, was ihm bevorsteht. Er war kein Glücksfall für Christine, auch wenn sie es noch so sehr glauben wollte bei diesem ersten Zusammentreffen, der schnellen Zuneigung, der Gewißheit, daß sie bleiben wird.

»Ich bin ein Pechvogel«, sagte meine Mutter einmal. »Es gibt Menschen, in deren Händen wird Pech zu Glück. Bei mir ist es umgekehrt. Schicksal.«

Christine hörte den Namen Sascha noch am Abend, als sie nach dem Essen zusammensaßen in Dr. Keunes Arbeitszimmer, Bibliothek genannt. »Meine Welt«, sagte er und führte Christine an den Bücherwänden entlang zu der Vitrine mit seiner China-Sammlung, Schalchen, Vasen, vor allem aber eine Vielzahl kleiner Fläschchen. »Schnupftabaksdosen«, sagte er, »Snuffbottles, Hunderte von Jahren alt manche, vielleicht hat ein Mandarin dieses oder jenes in der Hand gehabt. Nun, Sie werden noch Gelegenheit haben, sie genauer zu betrachten.« Er schloß die Vitrine und wies auf den Schreibtisch am Fenster. »Und dort habe ich dreißig Jahre gesessen und die Arbeiten meiner Schüler korrigiert. Zu milde, fürchte ich, immer zu milde.«

Sie setzten sich in die braunen Ledersessel, ein pergamentener Lampenschirm warf dämmriges Licht, Dr. Keune griff nach einer Flasche Rotwein. »Ein schwerer Beruf, Lehrer, Fräulein Peersen. Vielleicht sollten Sie froh sein, daß Sie davor bewahrt blieben. Man hat die Schüler in der Hand, kann sie stärken, kann sie schwächen, und wenn ein Kind scheitert mit seinem Leben, woher weiß man, ob man nicht auch schuldig geworden ist. Ich bin preußisch erzogen, Strenge, Disziplin, Selbstverleugnung, dieses heillose Arsenal. Vielleicht war es von Nutzen, mag sein, aber wo bleibt das Glück?«

»Glück?« fragte Christine.

»Freundlichkeit, ein wenig Stützung«, sagte er, »wäre wohl wirksamer gewesen. Das wollte ich meinen Schülern zuteil werden lassen, man hat es mir übel angerechnet, ich mußte es ertragen, nun denn, ich würde es wieder tun. Schlechte Noten machen dumme Menschen nicht klüger und faule nicht fleißiger. Schlimm ist es nur, wenn man einem Kind den Mut nimmt.« Er erzählte von einem Schüler, den er vor Selbstmord bewahren konnte, von einem anderen, bei dem es ihm nicht geglückt war, und Christine sagte: »Auf einmal wird mir klar, daß so etwas nicht nur in Büchern steht. Ich habe immer geglaubt, hier die Bücher, dort das Leben. Meine Mutter, wenn ich jetzt darüber nachdenke, wie eine Figur von Ibsen. Aber entschuldigen Sie, ich rede zuviel, das macht der Wein, und müde bin ich auch.«

Er erhob sich unter Schmerzen. Sie sah hübsch aus in ihrem dunkelblauen Kostüm, mit dem geröteten Gesicht und dem braunen Haar. Sie war jung und erfreute sein Auge, der Abend war angenehm verlaufen, und er hoffte, daß sie auch einigermaßen kochen könne und etwas vom Haushalt verstünde und nicht wieder gehen müsse.

»Es ist gut, wenn der Wein die Zunge löst«, sagte er und nahm ihre Hand. Sie standen neben dem Schreibtisch, Christines Blick fiel auf das Bild im Silberrahmen: fünf junge Männer, lachend, Weingläser in den Händen, Dr. Keune in ihrer Mitte.

»Freunde von mir«, sagte er. »Kanadier, Franzosen, ein Russe. Kriegsgefangene. Hier in Stendal war ein Offizierslager, wenn die Herren Ausgang hatten, kamen sie immer zu mir, eine schöne Zeit.«

Er griff nach dem Bild, fuhr mit dem Zeigefinger darüber. »Feinde, Fräulein Peersen, auch das hat man mir verübelt.

Dies hier ist Albert Wilcox aus Ontario, er hat jetzt eine Anwaltspraxis, wenn er wieder herkäme, würden sie ihm die Füße küssen für seine Dollars.«

Christine zeigte auf ein Gesicht. »Und der?«

»Alexander Lewkin, Sascha. Den hätte Dostojewski erfinden können. Wenn er Balalaika spielte und seine Romanzen sang...«

Ausdrucksvolle, dunkle Augen, etwas schräg, hohe Backenknochen, ein kleiner Bart auf der Oberlippe, dichte schwarze Haare. »Eine Seele so groß wie der Baikalsee«, sagte Dr. Keune. »Wir alle liebten ihn. Er ist nach Rußland zurückgegangen, trotz der Revolution mit dem ganzen Schrekken. Aber daran glaubte er nicht, alles Lüge, sagte er, er habe die Revolution herbeigewünscht, und nun brauche man ihn.« Dr. Keune stellte das Bild wieder auf den Schreibtisch. »Er hat sich nie mehr gemeldet. Hoffentlich ist ihm nichts passiert. Revolution und dann noch in Rußland«, und ich warte auf die Stimme meines Vaters, auf einen seiner Zwischenrufe, vielleicht so: »Soll still sein, Keune, Deutscher und Bourgeois, hat kein Ahnung.« Aber nein, lieber nicht. Jetzt, da er immer näher an die Geschichte heranrückt, würde ich gern anders mit ihm reden. Nicht mehr: Sascha, erzähl von Rußland, und dann kommen sie, die Erinnerungen, gefiltert durch Heimweh und Lebenslüge. Ich

habe auf seinen Knien gesessen, Jannuschka hat er mich genannt, dennoch, was kenne ich von ihm. Seine Erinnerungen, meine Erinnerungen, Masken aus Erinnerungen. Ich brauche die Wahrheit für meine Geschichte, Alexander Lewkin, nicht den Vater. Nur so kann ich hinter die Masken blicken.
Trotzdem, Sascha, bleiben die Erinnerungen.

Bevor Christine zu Bett ging, schrieb sie noch einen Brief an Johann Peersen. »Lieber Vater! Damit Du Dir keine Sorgen machst, möchte ich Dir sofort mitteilen, daß ich gut in Stendal angekommen bin. Herr Dr. Keune hat mich sehr freundlich aufgenommen. Er ist leidend, Arthrose und Kopfschmerzen, und braucht jemanden, der ihm beisteht. Ich habe ein geräumiges Zimmer mit schönen Kirschbaummöbeln und einem alten Sekretär, der Dir gefallen würde, und auch ein eigenes Bad. Im Haushalt muß ich nur kochen und das Personal anleiten, das ist gut zu schaffen. Morgen fange ich an. Frau Schmalhans, die frühere Hausdame, wie kann man nur so heißen, hat Dr. Keune vor einer Woche einfach sitzenlassen, und alles geht etwas drunter und drüber. Lieber Vater, bevor ich weggefahren bin, habe ich aus dem flämischen Schrank meine Konfirmationsschale genommen, auch noch den Tafelaufsatz und einen Leuchter, und alles verkauft, Du weißt ja, wofür, und ich dachte, es stünde mir zu. Bitte verzeih mir, und wenn Du willst, zahle ich es zurück. Ich bekomme mein Gehalt in Schweizer Franken, wegen der Inflation, davon kann ich genug sparen. Herzliche Grüße für Dich und die Kinder, auch an Frau Jepsen, Ella und Mutter Gesa. Deine Tochter Christine.«

Sie las den Brief noch einmal durch und hatte ein Gefühl von Leere. Dieser Brief, mehr war nicht geblieben. Sie glaubte, sie müsse aufspringen, zum Bahnhof laufen, nach Hause fahren, wieder dort anfangen, wo sie aufgehört hatte, und sie warf sich aufs Bett und preßte das Taschentuch vor den Mund, weil sie nicht weinen wollte. In der Nacht träumte sie, daß ein Zug über sie hinwegrollte. Sie lag quer auf den Schienen, mit offenen Augen, aber es tat nicht weh, nur atmen konnte sie nicht. Davon wurde sie wach, und die Gewißheit, in einem Bett zu liegen statt auf dem Bahngleis, machte sie glücklich.

Es war erst zwei. Sie ging ans Fenster und sah auf die Bäume des Parks. Dies ist jetzt mein Zuhause, dachte sie.

Ich darf den Faden nicht verlieren, in meiner Geschichte. Meine Mutter hat eine Frage gestellt, ich suche die Antwort. Stendal, eine neue Stadt, eine Möglichkeit, ein Anfang. Was macht sie damit? Kann ihr Leben daraus werden?

Ich denke an Frieda und Marie und wie ich mir eine andere Geschichte gewünscht habe für sie.

Auch Christines Geschichte möchte ich korrigieren. Nicht dieser alte Mann, nicht wieder ein Vaterhaus, in dem sie unterkriecht, um das Kommando über Kochtöpfe und Putzeimer und Gemütlichkeit zu übernehmen. Ich möchte sie fortschicken, in der Nacht noch, ich weiß nicht, wohin, aber etwas wird sich bieten, es ist das Jahr 1920, die Frauen sind längst aufgebrochen, ich wünsche mir einen anderen Weg für Christine als diese ewigen Opfergänge.

Sie schüttelt den Kopf. Opfergänge? Ich höre jenen Spruch, den sie über ihre Tage und Jahre gehängt hat:

»Beklage nicht den Morgen,
der Müh und Arbeit gibt.
Es ist so schön zu sorgen
für Menschen, die man liebt.«

Worte für Friedas Klammertasche. Als Kind habe ich sie eingesogen, später darüber gelacht, losgeworden bin ich sie nie. Hat meine Mutter wirklich daran geglaubt? Ich weiß so wenig von ihr. Auch sie trug ihre Masken, wer tritt schon ohne Maske vor den Spiegel, und kenne ich etwa mein eigenes Gesicht? Vielleicht sollte ich sie in Ruhe lassen. Vielleicht holt sich jeder, was er braucht, und ihre vier Worte am Schluß waren ohne Bedeutung.

Wie auch immer: Nichts läßt sich mehr korrigieren. Christine Peersen hat sich entschieden.

Daß sie endgültig bleiben wollte, wurde nicht erst vier Wochen später, sondern bereits beim ersten Mittagessen beschlossen, nachdem ihre Rindsrouladen, mit Speck und Zwiebeln gefüllt, ein wenig Estragonsenf und Rotwein an der Soße, dazu Kürbis süßsauer und als Dessert Schokoladencreme in gedünsteten Birnenhälften, Dr. Keunes sanfte Stimme zu Beifallskundgebungen hingerissen hatte. »Wundervoll, Fräulein Peersen! Dieses Fleisch, nicht zu hart, nicht zu weich, mild und doch kräftig gewürzt. Und woher stammt der köstliche Kürbis?«

»Aus dem Garten«, sagte Christine, die bei Marie in die Lehre gegangen war, außerdem gründlich Meta Mordhorsts Kochbuch studiert hatte und, da sie selbst mit Vergnügen aß, sich auf ihre Zunge verlassen konnte. »Drei große liegen noch draußen, auch Gurken.«

»Frau Schmalhans war etwas nachlässig«, sagte er. »Auch die Mädchen müssen wohl wieder an Ordnung gewöhnt werden.« Und dann, nach kurzem Überlegen: »Ich möchte, daß Sie bleiben, genug Probezeit, was mich betrifft.«

Er lachte unsicher, sie spürte seine Angst, daß sie wieder gehen könnte. Auch beim Essen trug er sein Wollkäppchen, eine Serviette hing vom Hals bis auf die Knie. Er kam ihr vor wie ein vergreistes Kind, das sich vor dem Alleinsein fürchtet. »Haben Sie sich denn schon etwas umgesehen?« fragte er.

Christine nickte. Sie war früh aufgestanden, hatte das blaurot karierte Morgenkleid angezogen, eines von denen, die sie für ihre neue Tätigkeit gekauft hatte, gute Qualität, adrett, unempfindlich, und eingehend das Haus inspiziert, vom Keller bis zum Boden mit den kahlen, nicht heizbaren Mädchenkammern. Danach wußte sie Bescheid: Fünfzehn Zimmer, vollgestopft mit Möbeln, gefüllte Schränke, Unmengen Wäsche, Geschirr, Silber, und alles, bis auf die wenigen bewohnten Räume, im Zustand staubiger Verkommenheit.

Als sie später in die Küche kam, saßen die beiden Mädchen, Berta und Liesbeth, bei Kaffee und Rühreiern mit Speck. Das Geschirr vom Abend stand noch herum, über den Herd zogen sich verklebte Speisereste.

Christine nahm einen der schmutzigen Töpfe und ließ Wasser hineinlaufen.

»Ich möchte, daß das Geschirr in Zukunft noch abends abgewaschen wird«, sagte sie. »Und wenn Sie fertiggegessen haben, machen Sie die Küche sauber. Gründlich. Auch in und auf den Schränken.«

»Wir kennen unsere Arbeit, Frollein«, sagte Liesbeth, während Berta stumm aus dem Fenster sah.

Christine blickte sich in der Speisekammer um und begann, das Frühstückstablett herzurichten.

»Tun Sie, was ich Ihnen sage. Herr Dr. Keune

hat mir die Leitung des Haushalts übertragen, und ich hoffe, wir werden gut miteinander auskommen.«

Sie hatte sich über sich selbst gewundert. Bei Ella war solche Sprache nie nötig gewesen. Das habe ich von Vater, dachte sie.

»Ich weiß nicht, ob ich mit Liesbeth und Berta fertig werde«, sagte sie zu Dr. Keune beim Mittagessen, der jedoch, mit dem Dessert beschäftigt, schon kein Interesse mehr an den Haushaltsproblemen zeigte.

»Entlassen Sie sie, stellen Sie andere Mädchen ein, von mir aus drei, Personal ist absolut Ihre Angelegenheit, auch alle Anschaffungen und Reparaturen. Wahrscheinlich muß neu tapeziert werden, ich weiß es nicht. Sie haben ein Haushaltskonto, darüber können Sie verfügen.«

Von Johann Peersen war ihr das Wirtschaftsgeld nur fünfmarkstückweise ausgehändigt worden, nie ohne die Mahnung: »Mit wenig hält man Haus, mit weniger kommt man aus, sei sparsam, Christine«, was sie jedesmal gekränkt hatte.

»Also, Sie bleiben?« fragte Dr. Keune.

»Ja, ich bleibe«, sagte Christine. »Ich bleibe gern.«

Nach dem Essen gab sie Liesbeth den Auftrag, oben im zweiten Stock die beiden Ostzimmer mit dem Bad in Ordnung zu bringen.

»Warum denn?« fragte Liesbeth.

»Weil Sie und Berta diese Zimmer bekommen sollen«, sagte Christine. »Das Haus ist leer, Sie brauchen nicht auf dem kalten Boden zu schlafen. Und ab morgen fangen wir mit Reinemachen an, von Grund auf.«

»Ja, Fräulein Peersen«, sagte Liesbeth perplex, und zu Berta, ihrer stillen Kollegin, äußerte sie: »Vielleicht will sie uns bloß hinten reinkriechen, aber ist egal, wenn wir man die Stuben haben.«

»Die kriecht keinem rein«, sagte Berta, »das ist 'ne Dame, und ich mag sie«, ein Urteil, das sich verfestigte und standhielt durch die Zeiten. Berta Windhage aus Anklam in Pommern, später mit dem Schweißer und Kommunisten Walter Schneider verheiratet, den die SA halb totschlug, der Kommunist blieb und, als die Rote Armee 1945 nach Stendal vorrückte, der Familie Lewkin zur Flucht verhalf – ein deutsch-russisches Kapitel, es wird noch seinen Platz finden in der Geschichte. An diesem Morgen fing es an. Die Fäden knüpfen sich.

»Ich bleibe«, hatte Christine gesagt, und sie bekam ein Haus, ein Konto, Verantwortung, einen Mann, für den sie sorgen mußte, wenn es auch nicht der ihre war. Ein Mann nur für den Tag.

Sie versah ihre Pflichten mit Hingabe. Sie ließ nie einen Puffer zwischen sich und den Pflichten, das war ihre Tugend und ihr Fehler. Sie kochte und buk. Sie sorgte für Ordnung und Gemütlichkeit. Sie füllte den Keller mit Bohnen, Erbsen, Birnen, Mirabellen, mit Marmelade und Pflaumenmus, mit Kürbis, Rote Bete und Sauerkraut, las und plauderte mit Dr. Keune, brachte den Mädchen Möbel- und Körperpflege bei, kümmerte sich, als Schulze im Frühjahr 1921 eine Witwe mit Gemüseladen heiratete, auch noch um den Garten und machte sich ein Haus zu eigen, das ihr ebensowenig gehörte wie der Mann. Es dauerte fast zwei Jahre, bis sie merkte, daß ihre Arbeit ins Leere zielte.

Ausgelöst wurde diese Erkenntnis durch eine Rippenfell- und Lungenentzündung, die Louis Ferdinand Keune mitten im Sommer heimsuchte und ihm fast den Tod brachte. Als die Krise kam, saß Christine einen Tag und eine Nacht an seinem Bett. Halb bewußtlos röchelte er sich von Minute zu Minute, ein wächsernes Relief auf dem Kissen, die Augen aus Glas. Wenn das Fieber weiter steige, hatte der Arzt gesagt, müsse man mit dem Schlimmsten rechnen, und während sie heiße Tücher auf seine Brust preßte, Wadenwickel machte, Kamille verdampfen ließ, ihm Medizin in den Mund zwang, außerdem Salbeitee mit Honig, Zwiebel- und Spitzwegerichsaft, während sie ihm den Schweiß trocknete, das Atmen zu erleichtern suchte und sich immer wieder zwischen ihn und den Tod stellte, hatte sie das Gefühl, daß sie nicht nur sein Leben, sondern ebensosehr ihr eigenes retten wollte. Gegen

Morgen bekam er wieder einen Blick. »Fräulein Peersen«, flüsterte er und tastete nach ihrer Hand, und sie wußte nicht genau, warum sie so froh war: weil er am Leben blieb oder weil sie im Haus bleiben konnte.

»Damals, als es um Tod und Leben ging.« In ihrem späteren Bericht klang es für mich jedesmal so, als ob nicht er, sondern sie beinahe gestorben wäre. »Was hätte ich tun sollen ohne ihn, sechsundzwanzig, kein Zuhause mehr, keinen Beruf. Lern was, Janni, werde Lehrerin, dann hast du deine Sicherheit.«

Die Dame von Dr. Keune, nannte man sie in der Stadt, bei Thams und Garfs, Breite Straße, wo sie die Lebensmittel bestellte, bei Fleischer Wattsack, Bäcker Treptow, bei den Handwerkern, die nach ihren Anweisungen die Zimmer tapezierten, Sofas und Sessel neu bezogen, die Heizung in Ordnung brachten. Es war durchaus respektvoll gemeint. Man mochte und schätzte sie, auch das Keunesche Devisenkonto natürlich, über das sie genau, aber nicht kleinlich verfügte.

Doch auf einmal kränkte der Ausdruck sie. Er traf ihre Situation. Dame, nicht Frau. Lose Wurzeln, jederzeit zu entfernen.

»Sie müßten dort weg«, sagte Dora Behrend, ein Name, der zu dieser Zeit und den künftigen Jahren gehört, wie überhaupt sich Namen sammeln um Christine und die Stadt lebendig machen.

Dora Behrend war eine ehemalige und besonders anhängliche Schülerin von Dr. Keune, »keine Leuchte«, wie er versicherte, nachdem sie bald nach Christines Ankunft ihren Besuch gemacht hatte, »aber ein grundguter Mensch. Vielleicht könnten Sie ihr etwas beistehen«.

Dora, eine geborene Küster, stammte aus dem gleichnamigen Eisenwarengeschäft am Markt, das jetzt, nach dem Tod ihrer Eltern, von ihrem Mann, dem zweiten Sohn eines Großbauern im Havelländischen, geführt wurde. Sie hatte ihn im Stendaler Lazarett kennengelernt, zum Kummer ihres Vaters, der jedoch 1916 starb und nicht mehr verhindern konnte, daß sie den rundschädeligen, rotgesichtigen Fritz Behrend heiratete, ein wendischer Typ mit casanovahaften Interessen und Talenten, allerdings in der grobschlächtigen Variante. Für die Firma erwies er sich als Gewinn. Er erweiterte sie, nahm Haushalts- und Geschenkartikel dazu und auch eine gutsortierte Porzellanabteilung, die sowohl Kunden mit Devisen anzog als auch Landwirte aus der Umgebung, deren Naturalien er ebensogern wie Dollars nahm und weiterverhökerte, alles etwas am Rande der Legalität, aber auf jeden Fall vorbei an der Pleite. »Habe ich die Zeiten etwa gemacht?« fragte er und blühte auf wie der Laden, wogegen seine Frau bald nach der Geburt ihres ersten Kindes, ebenfalls Fritz oder Fritzchen genannt, das Abbild seines Vaters, unter einer

Art Verfolgungswahn zu leiden begann. Sie war blond, zum Rötlichen hin, hellhäutig, leicht erregbar und erschöpft, überhaupt, wie ihr Mann ohne Hemmungen zum besten gab, mit Himbeersaft in den Adern. Seinerzeit war er anderer Meinung gewesen, und nicht etwa wegen der Eisenwarenhandlung, dazu erbte er selbst genug. Jetzt aber sprach er von Himbeersaft, charmierte die Kundinnen, kniff die Ladenmädchen, hatte angeblich ein Verhältnis mit der Wirtin der »Deutschen Eiche« am Sperlingsberg, und Dora Behrend bekam ihren Wahn. Und zwar wurde sie, sobald man sie allein ließ, von bedrohlichen Gestalten in Angstzustände getrieben, die bis zur Ohnmacht führen konnten, weshalb Fritz Behrend eine entfernte Küster-Verwandte ins Haus holen mußte, eine Witwe namens Henny Adelmann aus Rathenow, erheblich älter als Dora, besorgt und tyrannisch und weder für sie noch für ihn ein Trost.

Christine, die diese Geschichte von Dr. Keune erfahren hatte, holte Dora Behrend zu einem Spaziergang ab. Sie gingen durch die Bruchstraße über den Wall und an der Uchte entlang. Das Wasser floß träge und schmutzig dahin, Weiden tunkten ihre Zweige hinein. Christine dachte an den Kleinen Kiel zu Hause, den weiten Blick über die Förde. Schließlich setzten sie sich auf eine Bank, und Dora Behrend, hinter vorgehaltener Hand, vertraute Christine ein Geheimnis an. Die Verfolger, flüsterte sie, würden von ihrem Vater geschickt als Strafe, weil sie Fritz geheiratet habe. Sie sah Christine ängstlich an. »Lachen Sie mich jetzt aus?«

Christine lachte nicht. Sie kannte Gespenster. Fiete und Anna waren eine Zeitlang Nacht für Nacht von ihnen aus dem Schlaf gejagt worden und schreiend zu ihr ins Bett gekrochen. Nein, von Lachen konnte keine Rede sein.

»Hat Ihr Vater Sie geliebt?« fragte sie.

»Ja, sehr. Über alles«, sagte Dora und fing an zu weinen.

»Dann ist es unmöglich«, sagte Christine ernst, genauso, wie sie Fietes zweiköpfiges Gerippe und Annas gräßliche Hunderiesen wegargumentiert hatte. »Wenn er Sie geliebt hat, würde er Sie nie so quälen. Es ist eine Kränkung für ihn, das auch nur zu vermuten.« Die Beweisführung wirkte, warum auch immer. Christine brachte es mit der Zeit fertig, Dora zwar nicht die Gestalten, aber wenigstens den Vater als deren Urheber auszureden, worauf sich auch die Verfolger nach und nach in den Hintergrund verzogen. Henny Adelmann konnte wieder nach Rathenow zurückfahren, allein das war ein Segen.

Dora dankte Christine mit fast schwärmerischer Zuneigung, und es begann eine dauerhafte Freundschaft, ohne geistige Höhenflüge, jedoch für beide hilfreich im Alltäglichen. Dora führte Christine auch in ihr Kränzchen ein, das jeden Mittwoch tagte, fünf Damen noch außer ihnen, darunter Sally Zischke aus dem Bettenfachgeschäft und die Frau des Juweliers Kempe. Christine war froh über die Abwechslung, bis zum Abend jedenfalls, wenn die Ehemänner auftauchten und sie, als Dreizehnte, mißtrauische Blicke zu spüren glaubte, obwohl Dora Behrend sich alle Mühe gab, ihr das auszureden.

»Unsinn! Die mögen Sie alle, und nicht mal ich bin eifersüchtig.«

Dabei hätte sie vielleicht sogar Grund dafür gehabt, denn kaum erschien Christine bei Dora, fand sich auch Fritz Behrend ein, behandelte sie allerdings mit ausgesuchter Höflichkeit, ohne seine sonst übliche Schäker- und Kneiftour. Statt dessen redete er gern mit ihr über geschäftliche Dinge.

»Endlich mal eine vernünftige Frau«, sagte er zu Dora. »Sie sollte machen, daß sie wegkommt von dem alten Keune. Hausdame! Wenn er demnächst abkratzt, kann sie als besseres Dienstmädchen gehen. Was hältst du davon, wenn ich ihr die Porzellanabteilung gebe? Ewig dauert die Inflation nicht mehr, dann könnten wir groß damit rauskommen. Geschmack hat sie, Umsicht, und reell ist sie auch. Fühl doch mal bei ihr vor.«

Dora Behrend unterbreitete Christine den Vorschlag auf ihre Weise. »Diesmal ist es noch gut gegangen mit unserem lieben Louis Ferdinand«, sagte sie. »Aber wollen Sie warten, bis man Sie hinter seinem Sarg aus dem Haus treibt? Überhaupt, Christine, dort finden Sie nie im Leben einen Mann.«

»O Gott, Dora«, sagte Christine. »Daran denke ich gar nicht«, denn sie hatte ihren Stolz, wen ging das etwas an, ihre Nächte, die Sehnsucht, die Scham.

»Jede Frau denkt daran.« Dora Behrend hielt sich nicht mehr zurück. »Fassen Sie zu, um Himmels willen! Fritz meint es ehrlich mit Ihnen, und Sie wollten doch immer einen richtigen Beruf, und in so einem Geschäft lernen Sie Menschen kennen, jeden Tag neue. Bei Keune sind Sie doch direkt auf Isolierstation!«

»Ach, Dora«, sagte Christine. »Daß ausgerechnet Sie mir die Ehe so ans Herz legen.«

Die Antwort von Dora Behrend, der Ehefrau mit den Gespenstern, ist überliefert: »Wollen Sie denn eine alte Jungfer werden?«

»Ausgerechnet Dora Behrend. Beinahe hätte ich gelacht«, sagte Christine später. Aber lachen hin, lachen her, die alte Jungfer, Schreckenswort aller Frau Ossenbrücks und Anna Steffens, das Wort traf. Du bist nichts wert ohne Mann, nicht nur die Nächte zählen, die Tage noch mehr, überall Paare, wo du gehst und stehst Paare, und du dazwischen mit dem Geruch des einzelnen, immer die Dreizehnte.

Ich sehe sie am Erkerfenster sitzen, in der Wohnung über dem Behrend-Laden. Sie blickt zum Markt hinunter, auf den steinernen Roland mit dem Schwert, die Rathauslauben, dahinter die Türme der Marienkirche, Stendal, ihre Stadt inzwischen, und die Porzellanabteilung formt sich zu einem Bild. Kostbare Service, böhmische Gläser, einkaufen in Berlin, Meißen, Wien, Schaufenster dekorieren, Kunden beraten, sie könne geschäftlich denken, findet Fritz Behrend, erstaunlich für eine Frau, aber es ist nicht erstaunlich, in Kiel hatte sie es mit der Luft eingeatmet. Doch, die Porzellanabteilung. Und vielleicht auch das andere dann.

»Sie können morgen anfangen«, sagte Dora.

»Und Dr. Keune?«

»Jetzt denken Sie doch einmal im Leben an sich!« Dora nahm beschwörend Christines Hand und wiederholte in ihrem Enthusiasmus die Bemerkung »vom besseren Dienstmädchen«.

Ein Schock, dieses Wort. Es sollte Folgen haben, und wieder möchte ich eingreifen, mit Christine vor Dr. Keune treten, ihm mitteilen, daß es nun leider vorbei sein müsse mit Rouladen und Gemütlichkeit. Aber zu spät, alles zu spät. Sie steht schon da, stammelt ihr Anliegen, das schlechte Gewissen stammelt mit, und er, mit leidendem Entsetzen: »Das können Sie mir doch nicht antun, jetzt nach der Krankheit. Was fehlt Ihnen, was brauchen Sie, mehr Personal, mehr Gehalt, selbstverständlich, alles, aber tun Sie mir das nicht an.«

Und wie sollte sie es, in seine flehenden Augen hinein. »Muß ja nicht gleich sein, Herr Dr. Keune«, sagte sie, als ob sie es nicht schon erfahren hätte, daß aus aufgeschoben aufgehoben werden kann. »Ich bereite es in Ruhe vor. Ein Jahr etwa noch, ich suche eine Nachfolgerin, alles wird geregelt, Herr Behrend hat sicher Geduld.«

»Gut, gut«, flüsterte er, geschwächt von der Aufregung, geschwächt auch, weil er wußte, daß die Schwäche seine Stärke war in diesem Fall. Und wenn er ein Gesprächspartner für mich wäre wie mein Großvater Peersen, ich müßte ihn fragen, was er sich dachte dabei. Schweizer Franken im Überfluß, ein ganzes Sanatorium hätte er sich kaufen können, einen Koch aus Frankreich, einen Konditor aus Wien, Gesellschaft für den Abend, warum Christine? Der gute Mensch Keune, ich fange an, seine Güte zu bezweifeln. Für Franz und Hans eine bessere Note im deutschen Aufsatz, Verständnis für Verzweifelte, Milde statt Härte, was zählte das, es hatte seiner Seele wohlgetan, der Preis war ihm nicht zu hoch gewesen. Aber mit seiner Bequemlichkeit wollte er nicht zahlen, soviel war ihm der Edelmut nicht wert. Auch er nahm sich, was er brauchte, mit Geld, mit anderen Mitteln, wo liegt der Unterschied zwischen Johann Peersen und ihm.

Doch es steht mir nicht zu, mit ihm zu rechten, sie haben ihm genug angetan. Manchem Tod muß zugestanden werden, daß er Schulden löscht.

Sascha kam im April 1923, und die Zeit war reif für ihn. Wenn der Apfel reif ist, fällt er vom Baum. Wer will, kann es Schicksal nennen.

In Kiel, als Johann Peersens Tochter vom Düsternbrooker Weg – nie hätte Christine auch nur einen Blick an Sascha verschwendet. Zumindest keinen zweiten, ob ihr der erste angenehm gewesen wäre oder nicht. Ein Russe, ein ehemaliger Feind. Gewiß, man hatte dem Zaren einst zugejubelt beim Feuerwerk. Doch inzwischen war ein Krieg gewesen und verloren, der Zar ermordet. Ein Heimat- und Besitzloser – nein, nichts für ein Mädchen aus gutem Kieler Haus.

Aber war sie das noch? Die Düsternbrooker Villa gehörte ihrem Vater nicht mehr. Er wohnte in der Esmarchstraße mit der fremden Frau, kein Bett stand dort für sie bereit. In ihrem dritten Stendaler Winter bekam sie das Gefühl einer Häutung, als falle die Peersen-Schicht endgültig von ihr ab, Stück für Stück, rohes Fleisch überall, so kam es ihr vor. Auf einem Bild aus diesem Jahr trägt sie einen wadenlangen Mantel mit großem Skunkkragen, den Muff dazu, die Pelzkappe. Halb ernst, halb lächelnd blickt sie den Betrachter an, eine Dame, sagte jeder, wenn sie so durch die Straßen ging,

Bestellungen aufgab bei Thams und Garfs, Grüße erwiderte, ihren Parkettplatz im Stadttheater einnahm. Doch sie selbst glaubte nicht mehr daran. Dora Behrend hatte ihr ein Wort ins Ohr gesetzt, das wurde sie nicht los, und die aufsässige Liesbeth spuckte es ihr schließlich noch einmal ins Gesicht: »Spieln Se sich doch nich uff, wat sind Se denn, ne bessere Dienstspritze, sonst nüscht.«

Sie konnte Liesbeth hinauswerfen. Aber das Wort blieb.

»Ärgern Sie sich doch nicht«, sagte Berta, als Christine nach diesem Zwischenfall hektisch den Eischaum für ihr Zitronendessert rührte, und konnte gerade noch verhindern, daß sie Salz statt Zucker in die Creme schüttete. Berta war drei Jahre jünger als Christine, klein, ein wenig rundlich, mit einem altmodischen dunkelblonden Haarknoten und Sommersprossen überall. Fliegenschiß nannte sie das und schmierte einen Brei aus Asche und Wasser darauf, aber es nützte nichts. Ihr Vater war in der Marneschlacht gefallen, krepiert, sagte sie, seitdem sie mit Walter Schneider ging, und zu Hause in Anklam warteten Mutter und Geschwister jeden Monat auf die Hälfte ihres Lohns. Christine zahlte ihn ihr in harter Währung aus, zwanzig Schweizer Franken, sonst hätte sich das Geld bis Anklam in Milliarden ohne Wert verflüchtigt.

»Und ist das denn so was Schlimmes, Dienstmädchen?« fragte sie. »Ein anständiges Dienstmädchen ist keine Schande, entschuldigen Sie man, Fräulein Peersen.« Es war das erste Mal, daß sie sich so etwas herausnahm, vermutlich der Anfang für die spätere Freundschaft.

Christine sah nach, ob sich die Gelatine schon auflöste.

»Sie haben recht, Berta. Man sollte nicht dünkelhaft sein.«

Aber geholfen hatte ihr das Gespräch nicht.

»Ich will jetzt endlich die Anzeige aufgeben«, sagte sie an diesem Abend zu Dr. Keune, und in der Nacht bekam er einen Herzanfall.

»Nervös«, sagte der Arzt, den sie in ihrer Angst aus dem Schlaf geholt hatte. »Keine Aufregungen, wenn ich bitten darf.«

Also nichts mehr von der Porzellanabteilung. Vorerst nicht. Im übrigen erhielt Christine in diesem Winter zwei Heiratsanträge, keiner von ihnen dazu geeignet, sie innerlich aufzurichten.

Der erste Bewerber hieß Golley, Studienrat Golley, ein Mann von fünfunddreißig, schon sieben Jahre Witwer und seitdem regelmäßig einmal in der Woche Gast beim Abendessen, auf Veranlassung der ehemaligen Schmalhans, wie Dr. Keune behauptete, und schon immer zu seinem Mißbehagen.

»Ich werde den Menschen nicht los«, jammerte er, brachte es in seinem Zartgefühl jedoch nicht fertig, den ungeliebten Besucher ein für allemal auszuladen. Und so saß Golley jeden Dienstag mit dem Hausherrn und Christine in dem großen eichengetäfelten Eßzimmer auf seinem Stammplatz vor der Kopie des ›Melonenessers‹ von Murillo, aß unmäßig und erzählte Geschichten, die niemand hören wollte.

Er unterrichtete Physik und Chemie, keinem Menschen zur Freude offenbar. Sein großer, unförmiger Körper mit den schlenkernden Armen hatte ihm bei den Schülern den Namen »Gorilla« eingebracht, wofür er sie haßte. Dies war sein Thema, außerdem Geld beziehungsweise dessen bestmögliche Verwendung. Der Erwerb von zehn besonders billigen Eiern konnte ihn mit geradezu feierlicher Befriedigung erfüllen, zum Abscheu Dr. Keunes, der sein Leben lang genug Geld gehabt hatte und jedes Gespräch darüber als degoutant empfand. Christine versuchte ihn durch verminderte Essensqualität abzuwimmeln, brachte statt Braten Frikadellen auf den Tisch oder auch nur Rührei, aber Golley kam wieder.

Und dieser Mensch, der zudem heftig aus dem Mund roch, verliebte sich in Christine. Nach zwei Jahren fast unhöflicher Gleichgültigkeit wurden seine Blicke plötzlich lyrisch, und eines Abends, als sie ihn zur Haustür brachte, versuchte er sie zu küssen. Sein Atem flog ihr ins Gesicht, sie rief: »O Gott, sind Sie von Sinnen?«, und er fragte, ob sie die Seine werden wolle, er wünsche sich, sie für immer an seiner Seite zu haben, ihre Stellung hier im Hause würde ihn auch nicht im geringsten stören.

Da schlug sie die Tür zu.

»Was habe ich an mir? Ausgerechnet dieser!« sagte sie zu Dora Behrend, die jedoch meinte, Studienrat, das wäre keine schlechte Partie, man würde jeden Tag älter, und gegen Mundgeruch gebe es ausgezeichnete Mittel, sie hätte es sich doch wenigstens überlegen können.

Vielleicht lag hier der Grund für die Verwirrung, die der nächste Antrag in Christine hervorrief.

Er kam von einem jungen Mann namens Erwin Klewer, Verkäufer bei Thams und Garfs, der jeden Freitagnachmittag die wöchentlichen Bestellungen zu den Kunden ausfuhr, in einem einspännigen Kastenwagen, auf dessen Kutschbock er zum Vergnügen der Kinder kunstvoll mit der Peitsche knallte.

»Er sah gut aus«, erzählte mir meine Mutter. »Groß, blond und so ehrliche Augen. Aber Verkäufer bei Thams und Garfs! Ich hatte ihm doch Trinkgeld gegeben.«

»Mochtest du ihn denn nicht?« fragte ich, und sie sagte, das hätte nicht zur Debatte gestanden. »Später habe ich ihn noch einmal wiedergesehen, in Hannover, da war er Besitzer mehrerer Feinkostgeschäfte.«

Christine und ihr König Drosselbart.

Einmal im Dezember, als er blaugefroren mit Wollmütze und Ohrenschützern die vollen Körbe hereinschleppte, gab sie ihm ein Glas heißen Tee, und während er sich am Küchenherd wärmte, fuhr sie fort, die frischgerührte Mayonnaise unter ihren Heringssalat zu mengen.

»Was kommt da alles so rein?« wollte er wissen.

»Äpfel, Gurken, Zwiebeln«, sagte sie. »Hartgekochte Eier, ein bißchen Schinken. Und die Heringe müssen richtig gewässert sein, nicht zuviel, nicht zuwenig. Wollen Sie mal probieren?«

Sie tat ihm etwas auf den Teller, worauf er behauptete, so guten Heringssalat noch nie gegessen zu haben.

»Ich stamme aus Kiel«, sagte sie. »Dort kann man mit Fisch umgehen.« Und da sein fachliches Interesse offensichtlich war, durfte er auch noch ihre Sahneheringe kosten, von denen sie immer einen kleinen Steintopf voll in Vorrat hielt.

Am Freitag darauf, als er wiederkam, richtete sie gerade eine Platte mit belegten Broten her für den Besuch, der am Abend erwartet wurde. Sie hatte ein Talent für kalte Platten, verstand es überhaupt, Schmackhaftes auch für das Auge delikat zu machen: aufgeblätterte Gürkchen, Rote-Bete-Würfel, ein wenig krause Petersilie, Eischeiben, Mayonnaisetupfer, und alles so aufeinander abgestimmt, daß Erwin Klewer es »wie gemalen« nannte.

»Gemalt, meinen Sie wohl«, sagte sie freundlich, daran gewöhnt, Unwissende auf den richtigen Weg zu bringen.

Er wurde rot. »Natürlich. Bei uns zu Hause kam das nicht so darauf an.«

Und dann, zwei Wochen später, nachdem er seine Ware abgeliefert hatte, machte er ihr den Heiratsantrag. Das sei nämlich so, fing er an, er könne in Hannover ein Geschäft übernehmen, von einem Onkel, so einen kleinen Murksladen, aber erstklassige Lage, es ließe sich was draus machen und ob sie nicht Lust hätte, mit ihm zusammen...

»Wie bitte?« fragte Christine, und er erklärte, daß er sie gern heiraten würde.

»Aber Herr Klewer«, sagte sie und sah ihn an, den weißen Verkäuferkittel, die graue Winterjoppe darüber, die Mütze, die Ohrenschützer, und dachte, sie müsse sich irren, er meine gar nicht sie, sondern Berta vielleicht, aber er sagte: »Neulich, als ich Ihre Heringe probiert habe und den Salat, da ist mir die Idee gekommen, mit Ihnen, da könnte man was auf die Beine stellen, einen richtig guten Laden, Delikatessen, feines Obst und Gemüse, wo nur bessere Leute kaufen, gibt ja genug in Hannover.«

»O Gott«, sagte sie und fing an zu lachen. »Wegen meines Heringssalats?«

»Bestimmt nicht.« Er riß sich Mütze und Ohrenschützer herunter, sei es, daß ihm zu warm wurde, sei es, daß er sich plötzlich lächerlich vorkam damit. »Ich mag Sie, ich habe nur keine Traute gehabt, Sie sind was Besseres, weiß ich doch. Aber jetzt mit dem Laden, da kann ich auch was bieten, und zusammen ein Geschäft aufbauen, wär das denn nichts?«

Er ging einen Schritt auf sie zu, mit ausgestreckter Hand, eine große, kräftige Hand. Auf den Bakkenknochen brannten rote Kälteflecke, sie sah, daß er graublaue Augen hatte.

Er wartete.

»Es geht nicht«, sagte sie. »Ich...«

»Müssen Sie auch noch gar nicht«, unterbrach er sie hastig und ließ die Hand wieder fallen. »Hauptsache, ich bin Ihnen nicht unsympathisch. Wenn man zusammenhält und merkt, daß es vorwärtsgeht, dann kommt das schon.«

»Nein«, sagte sie. »Wirklich nein, und wir wollen nicht mehr daran denken.«

Von diesem Antrag erzählte sie niemandem etwas, aus Scham über den unpassenden Bewerber, schämte sich aber gleichzeitig ihres Dünkels. Wer war sie denn, wohin ließ sie sich noch treiben von diesem Dünkel? Die Szene in der Küche, Klewers Gesicht ohne Ohrenschützer, seine Augen, seine Hände, die Worte, immer wieder kamen sie zurück, und sie begriff ihre Ablehnung nicht mehr. Ein einfacher Mann, gut, auch ihr Vater hatte klein angefangen, besser von unten nach oben als umgekehrt. Sie hätte mit ihm gehen sollen, ein eigenes Geschäft, Schüsseln voller Salate, kalte Platten für Gesellschaften, ein Lieferwagen, Filialen, Feinkost-Klewer, erstes Haus am Platze, was hätten wir zusammen machen können, und ein gutaussehender Mann, einer, der mich liebt, o Gott, was habe ich getan.

Sie wartete eine Woche, dann ging sie zu Thams und Garfs mit ihrer Einkaufsliste, um ihm zu zeigen, daß sie nachgedacht habe. Aber er war nicht mehr da, bereits in Hannover, sagte der Geschäftsführer, schade, so eine tüchtige Kraft.

Sie hätte hinter ihm herfahren sollen. Feinkost-Klewer, vielleicht wäre es das gewesen. Aber sie fuhr keinem Mann hinterher, und überhaupt, wer kann es wissen. Was er ihr angeboten hatte, blieb nur ein Stichwort, die Replik kam später und hatte mit ihm nichts mehr zu tun.

Im Moment ließ er sie in Panik zurück. Sie war siebenundzwanzig. Eines Morgens entdeckte sie ein graues Haar zwischen Scheitel und Schläfe. Sie stand vor dem Spiegel, suchte in ihrem Gesicht, sah die Jahre davonlaufen. Ohne Dr. Keune etwas davon zu sagen, ging sie zum ›Altmärker‹ und gab die Anzeige auf, schickte denselben Text an Zeitungen in Magdeburg, Berlin, Braunschweig und versprach Fritz Behrend, spätestens im Herbst bei ihm anzufangen.

Um diese Zeit kam ein Brief von Johann Peersen. Er hatte ihr noch nie geschrieben, sich auch nicht zu dem, was sie als »meinen Silberdiebstahl« bezeichnete, geäußert, nur Grüße bestellen lassen. Der Kontakt zu der Familie in Kiel war vage geworden, abgesehen von Anna und Mieke, den Kleinen, die schon zweimal die großen Ferien bei ihr verbracht hatten, glücklich mit dem Garten und der milden Großvatergestalt Dr. Keunes, der ihnen bei Regenwetter die ›Ilias‹ und Schillers Dramen in dem, was er für kindgemäße Aufbereitung hielt, darbot. Christine jedoch spürte Distanz. Nicht mehr ihre Kinder. Kinder auf Besuch.

Mit Lena, inzwischen achtzehn und mitten in der Ausbildung zur Krankenschwester, unterhielt sie eine spärliche Korrespondenz. Von ihr wußte sie, daß Justus vor dem Abschluß der Bauschule stünde, daß die Firma, kein Wunder bei diesen Zeiten, nur mühsam liefe und Mutter Gesa gut mit den Kindern zurechtkäme. Auch, daß Frau Jepsen gestorben sei, teilte sie Christine eines Tages mit, an Gelbsucht, plötzlich habe sie wie ein Chinese ausgesehen, und dann sei es sehr schnell gegangen. »Vater ist sehr traurig«, hatte Lena geschrieben, und auch Christine trauerte. Luise Jepsen und die Wäschestube, wieder ein Stück Kindheit dahin.

Wann sie sich denn nun endlich wieder mal sehen ließe, fragte Lena in jedem Brief, und Christine antwortete stets: bald. Und immer schob sich etwas dazwischen, ein Mißbefinden Dr. Keunes,

Gäste, dringende Arbeiten. Wozu auch. Kiel war ihr aus den Händen gefallen, sie hatte Angst vor der Fremdheit.

Doch nun schrieb Johann Peersen, daß man sie brauche. »Mutter Gesa hat sich das Bein gebrochen auf den vereisten Stufen. Es ist eine Prüfung des Herrn, wir müssen damit fertig werden. Niemand weiß, wie lange sie liegen bleibt, und wer soll sich um Haushalt und Kinder kümmern. Lena steht in der Ausbildung, Käthe in Bremen hat Mann und Kinder zu versorgen. Mieke ist erst elf. Liebe Christine, Deine Familie rechnet mit Dir, sie ist wichtiger als fremde Leute, komme sofort.«

Die letzte Bitte ihres Vaters.

Christine hat sie abgelehnt, und nie ließ sich ihr Gewissen deswegen beruhigen. »Dr. Keune war schwer krank«, schrieb sie. »Es ist nicht möglich, ihn alleinzulassen, bevor ich jemanden gefunden habe, der an meine Stelle tritt. Und dann werde ich die Porzellanabteilung in einem großen Haushaltswarengeschäft übernehmen, auch das kann ich nicht gefährden, sonst stehe ich eines Tages mit leeren Händen da. Wenn es sich nicht anders machen läßt, muß Lena ihre Ausbildung unterbrechen oder Käthe mit den Kindern vorübergehend nach Kiel kommen, sie hat sowieso noch etwas gutzumachen. Ich hoffe, Ihr könnt mich verstehen. Ich habe zwar keine eigene Familie und auch keinen richtigen Beruf, aber gerade deswegen Pflichten gegen mich selbst.«

Der Brief sprach nicht ihre Sprache. Niemand verstand ihn in Kiel, wohin, sagten sie, ist es mit Christine gekommen.

So lagen die Dinge, als Sascha erschien. Die Zeit, wie gesagt, war reif. Er kam im April 1923, ein Jahr darauf fand die Hochzeit statt. »Weil wir uns lieben«, sagte sie.

Das Hochzeitsbild, das seinen Platz auf der Kommode hatte, neben dem von Johann Peersen und Marie, erinnert an diesen Tag: Sie stehen vor dem Stendaler Rathaus, Christine im hellgrauen Kostüm mit rosa Bluse, die Jacke der Mode entsprechend locker über den Hüften, eine Rose auf dem Revers, auch der graue Hut rosa garniert, »grau und rosé, Janni, sehr elegant«, und neben ihr Sascha im Nadelstreifen, alles erstklassig, dafür hatte sie gesorgt mit ihrem Sinn für Qualität und Dekorum und den gesparten Schweizer Franken.

Ein hübsches Paar, damenhaft-warmherzig sie, er ein bißchen theatralisch, mit diesem Blick in die Augen der Braut und der Hand auf ihrem Arm. Aber so war er, was er lebte, mußte er auch spielen. Hier also: der Bräutigam. Ich liebe dich, du meine Frau, reich mir die Hand, mein Leben und so weiter, das Lied, das er nachher noch singen wird.

Ach, Sascha, dieser Blick. Ich sehe dich an, du

lächelst, ich auch. Warum habe ich sie dir früher so übel genommen, deine Lust an der Show, und nicht begriffen, daß du an deine großen Gesten glaubtest, im Moment jedenfalls. Kein falsches Spiel, jetzt verstehe ich es, nur der Moment war ohne Dauer, und wir wollten Dauer von dir nach Kieler und Stendaler Art. Es war nicht deine Schuld, daß wir das Falsche von dir wollten.

Im übrigen: kein Kranz und Schleier, auch nicht bei diesem Paar.

Sascha hatte die kirchliche Trauung verweigert.

»Nein, kein Kirche. Ich gehen in kein Kirche mehr, habe geschworen in Krieg. Was ist Kirche, was hat zu tun mit Gott. Pope segnet russische Waffen, deutsche Pastor segnet deutsche Waffen, wenn Gott das wollen, ich nicht wollen diese Gott, habe meine eigene Gott, segnet nicht Waffen für Mord.«

Christine hatte zwei Tage über seine Worte nachgedacht. Dann wunderte sie sich, daß sie nicht von selbst darauf gekommen war. Den Kriegsbeginn hatte sie, Johann Peersens »Preußenzirkus« im Ohr, ohne großen Patriotismus hingenommen, aber auch ohne Widerspruch. Kriege, was konnte man gegen Kriege tun, das Leben ist Kampf, sogar ihr Vater sagte das, bis Krischan gefallen war. Da verfluchten sie den Krieg. »Wofür?« fragte Christine, wenn die Rede auf Heldentum, deutsche Schmach, Revanche kam. »Was wird besser in der

Welt durch Krieg? Krischan ist tot, das reicht.« Und jetzt begriff sie, daß die ganze Welt für Krischans Tod gebetet hatte, so wie der Pastor in der Nikolaikirche für den Tod der anderen. Sie hatte es selbst gehört: »Herr, vernichte unsere Feinde, gib uns den Sieg.«

»Er hat für deinen Tod gebetet, Sascha«, sagte sie. »Du hast recht, diesen Segen brauchen wir nicht.«

Das Hochzeitsessen wurde im »Schwarzen Adler« eingenommen, dem Hotel nicht weit vom Rathaus, gegenüber der Marienkirche. Bouillon mit Cherry; Hechtklößchen; Kalbsfilet mit feinen Gemüsen; Mousse au chocolat.

Dr. Keune, der glücklich lächelnd die Rolle des Brautvaters für sich in Anspruch nahm, hatte dazu eingeladen: die Trauzeugen Dora und Fritz Behrend, die Kränzchendamen mit ihren Männern, Helmut Blume, ein Freund Saschas, von dem noch die Rede sein wird. Aus Kiel allerdings war niemand gekommen, nicht einmal Lena, der Johann Peersen die Teilnahme an der Hochzeit wahrscheinlich verboten hatte. Er mißbilligte diese Heirat zutiefst. »Ein Fremder und Habenichts«, hatte er geschrieben, »kannst Du nichts Besseres finden?« Sie nahm es ihm nicht einmal übel, wie sollte er es anders sehen dort in Kiel.

So ging die Heirat ohne ihre Familie vonstatten. Ihre Familie? Nicht mehr ihre Familie? Warum eigentlich, fragte sie sich in der Nacht vor der Trauung, warum um Gottes willen ist es so geworden, was ist passiert? Die zehn Jahre seit dem Tod Maries standen um sie herum, eine Mauer aus Jahren, und wieder einmal mußte sie sich das Taschentuch in den Mund stopfen. Gut, daß der Schlaf so schnell kam und der Morgen mit seiner Betriebsamkeit: Frühstück, Anziehen, Abfahrt, keine Zeit zum Nachdenken, erst auf dem Standesamt noch einmal die Angst.

»Fräulein Christine Peersen, Sie werden darauf hingewiesen, daß Sie durch die Eheschließung mit dem staatenlosen Alexander Lewkin ebenfalls Ihre deutsche Staatsangehörigkeit verlieren. Haben Sie dies zur Kenntnis genommen, und sind Sie sich der Konsequenzen bewußt?«

Sie konnte es nicht zur Kenntnis nehmen. Es kam zu schnell. Sie antwortete nicht, hörte, wie Fritz Behrend sich räusperte, hörte Papier rascheln, Schritte auf dem Flur, spürte Saschas Hand, die nach ihr griff.

»Ja«, sagte sie und besiegelte es mit ihrem neuen Namen: Christine Lewkin, geborene Peersen.

Im »Schwarzen Adler« hob Louis Ferdinand Keune das Glas und trank auf eine glückliche Zukunft dieser deutsch-russischen Verbindung. »Goethe und Tolstoi«, sagte er. »Gibt es etwas Besseres?«

Nach dem Essen fuhr die Gesellschaft ins Keune-Haus, und Sascha sang. Er sang russische Romanzen und jene Mozart-Arie ›Reich mir die Hand, mein Leben‹, extra einstudiert für diesen Tag, von Dora Behrend recht und schlecht auf dem Klavier begleitet. Auch der Text kam nicht ganz korrekt, ›Reich miche Hand, Läben‹ oder dergleichen. Christine zuckte zusammen, aber Sascha sang mit klarem, hellem Tenor, und alle bewunderten ihn. Die Romanzen gingen an die Seele, und dann noch Mozart, der Russe und Mozart. ›Komm auf Schloß mit mir‹, sang er Christine in die Augen, so, als wolle er sie tatsächlich dorthin entführen, obwohl er doch weder ein Schloß noch etwas anderes besaß, gar nichts mehr, und nur sich selbst aus Rußland gerettet hatte.

»Plötzlich stand er vor der Tür«, erzählte mir meine Mutter einmal zu einer Zeit, als ich längst nicht mehr auf ihrem Schoß saß und zu den Kiel-Geschichten nun auch die Sascha-Geschichten kamen. »Wir waren gerade bei der Suppe, Bouillon mit Eierstich, das vergesse ich nie, da klingelte es, und wenn ich gewußt hätte, wer da klingelt...«

Was hätte sie getan? Gar nichts, warum auch, woher sollte sie wissen, was das Klingeln bedeutete. Es war kein Traum, in dem es klingelt, und während es klingelt, kennst du schon alles, Anfang und Ende und was dazwischenliegt. Es war mittags, hellichter Tag, sie saßen am Tisch und löffelten Bouillon, es klingelte, und Berta meldete naserümpfend, draußen sei ein Mann, der unbedingt zu Herrn Doktor wolle.

Sie hatte sich vergeblich bemüht, ihn abzuwimmeln, heruntergekommen wie er war nach dem langen Weg von Samara nach Stendal, keine Kleider zum Wechseln, kein Bett zum Schlafen, kein Geld, um sich Sauberkeit zu kaufen.

»Ein Ausländer«, sagte sie. »Stinkt wie 'n Bock. Sascha heißt er, Sascha und noch was«, worauf Dr. Keune den Löffel in die Suppe klirren ließ.

»Sascha? Etwa Sascha Lewkin? Gütiger Himmel, führen Sie den Herrn herein.«

Er schob den Stuhl zurück, humpelte in die Halle, Christine hörte seinen milden Aufschrei: »Sascha! Junge! Wo kommen Sie her?«

Sie hatte sich ebenfalls erhoben, und durch die geöffnete Tür sah sie ihn näherkommen, Dr. Keune am Arm, der in zappelnder Freude zu ihm aufblickte. Er dagegen blickte zu Christine, überrascht, fragend, er hatte mit Frau Schmalhans gerechnet, und nun sie.

»Das ist Herr Alexander Lewkin«, sagte Dr. Keune. »Mein guter Freund Sascha, Sie kennen ihn von dem Foto, er hat einen abenteuerlichen Fluchtweg hinter sich. Und das ist Fräulein Peersen, die neue Hausdame, nein, die Dame des Hauses.«

Sascha beugte sich über ihre Hand, eine Wolke

aus Schmutz und Schweiß schlug ihr entgegen. Sie zögerte, dann fragte sie: »Möchten Sie gleich mitessen oder erst baden, Herr Lewkin?«

Er sah sie an, strich mit einer Hand über sein stoppeliges Kinn, mit der anderen über den Magen und lachte. »Erst Stückchen Brot, gnädige Fräulein, sonst hungrige Russe ertrinkt in Wasser, gluckgluckgluck.«

Er schloß die Augen, ließ Arme und Schultern nach vorn sacken, und sie, beschämt, gab ihm seinen Platz am Tisch.

»Wollte mich gleich waschen«, erzählte er später oft und gern. »Mich sehen und erste Gedanke Badewanne. Und so was ich heiraten.«

Aber sie lachte schon nicht mehr darüber.

Wann wußte sie, daß sie sich in ihn verlieben würde? Bestimmt noch nicht an diesem ersten Abend, als sie zu dritt im Wohnzimmer saßen, er in dem neuen braungelbgestreiften Bademantel, den sie, während er schlief, schnell gekauft hatte, auch eine Garnitur Unterwäsche, Strümpfe, Hausschuhe, denn das, was er mitgebracht hatte, war nur noch fürs Feuer.

»Keine Angst, deutsche Fräulein, bin entlaust an Grenze«, hatte er gesagt. »Aber verbrennen Sie, alles verbrennen, gut, wenn Erinnerung in Feuer.« Worte voll Trauer. Das Mitleid, das sie in ihr weckten, hörte nie auf, auch dann nicht, als sie aufhörte, ihn zu lieben, es jedenfalls behauptete.

Aber vielleicht hat auch das nie aufgehört. Oder war nie da. Wer soll das genau wissen.

Er sieht gut aus, dachte sie allerdings schon an diesem Abend, als er ausgeruht, gebadet, rasiert von seiner Heimkehr aus der Gefangenschaft erzählte, von der Flucht, von Rußland und der Revolution, dramatisch, lyrisch, humorvoll, melancholisch, mit Augen, Händen, dem ganzen Körper. Er war ein großer Erzähler. Wenn er erzählte, rückten die Leute näher, schwiegen, hörten nur noch zu, Steine, denke ich manchmal, hätte er zum Zuhören bringen können. Rußland. Rückkehr aus der Gefangenschaft, im Grenzort vor Minsk das Chaos, keine Züge, keine Bleibe, Moskau weit, aber was steht dort so allein auf der Strecke, eine Lokomotive, sieh da, eine Lokomotive, o Mütterchen Lokomotive, bring uns nach Moskau, kriegst auch Kohlen, aber wo sind die Kohlen, nirgendwo Kohlen, nur Holz in einem Schuppen und ein Wächter davor, sie müssen ihn betrunken machen, womit, mit Wodka natürlich, seinem eigenen, den haben sie hinter dem Schuppen gefunden, trink, Brüderchen, trink, und dann dawai mit dem Holz ab nach Moskau, und die Lokomotive faucht über leere Gleise, nicht nach Moskau, aber wenigstens bis Minsk, und sie singen fromme Lieder in ihrer Angst, gospody gospody pomilju, weil jederzeit eine andere Lokomotive ihnen entgegenkommen könnte, aber o Wunder der Revolution, keine außer ihrer ist unterwegs.

Die Lokomotivengeschichte, burleskes Vorspiel. Und dann Moskau. Das Elternhaus. Er steht davor, ein Milizionär tritt ihm entgegen, fragt, was er suche. »Ich wohne hier.« Nein, sagt der Milizionär, »dies ist das Kommissariat für Volksgesundheit.« – »Ich wohne hier, Towarischtsch«, wiederholt Sascha, und der Mann starrt ihm ins Gesicht und sagt: »Verschwinde, das ist besser für dich«, stößt ihn in den Schnee, richtet das Gewehr auf ihn, Sascha rennt, sucht Verwandte, Freunde, findet niemanden, nur die Alte schließlich, Marja Timofejewna, ehemalige Kinderfrau, Vertraute, Komplizin. Sie hockt in einem Kellerloch. »Tot«, sagt sie, »Eltern, Schwestern, Bruder, alle tot, das ist die Revolution, Alexander Michailowitsch, Sascha, mein Täubchen« und gibt ihm eine Brosche. »Die habe ich einmal deiner Mutter gestohlen, Katharina Petrowna, der armen Seele, und der Herr möge mir vergeben.«

Er griff in die Bademanteltasche an jenem ersten Abend bei Dr. Keune, nestelte die Brosche heraus, ein Blumenkörbchen aus Rubinen, Saphiren, Brillanten. »Habe immer in Futter von Manteltasche gehabt. Beinahe mit verbrannt, deutsche Fräulein.«

»O Gott«, sagte Christine, Tränen in den Augen, und blickte auf die Brosche, die einmal ihr gehören wird, dann mir, der Tochter, dann meiner Tochter. Die Brosche. Das Bleibende.

»Nicht weinen«, sagte er. »Kinder von arme Leute haben Eltern viel früher verloren. Sind gestorben in Dreck und Armut, und wir gesessen in Paläste. Leben grausam, gnädige Fräulein«, und als Dr. Keune, mit der Brosche in der Hand, sagte: »Sie hätten hierbleiben sollen, Sascha, wir haben Sie gewarnt, diese schreckliche Revolution«, hob er beschwörend die Hände und rief: »Ja, Revolution schrecklich, Louis Antonowitsch, aber ohne Revolution noch viel schrecklicher, und wenn vorbei sein Kampf, wird gut für arme russische Volk, endlich gut sein nach lange Qual.«

»Und warum?« fragte Christine, »verzeihen Sie, aber wenn Sie so daran glauben, warum sind Sie nicht dortgeblieben?«

Er nahm die Brosche zurück und befestigte sie wieder innen an der Bademanteltasche. »Warum? Ja, gute Frage, warum. Habe nicht ausgehalten Hunger, Läuse, Typhus, Tod. Soviel Tod. So viele arme Kinder. Kann nicht aushalten ganze Elend, bin nicht hart genug für Revolution, gnädige Fräulein, sollen Sie nie erleben so etwas.« Dann: »Wie ist Name?«

»Peersen, Christine Peersen.«

»Und Name von Vater?«

»Johann.«

»Iwan in Russisch«, sagte er. »Christina Iwanowna.« Er stand auf. »Muß wieder schlafen. Halbe Jahr schlafen. Danke für Essen, danke für Bad, danke für gute Aufnahme bei Freunden. Armes Russe sagen danke schön.«

Er lächelte Christine an, verbeugte sich und ging.

»Ist er nicht wunderbar?« fragte Dr. Keune. »Ein Mensch, wahrhaftig, ein Mensch.«

»Doch. Ja.« Christine stellte die Gläser auf das Tablett, hob einen Weinkorken auf. »Trotzdem, wenn jemand so überzeugt ist von einer Sache – und dann weglaufen?«

Dr. Keune lächelte milde. »Das können Sie nicht verstehen, nein, Sie nicht. Sie sind eine Heldennatur, immer bis zum Letzten. Aber nicht jedermann ist ein Held.«

Ich verstehe es trotzdem nicht, dachte sie, bevor sie einschlief, schnell und tief wie meistens, ganz gleich, was geschah.

Und Sascha, wie wird er geschlafen haben in dieser ersten Nacht?

Er war kein guter Schläfer wie Christine, was er am Tag abschüttelte, suchte ihn in der Nacht heim. Vielleicht lag er auch in dieser Nacht wach, endlich am Ziel, keine Flucht mehr, und ein Bett, weiß bezogen, die Möbel elfenbeinfarben, grüne Vorhänge, grüner Teppich, das Elfenbeinzimmer nannten sie es. Endlich ein Bett, nach Nächten im Scheunenstroh, in Güterwagen und Torwegen, mit Pennern und Obdachlosen und der Angst, dies sei die Endstation, denn was konnte er, nichts, nur reiten, fechten, ein bißchen deutsch, ein bißchen französisch, ein bißchen singen, minus, dachte er, alles minus, und vielleicht, obwohl er nie dergleichen verlauten ließ, wäre es ihm lieber gewesen, die Revolution hätte nicht stattgefunden oder jedenfalls unter Aussparung seiner Person. Fast vier Jahre hatte er mit der Revolution verbracht, und vielleicht dachte er auch daran, an die Jahre in Samara bei seinem Cousin Nikolai, ehemals schwarzes Schaf der Familie, Bolschewik, nach Sibirien verbannt und jetzt Kommissar, der ihm Arbeit gegeben hatte und das Leben gerettet, denn nur wer Arbeit nachweisen konnte, bekam Essen, wenn auch nicht genug. »Kolja mich aufgenommen, Arbeit in Büro, Stempel auf Scheinchen drücken«, viel mehr erfuhr man nicht. Aber es war auch noch etwas anderes gewesen: Wie er als Listenführer mit bewaffneten Milizionären und Tschekisten in die Dörfer geschickt worden war, um bei den Bauern Korn und Kartoffeln aus den Verstecken zu holen für die hungernden Städter. Hungersnot, hier das Dorf, dort die Stadt, der alte Gegensatz in solchen Zeiten. Nur daß die Kulaken im Bezirk Samara keine goldenen Uhren für ihre Kartoffeln bekamen, sondern Kugeln in die Bäuche, wenn sie störrisch blieben und nicht verraten wollten, wo ihre Vorräte vergraben lagen. Und Sascha führte Buch. Fünf Sack Roggen von Iwan Sokolnow, schrieb er in seine Listen, während Iwan Sokolnow tot daneben lag. Das hielt er nicht aus. Er gehörte nicht zu denen, die ihre Hände in Blut tauchen für eine Idee. Und so stempelte er als letztes ein paar Scheinchen für sich selbst, Marschbefehle, Alexander M. Lewkin, unterwegs im Auftrag des Kommissariats von Samara, und ließ die Revolution sitzen, weil sie anders war, als er es sich zurechtgeträumt hatte vor dem Krieg, ein junger, verwöhnter Mann, Leutnant im Petschorski-Regiment, der glaubte, mit Mütterchen Rußland tändeln zu können, und nun war ein Totentanz daraus geworden, genug für viele schlaflose Nächte.

Ich sehe ihn liegen im Elfenbeinzimmer und Bilanz ziehen, keine gute, aber er ist jung, neunundzwanzig, jung genug, um noch einmal anzufangen. Was er wohl sah für sich und die Zukunft? Wieder nur Träume?

»Er ist ein Träumer, Fräulein Peersen, aber Sie als Frau der Wirklichkeit werden ihm eine Stütze sein. Und Sie wissen ja, mein Haus ist auch Ihres«, hatte Dr. Keune bei der Verlobung gesagt und Christine lange die Hand gedrückt, glücklich in der Hoffnung auf noch viele gemeinsame Abende zu dritt.

Fritz Behrend sah es nicht so poetisch. »Wollen Sie ihn wirklich heiraten?« fragte er, als sie oben im Erker beim Kaffee saßen und Christine ihm sagte, daß es nun leider nicht ginge mit der Porzellanabteilung. Sie würden bei Dr. Keune wohnen bleiben, Sascha und sie, die beste Lösung im Moment. So könne sie gleichzeitig für ihren Mann sorgen, während er sich einlebe und nach einer Existenz umsähe.

»Er muß ja erst Fuß fassen, Herr Behrend.«

Schon wieder ein Opfer, wenn auch nicht so groß wie das Lehrerinnenseminar seinerzeit. Nur ein kleiner Traum, aber ein Traum immerhin, und vielleicht wäre ihr Leben daraus geworden, vielleicht sogar ein Leben mit Sascha, warum nicht, auch als Frau Lewkin hätte sie Service aus Meißen, Nymphenburger Figuren, Böhmische Gläser einkaufen und verkaufen, die Abteilung ausbauen, einen Erfolg daraus machen können. Aber sie brachte das Opfer für ihn und tat es gern. »Es geht nicht immer so, wie man will«, sagte sie zu Dora Behrend, und morgens aus dem Haus, erst abends zurück, wie sollte es passen zu der Rolle, für die sie bereitstand. Der Mann geht hinaus, die Frau bleibt im Haus.

Schade, sie hätte mit Sascha darüber sprechen sollen. Gereimte Konventionen bedeuteten ihm nicht viel, vielleicht wäre er gern im Haus geblieben. Aber es war für sie alles zu festgelegt. Kein Gedanke daran, daß sie ein überflüssiges Opfer bringen konnte, Christine Peersen aus Kiel.

»Ich war überzeugt davon, daß er eine Existenz für uns aufbauen würde«, sagte sie später. »Auch

Großvater Peersen hat sich hocharbeiten müssen, und die Wohnung bei Dr. Keune, mein Verdienst dort und alles wie ein eigener Haushalt, das war doch eine Plattform.«

»Haben Sie es sich auch genau überlegt?« fragte Fritz Behrend. »Es geht mich ja nichts an, aber ist er wirklich seriös?«

Sie wußte, er sprach aus, was alle dachten. Auch sie hatte es gedacht, früher, als sie noch nicht in ihn verliebt war und nüchtern beobachtete, wie er durch die Gegend flatterte und das, was sie Pflichten nannte, aufnahm und fallen ließ wie ein Kind sein Spielzeug. So machte er sich zwar durchaus mit Geschick im Haushalt nützlich, verstand sich auf tropfende Wasserhähne, lädierte Bügeleisen, wackelnde Stühle, grub auch Beete um, half beim Säen und Pflanzen, pflückte Bohnen, Beeren, Äpfel. Aber wenn es ihm in den Kopf kam, war er imstande, mitten beim Eindrehen einer Schraube das Werkzeug hinzuwerfen, um dem nachzugehen, was er Spaß nannte. Zum Beispiel Rennrad fahren, ein Sport, zu dem er durch die Bekanntschaft mit dem etwa gleichaltrigen Helmut Blume, Inhaber der Fahrradhandlung in der Breiten Straße und erster Vorsitzender des Stendaler Radfahrvereins, gekommen war – reine Zeitvergeudung, wie Christine kopfschüttelnd fand. Was um alles in der Welt sollte es ihm nützen, wenn er mit Lehrlingen und jungen Arbeitern, dem Hauptkontingent der

Vereinsaktiven, von der Arneburgerstraße über den Ostbahnhof bis zum Stadtforst um die Wette strampelte?

»Spaß macht«, sagte er. »Spaß wichtig für Seele, deutsche Fräulein. Wenn tot, kein Spaß mehr.« Auch ließ er sich nicht davon abbringen, als begeistertes Mitglied des ebenfalls neugegründeten Schwimmklubs »Wasserfreunde« von Haus zu Haus zu laufen – mit offenem Mantel, wehendem Schal, ohne Hut, und welcher Herr ging in Stendal ohne Hut –, um für eine vereinseigene Badeanstalt, die bei den Baggerteichen der Ziegelei Jänicke angelegt werden sollte, Spenden zu sammeln, mit größerem Erfolg als alle anderen. Die Leute mochten ihn. Bei denen, die eben noch die Tür vor ihm zuschlagen wollten, saß er gleich darauf im Wohnzimmer, brachte sein Anliegen vor, amüsierte die Zuhörer mit humoristischen Einlagen, zum Beispiel der Schilderung, wie er einmal vom Schiff in die Wolga gefallen sei – »nur noch mit ein Arm an Reling, und platsch!« –, um sie dann mit leidenschaftlichen Plädoyers für den Nutzen des Schwimmsports zu einer Geldspende zu bewegen, viele sogar zum Beitritt in den Verein.

»Zu ulkig, der Herr Lewkin«, sagte Berta, als er die Erlebnisse eines solchen Nachmittags in der Küche zum besten gegeben hatte. »Der könnte glatt auf 'm Jahrmarkt auftreten«, was Christine ihr verwies, wenn auch nicht ohne stille Zustimmung. Aber wenn sie ihn fragte, ob er nicht lieber etwas für seine Zukunft tun wolle, sah er ihr in die Augen, so wie er allen Frauen in die Augen sah, Dora Behrend, Christine, Berta, und sagte: »Zukunft heute, deutsche Fräulein.«

»Jetzt hören Sie doch mit dem ewigen ›deutsche Fräulein‹ auf!« rief sie einmal bei solcher Gelegenheit irritiert. »Ich habe einen Namen. Und außerdem heißt es ›deutsches Fräulein‹.«

»Zu Befehl, deutsche Fräulein«, sagte er und lachte, und wie konnte man ihm böse sein, wenn er lachte. Man war ja froh, wenn er lachte.

Es gab Zeiten, da verkroch er sich, sprach nicht, aß nicht, und in seinem Gesicht war das, was Dr. Keune »alle Trauer Rußlands« nannte.

»Heimweh«, sagte er. »Russisches Heimweh. Lesen Sie Dostojewski, lesen Sie Tolstoi, dann wissen Sie, was mit Sascha los ist.«

»Vielleicht sollte er arbeiten«, wandte Christine ein. »Sehen, daß er zu einem Beruf kommt. Er hat zuviel Zeit zum Grübeln.«

Dr. Keune sah sie tadelnd an. »Sie wollen immer alle auf Trab bringen. Lassen Sie ihm doch Zeit. Kriegsgefangenschaft, Revolution, Flucht, die Eltern verloren, die Heimat verloren. Der Junge muß erst einmal zu sich selbst finden.«

Dr. Keune war aufgeblüht seit Saschas Ankunft. Die Abende mit Gesprächen und russischen Romanzen besserten seine Kopfschmerzen, das

Humpeln schien sich zu verringern, gelegentlich legte er sogar sein Wollkäppchen beiseite. Auch Christine genoß, trotz aller Kritik an Sascha, die Abwechslung. In ihrem Duo mit Louis Ferdinand Keune hatte sie manchmal das beklemmende Gefühl gehabt, ihm schon hundert Jahre in dem braunen Ledersessel gegenüberzusitzen, ein immerwährendes lebendes Bild. Jetzt gab es Bewegung, Diskussionen über Gott und die Welt, auch Politik, zum ersten Mal Politik für Christine, Saschas Revolution gegen Kiel. Wie habe ich das früher nur ausgehalten, dachte sie und war gleichzeitig beschämt über die Degradierung dieses Mannes zum Unterhaltungskünstler und daß sie mitmachte dabei, statt ihm auf die eigenen Füße zu helfen.

Aber wollte er ihre Hilfe überhaupt? Und was für eine? »Eigene Füße?« sagte er. »Werde schon, Christina Iwanowna, werde schon. Kein Sorgen machen um mich, werde finden das Richtige irgendwann, und wenn kommt, ich nehme.«

Er sagte es mit einer speziellen Betonung, jedenfalls schien es ihr so, vielleicht, weil sie sich diese Betonung wünschte.

Denn irgendwann um diese Zeit muß sie sich in ihn verliebt haben, und das veränderte alles. Nicht das Kopfschutteln. Das blieb. Aber sie lächelte dabei, nein, dieser Sascha, Ideen hat er! Ein bißchen albern manchmal, was kann er dafür, aus der

Bahn geworfen vom Schicksal, aber wenn er erst Fuß gefaßt hat, dann werden alle noch staunen.

»O Gott«, sagte sie später. »Ich vertraute ihm«, und ich frage mich, warum ihm, ausgerechnet ihm, und komme wieder auf die Liebe, diese vielen Arten von Liebe, Friedas, Johann Peersens, Maries Liebe, auch die von Luise Jepsen und Heinrich Ossenbrück. Liebe, dieses Wort für so viele Worte, ich drehe es hin und her, habe es schon öfter hin- und hergedreht, gelten lassen, verworfen, voreilig vielleicht, denn was ist das, Liebe. Nur der Diamant, über den Pastor Harmsen seinerzeit bei Friedas Hochzeit gepredigt hatte, klar, hart und ewiglich, 1. Kor. 13? Und nicht auch die schillernde Täuschung, der Vorwand für Unaufschiebbares, der Moment, der stattfinden muß genauso wie die Ewigkeit? Der Mensch braucht ein Wort und sagt Liebe.

Wofür also brauchte Christine, und sie möge mir verzeihen, daß ich auch hinter diese Maske zu blicken versuche, wofür brauchte sie dieses Wort?

»Natürlich habe ich ihn geliebt«, sagte sie als alte Frau in ihrem Sessel am Fenster, der hohe Lehnsessel mit den blaugelben Plüschblumen, ihr Logenplatz vor der Bühne Vergangenheit. »Er hat mich ganz und gar eingewickelt, so wie er aussah, und diese Mischung aus Übermut und Verzweiflung, er wußte, wie man Frauen einwickelt, doch, das wußte er. Aber ich will ihm nicht Unrecht tun, wir hatten auch manches Schöne zusammen. Er war nicht schlecht. Nur anders.«

Er war anders. Das Schlüsselwort. Sie war siebenundzwanzig, ein Vakuum, das gefüllt werden wollte, aber nicht um jeden Preis. Kein Gorilla mit Mundgeruch, nur weil er sich Studienrat nannte, kein Verkäufer von Thams und Garfs, auch wenn er ihr gefiel. Daß noch einer käme, der sowohl ihren als auch Kieler Ansprüchen genügte, daran glaubte sie nicht mehr.

Und nun Sascha, der in keine Norm paßte, der anders war, ein verwunschener Prinz, um Stellung und Titel gebracht, um Heimat und Sprache, und wenn er »kein Sorgen machen, deutsche Fräulein« sagte, so war es durchaus nicht ein Zeichen mangelnder Bildung, sondern im Gegenteil ein Beweis dafür, daß er diese Sprache in der Schule gelernt hatte, sogar ganze Passagen aus der ›Glocke‹, und den Monolog des Marquis Posa konnte er auswendig. Sascha, der wieder Wurzeln brauchte, ein Mann für einen neuen Anfang, so wie Johann Peersen seinerzeit, als er mit seinem Bündel am Kieler Hafen stand. Ein Anfang, sie weiß noch nicht wie, aber sie sind jung, sie sind stark, etwas wird kommen.

Arme Christine. Wieder ein Traum, gesicherte Bürgerlichkeit, Renommee, Düsternbrook in Stendal. Ein Kieler Traum, nicht einmal ein Original und falsch, weil sie glaubte, für zwei träumen zu können, und je mehr ich darüber nachdenke, um so mehr tut es mir leid um die Porzellanabteilung. Vielleicht wäre ein Glück daraus geworden für sie und ihren Märchenprinzen oder wenigstens kein Unglück. Porzellan am Tag, Sascha in der Nacht, warum ist dir diese Lösung nicht eingefallen, Christine, Jahrgang 1896. Schicksal? Ja, hier lasse ich es zu.

Und Sascha, was dachte er? Ich weiß es noch nicht. Wir werden sehen.

Es begann an einem seiner schwarzen Heimwehtage, nach dem Essen, als er in die Bibliothek gegangen war, stumm, die leeren Augen irgendwo, vermutlich in Moskau, trauriger Russe, und Christine sich zu ihm setzte.

»Verkriechen Sie sich doch nicht so, Sascha, reden Sie doch, vielleicht hilft das ein bißchen.«

Die Januarsonne fiel durchs Fenster, draußen im Garten lag Schnee, das Zimmer war warm, wärmer als bei vielen Leuten in diesem Winter der Not, dem ersten nach der Inflation, aber was nützte die neue Mark, wenn man sie nicht hatte.

»Versuchen Sie doch, das Gute zu sehen, Sascha«, sagte sie und kam sich vor wie damals, als Annas Masern so juckten und alles Zureden es nur noch schlimmer machte. »Hör auf, Tinne, das juckt immer mehr.«

»Sie müssen ein bißchen Hoffnung haben«, sagte sie trotzdem, und er, weiter in seine Richtung starrend, murmelte: »Frieren, Christina Iwanowna. Deutschland kalt.«

»Januar! In Rußland ist es jetzt noch viel kälter. Und ob die Leute es dort so warm haben?« Sie verstummte, beschämt, stand auf, wollte gehen.

»Ist nicht Zimmer«, sagte er, »ist Mensch. Menschen kalt, haben kein Seele, laufen vorbei, reden mit dir ein Tag, kennen dich nicht nächste Tag. Wenn du willst Freund sein, denken, was willst haben.« Das kränkte sie, es war ungerecht, ein ganzes Haus hatten sie ihm gegeben, Kleidung, Essen, Freundschaft. »Wir doch nicht, Sascha, wir sind doch nicht kalt, Dr. Keune und ich.«

»Nein.« Endlich sah er sie an. Und nicht nur das, er lächelte auch, und dann nahm er ihre Hand, hielt sie fest und sagte: »Nein, nicht kalt, ganz warm, kleine deutsche Fräulein.«

Eigentlich ein Witz. Sie war mindestens so groß wie er, die Füße sogar zwei Nummern größer als seine. Aber wer denkt an so etwas in solchem Moment. Die Worte fuhren durch sie hindurch, holten ihr das Blut ins Gesicht, wohin sollte sie den Kopf wenden und was, ungeübt in diesen Dingen, was sollte sie mit ihrer Hand machen. »O Gott!« rief sie schließlich, »das Teewasser« und stürzte in die Küche.

In der Nacht kam Sascha zu ihr, jedenfalls denke ich es mir so, irgendwann muß es geschehen sein, und ob Januar oder März, das ist nicht wichtig.

Eher aber Januar, denn einmal sagte sie, der Winter vor der Hochzeit sei ihr glücklichster gewesen. Ob sie geschlafen hat? Nein, ich lasse sie nicht so schnell einschlafen diesmal, sie soll wachliegen in ihrem Bett, das Zimmer dämmrig vom Schnee vor dem Fenster. Sie lag da und dachte an ihn, an seine Hand, seine Stimme, und die Tür, die sie nie verschlossen hielt, ging auf, er kam herein, beugte sich über sie, legte sich zu ihr. Wehrte sie sich? Nein, auch das nicht. Sie ließ es geschehen. Sie soll es haben. Sie soll glücklich sein in dieser Nacht. Endlich.

»Kleine Mädchen«, sagte er.

Sie rührte ihn, diese große Frau, so sicher am Tag, wenn sie dem Haus vorstand, und jetzt so unerfahren und hilflos. Er war nicht mit großen Gefühlen gekommen. Er mochte Frauen, sie mochten ihn, er war es gewohnt, zu ihnen zu gehen, wenn sich die Gelegenheit bot. Aber Christine, die Hausmutter, die die Teller füllte, die Ruhe und Wärme verbreitete, zur Arbeit anhielt, zur Ordnung mahnte, hatte er nicht als Gelegenheit betrachtet. Erst als er ihre Hand genommen und ihre Verlegenheit gespürt hatte, schien sie ihm plötzlich erreichbar. Das Zimmer nicht mal abgeschlossen, hatte er dann an ihrer Tür gedacht, enttäuscht beinahe, denn zu leicht sollte eine Frau es ihm nicht machen. Und nun dies. »Ich liebe dich, Sascha.« – »Ich dich auch lieben,

Tinuschka.« Der Satz war ihm geläufig. Ihr nicht, das spürte er.

»So hell«, sagte er vor dem Einschlafen. »Du immer schlafen so hell?«

»Immer. Ich möchte, daß die Sonne morgens reinkommt.«

Dann stand sie auf und zog die Vorhänge zu, weil er gern im Dunkeln schlief.

Irgendwann, nach einigen Nächten, muß auch er sie geliebt haben, oder was immer er für Liebe hielt, nicht nur einen Moment diesmal, so wenig sonst bei ihm von Dauer war. Er enttäuschte und betrog sie, aber das Gefühl blieb ein Leben lang. Denn es galt keinem Phantom. Es galt dem, was sie war: ein Ort zum Bleiben.

Januar bis Mai – es dauerte nicht lange, bis das Wort Heirat ausgesprochen wurde, vermutlich von ihr, im März, als sie wußte, daß sie ein Kind erwartete, aber nicht, ob sie es zur Welt bringen würde. Sie wollte keine Heirat nur aus diesem Grund, so machte sie das Leben ihres Kindes abhängig von Sascha.

»Ein uneheliches Kind hätte ich nicht bekommen«, sagte meine Mutter, die alte, schon uralte Frau, unablässig im Irrgarten der Vergangenheit. »Es war ja sowieso noch nichts, und Berta Schneider kannte eine Adresse.«

Ein spätes Geständnis, zurückgehalten bis dahin aus Scham und Schuldgefühl.

Berta Schneider also, damals noch Windhage. Ich stelle mir das Gespräch zwischen ihr und Christine vor, vermutlich standen sie in der Küche dabei, wo sonst, Christine mit zwei gerupften Enten beschäftigt, in die sie eine Füllung aus Semmelkrumen, Apfelstückchen, Backpflaumen, Zimt und Zucker stopfte, diese ganze Prozedur, und Berta beim Putzen von schrumpligen Mohrrüben aus der Sandkiste im Keller.

»Nächste Woche heiraten wir«, sagte Berta, »Walter und ich.«

»Sie wollen doch nicht etwa kündigen?« fragte Christine erschrocken.

Berta, mit ihrer stillen, unerschrockenen Zuverlässigkeit, war ihr lieb, lieber als die anderen Mädchen im Haus.

»Kündigen? Nee«, sagte Berta. »Wie denn, Walter mit seinen fünfundzwanzig Mark in der Woche, und Mutter braucht auch immer noch was, und das schöne Zimmer hier. Er bleibt sowieso bei seinen Eltern in der Wendstraße, erst müssen wir für Möbel sparen, und ich wollte bloß fragen, ob er sonnabends hier schlafen kann und auch mal baden. Ist ja mein Mann.«

»Aber ja doch!« Christine hatte gerade den dünnen Bindfaden in die Stopfnadel gefädelt und begann, die erste Ente zuzunähen. »Und Sie sollen es sich gemütlich machen. Nehmen Sie sich Kaffeegeschirr mit hoch, und Essen kriegt er natürlich auch.«

»Danke, da freuen wir uns«, sagte Berta, und Christine, während sie sich tiefer über die Ente beugte, fragte: »Und falls ein Kind kommt?«

»Da paßt Walter schon auf«, erklärte Berta. »Und wenn, dann laß ich's wegmachen.«

»O Gott, Berta!«

»Warum denn nicht?« Berta schmiß die Mohrrüben von einer Schüssel in die andere. »Warum nicht, Fräulein Peersen? Ich kenn eine, die kann das, bei der passiert einem nichts, und Walter sagt, die sollen sich man lieber um die lebendigen Kinder kümmern, und wenn die Kapitalisten wollen, daß wir Arbeiter jeden Furz zur Welt bringen, dann sollen sie uns auch Wohnungen geben und Betten und genug Geld zum Sattwerden. Entschuldigen Sie man, aber Sie sind ja keine Kapitalistin.«

»Nein, bestimmt nicht.« Christine schnitt den Stiez der zweiten Ente ab und zog die Nadel durch die fettige Haut, und in der Nacht sagte sie zu Sascha, der von dem Kind immer noch nichts wußte, daß sie es satt habe mit der Heimlichtuerei.

»Und was machen?« fragte er.

Sie schwieg.

»Heiraten vielleicht?« fragte er, und sie fragte, ob er sie nicht wolle.

»Du mich denn, Tinuschka?« fragte er. »Kein Heimat, Ausländer, armes Hund?«

»Wenn ich dich nicht gewollt hätte«, sagte sie, »würde ich nicht hier mit dir liegen. Und es heißt armer Hund, Sascha, nicht armes, aber du bist keiner, und wir werden es schon schaffen.«

Er nahm sie in die Arme. »Sollst gut haben bei mir, Tinuschka. Werde holen für dich Sterne vom Himmel.«

Aus dem Kind wurde nichts, nur eine Fehlgeburt bald nach der Hochzeit, zu Saschas Erleichterung und Christines Trauer. Sie sah eine Art Strafe darin für den Gedanken, es abzutreiben, und das schlechte Gewissen dem Ungeborenen gegenüber verstärkte sich von Jahr zu Jahr, als kein neues Kind an die Stelle des verlorenen trat, Saschas wegen, der »kein Kind in dieses Welt« setzen wollte.

»Dreizehn Kinder hat meine Mutter geboren«, sagte sie, »und ich nur eins. Es ist nicht richtig.« Und ich denke an den Tag, an dem ich vor ihr stand, ihre Tochter, vierundzwanzig, Studentin, kurz vor dem Examen, den Vertrag mit einer Zeitung schon in der Tasche und ihr sagte, daß ich schwanger sei und das Kind nicht wollte, den Mann nicht wollte und sie, meine Mutter mit dem schlechten Gewissen anfing, um das Leben dieses Kindes zu kämpfen. »Es ist Mord, Janni, und das schlechte Gewissen hinterher, das wirst du nicht los, glaube mir, laß es leben, das Kleine, heirate, werde Lehrerin, dann hast du Zeit für das Kind und was Sicheres« – bis ich es tat, den Mann nahm, das Kind bekam und Lehrerin wurde. Aber ich habe es ihr nie verziehen, obwohl ich nicht wußte, daß ich für ihr schlechtes Gewissen büßte.

Genug davon. Es ist noch nicht soweit, lange nicht, Christine ist jung, sie feiert Hochzeit, die Hochzeit im grauen Kostüm. Sie sind vom »Schwarzen Adler« zurückgekommen, sitzen in der Bibliothek beim Wein, und Sascha singt.

»Ist er seriös?« hatte Fritz Behrend gefragt. Aber Christine wollte sich nicht sorgen an diesem Tag. Sie liebte ihn, er liebte sie, die Liebe würde ihm Boden unter die Füße geben, wie konnte es anders sein. Und er war auch bereits ernsthaft mit der Zukunft beschäftigt. Er lernte deutsch, jedenfalls hatte sie ihm Lehrbücher gekauft, mit denen er sich manche Stunde zurückzog, und da er schon längst über alles, was ihn bewegte, sei es Politik, Religion oder Liebe, vokabelreich reden konnte, hoffte sie zuversichtlich, daß es demnächst auch grammatikalisch korrekt geschähe. Außerdem erhielt er auf Anregung und Kosten Dr. Keunes Gesangsunterricht bei Hugo Müller-Murau, dem Heldentenor des Stadttheaters, von dem es hieß, daß er es nur seiner kleinen Statur wegen nicht weiter als bis Stendal gebracht habe. Christine mußte jedesmal beiseite blicken, wenn er als Radames oder Tamino seine jeweilige Partnerin anschmachtete und ihr dabei nur bis zum Brustansatz reichte. Stimmlich jedoch war es ein Genuß, und sie zweifelte keinen Moment daran, daß Sascha bei ihm in guten Händen sei und eines Tages selbst auf der Bühne stehen würde, nicht nur in Stendal, nein, in Dresden, Berlin, mit dieser Stimme und so, wie er aussah, Sascha, ihr Mann. ›Reich miche Hand, Läben‹, sang er, und obwohl ihr der falsche Text einen Stich versetzte, lauschte sie voller Zuversicht und Vertrauen.

Ich möchte die Zeit festhalten. Sie kann nichts Gutes bringen. Und selbst, wenn ich Christines weiteren Weg nicht kennen würde, aus dem, was bis jetzt geschehen ist, wüßte ich es. Zukunft kommt aus Vergangenheit, warum hat Christine es nicht bedacht, rechtzeitig, bevor es zu spät war. Und wie, so frage ich mich, mache ich es mit meiner eigenen Geschichte? Ich, Marianne Hallweg, geborene Lewkin, fünfundvierzig schon, Oberstudienrätin in München, Fachrichtung Deutsch/Englisch, vormittags Unterricht, nachmittags Korrekturen, endlose Folgen von Aufsätzen und Exercises, Schülergesichter, gleichbleibend im Wechsel, und falls eins dir lieb wird, mußt du es schnell vergessen, und ein Mann auf dem Friedhof und eine Tochter, die nur noch kommt, wenn sie mich braucht, und ein Freund aus Gewohnheit und Angst vor einsamen Wochenenden. Vielleicht sollte ich aufhören, hinter den toten Geschichten herzudenken, aber noch lassen sie mich nicht los.

Christine blieb mit Sascha bis Juni 1934 im Haus

von Louis Ferdinand Keune, aus dem Übergang war Dauer geworden, zu ihrem Unbehagen, zu ihrer Verzweiflung schließlich.

Ein Foto von 1932: Christine, fülliger als früher, mit hellem Sommerkleid und Glockenhut. Eine Dame mittleren Alters auf dem Weg zur Matrone, das Lächeln herzlich, aber gemessen. Und Sascha, schlank und straff wie ehedem, ohne Jackett und Hut, lacht in die Kamera. Er hat den Arm um Christine gelegt, große Geste, komm her, mein Mädchen, von Würde keine Spur.

»Sascha«, sagte sie, wenn er im Bett neben ihr lag und sie glaubte, endlich mit ihm reden zu können. »Wir müssen etwas unternehmen. Was soll werden, wenn Keune nicht mehr ist?«

»Wird werden«, sagte er dann. »Kein Angst, Tinuschka« oder etwas Ähnliches, nahm sie in die Arme und erstickte Vorwürfe und Vorschläge mit dem, was er Liebesnacht nannte.

Liebesnacht, o Gott! möchte ich mit Christine ausrufen, aber ich kann es nicht ändern, das Wort ist überliefert, durch Tante Anna, die kleine Anna von einst, lange Jahre Fürsorgerin in Kiel und zuständig für menschliches Elend.

»Er hat sie besoffen gemacht damit«, sagte sie in ihrem robusten Berufsjargon. »Hau ihm einen nassen Lappen um die Ohren, hab ich ihr geraten, als sie mal bei mir saß und heulte, weil nichts voranging. Aber war wohl zu schön mit ihm.«

Liebesnacht, bis sie einschlief, und wann sollte sie tagsüber mit ihm reden, beschäftigt wie er war, von morgens bis zum späten Abend. Eine Beschäftigung allerdings, die sie nach wie vor Herumflattern nannte, obwohl es sich sogar um eine Art Beruf handelte. Sascha nämlich sang. Aber nicht in Dresden oder Berlin und auch nicht den Radames, Cavaradossi, Tamino. Er sang im Chor des Stendaler Stadttheaters, seit 1927 schon, und zu Christines tiefer Beschämung.

Es bereitete ihr Qualen, Sascha als Elendsgestalt in ›Fidelio‹ über die Bühne schleichen oder als böhmischen Bauernjungen in ›Die verkaufte Braut‹ herumspringen zu sehen, zumal er stets mit größerer Verve schlich oder sprang als die meisten Mitglieder des lustlosen, schlecht bezahlten Chors und auch stimmlich die anderen übertönte. Sie jedenfalls hörte ihn bei jeder Aufführung heraus, sowohl seinen hellen Tenor als auch das falsche Deutsch.

›Kampf und Tode fremdes Heer‹ schmetterte er in ›Aida‹ von der Bühne herunter, und wenn sie ihn fragte, ob er nicht wenigstens seinen Text richtig lernen könne, murmelte er höchstens: »Laß mich Ruhe.«

Nicht einmal, daß es »Laß mich in Ruhe« hieß, hatte er in den vergangenen zehn Jahren aufgenommen. Sie hatte ihm Bücher gekauft, immer wieder neue und angeblich bessere, sie hatte ihn korrigiert, unermüdlich, bis er aus dem Zimmer rannte, noch im Bett hatte sie mit letzter Kraft geflüstert, daß er doch »Ich liebe dich« und nicht »Ich dich lieben« sagen solle. Es nützte nichts, er kauderwelschte wie am ersten Tag. Es war ein Moment des Entsetzens gewesen, als ihr die ganze Vergeblichkeit klar wurde.

Er wollte nicht.

Aber warum wollte er nicht?

Als alte Frau, im Blumensessel an meinem Fenster, Sascha längst, nach seiner letzten Liebeserklärung, »Du immer beste Frau gewesen sein, Tinuschka«, dahingegangen, fragte sie die Wände um Auskunft. Er war nicht dumm. Er war beschlagen in Geschichte und Politik. Er kannte ›Die Glocke‹ und ›Don Carlos‹ fast auswendig. Warum, warum nur hatte er diese Sprache nicht richtig sprechen wollen?

Warum, Sascha? Ich nehme die Fotos aus dem gelben Karton, auch das von 1957, das Gesicht, in dem keine Heiterkeit mehr ist, nur noch Trauer, das Gesicht von damals, als wir unseren letzten gemeinsamen Spaziergang durch Göttingen machten. »Kein Kraft mehr, Jannuschka, kein Kraft. Und immer kalt.«

Ich weiß es noch, wir gingen am Theater vorbei, er mit seinem Arm in meinem. »Verlaß nie dein Land, Jannuschka«, sagte er. »Bleib bei dein Sprache, bei Menschen, die wie du. Deutschland verfluchte Land.«

In diesem Moment begriff ich es, ein verfluchtes Land, weil es nicht Rußland war. Und wäre es das Land gewesen, in dem Milch und Honig fließen, mit aller Wärme dieser Welt, es war nicht sein Land, und die Sprache dieses Landes wollte er nicht lernen.

Christine hatte es nie begriffen. Er sagte ihr auch nichts davon, vielleicht, weil er es selbst nicht wußte. Aber unbeirrbar trug er seinen Protest gegen das Land, das ihn aufgenommen, genährt, geschützt hatte, vor sich her, sogar oben auf der Bühne, und da er nicht nur stimmlich und schauspielerisch eine Stütze des Ensembles war, klopfte der Kapellmeister zwar manchmal mitten in der Generalprobe ab und schrie: »Sascha, du machst mich wahnsinnig, sing lalala, das ist immer noch besser«, ließ es dann aber dabei bewenden. Entbehren nämlich konnte man ihn damals kaum noch. Vielleicht am ehesten im Chor, auf dessen Gehaltsliste er geführt wurde, doch ganz bestimmt nicht in seinen sonstigen Funktionen.

Begonnen hatte Saschas Kontakt zum Theater mit den Gesangsstunden bei Hugo Müller-Murau, jenem zu kurz geratenen Tenor, auf den Christine anfangs so große Hoffnungen gesetzt hatte, vergeblich leider. Sascha hatte weder Lust noch Ausdauer, Tag für Tag in mühsamer Übungsarbeit die Tonleiter auf- und abzuklettern oder mit stundenlangem »mimimi Meyerbeer mehr Gage« seine

Stimme für eine Solistenlaufbahn zu schulen. Er blieb lieber bei seinen russischen Romanzen, »aus Seele, nicht aus Kopf«. Doch da der Unterricht, um Dr. Keunes Nerven zu schonen, im Theater stattfand, konnte Christine nichts von dem sich anbahnenden Fiasko bemerken.

»Du bist ein Faulpelz, Sascha«, sagte Müller-Murau, nachdem sie sich schon fast zwei Jahre gemeinsam durchgeschleppt hatten. »So wird da nie was draus. Warum übst du nicht?«

»Kein Lust«, sagte Sascha.

»Willst du etwa aufhören?« rief Müller-Murau erschrocken, und Sascha, der die Hungergagen am Stendaler Theater kannte, sagte: »Weiß was, Hugo, mein Frau brauchen nicht wissen. Keune genug Geld, soll dich bezahlen, und mich laß Ruhe.«

Woraufhin er auf Zehenspitzen in den abgedunkelten Zuschauerraum schlich, um bei der Probe von ›Boris Godunow‹ zuzusehen. Niemand hinderte ihn daran. Die Theaterleute, auch der Direktor, kannten ihn längst. Er kam oft ins Konversationszimmer, hatte manchem auch schon ein Bier spendiert und galt, da man sich kleine Summen bei ihm ausleihen konnte, als gut betucht. Daß er einer von ihnen wurde, ergab sich bei der Godunow-Probe, im Januar 1926.

Das Stendaler Theater, ein Privatunternehmen, nicht gerade glänzend angesichts der wirtschaftlichen Verhältnisse nach Krieg und Inflation, befand sich zu dieser Zeit in den Händen eines Siegmund Kahl, Schauspieler und Regisseur von manischer Besessenheit. Er hatte das Gebäude von der Stadt gepachtet, obwohl bereits zwei Vorgänger bei ihren Versuchen, dem altmärkischen Publikum sowohl ›Charley's Tante‹ als auch den ›Rosenkavalier‹ nahezubringen, mit abenteuerlichen Pleiten gescheitert waren. Siegmund Kahl jedoch, nicht nur künstlerisch, sondern auch geschäftlich von gewisser Genialität, sah nach zwei nicht gerade katastrophalen Jahren immer noch einigermaßen gefaßt in die Zukunft, mit Recht, bis 1933 jedenfalls, dann entfernte man ihn, den Juden, aus der deutschen Kulturszene. Sieben Jahre später wurde er in Buchenwald ermordet.

Doch was bedeutete 1926 das Wort Buchenwald. Nichts, nur ein Ortsname, und Siegmund Kahl, noch in Stendal mit dem Kampf ums Überleben beschäftigt, brachte alles auf die Bühne, was seiner Meinung nach die Leute ins Theater locken konnte. Nicht einmal vor dem ›Ring‹ schreckte er zurück, auf Stadttheatermaße zurechtgestutzt, mit Müller-Murau als Siegfried und, wie es der Kritiker des ›Altmärker‹ formulierte, »ein Wagner-Erlebnis, dessen wir in unseren bescheidenen Mauern dankbar gedenken werden«.

Von seinem Ensemble, begabte Anfänger, die ein Sprungbrett brauchten, oder unglückselige Figuren wie Müller-Murau, mußte jeder jedes machen, der Boris Godunow in ›Maria Stuart‹ als stummer Diener neben der Tür stehen, die Maria Stuart bei der nächsten ›Aida‹ als bärtiger Krieger im Triumphzug mitmarschieren und die gesamte Mannschaft den wenigen Bühnenarbeitern beim Umbau helfen. Der Geldmangel des Unternehmens wurde durch Improvisation ausgeglichen, genau der richtige Platz für jemanden wie Sascha.

Am Tag der ›Godunow‹-Probe saß er in der letzten Parkettreihe und sah mit Verwunderung, wie oben auf der Bühne etwas ablief, das man hier offenbar für russisch hielt, unter anderem auch eine Balletteinlage. Kahl, überzeugt davon, daß die Leute so etwas sehen wollten, brachte in jeder Operninszenierung ein paar Tänze unter, die er, weil er sich einen Ballettmeister nicht leisten konnte, selbst einstudierte.

Das Ergebnis schien diesmal auch ihn zu irritieren. Mitten in der Probe fing er an zu toben, schrie, er habe für sein Geld keine Gänseherde engagiert, und wenn die Weiber ihre Hintern nicht in die Luft bekämen, würde er sein Theater schließen, diese verdammte Schmiere, dann könnten sie alle sehen, wo sie blieben, also noch mal von vorn.

Das Orchester begann zu spielen, die Tänzerinnen warfen die Beine. In diesem Moment stand Sascha auf. Er ging zum Regiepult, wo Siegmund Kahl vor sich hinschäumte, und sagte: »Entschuldigen, Herr Direktor, aber dies Tanz nicht russisch.«

»Halten Sie den Mund!« schrie Kahl. »Verschwinden Sie! Wie kommen Sie hier überhaupt rein?«

»Ist nicht russisch«, wiederholte Sascha, »ist Mist. Habe gesehen ›Boris Godunow‹ in Moskau mit große Schaljapin. Wenn mir erlauben, ich gehe mit Mädchen und zeige, wie tanzen in Rußland.«

»Ich habe kein Geld für solchen Quatsch!« schrie Siegmund Kahl, aber schon etwas leiser und mit wachsamem Blick.

»Will kein Geld«, sagte Sascha. »Tu gern. Macht Spaß.«

Die Balletteinlage bekam Sonderapplaus bei der Premiere, oder vielmehr die Balletteinlagen, denn Siegmund Kahl, mit seiner Witterung fürs Wirksame, hatte schnell noch eine zweite eingebaut. Sie mußten in jeder Aufführung wiederholt werden, und der ›Altmärker‹ lobte begeistert »die schmissigen, Rußlands alten Geist atmenden Tänze, von unserem vielseitigen Theaterdirektor persönlich choreographiert«. So nämlich war es im Programm zu lesen.

»Ich kann Sie da doch nicht plötzlich als Ballettmeister reinsetzen Lewkin«, hatte Kahl zu Sascha gesagt. »Wo Sie noch nie was mit Ballett zu tun hatten.«

Aber Sascha legte keinen Wert auf Programmheft-Ruhm, sondern nur auf Spaß. Spaß machte es ihm auch, die Tänzerinnen zu schminken, worauf die Sänger bei der nächsten Vorstellung das gleiche von ihm verlangten. Fortan gehörte er dazu, fand sich jeden Abend zur Maske ein, half dem Inspizienten, ersetzte ihn sogar im Notfall, und auch der Bühnenbildner Hanns Heinrichs, ein begabter junger Mann und Mitglied der KPD, der bald darauf nach München engagiert wurde, unter Hitler nach Amerika floh und Karriere in Hollywood machte, legte Wert darauf, sich vor jeder neuen Inszenierung mit ihm zu unterhalten, bei einer Flasche Wein aus Dr. Keunes Keller.

»Woher kannst du das alles, Sascha?« fragte er.

»Kann ich«, sagte Sascha achselzuckend. »Hab gesehen viel Theater in Moskau, weiß, wie sein muß.«

»Du solltest nach Berlin gehen«, sagte Heinrichs. »Zur Ufa. Da können solche wie du was werden.«

»Berlin? Gut Idee«, sagte Sascha. Aber er tat es nicht. Am Stendaler Theater gefiel es ihm gut, und vielleicht erfüllte ihn alles, was über Improvisation hinausging, mit Furcht, nachdem er in Samara, als es darauf ankam, nicht durchgehalten hatte. Aber vielleicht war es auch nur so, daß er in dem schönen Haus seiner Moskauer Jugend nie hatte lernen müssen, daß vor dem Erfolg die

Mühe liegt. Ich weiß es nicht. Ich weiß nur, daß er manchmal unglücklich war. Manchmal aber auch glücklich.

»Schrecklich, dieses Theater«, sagte meine Mutter. »Und ganze hundertzwanzig Mark im Monat!« Das war die Gage, für die ihn Siegmund Kahl, um sich dieses vielseitige Talent zu sichern, schließlich als Chorsänger engagiert hatte, eine Nachricht, die Sascha freudig nach Hause trug. »Hab Arbeit, Tina!«

Christine stand am Küchentisch, vor sich eine Schüssel mit Gurken, und während sie eine Gurke nach der anderen halbierte, auskratzte, die Teile mit Fleischfarce füllte und wieder zusammenband, brach ihr Traum von Saschas Karriere in Berlin oder Dresden zusammen.

»Und Müller-Murau?« fragte sie. »Der Unterricht? Die vielen Stunden?«

»Kein Lust mehr«, sagte er, froh, diese Angelegenheit endlich aus der Welt schaffen zu können. »Sowieso nichts kommen raus«, und sie begriff nicht, wie er zufrieden sein konnte mit diesen unverbindlichen Pflichten, Sänger ohne Namen, Maskenbildner ohne Namen, Ballettmeister ohne Namen, und wie er seine Talente verschenken konnte, statt eine Existenz darauf zu gründen, und daß sein Ehrgeiz sich in Spaß erschöpfte.

Sie schichtete die Gurken in die Pfanne, mechanisch, so etwas tat sie im Schlaf, und weinte über die kaputte Hoffnung.

»Was bist du denn dort?« schluchzte sie. »Hansdampf in allen Gassen, und dies bißchen Geld! Und in den Theaterferien läufst du bei den ›Wasserfreunden‹ rum und baust für nichts und wieder nichts die Badeanstalt.« Sascha hörte es nicht mehr. Er war weggelaufen. »Ein Herr Namenlos!« rief sie noch hinter ihm her, denn das war das Schlimmste. Wenigstens in den Programmheften sollte er stehen, etwas zum Vorzeigen bei den Bekannten, den Kränzchendamen zum Beispiel, deren Zuneigung ihr nach wie vor gewiß war. Aber die Karrieren der Ehemänner verbreiterten die gesellschaftliche Kluft zwischen ihnen und Christine, und Frau Juwelier Kempe konnte es sich bei aller Sympathie nicht leisten, sie und Sascha zu einer Abendgesellschaft einzuladen.

»Kempe?« fragte Sascha, »wer Kempe? Diener hätte nicht durch Tür gelassen in Moskau.«

»Wo nimmt er bloß diesen Hochmut her?« fragte Christine ihre Freundin Dora Behrend, die einzige in Stendal, bei der sie manchmal ihre Enttäuschungen preisgab. »Ist nichts, hat nichts.«

»Er hatte aber mal was«, sagte Dora. »Und war mal was. Einmal ein Herr, immer ein Herr. Und grämen Sie sich nicht, Christine, bei uns sind Sie und Ihr Mann jederzeit willkommen, und das steht fest, so langweilig wie bei Kempes wird es mit ihm nie.«

»Sie meinen es gut, Dora, ich weiß«, sagte Christine und ging durch die Breite Straße und an der Sperlingsida vorbei, dorthin, wo ihr Zuhause war oder ihr Nichtzuhause. Sie hatte für Sascha und sich außer dem Schlafzimmer auch noch ein Wohnzimmer eingerichtet, mit Biedermeiermöbeln aus dem zweiten Stock, Stühle, Sessel, Sofa mit grüngraugestreiftem Damast bezogen, ein ovaler Tisch, eine Eckvitrine gefüllt mit Meißner Porzellan, ein türkischer Teppich und bunte Kleinigkeiten, alles ihr Eigentum, das Hochzeitsgeschenk von Louis Ferdinand Keune.

Trotzdem betrachtete sie die Zimmer nicht als ihre Wohnung, hielt sich auch kaum darin auf. Wie früher verbrachte sie die Abende in der Bibliothek mit Dr. Keune, bis die Haustür ins Schloß schlug und Sascha endlich hereinstürmte. Oftmals schleppte er auch, zum Vergnügen des Hausherrn und Christines Verdruß, ein Gefolge von hungrigen Theaterleuten mit heran, für die sie Platten voller belegter Brote herrichten mußte, um danach verbittert zuzusehen, wie Saschas Freunde herumlümmelten, hemmungslos Teller und Flaschen leerten und, wenn sie in Fahrt kamen, das Grammophon aufzogen, um Charleston und Shimmy zu tanzen, roaring twenties in Stendal.

»Haben Vorstellung hinter sich«, versuchte Sascha ihr diese Ausgelassenheit zu erklären. »Ist gut Gefühl.«

Auch das gehörte zu den Dingen, die sie nicht begriff. »Deswegen brauchen sie sich doch nicht bei uns zu betrinken«, sagte sie und dachte, daß ihr Vater solche Leute gar nicht erst ins Haus gelassen hätte. Sascha jedoch holte seine Balalaika und sang russische Romanzen, in die Augen der Soubrette Ilona Nagy hinein, die eigentlich Ilse Nagel hieß und aus Zittau stammte. Um Christine kümmerte er sich nicht. Niemand kümmerte sich um sie.

»Ist Unsinn, du mein einzige sein«, versuchte er sie zu trösten nach solchen Abenden oder noch schlimmer, wenn er erst gegen morgen nach Hause kam, mit flauen Begründungen, die sie nur glaubte, weil sie es unbedingt wollte. »Ich dich doch lieben, Tinuschka.«

Aber was nützten ihr Worte. Sie wollte Ordnung, eine Wohnung, einen Mann mit Position, Gäste, die ihr nicht peinlich waren, und auch nicht mehr die Dame von Dr. Keune sein. Hin und wieder stritten sie, und sogar beim Streiten scheiterten sie an ihrer Verschiedenheit. Christine glaubte an die Kraft des Arguments, Sascha dagegen brauchte die große Szene. »Warum mich geheiratet?« schrie er. »Mensch ohne Heimat, kein Freund, kein Bruder. Warum nicht reiches Mann aus Kiel?« Und er ging in eine Ecke, starrte vor sich hin mit seinen Heimwehaugen, bis sie nichts anderes mehr wollte als ihn trösten.

Ich vergesse, daß es meine Mutter ist, die Frau in dieser Geschichte, noch nicht meine Mutter, aber bald, und möchte ihr sagen, daß sie gehen soll. Geh weg, Christine, geh, bevor es noch später wird und Marianne kommt und einen Vater braucht. Aber ich kenne auch ihre Antwort: wohin denn, ohne Geld, ohne Beruf? In Stendal bleiben als die Dame von Herrn Keune mit ihrer gescheiterten Russen-Ehe? Hausdame in einer anderen Stadt, als besseres Dienstmädchen? Oder Kiel etwa? Zurück nach Kiel als geschiedene Frau? Nein, Kiel ganz bestimmt nicht. Sie war nur ein einziges Mal mit Sascha dort gewesen, im Herbst 1924, vier Monate nach der Hochzeit, als sie sich hatte aufhalten lassen vom Pflaumenmus und zu spät gekommen war, um Johann Peersen noch lebend anzutreffen. Er lag im Schlafzimmer, Bart und Haare weiß, das Gesicht wie verwaschener Stein, die gefalteten Hände auf der Bibel. Christine war allein zu ihm gegangen. Sie hatte ihn lange angesehen, sich dann vor das Bett gekniet und gebetet, zu Gott, zu ihm, das war das gleiche, Vater, vergib mir, daß ich dich allein gelassen habe, vergib mir meine Schuld, wie wir vergeben unseren Schuldigern.

In dem großen Zimmer mit den Fenstern zur Esmarchstraße, den Sachen vom Düsternbrooker

Weg, dem großen Eßtisch, dem flämischen Schrank, Maries Nähtisch, Luise Jepsens Kommode, saßen die Geschwister und blickten ihr entgegen: Justus, zweiundzwanzig, neuer Herr im Geschäft; Käthe mit ihrem Mann, dem Anwalt aus Bremen, und zwei zappeligen Söhnen von fünf und drei; Lena in Krankenschwestertracht, sie sah aus wie die junge Marie; Fiete, Klaus, Hans, die Gymnasiasten; Mieke und Anna, auch schon elf und zwölf, und zwischen ihnen, eine Bäuerin in dunkler Tracht, Mutter Gesa. »Na, min Deern, wie geiht di dat?« hatte sie zur Begrüßung gesagt.

Sascha saß etwas abseits, die Augen auf den Spitzen seiner schwarzen Schuhe. Bisher war kaum ein Wort gefallen.

Christine ging zu ihrem Platz neben Sascha. Sie wischte sich mit dem Taschentuch über die Augen, und Justus sagte: »Ja, jetzt weinst du. Wärst du nur eher gekommen. Vater hat so gewartet«, worauf Christine wieder zu weinen begann und Sascha sagte: »Lassen Ruhe. Kummer genug groß sein.«

Justus starrte ihn an, Christine bemerkte es trotz der Tränen. Sie hatte schon in der Kindheit unter Justus gelitten, später, nach Maries Tod, noch mehr, als sie ihn, den künftigen Firmenchef, mit Gewalt zur Schule treiben mußte, und er sicher auch unter ihr. Es gab Dinge, erinnerbare und längst vergessene, die sie sich gegenseitig nicht verziehen.

»Wie lange ist dein Mann eigentlich schon in Deutschland?« fragte er.

Sascha antwortete für sie. »Drei Jahre mit Gefangenschaft.«

»So lange schon? Willst du nicht endlich deutsch lernen?«

»Sei doch still, Justus!« rief Lena, und Christine griff nach Saschas Hand. Sie hatte Angst, daß er »kein Lust« sagen könnte, womöglich auch in eine große Szene ausbrechen, und das in Kiel.

Aber er lächelte Justus nur an. »Deutsche Sprache schwer für russisches Mund«, sagte er. »Ebenso schwer wie Russisch für Mann aus Deutschland. Hoffentlich du müssen nie lernen. Wünschen dir Allerbeste.«

»Sascha kann so schön singen!« rief Anna. Sie und Mieke liebten ihn seit den großen Ferien vor der Hochzeit, ihren letzten Ferien bei Christine, und am nächsten Morgen eroberte er auch Fiete und Klaus, indem er ihnen etwas vorzauberte, ein Markstück verschwinden ließ, es an den unmöglichsten Stellen wieder hervorholte und danach den Trick verriet. Mieke und Anna standen lachend daneben, zu Käthes Empörung, die »Wir sind in einem Trauerhaus!« rief und ob man in Rußland keine Trauer kenne.

»Doch«, sagte Sascha, »groß Trauer. Nicht nur mit Kleid. Aber bei Russen Kinder sollen nicht soviel weinen«, womit Käthe erbost zu Justus rannte. Lena dagegen nickte zustimmend. »Er hat soviel Wärme, dein Mann«, sagte sie zu Christine und wurde dafür umarmt.

Am Abend kam es dann zum Eklat, als Christine, die am nächsten Tag wieder abfahren mußte, mit der Frage nach dem Testament einen Weinkrampf bei Käthe verursachte. »Vater, Vater«, schluchzte sie, und Justus fragte, ob die Achtung vor dem Toten nicht ausreiche, daß man warten könne, bis er unter der Erde sei.

Christine richtete sich auf. »Sei still, Käthe«, sagte sie. »Du warst schon immer hysterisch, aber dich vor Pflichten drücken, das konntest du gut. Und was die Achtung betrifft, Justus, ich hatte soviel Achtung vor Vater, daß ich für ihn und euch alle hier sieben Jahre das Essen gekocht und die Wäsche gewaschen habe, und ohne mich wärst du nicht mal durchs Gymnasium gekommen. Hört endlich auf, so mit mir und meinem Mann zu reden.«

Es war die Christine von ehedem, die Mutter der Geschwister. Sascha sah sie erstaunt, auch etwas erschrocken an. Justus schwieg, Käthe hörte auf zu schluchzen, und ihr Mann, der Anwalt, erklärte, das Testament sei bekannt, Justus der Firmenerbe, während die Wohnungseinrichtung an Mutter Gesa falle sowie der Nießbrauch an den zwei noch vorhandenen Häusern. Nach ihrem Ableben könne die Erbengemeinschaft der Geschwister darüber verfügen. Kapital sei kaum vorhanden, nur etwas im Geschäft.

»Käthe«, sagte Christine, »hat eine Mitgift bekommen, Lena eine Ausbildung, Justus ebenso und nun die Firma. Ich nichts. Und die drei Jungs? Ist für ihr Studium gesorgt? Und Mieke und Anna? Sie sollen etwas lernen, wer kommt dafür auf?«

»Misch du dich nicht ein«, sagte Justus. »Du hast dich durch deine Heirat sowieso von uns getrennt, von uns und von Deutschland.«

»Das ist unglaublich!« rief Lena, und Christine stand auf.

»Ich will die Firma nicht kaputtmachen«, sagte sie. »Aber ich beauftrage einen Anwalt, daß er meine Rechte wahrnimmt für später und auch, daß die Kinder ihr Recht bekommen. Verzeih, Mutter Gesa, es geht nicht gegen dich, ich weiß, du meinst es gut mit ihnen.«

»Dat 's man allens goot so«, sagte Mutter Gesa, still bis dahin und aufmerksam. »Ik verstah dat schon. Und such dir hier man 'n paar Stücke aus, damit du 'n Andenken hast nach all der Arbeit.«

Christine zeigte auf Maries Nähtisch und Luise Jepsens Kommode.

»Danke, Mutter Gesa. Ich lasse es abholen.«

Bei der Beerdigung am nächsten Vormittag stand sie noch einmal in der Reihe der Geschwister. Als die Erde auf den Sarg gefallen war, küßte sie alle nacheinander, sogar Käthe, nur an Justus sah sie vorbei. Dann verließ sie Kiel noch einmal und endgültig.

»Nach Kiel«, sagte sie später. »Nach Kiel hätte ich nicht zurückgehen können, dazu war ich zu stolz.«

Ich sehe sie in ihrem Sessel, noch kurz vor ihrem Tod saß sie dort, den Blick nach draußen, wo es schon wieder Frühling wurde, und zählte die Gegengründe für eine Scheidung auf. Lauter Vorwände, ich weiß es jetzt, nur ein Grund gilt: Man bleibt an seinem Platz, versprochen ist versprochen, dein Mann ist dein Mann, auch wenn kein Glück mehr da ist. Oder doch noch Glück? Schade, daß ich sie nicht mehr fragen kann.

»Überhaupt«, sagte sie, »was hätte er denn tun sollen ohne mich?«

Ich gehe zum Grab meiner Eltern, ein glatter heller Stein, dunkel die Namen, Alexander Lewkin aus Moskau, Christine Lewkin, geborene Peersen aus Kiel, noch im Tod nicht geschieden. Als Christine zu ihrer Tochter zog, mußte seine Urne mitkommen. »Wir wollen zusammenliegen«, sagte sie.

Ich stehe an dem Grab und möchte wissen, was geschehen wäre mit mir, wenn es nicht diesen Unfall gegeben hätte auf der Landstraße zwischen München und Gauting und mein Mann noch lebte. Auch für mich, Christines Tochter, wieder das alte Muster? Oder hätte ich es weggeworfen wie Bettina, meine Tochter, die sich nur bindet, weil man tschau sagen kann und gehen? »Ich kriege ein Kind, wir heiraten, mal sehen, wie's läuft, muß ja nicht für immer sein.«

Ein neues Muster. Ein besseres?

Die Umstände, unter denen Christine und Sascha im Jahr 1934 das Haus Keune verließen, waren nicht so, daß man aufatmen könnte. Sie hatten zwar eine eigene Wohnung, ein Türschild mit dem Namen Lewkin, und die Bezeichnung »Dame von Dr. Keune« fiel weg. Aber es gab auch keinen Louis Ferdinand Keune mehr, und die Art seines Verschwindens gehörte zu den Gründen, die Christine wünschen ließen, es wäre alles beim alten geblieben, ohne diese neue, unheimliche Macht, an deren Fäden sie sich plötzlich fühlte: der Politik.

»Plötzlich!« sagte Sascha hohnlachend. »War schon immer so. Du nicht haben Krieg erlebt? Bruder nicht tot sein, Geschäft von Vater nicht kaputt? Alles Politik.«

Aber das war bisher allenfalls in ihr Gefühl gegangen, nicht in ihren Kopf. Was die da oben trieben, das Gezänk der Parteien, immer wieder eine neue Regierung, immer wieder ein neuer Mann an der Spitze, Müller, Brüning, Schleicher, Papen, die fortschreitende Zerstörung der Republik, die Bedrohung der Menschen, ihrer Existenz, ihrer Moral, auch schon des Friedens, an dem ihr soviel lag, es fand irgendwo anders statt, drei Räume weiter vielleicht, aber nicht nebenan, schon gar nicht an ihrem Tisch.

Es machte sie ungeduldig, wenn Sascha sich am Radio über Reden und Kommentare erboste und seine eigenen dagegensetzte, pro Sozialismus und Weltrevolution, contra Bourgeoisie und »Satrapen von Kapitalismus, braune Verbrecher, verdammte Faschisten, machen dumm Volk mit Wort sozial, haben gestohlen Wort sozial, wollen stehlen ganze Welt am liebsten«. Er solle endlich aufhören mit der Politik, sagte sie, was geht uns das an, ändern können wir doch nichts, und er, mit flammenden Augen: »Werden dir schon zeigen, was gehen dich an!«

Aber es dauerte lange, bis sie es ihm glaubte, eingekapselt in ihrem Refugium, beschützt von Keunes Bankkonten und Bequemlichkeiten und mit Existenzsorgen, die hauptsächlich auf Reputation zielten. Die Inflation war an ihr vorbeigegangen, auch die Wirtschaftskrise der zwanziger Jahre berührte ihr Leben nicht, nur mit den vielen Bettlern drängte sich etwas davon an die Tür. In der Küche stand eine kleine Schüssel mit Groschen für sie. Jeder bekam einen, ausnahmslos, »dafür gibt es vier Schrippen, das hilft erst mal weiter«, sagte Christine.

»Oder 'n Strick«, murmelte Berta Schneider erbittert. Sie war nach wie vor erstes Mädchen bei Christine, hatte aber schon seit längerem ihre eigene Wohnung in der Bismarckstraße, Stube, Kammer, Küche, mit Büfett, Chaiselongue und einem Schlafzimmer in geflammter Birke. Bis März 1930 war sie jeden Mittag per Rad zur Eisenbahnwerkstatt gefahren, an der Lenkstange den Henkelmann, um wie die anderen Arbeiterfrauen ihrem Mann das Essen zu bringen. Jeden Tag warteten weniger Frauen vor dem Werkstor. Dann traf es auch Walter Schneider. Er wurde arbeitslos, und sie mußten das Wohnzimmer vermieten.

»Dafür haben wir uns nun jahrelang nicht mal 'n Bier gegönnt«, sagte Berta. »Und hoffentlich schlagen sie ihn nicht noch tot.« Das bezog sich auf die SA, mit der Walter und seine Freunde von der KPD sich prügelten. Er war viel für die Partei unterwegs, klebte Plakate, verteilte Handzettel, immer in Gefahr, zusammengeschlagen zu werden, was, da er zu heftigen Blutungen neigte, durchaus katastrophal enden konnte. Einmal war ein ganzes Frotteehandtuch, das er sich vor die Nase preßte, rotgetränkt, aber am nächsten Tag ging er wieder los, mit der Begründung, daß man Stendal schließlich nicht ganz und gar den Nazis, diesen Ärschen, überlassen könne.

»Verdammte Politik«, sagte Berta, »die macht uns kaputt. Wenn ich Sie wäre, Frau Lewkin, würde ich verschwinden von hier, nach Kanada, mein Schwager ist da, soll schön sein, und wo Ihr Mann sowieso kein Deutscher ist.«

»Aber ich bin Deutsche, Berta«, sagte Christine

und sah auch keinen Grund zum Verschwinden, denn immer noch konnte sie das, was rundherum geschah, nicht auf ihre eigene Person beziehen, ebensowenig wie sie das »Juda verrecke!« an Mauern und Hauswänden mit Dr. Keune in Zusammenhang brachte. Auch Johann Peersen hatte auf »jüdische Halsabschneider und Betrüger« geschimpft, und trotzdem war der Baustoffhändler Jakob Dänemark mit seiner Frau oft zu Gast am Düsternbrooker Weg gewesen.

»Kommt schon alles wieder ins Geleise, Berta«, sagte sie tröstend. »Nach der Inflation ging's ja auch aufwärts, und wenn die Leute erst wieder Arbeit haben, hört dieses ganze Parteiengezänk von selbst auf. Und bringen Sie morgen früh Ihren Mann mit her, im Garten hat sich soviel angesammelt, dann ist er beschäftigt und kann keinen Unfug machen.«

Sie versuchte auch, Walter Schneider gut zuzureden. »Lassen Sie das doch, so ein ruhiger Mann wie Sie und Krawalle.« Zwecklos natürlich. Davon verstünde Frau Lewkin nichts, meinte er, ebensowenig wie von seinen Karnickeln. Kaninchen nämlich waren seine zweite Leidenschaft. Die Ställe standen in der hintersten Ecke des Keune-Gartens, wo er ständig neue Kreuzungen ausprobierte und, wie Berta ketzerisch bemerkte, demnächst wohl ein Karnickel mit Hammer und Sichel auf den Ohren züchten würde.

Eine Arabeske, ich weiß. Doch Walter Schneider gehört zu der Geschichte, also auch seine Kaninchen, er soll nicht nur ein Stichwortgeber sein im Drama: »Was geht die Politik dich an.« Ich erinnere mich an ihn, er war groß und hager, etwas krumm, vermutlich eine Folge der schweren Eisenstücke, die er von früher Jugend an in der Eisenbahnwerkstatt hatte schleppen müssen, und wenn er sprach, geschah es langsam, genau, jemand, der die Worte dreimal umdrehte. Als ich klein war, hat er mir Geschichten erzählt, immer wieder neue Geschichten, von einem großen weißen Kaninchen namens Muckel Schlappohr, dem Helfer aller Armen und Bedrängten.

»Kein dummes Mensch«, sagte Sascha, der, wenn er nicht im Theater zu tun hatte, ihn von seinen Ställen zum Schach holte, obwohl sie ihrer verschiedenen Temperamente wegen – Walter Schneider spielte bedächtig und vorausblickend, Sascha mit genialer Überrumpelungstaktik – die Partie meistens gereizt abbrachen und bei der Politik landeten beziehungsweise der Revolution, Vergangenheit für den einen, Zukunft für den anderen, auch dies Grund zur Erregung.

Einmal, im Frühsommer 1932, saßen sie mit dem Schachbrett im Garten unter der Linde, und Sascha sagte: »Deutsche machen kein Revolution, Schneider. Gehen nicht auf Rasen, wo steht ›Treten verboten‹«, und Walter Schneider, in seinem ruhigen, sich aber langsam und stetig der Explosion nähernden Zorn, warf ihm daraufhin eine Anspielung an den Kopf, die er sich normalerweise verboten hätte. »Wir schon, Herr Lewkin«, sagte er. »Und wenn wir erst mal druff sind, bleiben wir ooch druff.«

»Wie meinen das, Schneider?« fragte Sascha.

Walter Schneider zögerte. Bei ihm ging es nicht nur um die Sache, sondern auch um den Magen.

»Lassen Se man, Herr Lewkin«, murrte er schließlich. »Wir verdienen unser Jeld bei Ihrer Frau, Schwamm drüber.«

»Ich nicht sein mein Frau!« rief Sascha. »Warum nicht mit mir diskutieren? Ich Piefke sein?«

»Nee, keen Piefke.« Walter Schneider mußte lachen. »Keen Piefke. Aber een Revolutionär ooch nich. Haben Se eijentlich schon mal jemerkt, daß Sie mich Schneider nennen und ich Sie Herr Lewkin?«

Sascha sah ihn verblüfft an.

»Sehn Se«, sagte Walter Schneider, »Sie sind der Herr, ich bin der Knecht. Und darum sind Se ooch abjehauen von Rußland, als es ernst wurde mit Ihrer Revolution. Die ham Se vielleicht im Jehirn, aber nich im Blut, woher denn ooch.«

Die Linde blühte, Heuschnupfenzeit, Walter Schneiders Nase lief, und er steckte sein Gesicht in das Taschentuch, weil er Saschas Augen mit dem Jammer darin nicht ertrug.

Wortlos saßen sie sich gegenüber, eine ganze Weile. Walter Schneider wollte schon aufstehen und zu seinen Karnickeln zurück, da sagte Sascha: »Haben recht, Schneider. Verfluchte Leben.« Er ging um den Tisch herum, breitete die Arme aus und küßte ihn, der russische Bruderkuß, erst rechts, dann links. »Kein Herr und Knecht. Du mein Bruder. Nennen mich Sascha.«

»Aber Herr Lewkin«, murmelte Walter Schneider, der aus der Mark stammte, wo man an Gefühlen eher erstickt, als sie der Öffentlichkeit preiszugeben, »dat jeht doch nich.«

»Was du sein?« fragte Sascha. »Revolutionär auch bloß mit Gehirn?«

Christine war es nicht recht, bei aller Wertschätzung. »Mit Walter Schneider duzen! Er und Berta gehören doch zum Personal«, sagte sie zu Sascha. Sie wußte noch nicht, daß diese Verbrüderung Sascha, vielleicht auch ihr und Marianne einmal das Leben retten würde. Und auch dies wußte sie nicht: Es war Politik, was hier geschah. Alles war schon Politik, sie schwappte heran, wie das Wasser an der Flutkante, wenn es sich Zentimeter für Zentimeter über den Strand frißt. Du nimmst es kaum wahr, und auf einmal kommst du nicht mehr heraus.

Christine begriff es am 30. Januar 1933, dem Tag, an dem Adolf Hitler zum Reichskanzler gemacht wurde, überraschend, ohne Mehrheit der NS-Partei im Reichstag. Daß ausgerechnet die Deutschnationalen Hitler unterstützen könnten, war allen unwahrscheinlich erschienen, obwohl Sascha seit eh und je die Faschisten als »Satrapen von Kapitalismus« zu beschimpfen pflegte. Christine hatte Hitler noch nie gemocht. Er redete ihr zuviel von Kampf statt von Frieden, und Sascha behauptete, Hitler bedeute Krieg. Auch gewisse Parolen von Fritz Behrend, der 1932 der Partei beigetreten war und erklärte, der Führer würde es Ausländern und Juden schon zeigen, machten sie mißtrauisch.

»Aber Sascha ist doch auch Ausländer, Herr Behrend«, hatte sie gesagt, und alle seine Beteuerungen, daß es mit ihnen doch nichts zu tun habe, Sascha sei vor den Bolschewiken geflohen, Ehrensache, ihm eine neue Heimat zu geben, und sie wisse doch, er sei ihr Freund, hatten ihre Unruhe nicht ganz beseitigen können.

»Machen Krieg, dieses Verbrecher.« Sascha geriet außer sich, als die Nachricht von Hitlers Ernennung durch Hindenburg über den Rundfunk kam. »Will ganze Welt als Sklave für Deutschland, sagt es, schreibt es. Haben Leute kein Ohren? Können nicht lesen?«

Die geifernde Stimme im Radio, Lastwagen mit SA-Männern auf den Straßen, dröhnende Megaphone, Aufruf zum Fackelzug, Haßgesänge, Machtergreifung. Aber noch immer war die Politik nicht in ihrem Haus.

Nachts wurde Christine wach. Irgend etwas

prasselte gegen die Scheiben. Jemand warf Steine ans Fenster.

»Sascha!« rief sie leise. Er hörte es nicht.

Sie stand auf, schob den Vorhang zurück, Berta war unten im Garten.

Christine schlüpfte in ihren Morgenrock, lief die Treppe auf Zehenspitzen hinunter, eine Ahnung gebot ihr, leise zu sein. Als sie die Hintertür zum Garten öffnete, stieß sie gegen Walter Schneider. Er kauerte auf den Steinstufen, halb bewußtlos, das Gesicht voller Blut.

»O Gott«, sagte sie. »Berta.«

Zusammen schoben sie ihn in den Hausflur und horchten.

»Sie haben ihn zusammengeschlagen, die Nazischweine«, flüsterte Berta. »Die haben ihn aus der Wohnung geholt und kaputtgehauen und mir dann vor die Tür geschmissen. Ich hab solche Angst, daß sie wiederkommen.«

»Er kann hierbleiben«, sagte Christine. »Warten Sie, ich wecke meinen Mann.«

Zu dritt trugen sie Walter Schneider ins Schlafzimmer, legten ihn in Saschas Bett, alles leise, weil noch das andere Mädchen im Haus war. »Darf nicht wissen, daß er hier«, sagte Sascha. »Kein Mensch trauen dürfen, ich wissen von Rußland.«

Mit Alaun versuchten sie, das Blut zu stillen, tupften Jod auf die Platzwunden, wickelten ein

Laken um den mißhandelten Körper, was sollten sie sonst tun.

»Ich morgen bleiben oben bei Walter«, sagte Sascha. »Leute können denken, ich krank.«

In dieser Nacht machte Christine kein Auge zu. Sie lag auf dem kurzen, unbequemen Biedermeiersofa im Wohnzimmer, aber das war nicht der Grund für ihre Schlaflosigkeit.

»Sascha«, sagte sie. »Gibt es das? In Deutschland?«

»Wird noch schlimmer«, sagte er. »Ist Revolution. Bin gelaufen so weit und wieder Revolution. Aber falsche.«

»Gibt es eine richtige?« fragte sie. »Wenn Leute so bluten?«

»Ach, Tinuschka«, sagte er. »Du nicht verstehn.«

»Ich will es auch nicht«, sagte sie. »Ich will nicht verstehen, daß man Walter Schneider halbtot schlägt, ganz egal, für welche Revolution.«

Sie sah Saschas Schatten, er saß im Sessel, die Beine auf einem Stuhl, Sascha, ihr Mann, zu dem sie gehörte, was immer geschah.

»Ob sie uns etwas tun?« fragte sie.

»Kein Angst.« Er streckte die Hand aus, aber sie reichte nicht bis zum Sofa. »Hab nicht geredet auf Straße, nur in Haus, kein Angst. Bin weggelaufen von Rußland, Emigrant, Bourgeois, habe kein Plakate geklebt für Kommunisten. Bin Schwein, Tina, brauchen kein Angst haben.«

»Nein, Sascha«, sagte sie und fing an zu weinen, aus Mitleid mit ihm, aus Mitleid mit sich. Sie wußte, daß er sie betrogen hatte, mit der Soubrette Ilona Nagy, mit anderen, immer wieder betrogen, bereut, es vergessen, Sascha, Hansdampf in allen Gassen, nie stand sein Name im Programm, aber er war ihr Mann, und nun auch noch dies.

Was habe ich gemacht mit meinem Leben, dachte sie, und ich frage mich, warum sie nicht weggegangen sind, mit diesen Zeichen vor Augen und Sascha ohnehin wurzellos. Kanada, hatte Berta Schneider gesagt. Kanada, Australien, Amerika. Die Welt war groß, sogar etwas Geld lag bei der Bank, warum haben sie sich nicht gelöst aus einem Land, in dem das, was Walter Schneider zugestoßen war, noch als glimpflich gelten konnte. Er wurde in Ruhe gelassen später, kein Funktionär, nur ein Plakatkleber, der sich verkroch, den Mund hielt, wieder Eisenteile schleppte, mit der Hoffnung auf bessere Zeiten. Auch Christine und Sascha passierte nichts, jedenfalls nichts anderes, als jedem Deutschen passieren konnte im Krieg, sie hätten Glück, meinten die Leute. Aber für Sascha bedeutete es Unglück, mehr als er ertragen konnte, es wird sich noch herausstellen. Warum sind sie nicht weggegangen, als sie die Zeichen sahen.

»Das Land, in dem man geboren ist«, sagte meine Mutter, »die Sprache.«

»Bin einmal weggelaufen«, sagte Sascha, »war

genug«, und welches Recht habe ich, Sascha und Christine vorzuwerfen, daß sie blieben. Auch ich, ein halbes Jahrhundert später, sehe wieder Zeichen und bleibe, genauso wie sie. Ich habe meine Gründe, sie hatten die ihren, man muß nur selbst in der Geschichte stecken, um sie zu verstehen.

»Wie lange wollen Sie eigentlich noch bei Keune wohnen bleiben?« fragte Fritz Behrend im Frühjahr 1933 Christine, als sie oben bei Dora Kaffee tranken. »Sie wissen doch, daß er Jude ist.«

Das sei er schon immer gewesen, sagte Christine, trotzdem hätten ihn alle gemocht, und Fritz Behrend erklärte, es ginge ums Prinzip, und gerade für sie und Sascha als Staatenlose sei es wichtig, auch nach außen hin Loyalität zu zeigen.

»Bei uns im zweiten Stock wird demnächst etwas frei«, sagte er. »Vier Zimmer und Küche, paßt für Sie, und Dora würde sich freuen. Übrigens, Sie brauchen sich keine Sorgen zu machen. Hier in Stendal schätzt man Sie, auch Ihren Mann in seiner Art.«

Er ging in den Laden. Christine blieb mit Dora allein, Dora, ihre Freundin seit mehr als zwölf Jahren, ebenfalls breiter geworden, eine äußerlich stabile Vierzigerin mit viel Grau in den rotblonden Haaren, aber anfällig wie eh und je, auch für die Vater-Gespenster, die sich noch am ehesten verzogen, wenn Christine bei ihr war. Fritzchen, ihr Sohn, inzwischen fünfzehn und Fähnleinführer, erklärte, bei ihr sei sowieso eine Schraube locker und pfiff »Karabums, da fiel die Lampe um«, wenn sie ihm wegen seiner Faulheit in der Schule Vorwürfe machen wollte.

»Damals, als ich Sie zum ersten Mal abgeholt habe«, sagte Christine, »wir waren an der Uchte, wissen Sie noch, da hat mich Dr. Keune geschickt. Ich könnte Ihnen beistehen, hat er gemeint.«

Dora fing an, den Rest Schokoladenkuchen zu zerbröseln, gedankenlos, die Krümel fielen auf die weiße Decke und hinterließen kleine, dunkle Stippen. »Ob sie ihm etwas tun? Er hat doch soviel Geld gestiftet für die Rathausrenovierung, und überhaupt, was soll das alles. Auf einmal darf ich meine Schuhe nicht mehr bei Kulp kaufen, Fritz hat direkt einen Tobsuchtsanfall gekriegt. Und Sally Zischke, was wird aus der? Die ist doch eine geborene Salomon. Sollen wir die nun aus dem Kränzchen rauswerfen?«

Sie ging zur Tür, spähte auf den Flur, kam an den Tisch zurück. »Ganz im Vertrauen, Christine«, flüsterte sie, »Fritz ist gar kein Nazi, der macht das bloß wegen der Konkurrenz, Cohn mit seiner billigen Haushaltswarenabteilung, und die Epa. Und der alte Cohn war doch ein Freund von meinem Vater, und neulich hat er in der Ecke gestanden. Da!« Sie zeigte auf eine Nische zwischen Schrank und Außenwand.

»Nein, Dora«, sagte Christine, »Sie wissen doch, daß das nicht stimmt.«

»Ja«, sagte Dora. »Hab ich mir wohl bloß wieder eingebildet. Aber es wäre schön, wenn Sie hier ins Haus ziehen würden.« Sie sind alle verrückt, dachte Christine, als sie nach Hause ging. Alle.

Beim Abendessen mochte sie Dr. Keune kaum in die Augen blicken. Er saß ihr gegenüber, das Käppchen tief in die Stirn gezogen, mit einem Wollschal statt des Seidentuchs, auf den Knien das karierte Reiseplaid. Seit einiger Zeit sorgte er sich in geradezu manischer Weise um sein Wohlbefinden, witterte überall Zugluft, unbekömmliche Speisen, Bazillen und fiel, da ihn das Belauern von Leber, Galle, Nieren, Bronchien unablässig beschäftigte, in immer tiefere Schweigsamkeit. Angst vor dem Tod, vermutete Christine. Er sah ihn in allen Ecken und baute seine Barrieren dagegen auf, Leibbinden, Wärmflaschen, Desinfektionsmittel, Diät, Kräuterteemischungen und ständig wechselnde Pillen, Tropfen, Zäpfchen, über deren Verabreichung er mit buchhalterischer Akribie wachte. Manchmal redete er »von den Zeiten nach mir«, hatte auch schon murmelnd verlauten lassen, daß er Christine und Sascha das Haus hinterlassen wolle, dem Museum seine chinesische Sammlung, der Berliner Universität die Bücher, brachte es aber, offenbar aus abergläubischer Furcht, zu keinem Testament. Bei der bloßen Erwähnung fing er an zu zittern, so daß Christine nicht mehr darüber sprach, obwohl der Gedanke, das Haus zu erben, eine große Beruhigung bedeutet hätte, mit dem fast vierzigjährigen Sascha und seiner lächerlichen Choristengage.

»Wir müssen unbedingt darüber reden«, sagte sie, als er nach dem Essen in seinem Sessel saß, warm verpackt und mit einer Kanne Tee aus Goldrute und Birkenblättern für die Nieren. »Haben Sie sich schon einmal darüber Gedanken gemacht, was dieser Hitler alles zu tun imstande ist?«

Sie hatten bis jetzt dieses Thema nie berührt, wie überhaupt seine jüdische Abkunft tabu gewesen war. Aber die Panik in seinem Gesicht verriet, daß er Bescheid wußte. Er griff nach der Teetasse, trank einen Schluck und fragte, die leise Stimme noch leiser: »Was meinen Sie, liebe Frau Lewkin?«

»Ach Gott«, sagte sie. »Wir wollen doch nicht um den heißen Brei herumschleichen, und wenn ich Sie wäre, dann würde ich mir einen Platz in einem schönen Schweizer Sanatorium suchen, am Vierwaldstätter See vielleicht oder in Lugano, dort hat es Ihnen früher in den Ferien doch immer so gut gefallen.«

»Wie kommen Sie plötzlich auf diese Gedanken?« fragte er, so heftig zitternd, daß der Tee überschwappte.

Sie nahm ihm die Tasse weg und behielt seine Hand in ihrer. »Wie soll man nicht darauf kommen? Sie sind alt, machen Sie es sich noch ein bißchen schön, gehen Sie irgendwohin, wo die Menschen nicht so verrückt sind wie hier. Ich lasse ein paar Prospekte schicken, nur zum Ansehen.«

Er kroch tiefer in die Decke, seine Augen glitten über die Bücherregale, den Glasschrank mit den Snuffbottles, an denen er mehr hing als an allen anderen Dingen im Haus.

»Das können Sie doch alles mitnehmen«, sagte Christine.

»Und das Haus? Die Umgebung? Den Garten? Die Luft?«

Sie wußte nichts mehr zu erwidern.

»Werden Sie und Sascha bei mir bleiben?« fragte er.

Sie nickte. »Bestimmt. Haben Sie keine Angst«, und nie, glaube ich, hätte Christine Louis Ferdinand Keune jetzt noch aus freien Stücken allein gelassen. Sie ließ Menschen nicht im Stich, ihre Mutter nicht, ihren Vater und die Geschwister nicht, Sascha nicht. Ich habe oft den Kopf darüber geschüttelt, daß sie anderen treuer war als sich selbst. Aber angesichts des alten Mannes mit seinen Tüchern und Tees bin ich nicht mehr so sicher, ob ich es ihr ankreiden soll. Vielleicht gibt es mehr Rechtfertigungen für ihr Leben, als ich mir träumen lasse.

Schon wieder das Wort vielleicht, aber wie soll ich es vermeiden. Und müßige Überlegungen ohnehin, soweit sie Dr. Keune betreffen. An ihm brauchte Christine ihre Treue nicht zu beweisen. Man nahm ihr die Entscheidung ab, im April bereits, als Siegmund Kahl aus dem Stendaler Theater entfernt wurde.

Es geschah bei der Generalprobe zu den ›Meistersingern‹, nach einem Krach mit Hugo Müller-Murau, dem kleinen Tenor mit der großen Stimme, ein Krach, der sich an seiner Kurzwüchsigkeit entzündete. Vielleicht hätte Christines Leben einen anderen Verlauf genommen, wenn Müller-Murau einige Zentimeter größer gewesen wäre, ihr Leben, Saschas Leben, Kahls Leben, Keunes Leben.

Sie sitzt in ihrem Blumensessel, die alte Frau, und denkt nach über Ursachen und Folgen, Schicksal genannt, immer neue Variationen ihres Themas, Wiederholungen, die zu Wiederholungen führen und nicht weiter.

»Wie soll man das begreifen?« fragte sie die Wände. »Ohne diesen Vorfall wäre Kahl bis zum Ende der Spielzeit dageblieben und vielleicht sogar ausgewandert und noch am Leben. Und Dr. Keune hätte seine letzten Jahre ruhig in der Schweiz verbringen können, und wir hätten das Haus bekommen und den Laden nicht gebraucht, und Sascha hätte vielleicht nicht nach Rußland gehen müssen, und die ganze Tragödie wäre uns erspart worden. Und alles bloß, weil der Mensch so klein war.«

Aber es war nicht bloß deswegen. Es waren viele

Ursachen und viele Folgen, Stufe auf Stufe, und jede nur möglich durch die erste: daß in dieser Zeit solche Ursachen solche Folgen haben konnten.

Hugo Müller-Murau gehörte inzwischen schon gute zehn Jahre zum Stendaler Ensemble, eine Dauereinrichtung sozusagen, ohne Aussicht auf ein besseres Engagement, und allmählich voller Haß gegen dieses Theater, in dem er, nur einer Äußerlichkeit wegen, seine Perlen vor die Säue werfen mußte. Er haßte alles und alle, am meisten aber den Direktor Siegmund Kahl, der seine Launen an ihm ausließ mit der Arroganz des Mächtigen, hauptsächlich aber aus Verzweiflung, weil durch diesen für Stendaler Verhältnisse eigentlich unbezahlbaren Sänger jede Operninszenierung optisch ins Lächerliche abzurutschen drohte. Seine Ausbrüche wie »Mensch, steigen Sie auf einen Baum, damit man Sie sieht« hatten Müller-Muraus empfindlichste Stelle getroffen. Jetzt, genau wie in der italienischen Oper, kam die Rache, nur, daß der Tote nicht wieder aufstand.

Daß es bei einer Generalprobe geschah, sieht nach Regie aus. Bei Generalproben durfte die Presse in den Zuschauerraum, allerdings nie ein Grund für Kahl, sich Wutanfälle zu versagen. Vielleicht hatte Müller-Murau, der den Stolzing sang, darauf gebaut, zumal kürzlich der bisherige Chefredakteur des ›Altmärker‹, ein Mann aus alter Stendaler Familie und erklärter Gegner der Hitler-Partei, durch einen Berliner Scharfmacher ersetzt worden war.

Zunächst, bis sich der Vorhang zur Festwiese hob, verlief alles friedlich, zu friedlich, gemessen an Kahls Seelenlage. Er saß am Regiepult, sah und hörte, was oben auf der Bühne vor sich ging, und wand sich vor Scham. Bei jeder Premiere war es das gleiche. Von künstlerischen Gewissensbissen geschüttelt, haderte er mit dem Geschick, das ihm zur Verwirklichung seiner Ambitionen nicht das Dresdener Opernhaus, sondern diese kümmerliche Klitsche beschert hatte. Es ist Blasphemie, dachte er, was bin ich, ein Schmierendirektor, ein elender Striese, zur Hölle mit mir, und spätestens im zweiten Akt fing er an zu toben.

Diesmal jedoch hielt er sich zurück, aus Furcht sicher schon, er wußte ja, daß er belauert wurde. Unruhe breitete sich aus, eine Generalprobe ohne Krach verhieß Pech am Premierenabend, das abergläubische Ensemble hoffte auf die Festwiese. Sascha, der den Tanz der Lehrbuben mit den Fürther Mädchen einstudiert hatte, glaubte schon, daß es ihn treffen würde. Nürnberg lag ihm nicht sonderlich, überhaupt geriet ihm alles, ob ›Land des Lächelns‹, ›Othello‹ oder Wagner irgendwie russisch, und er hatte sich bereits überlegt, was er dem rasenden Kahl erwidern wollte: »Kann nichts machen gegen mein Seele, Herr Direktor. Müssen sich holen Ballettmeister von Nürreberg.«

Aber Kahl ließ den Tanz durchgehen, auch den dünnen Wach-auf-Chor und Müller-Muraus mit Glanz gesungenes ›Morgendlich leuchtend in rosigem Schein‹. Erst bei der Überreichung des Preises durch Evchen, einer Gastsopranistin aus Dessau, neben der Müller-Murau, obwohl man ihn auf ein Podest gestellt hatte, fast verschwand, verlor er die Beherrschung.

»Jetzt strecken Sie sich doch mal, Mensch!« schrie er. »Wir spielen hier nicht Schneewittchen und die sieben Zwerge.«

Er hätte ruhig sein sollen. Aber er konnte es nicht, er war nie ruhig gewesen, er hatte die Macht gehabt und nicht genug Zeit zum Umlernen. Er brüllte seine Beleidigung heraus, und Müller-Murau sprang vom Podest, trat an die Rampe und sagte mit seiner hellen, beim Sprechen etwas quäkigen Stimme: »Halt deine miese Gosche, Drecksjude.«

Stille. Eine schreiende Stille. Das Festwiesenvolk erstarrte. In der nächsten Sekunde warf sich Siegmund Kahl, und niemand vermochte später zu sagen, woher er so schnell vom Regiepult zur Bühne gekommen war, auf den Tenor. Er packte ihn bei der Gurgel, und nur der Hans Sachs, ein junger, kräftiger Bassist, konnte, wie er zu Protokoll gab, das Schlimmste verhindern. Bevor Kahl von Müller-Murau abließ, schleuderte er ihn noch zu Boden. Dann rannte er aus dem Theater.

Müller-Murau kam mit einer Gehirnerschütterung ins Johanniter-Krankenhaus. Man feierte ihn als Helden, der Kreisleiter brachte ein Bild des Führers an sein Bett, und nach einem kurzen Engagement in Braunschweig machte er schließlich Karriere als Oratoriensänger, ein vielgefragter Evangelist. Siegmund Kahl dagegen wurde noch am selben Abend verhaftet. Ein ordentliches Gericht verurteilte ihn wegen gefährlicher Körperverletzung, § 223a, zur Höchststrafe von drei Jahren Gefängnis, man schaffte ihn nach Oranienburg, sein Leben endete im Konzentrationslager Buchenwald.

Ein Vorkommnis wie so viele zu dieser Zeit. Man kann es nicht mehr hören, sagen die Leute, die nicht betroffen sind. Doch wen betrifft es nicht? Wirf einen Stein ins Wasser, und der ganze Teich ist betroffen.

Nie konnte Christine es sich später verzeihen, daß sie, einige Tage nach Kahls Verhaftung, die Morgenzeitung ungelesen in die Bibliothek gelegt hatte, bevor sie gegen neun mit Sascha aus dem Haus ging. Dr. Keune war noch nicht nach unten gekommen. Sie hole nur ein Kleid von der Schneiderin, sagte sie zu Berta, und sei bald zurück.

Sascha mußte zur Chorprobe. Der Theaterbetrieb lief weiter, unter der Leitung eines hilflosen Menschen, der sich Dramaturg nannte. Was in der nächsten Spielzeit geschehen sollte, wußte niemand genau.

»Neues Direktor«, sagte Sascha. »Mit Parteiabzeichen und arische Regie. Kann nicht denken an armes Kahl.«

Um sein Engagement machte er sich keine Sorgen. So einen wie ihn, dachte er, brauchten sie immer.

Die Schneiderin wohnte in der Marienkirchstraße, dicht bei Behrends. Christine klingelte im Vorbeigehen bei Dora.

»Das Kleid ist fertig!« sagte sie.

»Um Gottes willen!« rief Dora. »Wie nimmt Louis Ferdinand es auf?«

»Wovon reden Sie?« fragte Christine, die im Moment, was Dr. Keune betraf, wieder zuversichtlicher war. Seit Tagen blätterte er in Prospekten von Schweizer Sanatorien, nicht ohne Wohlgefallen offenbar beim Anblick des blauen Lago Maggiore, und hatte sogar schon Dinge wie »Nun, eigentlich recht hübsch, aber Sie, liebe Frau Lewkin, auf jeden Fall müssen Sie und Sascha versorgt werden« geäußert. Vielleicht, hoffte Christine, würde er jetzt endlich ein Testament machen und ihr die Villa sofort überschreiben, was wollte er damit in der Schweiz, und eine Pension für Gymnasiasten vom Lande, das wäre eine Existenz zusammen mit der Gage. Für Saschas Weiterkommen machte sie schon lange keine ehrgeizigen Pläne mehr. Seine Tätigkeit beim Theater schien ohnehin die einzige zu sein, der er mit einer gewissen Verläßlichkeit nachzugehen imstande war.

Keiner kann aus seiner Haut, dachte sie. Es wird schon werden.

Und nun dies. Ein Zeitungsartikel mit der Überschrift ›Juden in Stendal‹.

»Der Skandal an unserem Theater«, so der Anfang, »bei dem der Jude Siegmund Kahl sich erfrecht hat, einen deutschen Sänger, den allseits gerühmten Hugo Müller-Murau, tätlich anzugreifen, macht nachdenklich über diesen Vorfall hinaus. Wie konnte es ein Magistrat, so fragt man sich, eigentlich verantworten, unsere wichtigste kulturelle Einrichtung in jüdischen Händen verkommen zu lassen, Händen, die sich nicht scheuten, sogar Wagner, heiligstes deutsches Geistesgut, wie billigen Ramsch in den Ausverkauf zu werfen? O ja, es macht nachdenklich und gibt Anlaß, die Augen schweifen zu lassen, auf der Suche nach anderen jüdischen Auswüchsen in unseren Mauern.« Worauf der Verfasser sich den jüdischen Geschäftsinhabern zuwandte, »diesen Kulps, Cohns, Dobrins, Salomons, Löwenthals, die in den besten Lagen der Stadt Bürgern mit betrügerischen Schundangeboten das Geld aus der Tasche ziehen und deutschen Kaufleuten den wohlverdienten Lohn für harte, ehrliche Arbeit streitig machen.«

»O Gott, Dora!« rief Christine. »Ist so etwas möglich?«

»Lesen Sie weiter«, drängte Dora, und Christine las: »Es gibt aber auch andere Sumpfblüten, die zwar weder die Breite Straße noch Schadewachten verpesten, dafür jedoch im verborgenen ihr Unwesen treiben, wie jener Jude Keune, der sich zu Zeiten, da das deutsche Volk hungerte und darbte, an Spekulationsgeldern mästete und in berechtigtem Verdacht steht, sich an deutscher Jugend vergriffen zu haben. Mußte er doch in Schanden seine Vertrauensstellung am Gymnasium verlassen ...«

Christine warf die Zeitung hin und rief: »Ich muß zu ihm!« Dora Behrend sah sie die Marienkirchstraße entlanghasten, und obwohl sie den Unwillen ihres Mannes fürchtete, nahm sie ihren Mantel und lief hinterher.

Um diese Zeit war Louis Ferdinand Keune bereits tot.

Er lag in der Bibliothek quer über seinem Sessel, zusammengekrümmt, die Haut verfärbt, das Käppchen vom Kopf gerutscht. Es roch nach bitteren Mandeln, Zyankali, sagte der Arzt. Christine hatte nichts von dem Gift gewußt, auch nicht vermutet, daß er den Tod, diesen Feind, im Schreibtisch aufbewahrte. Er mußte in großer Eile gehandelt haben, zu schnell vielleicht, um sich noch zu fürchten.

Auf dem Tisch, neben der Zeitung, leuchtete der

Luganer See. Sascha, den sie aus dem Theater geholt hatten, riß den Prospekt in Fetzen, immer kleiner, buntes Konfetti auf dem Teppich.

»Warum?« fragte er. »Warum das machen? Konnte denken, deutsches Idioten, was gehen mich an, konnte haben schöne alte Jahre in Schweiz.«

»Er war ein Preuße«, sagte Christine.

Am Abend mußte Sascha ins Theater, und Christine setzte sich in die Bibliothek, als ob sie Dr. Keune auch heute nicht allein lassen könne. Am Nachmittag hatten sie ihn abgeholt zur Obduktion, das Haus war leer, aber sie glaubte es noch nicht. Sie saß in dem braunen Ledersessel wie beim ersten Mal, die Zeit spulte zurück, er stand vor ihr, die Hände ausgestreckt: »Es ist mir eine Freude, Ihre Bekanntschaft zu machen, liebes Fräulein Peersen.«

Damals war sie gekommen. Jetzt mußte sie gehen. Wohin? Sie schämte sich, daß sie an so etwas dachte, aber in diesem Moment blieb es das einzige, was sie fassen konnte, daß sie weg mußte, weg aus diesem Haus, nach dreizehn Jahren, und während sie um Louis Ferdinand Keune trauern wollte, haderte sie gleichzeitig mit ihm, weil er sie zurückgelassen hatte ohne Bleibe, ohne Existenz. Die Zeit für ein Testament hätte er sich doch noch nehmen können, dachte sie, als ob es sich um eine überstürzte Abreise handelte in ein Schweizer Sanatorium, und wurde auch diesen Gedanken nicht los, so sehr sie ihn sich verbot.

Es war acht, als es klingelte und Berta Schneider noch einmal kam, zusammen mit ihrem Mann.

Christine wollte sie mit in die Bibliothek nehmen, aber Berta winkte ab.

»Wissen Sie, Frau Lewkin«, sagte sie. »Sie waren so lange hier im Haus, und Verwandte hat er keine, und Walter sagt, jetzt kriegt der Staat alles, und Sie verdienen das doch viel eher als diese Schweine, und draußen stehen unsere Räder, und wir packen Silberzeug ein und Geschirr und heben es für Sie auf. Und für uns vielleicht auch was, das Service mit dem Zwiebelmuster, darüber würde ich mich freuen.«

»O Gott, Berta«, sagte Christine und verlor die Fassung. Sie hörte Berta und Walter Schneider die Treppe hinaufgehen. Seltsamerweise war dies der Moment, in dem sie begriff, daß Dr. Keune tot war. Er war tot, das Haus war tot, sie würden alles, was zu ihm gehört hatte, wegschaffen wie ihn.

Nach einer Weile ging sie, wie so oft in den vergangenen Jahren, zu der Vitrine und blickte auf die Snuffbottles, die kunstvollen, bis zur Durchsichtigkeit ausgehöhlten Achate, Amethyste, Jade, das bunte Cloisonné, die Porzellanfläschchen mit den blau und rot getuschten Wasserträgern, Händlern, Gelehrten, den Bäumen und Blüten und jenen erotischen Deutlichkeiten, von denen sie, verlegen und schockiert, die Augen doch nicht hatte wenden können. »Der Gedanke, daß fremde Menschen sie dereinst in die Hände bekommen sollen, bekümmert mich«, hatte Dr. Keune gesagt, und sie dachte daran, wie zärtlich er mit ihnen umgegangen war, diese sanften Berührungen, wenn er Staub entfernte und blinde Stellen, und sie holte einen Stapel Tücher aus der Küche und begann Stück für Stück einzuwickeln, sorgsam, wie er es getan hätte.

»Warten Sie noch etwas, ich gehe mit«, sagte sie, als Schneiders herunterkamen, legte die Fläschchen in ihre beiden großen Einkaufstaschen und trug sie aus dem Haus.

Christines zweiter Diebstahl, die Snuffbottle-Sammlung von Louis Ferdinand Keune. Sie stehen bei mir im Wohnzimmer, so vollständig wie damals. »Nichts davon darf in fremde Hände kommen«, hatte meine Mutter gesagt. Aber was sind fremde Hände nach so langer Zeit. Irgendwann werde ich die Sammlung verkaufen.

Zu der Beerdigung kamen außer Sascha und Christine nur Schneiders, das zweite Dienstmädchen Erna, der ehemalige Gärtner Schulze, Dora Behrend, Sally Zischke und ein uralter Kollege, der keine Angst mehr zu haben brauchte. Pastor Röhring von der Marienkirche hielt einen bewegenden Gottesdienst für »diesen unseren Bruder, der voller Liebe war und Güte«, erwähnte die zahlreichen Stiftungen, die er der Kirche hatte zukommen lassen, »manches in unserem Gotteshaus, auch wenn sein Name dort nicht in Stein gemeißelt ist, wird weiter von ihm künden«, und betete am Schluß »für alle, die sich in gleicher Not befinden wie zuvor unser lieber Verstorbener, der es nun vollbracht hat und ist beim Herrn«.

Als alles vorüber war und die Totengräber nach den Schaufeln griffen, ging Christine noch einmal zu Pastor Röhring und sagte, sie habe sich nicht trauen lassen aus Groll gegen die Kirche. Aber ihn, das solle er wissen, nehme sie davon aus.

Ich stelle mir meine Mutter vor, an dem Tag, als sie das Haus Dr. Keunes verließ. Ihre Sachen, Schlafzimmer, Biedermeierzimmer, Luise Jepsens Kommode, Maries Nähtisch, auch ein Küchenschrank und Kochgeräte, die sie kurzerhand hatte aufpacken lassen, sind unterwegs zum Behrend-Haus, wo Sascha und Berta Schneider warten. Sie blickt hinter dem Wagen her, geht noch einmal zurück, die Treppen hinauf, die Gänge entlang, an den vielen Türen vorbei, fegt den Umzugsschmutz zusammen, besenrein, steht vor dem Spiegel, schiebt den Hut zurecht, legt die Hand auf die Klinke, schließt die Tür, schließt das Kapitel.

Nicht mehr die Dame von Herrn Keune.

Auch nicht mehr die Frau eines Chorsängers.

Der Staat hat das Theater übernommen. Ein neuer Intendant, ein neues Ensemble mit Ballettmeister und Maskenbildner. Kein Platz für Improvisation.

Sie geht durch die Rathenowerstraße, an der Sperlingsida vorbei, Richtung Markt, und ich, an ihrer Stelle, wäre unterwegs abgebogen, nicht dieser Weg, ein anderer, irgendwohin in einen eigenen Anfang. Es gab Möglichkeiten: eine Kochschule, ein kleines Hotel, Leiterin eines Ferienheimes, Repräsentantin einer Firma. Vielleicht sogar ein Laden, aber keiner mit Sascha.

»Hör auf mit deinen Kommentaren«, sagte meine Mutter, wenn sie, die Bausteine ihrer verpaßten Möglichkeiten hin- und herschiebend, fiktive Leben konstruierte. »Was verstehst du davon.« Sie hat recht, ich, mit meinem Haus und der Pensionsberechtigung, sollte still sein. Auch ich baue die bunten Türme des *Was wäre wenn,* schichte sie auf, lasse sie zusammenfallen und kehre in meinen Alltag zurück, voller Angst vor dem Risiko. Nicht anders als Christine an diesem Tag, mit ihren zerbrochenen Sicherheiten, aufrecht jedoch und freundlich die Grüße von rechts und links erwidernd. Man mochte und schätzte sie in der Stadt, trotz eines Ehemanns ohne solide bürgerliche Existenz. Ihre Würde reichte für zwei, und auch Sascha und seiner spontanen Zutunlichkeit brachten die Stendaler Sympathie entgegen, wenn er, mit wehendem Schal und kesser Fliege, jedem wie seinem besten Freund zuwinkte. »Dieser verrückte Russe«, sagten sie zwar, aber das »dieser« klang wie »unser«, und wo immer etwas los war, rief man nach ihm.

In dem Sommer nach dem Tod von Dr. Keune hielt er sich fast jeden Tag in der Badeanstalt des Wasserfreunde-Clubs auf, für den er so erfolgreich Geld gesammelt hatte. Jetzt gehörte er dort zum inneren Kreis, zuständig vor allem für festliche Ereignisse wie die »Italienische Nacht«, mit Feuerwerk und Wasserballett, oder die jährliche Weihnachtsfeier im Saal des »Schwarzen Adler«, bei der er die Kinder der Mitglieder als Engel, Zwerge, Elfen und Weihnachtsmänner tanzen ließ und dem Verein damit steigenden Zulauf verschaffte. Ihre Würde und seine amüsante Betriebsamkeit, vielleicht lag es daran, daß der Laden am Anfang so ein großer Erfolg wurde.

Der Laden. Meine Mutter und dieses Wort. Ein Fanfarenstoß ihrer Enttäuschung.

Es begann einige Wochen nach dem Umzug, als Fritz Behrend mit einem Angebot zu ihr kam. Sie saßen im Erker, an Maries Nähtisch. Die Flügeltür zu dem leeren Nebenraum war geschlossen, an eine Einrichtung ließ sich noch nicht denken. Aber des Wohnzimmers, mit Dr. Keunes Biedermeiermöbeln gemütlich und beinahe elegant, brauchte sie sich nicht zu schämen, besonders, wenn wie jetzt die Vormittagssonne das polierte Holz zum

Spiegeln brachte. Luise Jepsens Kommode stand am Fenster, darauf die beiden Hochzeitsbilder: Johann und Marie. Sascha und Christine.

Es roch nach Kohl. Christine kochte jetzt häufig Eintöpfe, Mohrrüben, Erbsen, Bohnen, gleich für zwei Tage, mit Schnuten und Poten, obwohl Sascha das glibberige Fleisch beiseite schob. Auch süßsaure Soße mit Pellkartoffeln, Lungenhaschee oder die Kieler Buttermilchsuppe, die oft auf den Tisch kam, schmeckten ihm nicht sonderlich.

»Ich muß billig kochen«, sagte Christine dann. »Rindfleisch kostet eine Mark das Pfund, Poten und Schnuten kosten dreißig Pfennig, und das Geld schmilzt nur so dahin«, wonach er jedesmal wie ein geprügelter Hund den Teller anstarrte und »Wird werden, Tina« murmelte. Sie hatte keine Ahnung, was er sich darunter vorstellte, sah auch nichts, das auf eine Existenz hinzielte, mit diesen tausend Beschäftigungen, denen er nachlief.

»Kein Angst, Tinuschka, alles gut sein«, versuchte er sie nachts zu trösten. Aber das reichte nur für den Augenblick. Und nun saß sie mit Fritz Behrend im Erker, und er sagte, wenn sie wolle, könne sie endlich bei ihm anfangen. Er nähme noch Tischwäsche und Gardinen auf, mit dem Porzellan eine große Abteilung, und bestimmt eine schöne Aufgabe für sie.

»Und Sascha?« fragte Christine.

»Ach du lieber Gott.« Die Mundwinkel in seinem roten Gesicht zogen sich nach unten. »Sie kennen ihn doch am besten. Es gibt bloß Ärger, was soll's. Ist er eigentlich wieder in der Badeanstalt, da draußen bei Jänickes Teichen?«

Sie nickte.

»Und was macht er da? Bringt den Damen das Schwimmen bei. Die drängeln sich direkt, habe ich gehört, er versteht es angeblich besser als der Bademeister, bloß daß der das Geld kassiert. Verdammt noch mal, warum geht er nicht hin und macht wenigstens eine Prüfung, damit was rausspringt bei der Planscherei.

»Bitte, Herr Behrend!« rief sie, Tränen in den Augen, und zog ihre Hand, die er begütigend tätscheln wollte, weg.

»Entschuldigen Sie«, sagte Fritz Behrend verlegen. »Mir ist der Kragen geplatzt, das kann man ja nicht mehr mit ansehen. Nehmen Sie die Abteilung, es ist das beste, glauben Sie mir.«

Sie schüttelte den Kopf. »Nein, mein Mann braucht wieder einen Beruf. Eine Tätigkeit wie am Theater findet er nicht noch einmal, wir müssen etwas zusammen machen.«

»Na ja«, sagte er. »Dann machen Sie man.«

Er sah sie an, dick, kahlköpfig, die hellen Augen zugewachsen. »Es ist ein Jammer, daß ich Sie nicht früher getroffen habe. Was wir beide auf die Beine gestellt hätten, verflixt und zugenäht, eine ganze Ladenkette, das schwör ich Ihnen. Und nun haben

Sie diesen Mann und ich Dora mit ihren Gespenstern.«

Als er gegangen war, stand sie am offenen Fenster und blickte auf die Türme der Marienkirche, froh, daß sie Fritz Behrend nicht früher getroffen hatte, obwohl er vermutlich auch dann nicht in Betracht gekommen wäre. Sascha mit seinen dichten Haaren, den schrägen dunklen Augen und immer noch schlank und lässig – kein Vergleich. Hochmut kommt vor dem Fall, dachte sie, für mich sollte immer alles schön sein, das habe ich von Vater, und sie dachte an Golley und Klewer und kam von Klewer auf ihre kalten Platten und die Sahneheringe und daß auch Klewer sie für eine Geschäftsfrau gehalten hatte, warum eigentlich nicht, dachte sie, man muß nur die richtigen Artikel führen, in ganz Stendal gibt es keine vernünftigen eingelegten Heringe, alles zu sauer, und wir könnten es zusammen machen, Sascha den Einkauf, dann kommt er unter Leute, im Laden auch, die Frauen fliegen ja auf ihn, Feinkost-Lewkin, das klingt gut.

Sie stand am Fenster, die Zeit verging, es schlug elf, halb zwölf, dreiviertel, der Kohl brannte an, sie merkte es nicht. Und so wurde, während Sascha draußen bei Jänickes Teichen der Gattin des Bierverlegers Seitz das Schwimmen beibrachte – »einze, zweie, dreie, pschsch« –, der Laden geboren.

Ein Laden mit Sascha. »Ich dachte«, sagte sie, »irgendwann müßte er zur Vernunft kommen.«

Sascha verabscheute den Laden von Anfang an.

»Ich kein Krämer sein!« erklärte er mit Vehemenz. »Will nicht verdienen Geld mit Heringe«, was zu dem heftigsten Streit seit Beginn ihrer Ehe führte. »Meinst du etwa«, rief Christine, »an meiner Wiege ist das gesungen worden? Was sollen wir denn sonst machen, um Gottes willen, wenn du nicht mal deutsch lernst! Ein Laden ist das einzige, und von Heringen verstehe ich etwas. Möchtest du lieber im Armenhaus enden?«

»Laß mich Ruhe«, sagte er. Aber sie stellte sich ihm in den Weg.

»Wenn du dich weigerst, dann gehe ich. Ich will nicht die Frau eines arbeitsscheuen Hansdampf in allen Gassen sein.«

Es war das Schlimmste, was sie sich je erlaubt hatte ihm gegenüber, vielleicht in der Hoffnung, wer weiß, daß er sich tatsächlich weigern, sie tatsächlich gehen könnte. Kein Mann von Ehre, dachte sie, nimmt so etwas hin.

Aber Sascha, kein Mann von ihrer Ehre, nahm es hin, wie so vieles schon, warum nicht dieses. Seine Verletzlichkeit war von anderer Art als das, was Christine Ehre zu nennen gelernt hatte.

Zwei Tage lang starrte er in ein Loch. Dann sagte er, »Gut, wenn du wollen«, und begab sich – endlich, dachte sie beglückt – mit Eifer an die Organisation des Unternehmens. Er war es, der einen passenden Laden ausfindig machte, in der Brüderstraße, nur ein paar Schritte zum Markt, gute Lage, nicht weit von der Wohnung entfernt. Auch schaffte er eine äußerst preiswerte Einrichtung heran, Regale, Tresen, Kasse, Waage aus einem Pleitegeschäft in Gardelegen, ganz abgesehen davon, daß er sich als geradezu ausgefuchst im Feilschen mit Lieferanten erwies. Und was Christine am meisten befriedigte: In einem von Amts wegen geforderten Kursus für kaufmännisches Rechnen begriff er alles weitaus schneller und besser als sie. Es wurde beschlossen, daß Sascha Einkauf und Buchführung übernehmen sollte, sie dagegen die Herstellung der Salate und Marinaden und den Verkauf, mit Berta Schneider als Hilfe. Christine schrieb dies alles ausführlich an Lena, die Krankenschwester in Kiel, an Mieke, inzwischen in Göttingen verheiratet, und an die kleine Anna, in der Hoffnung, auch der Rest der Familie werde es erfahren.

»Na also!« frohlockte Dora Behrend, »der eine lernt's früher, der andere später«, und ihr Mann ließ seine Verbindungen bei der Bank spielen, so daß auch die notwendigen Kredite nicht zu teuer wurden.

Nur ich mißtraue Sascha. Das heißt, nicht ihm, nicht seinem Kopf, sondern dem, was er »mein Seele« nannte, diese Moskauer Seele, voller Widerwillen gegen Krämertum und Pfennigfuchserei und entschlossen, alle vernünftigen Absichten des endlich erwachsen gewordenen Kopfes zu sabotieren. Beweise? Zum Beispiel ich. Zehn Jahre Verweigerung, »kein Kind in dieses Welt«, trotz Christines schlechtem Gewissen ihrem Körper gegenüber. Und dann, im Juni 1934, sechs Monate nach Eröffnung des Ladens, die Tochter Marianne.

»Ich glaube, Sascha, ich bekomme ein Kind.« Und er, statt die Geburt dieses schuldlosen Wesens in eine Welt voller Leiden und Ungerechtigkeiten zu verhindern, freute sich, umarmte Christine, tanzte sogar durchs Zimmer mit ihr, als ginge endlich ein Herzenswunsch in Erfüllung.

»Und Laden?« fragte er dann voll Besorgnis, was sie freute in ihrer Ahnungslosigkeit. »Das haben andere auch schon geschafft«, erledigte sie alle aufkommenden Bedenken und steckte noch zwei Stunden vor der Entbindung bis zu den Ellbogen im Heringssalat, eine Lieferung für die Aktionärsversammlung der Zuckerfabrik, wie sie auch niemand daran hindern konnte, bereits wenige Tage später schon wieder hundert Matjes auszunehmen und zu enthäuten, im Sitzen allerdings. Um das Kind kümmerte sich währenddessen die kleine Anna, froh, die Zeit zwischen dem Ende einer Verlobung und dem Beginn ihrer Ausbildung zur Fürsorgerin sinnvoll nutzen zu können.

Eine Schwangerschaft als Sabotage gegen den Laden? Ach, Sascha, protestiere doch nicht, sei ehrlich, du brauchst nichts mehr zu verbergen, nicht einmal vor dir selbst, laß uns lachen darüber, obwohl es eher zum Weinen ist, nicht meinetwegen, keine Angst, aber um Christines und deinetwillen, und daß du zu solchen Finten greifen mußtest, anstatt zu sagen »Nein, kein Laden, lieber geh«. Ich weiß, wo hättest du bleiben sollen ohne sie. Aber es gibt Schlimmeres als keine Bleibe, auch das wissen wir. Du zuckst mit den Schultern? Ja, du hast recht. Es war schon zu spät.

»Das Heringsballett!« sagte meine Mutter, der Katastrophen dieser Zeit gedenkend. »Ich verstehe ihn nicht, Janni. Und wenn ich hundert Jahre alt werde, ich verstehe ihn nicht, diesen Mann.«

Die Sache mit dem Heringsballett ereignete sich im Frühjahr 1939, als Feinkost-Lewkins hervorragende Salate, Fischmarinaden und kalte Platten bereits ein Begriff in Stendal geworden waren. Aber auch die phantasievolle Schaufenstergestaltung, jeden Mittwoch mit einem neuen Blickfang, zog die Leute an, etwa eine grüne Moosfläche, darüber verstreut Fliegenpilze aus gepellten Eiern mit Tomatenhütchen und weißen Mayonnaisetupfern und zwischen ihnen ein putziges Zwergenvolk, nämlich Walnüsse mit Zipfelmützen. Oder ein See aus Stanniol, blauer Himmel als Hintergrund, weißer Sand am Ufer, und darin sich aalend Heringe mit winzigen Sonnenschirmen in den Flossen. Saschas Ideen, von

Christine oft nur widerstrebend unterstützt, weil es ihr gar zu albern vorkam. Aber der Erfolg gab ihm recht.

Darüber hinaus allerdings kühlte sein Interesse am Geschäft mehr und mehr ab. Zum Verkaufen ließ er sich nur noch schwer bewegen, trieb hinter dem Ladentisch auch, wie Christine fand, zuviel Unfug, denn was sollte die Schäkerei mit hübschen jungen Kundinnen, während weniger ansehnliche Damen dünn lächelnd warten mußten und hinterher ihr Geld zur Konkurrenz trugen. Überhaupt, er nahm alles nicht ernst genug, wog entweder zu gut oder zu schlecht, brachte Herings- und Fleischsalat durcheinander, schmiß halbvolle Bücklingskisten in die Asche, stets mit dem Blick zur Uhr, ob es nicht bald sieben sei. Allmählich war es Christine fast lieber, wenn er sich auf Buchführung und Einkauf beschränkte und seine übrige Zeit wieder den »Wasserfreunden« widmete, italienischen Nächten, Weihnachtsfeiern, Schwimmunterricht, was immer ihn beflügelte. Oder auch der kleinen Marianne, die er voll Stolz überall hinschleppte, »meine Töchterchen Jannuschka«, und kaum, daß sie fest auf den Beinen stand, im »Schwarzen Adler« als Zwerg, Elfe oder Engel mithüpfen ließ.

»Soll er man gehen, er reißt sowieso mit 'm Hintern wieder um, was wir gerade hingestellt haben«, sagte Berta Schneider, Christines rechte Hand, allerdings nur vor- oder nachmittags, je nach der Schicht ihres Mannes. Außer ihr beschäftigte Christine jetzt noch mehrere Frauen, die in der Salatküche hinter dem Laden Fische ausnahmen, Gurken, Äpfel, Zwiebeln, Eier, Schinken würfelten, Rollmöpse wickelten, Weißbrotschnittchen für Kalte Platten belegten. Aber das Wesentliche, das Mischen, Abschmecken, Garnieren, machte sie selbst, manchmal bis in die Nacht hinein. In der Woche vor Silvester, wenn es am turbulentesten zuging, denn nicht nur in Stendal, auch in den umliegenden Orten verlangte man zum Jahreswechsel nach Lewkins Heringssalat, kam auch noch ihre Schwester Mieke zum Helfen, aus Göttingen, wo sie mit einem Reichsbahnoberinspektor verheiratet war, den sie nicht ungern für eine Weile verließ.

Noch einmal ein Foto aus dieser Zeit: Lewkins hinter dem Ladentisch, der lachende Sascha, flott mit Hemd und Fliege und einem baumelnden Hering in der erhobenen Hand, Christine dagegen weißbekittelt und voll entschlossener Zufriedenheit. Sie muß glücklich gewesen sein damals, trotz der Überlastung, der kurzen Nächte, des Ärgers. Frau Feinkost-Lewkin, geachtet nicht nur um ihrer selbst, sondern auch um ihrer Position willen. Lewkin, schon fast so gut wie Peersen.

Wenn sie sich in der Stadt zeigte, dann stets in einem erstklassigen Kostüm, gut korsettiert, mit Hut und Handschuhen, eine gepflegte Dame, immer noch hübsch auf ihre stattliche Art. Und obwohl sie darauf drang, die Kredite schnell abzuzahlen, hatte sie schon im ersten Jahr Möbel für das leere Zimmer gekauft. Die jetzt weit offene Flügeltür gab den Blick frei auf Büfett, Anrichte, Tisch und Stühle in Chippendale, beste handwerkliche Arbeit, extra aus Berlin herbeigeschafft, so daß sie ohne Scham ihre Kränzchenschwestern empfangen konnte, für die sie sich nach wie vor mittwochs freimachte. Es war noch immer derselbe Kreis, nur Sally Zischke, geborene Salomon, deren Mann sich von ihr hatte scheiden lassen, fehlte. Nicht mehr da, verschwunden, wie auch die Dänemarks, Löwenthals, Kulps, Cohns, niemand wußte, wohin. Christine, von ihrem schlechten Gewissen geplagt, hatte anfangs versucht, das Gespräch auf Sally zu bringen, bis Dora Behrend sie warnte. »Seien Sie bloß still, Christine, noch dazu als Staatenlose! Fritz läßt Ihnen das auch sagen.«

Da schwieg sie ebenfalls.

»Was sollte man denn machen?« sagte sie später. »Es ist sowieso ein Wunder, daß alles so gut für uns lief. Noch ein paar Jahre, und wir wären aus den Schulden herausgewesen. Der Krieg, sicher, der Krieg. Aber das wußte man vorher ja nicht, und dann dachte man, es geht vorbei, und hat weitergearbeitet. Und so ein Betrieb wird einem kaputtgemacht. Das Heringsballett! Von da an hätte ich es wissen müssen.«

Ja, das Heringsballett, Christines Symbol sämtlicher Sascha-Pleiten. Ich habe es nie begriffen, diese Begebenheit am Rande und soviel Bedeutungsschwere.

»Von da an ging es steil abwärts«, murmelte meine Mutter in den endlosen Monologen ihrer Greisinnenzeit, ein Irrtum der Erinnerung, es sei denn, sie meinte den Krieg, der in diesem Jahr begann, die immer strengere Rationierung der Lebensmittel, die Schwierigkeiten, den Kunden ein wenig darüber hinaus zu bieten, falschen Heringssalat etwa aus markenfreiem Fischrogen, Zwiebeln, Rote Bete und Kartoffeln, worin sie erfinderisch war. Die Leute standen Schlange, wenn es so etwas gab, keine Rede von einer langsamen Talfahrt des Ladens. Sein Ende, zwei Jahre später, kam als plötzlicher Sturz, und das Heringsballett, zur Krönung der Lewkinschen Erfolge inszeniert, hatte damit nicht mehr zu tun als alles, was Sascha, oder genauer seine Seele, in dieser Hinsicht veranstaltete.

Anlaß dazu war ein Schaufensterwettbewerb von Magistrat und Partei, um, wie es hieß, »die Leistungsfähigkeit unseres unter der kühnen Führung Adolf Hitlers und seiner NSDAP wieder blühenden Stendaler Einzelhandels auch nach außen mit Phantasie unter Beweis zu stellen«.

»Idioten!« höhnte Sascha. »Naziphantasie, Hitlerbild in Schaufenster mit Plakat, Führer befehlen, folgen wir. Mache ich jede Woche Schaufenster, brauche kein Partei.«

Christine, das Rundschreiben in der Hand, sann vor sich hin. »Wäre aber doch schön, wenn wir einen Preis bekämen. Auch für unser Renommee. Eine Anerkennung der ganzen Mühe.«

»Will kein Preis von Partei«, sagte Sascha, und Christine erklärte, das sei doch kindisch, die Partei, wo wäre die nicht, von jedem Pfennig Steuern bekäme sie ihren Teil, und wenn er das nicht wolle, müsse er weg aus Deutschland, und für die Winterhilfe spendeten sie schließlich auch dauernd, wie denn nicht, als Geschäftsleute, und wem man denn weh täte mit einem ersten Preis beim Schaufensterwettbewerb.

Sascha nahm ihr das Schreiben aus der Hand, zerriß es, warf die Stücke auf den Boden. »Du nie lernen! Winterhilfe wir müssen, Schaufenster wir nicht müssen. Ist Unterschied. Ich machen beste Schaufenster in Deutschland, wenn Wettbewerb fertig. Aber nicht für Partei.«

»Ach, Sascha«, sagte sie. »Dir geht es immer nur um den Jux. Aber es muß auch einmal etwas dabei herauskommen, und wenn du nicht willst, kann ich mir ja den Bühnenbildner vom Theater holen.«

Er sprang auf. »Kannst du! Kannst Du! Holen Bühnenbildner von Staatsoper, machen Schaufenster für Hitler, alle Deutsche machen Schaufenster für Hitler, bis Schaufenster kaputt sein, Deutschland kaputt sein, und Revolution kann kommen, richtiges Revolution.«

»Sei doch still mit deiner ewigen Revolution«, sagte sie, worauf er unter lautem Türenknallen davonstürmte. Als er wiederkam, brachte er die Idee vom Heringsballett mit, originell in der Tat, Christines Hoffnung und Niederlage.

Am Wettbewerbstag morgens gegen acht drängten sich schon die Leute vor Lewkins Schaufenster, Schulkinder, Hausfrauen, Berufstätige auf dem Weg zur Arbeit, und wer immer es gesehen hatte, redete noch oft davon, so daß es, mit dem lächerlichen Schluß leider, fast zur Legende wurde: Auf Eisblöcken, zwischen romantischen Dekorationen aus Tannengrün und Papierrosenhecken, die tanzenden Heringe, eishart, mit bunten Flatterröckchen, Blumenkränze über den traurigen Augen, paarweise einander zugeneigt oder, von Drähten gehalten, wie im Sprunge schwebend. In ihrer Mitte stand auf einer Grammophonplatte, die im entscheidenden Moment zum Rotieren gebracht werden sollte, der Clou, eine von weißem Tüll umrieselte Herings-Pawlowa als sterbender Schwan und, etwas abseits, eine geigende Flunder im Frack.

Sascha hatte in das Eis Halterungen für die Fische gebohrt, damit, falls sie tauen sollten, sofort neue aufgesteckt werden konnten. Ein komplettes Ersatzballett lag bereit, Ventilatoren summten, der Himmel sah zum Glück nach Regen aus.

Spätestens um elf wurde die Kommission erwartet, und Christine, die in den anderen Schaufenstern, abgesehen von einem grinsenden Spanferkelbrautpaar bei Fleischer Wettsack, nicht viel Stendaler Geschäftsphantasie entdeckt hatte, zweifelte kaum noch an dem ersten Preis. Sie sah schon ihren Namen im ›Altmärker‹, den Empfang beim Bürgermeister, das Diplom, mit dem sie zu ihrem Platz zurückkehrte.

»Die geben Ihnen doch nie im Leben den ersten Preis«, hatte Berta gewarnt. »Den kriegen richtige Deutsche«, ein Einwand, den sie nicht hören wollte. Auch wenn Sascha sich bis jetzt geweigert hatte, die Einbürgerung zu beantragen, sie hatten den Laden, sie gehörten dazu.

Vermutlich ein Irrtum. Zumindest ein mögliches Dilemma für die Preisrichter. Aber das Zusammentreffen von zwei Zufällen ersparte ihnen die Entscheidung. Zum einen lag die kleine Marianne, über Nacht erkrankt, mit fast vierzig Fieber im Bett, der Arzt wollte kommen, und Christine mußte nach Hause. Und außerdem war Walter Schneider zur Mittagsschicht eingeteilt worden, so daß Berta ebenfalls nicht im Geschäft sein konnte.

»Rufe an, wenn irgend etwas passiert«, sagte Christine zu Sascha, bevor sie davoneilte. »Und laß um Himmels willen keinen Hering weich werden.«

Das war kurz vor halb neun. Und kaum hatte sie

den Laden verlassen, befestigte er ein Schild an der Tür *Gleich wieder da* und verschwand ebenfalls.

Niemand weiß wohin. Er habe sich nur Zigaretten holen wollen, behauptete Sascha später, eine Entschuldigung, die Christine angesichts der eisernen Regel, den Laden unter keinen Umständen zu verlassen, nicht akzeptierte. Weshalb auch alle weiteren Erklärungen müßig blieben, nämlich daß er, von plötzlichem Schwindel befallen, in diesem Zustand offenbar ziellos umhergeirrt und schließlich auf einer Bank im Bürgerpark zu sich gekommen sei, eine Version, die ohnehin auf Unglauben stieß. Vielmehr vermutete Christine eine Frau, wortlos allerdings, ihr Stolz erlaubte nichts anderes. Erst später, in dem Blumensessel, teilte sie ihren Verdacht den Wänden mit. Berta Schneider war derselben Meinung, nach vielen Jahren noch, als wir uns wiedersahen: eine Person vom Fernsprechamt, Else Stadtler, die ausgerechnet an diesem Morgen umgezogen sei, von der Weber- in die Hallstraße.

Warum nicht. Möglich, daß er der Dame versprochen hatte, die Lampen abzunehmen und nun zu seinem Wort stehen wollte, überzeugt, rechtzeitig wieder zurückzusein. Aber etwas kam dazwischen, seine Seele vielleicht, die, immer auf der Suche nach Gelegenheiten, dem Laden eins auszuwischen, Sascha bei dem Fräulein von der Post die Zeit vergessen ließ. Und so geschah es: Die Sonne kam heraus, eine warme Märzsonne. Das Heringsballett sackte zusammen mitsamt geigender Flunder, von dem sterbenden Schwan blieb nur der Tüll. Viertel vor elf, als Christine angehastet kam, fand sie die Reste ihres Ehrgeizes, davor ein ratloses Preisgericht.

Das Heringsballett. Christine verzieh es Sascha nie. Die zusammengefallenen Fische, vielleicht, daß sie ihre zusammengefallenen Hoffnungen darin erblickte und daß sie nie mehr Hoffnungen haben konnte und nur noch, trotz Renommee und Käuferschlangen, auf das Ende des Ladens wartete.

Ich brauche keine Bilder mehr. Die Geschichte hat mich eingekreist, ich gehöre dazu, Marianne, sieben Jahre alt, aufgewachsen in der Wohnung am Markt. Roland und Marienkirche, Dora Behrend und Berta Schneider, meine Mutter nur sonntags. Sie erzählt von Kiel, dein Großvater Peersen, deine Großmutter Marie, das Haus am Düsternbrooker Weg, und vielleicht höhlte schon damals der stete Tropfen den Stein, »werde Lehrerin, Janni, dann hast du Sicherheit«, sagt sie, und Sascha lacht, »laß Kind Ruhe, soll haben Spaß, kleine Mädchen, Sorgen kommen allein, wenn groß«. Sascha und ich, wir gehen zusammen durch die Stadt und in die Badeanstalt, immer scheint die Sonne, ich lerne schwimmen, ich lerne tanzen, ich bin ein Zwerg, ein Engel, bravo, Jannuschka, bravo. Und morgens krieche ich zu ihm ins Bett, und er erzählt von Rußland, von Moskaus goldenen Türmen, von Bauern, Zigeunern, Kirgisen, von der Steppe, der Wolga, von der Baba-Jaga und dem falschen Zarewitsch und von der Revolution. »Wenn groß sein, Jannuschka, mußt gehen in weite Welt. Sehen, wie Menschen leben, viel sehen, dann du wissen, was richtig.« Die Schule ist am Mönchskirchhof, über den Markt, durch die Jüdenstraße, am Theater vorbei. »Die Buchstaben sind nicht ordentlich, Janni, mach es noch mal«, sagt meine Mutter und will mit dem Lappen über die Tafel fahren, aber Sascha hält ihre Hand fest. »Nicht noch mal, Kindchen intelligent genug, muß nicht malen Buchstaben wie deutsche Soldat in Glied und Reihe.«

Und dann war er selbst ein deutscher Soldat, Dolmetscher einer Polizeieinheit, stationiert in der Ukraine, obwohl er »Gehe nicht« erklärt hatte, »Bin staatenlos, lasse mich hacken in Stücke, aber nicht mit deutsche Uniform in mein Heimat«. Er ließ sich nicht in Stücke hacken, er ging. Saschas Katastrophe, die kleine in der großen, eine der vielen, aber viele Pinselstriche machen das Bild.

»Verfluchtes Bande!« hatte Sascha geschrien, als die Nachricht vom Einfall in Polen kam. »Habe gewußt, aber keiner mir glauben, nun Krieg, gut, Hitler kaputtgehen, aber wir auch und ganze arme Volk«, und Christine stand mit verweintem Gesicht im Laden und versuchte, ihr Entsetzen mit den Erfordernissen des Augenblicks in Einklang zu bringen, nämlich die Hamsterkäufe der Kunden dadurch einzuschränken, daß sie Vorräte beiseite schaffte für die mit Gewißheit kommenden schlechten Zeiten.

»Der Krieg dauert doch nicht lange«, meinte Dora Behrend, »mit den Polen sind wir schnell fertig.«

Christine glaubte es nicht, und sie wollte alles tun, um den Laden über Wasser zu halten. Irgendwann muß es ja wieder aufwärtsgehen, dachte sie. Aber als der Krieg vorüber war, gab es den Laden nicht mehr.

Das Ende des Ladens kam am 8. September 1941, drei Monate nach Beginn des Rußlandkrieges, als Fritz Behrend Christine kurz vor sieben aufsuchte. Der Laden war leer. Es gab nicht mehr viel, was die Leute kaufen konnten.

»Wo ist Sascha?« fragte Fritz Behrend.

»In Magdeburg«, sagte Christine. »Er hat dort eine Quelle für neue Schlafzimmermöbel entdeckt.« Sie lachte. »Sie wissen doch, er ist ganz groß im Organisieren.«

Fritz Behrend lachte nicht. »Können Sie nicht zumachen, ich muß mal mit Ihnen reden.«

Christine schloß die Ladentür ab, und sie gingen nach hinten in die ehemalige Salatküche, jetzt nur noch Abstellplatz für die wenigen rationierten Waren, ein Hering pro Kunde zum Beispiel. Sie setzten sich an den alten Schreibtisch, Fritz Behrend mit übereinandergeschlagenen Beinen, was seinen trotz der schlechten Zeiten immer größer werdenden Bauch wie einen Ballon vorquellen ließ.

»Ist etwas mit Dora?« fragte Christine besorgt. Dora hatte, seitdem ihr Sohn Fritzchen in Rußland war, wieder heftiger unter den Gespenstern zu leiden, die jetzt sogar manchmal in die Küche schlichen und durch heimliche Salzzugaben das Essen für ihren Mann ungenießbar machten. »Sie sollte vielleicht irgend etwas arbeiten, sie grübelt zuviel.«

»Ja um Himmels willen!« rief er. »Was soll der Quatsch? Wissen Sie denn noch nichts?«

»Was soll ich wissen?« fragte Christine, und dann erfuhr sie, daß Sascha, seit Jahren beim Finanzamt in Verzug und Verdacht, seine Bücher habe vorlegen müssen, daß die Prüfer darin fast nur leere Seiten gefunden hätten und nun wahrscheinlich eine Klage wegen Steuerhinterziehung zu erwarten sei, ganz abgesehen von der Nachzahlung für mehrere Jahre. »Ernst Kettel vom Finanzamt hat es mir gesagt. Vertraulich natürlich. Die haben doch schon Ihre Wohnung durchsucht. Und vorgestern abend waren sie hier im Laden.«

»Vorgestern? Da hat mich Sascha mittags nach Hause geschickt. Ich sollte mich mal ausruhen. O Gott.« Sie lehnte sich im Stuhl zurück, starrte durch das Fenster auf die graue Hofmauer, rissiger

Putz, rote Ziegel darunter, Mülltonnen, zwei Katzen. Immer noch die Katzen, keine Fischabfälle mehr, aber Katzen. Fische von Feinkost-Lewkin. »Was riecht hier eigentlich so penetrant?« hatte einmal der Arzt gemurmelt, als sie direkt vom Laden aus in seine Sprechstunde gehen mußte. »Fisch, Herr Doktor«, hatte sie erwidert, »wir verdienen unser Geld mit Fisch, davon bezahle ich Sie.«

»Frau Lewkin«, rief Fritz Behrend, »ist Ihnen nicht gut?« Und sie hörte sich »Wieviel ist es?« fragen, hörte dreißigtausend, vierzigtausend und ob sie soviel aufbringen könne, schüttelte den Kopf, nein, sie hätten gerade einen Kredit aufgenommen für eine neue Ladeneinrichtung, Sascha habe eine Quelle in Berlin, koste ein Vermögen, aber das Geld würde sowieso verfallen, habe er gesagt.

»Der Mann ist nicht bei Trost«, sagte Fritz Behrend. »Wissen Sie, was passiert?«

»Man wird uns den Laden wegnehmen«, sagte Christine.

»Und er muß vor Gericht.« Fritz Behrend stand auf. »Vielleicht läßt sich das Geschäft günstig verkaufen, die Leute suchen ja nach Geldanlagen. Ich helfe Ihnen, wenn Sie wollen.«

Sie gingen in den Laden zurück, Christine wie durch luftleeren Raum, keine Geräusche, keine Gerüche, Fritz Behrends Stimme von irgendwoher.

»Er sollte sich freiwillig melden als Dolmetscher, die warten doch darauf, macht sowieso einen schlechten Eindruck, wenn er es noch länger hinzieht. Und vielleicht kommt es dann nicht zur Anklage.«

Sascha ließ sich drei Tage nicht blicken. Als er wieder auftauchte, hatten sich bereits mehrere Interessenten für den Laden gefunden. Das Finanzamt konnte befriedigt werden, aber die Drohung mit dem Gericht blieb. Es könne, meinte der Anwalt, Gefängnis geben. »Sie sind keine deutschen Staatsbürger, Frau Lewkin. Das erschwert die Sache.«

»So oft habe ich dich gebeten, die Einbürgerung zu beantragen«, warf Christine Sascha vor.

»Bin Russe«, sagte er. »Hase kann nicht werden Reh.«

»Und wenn du nun ins Gefängnis mußt?«

»Gehe nicht in Gefängnis.«

Christine schwieg. Sie hatte eine Existenz geschaffen, er hatte sie zerstört, was sollte man noch sagen. Sie spürte den schrecklichen Wunsch, ihn zu ohrfeigen, wie früher Klaus und Fiete, wenn sie ihrer nicht hatte Herr werden können. Aber auch da war es ohne Wirkung geblieben, und bei Sascha, was um Gottes willen sollte bei Sascha wirken.

»Lieber mich umbringe!« rief er mit lodernden Augen. »Aber nicht Hitlergefängnis.« Die große Geste.

»Hör auf«, sagte sie langsam und deutlich, wie zu einem Kind. »Das, was du gemacht hast, ist keine Heldentat. Du bist kein Held, du bist faul, unordentlich und verantwortungslos, in jedem Land der Welt würden sie dich bestrafen. Du bist selbst schuld, ich kann dir nicht helfen. Ich habe es zu tragen, genau wie du.«

Schon vierzehn Tage später ging Sascha nach Rußland, als deutscher Soldat und für eine Sache, die er haßte.

»Seine Schuld«, sagte Christine. »Er hat keine Ruhe gegeben, bis der Laden kaputt war, und dann ist er selbst daran kaputtgegangen.«

Doch so war es nicht. Auch ohne Laden hätten sie ihn geholt, staatenlos hin, staatenlos her, der Preis für zwanzig Jahre Asyl in Deutschland mußte gezahlt werden. Aber noch, als er tot war, nannte sie es seine Schuld, zur eigenen Rechtfertigung vielleicht, weil ihr Gewissen wußte, daß sie ihn nicht getröstet hatte, als er es brauchte.

»Zufrieden, Tinuschka?« fragte Sascha am letzten Tag, schon in der neuen Uniform. Ich glaube, sie hat genickt. Es war ein Weg aus der Schande, eine Existenz darüber hinaus, jeden Monat Geld, Sonderführer Lewkin, Dolmetscher. Es stützte ihr Selbstbewußtsein. Es zerstörte seines.

»Sie und bei den Nazis, Herr Lewkin!« sagte Berta Schneider, als er in die Bismarckstraße kam, um sich zu verabschieden, und Walter wollte ihm nicht die Hand geben.

»Was los sein, Walter?« fragte Sascha.

»Ich heiße Schneider, Herr Lewkin.«

Sascha sah ihn an, mit Augen, die Walter Schneider schon einmal durch und durch gegangen waren. »Du auch nicht in KZ sitzen«, sagte Sascha. »Du arbeiten in Rüstung für Hitler, wir alle Schweine, Walter.«

Was weiß ich von Sascha aus dieser Zeit? Er war fort, er schickte Päckchen mit russischem Speck, wenn er Urlaub hatte, schrie er im Traum, tagsüber starrte er vor sich hin.

»Was hast du, Sascha?«

»Nichts, Jannuschka. Nur Krieg schrecklich sein. Morden gute russische Volk und kann nichts machen.«

An einem Sonntag kamen Fritz und Dora Behrend zum Kaffee. Christine hatte den Tisch mit dem Meißner Porzellan von Dr. Keune gedeckt. Es gab eine Käsetorte aus selbstgemachtem Magermilchquark, nach einem der Rezepte, die der ›Altmärker‹ regelmäßig unter dem Motto »Was kocht und bäckt die deutsche Frau im Krieg?« veröffentlichte. Dora hatte einen halben Rührkuchen mitgebracht, der deutlich nach Butter schmeckte. Fritz Behrend trieb wieder regen Tauschhandel mit den Landwirten der Umgebung. Nägel, Schrauben, Sägeblätter aus verborgenen Beständen gegen Lebensmittel, so daß Dora nur pro forma über die immer knapper werdenden Zuteilungen stöhnen mußte.

»Ihnen zu Ehren habe ich die letzten drei Eier verbacken«, sagte sie zu Sascha.

»Nicht nötig sein«, sagte er. »Gibt gute Essen in Shitomir, Kasinokoch alles holen von russische Bauern, was brauchen«, und Fritz Behrend fragte: »Wie fühlen Sie sich denn in der alten Heimat? Muß doch schön sein für Sie.«

Sascha hatte gerade seine Tasse in die Hand genommen. Er stellte sie wieder hin, es klirrte, der Kaffee schwappte über.

»Sehr schön, wieder in Heimat«, sagte er. »Kann sehen, wie mein Landsleute werden aufgehängt. Muß dolmetschen bei Gericht, junge Männer haben Kanister Benzin gestohlen, muß sagen, Tod durch Strang. Und Mutter versteckt Sohn, muß sagen, Tod durch Strang. Tod durch Strang, immer Tod durch Strang. Schön in Heimat, Herr Behrend.«

Er stand auf und verließ das Zimmer.

»Nein, so was«, murmelte Dora, und Fritz Behrend aß in großer Eile seine Käsetorte auf. Dann zündete er sich eine Zigarre an.

»Wenn dem Esel zu wohl wird, geht er aufs Eis«, sagte er. »Bestellen Sie Ihrem Mann einen schönen Gruß von mir, Frau Lewkin, und ich habe das eben alles nicht gehört. Aber woanders soll er lieber seinen Mund halten, ist besser für ihn.«

In den Tagen danach sprach Sascha kaum noch. »Laß mich Ruhe, Jannuschka.«
Dann ging er zurück nach Shitomir.
Ich urteile nicht. Ich verurteile nicht. Ich denke nur darüber nach, was aus Menschen werden kann.
Ich erinnere mich an diese Jahre, 1941 bis 1945, die einzigen, die Christine von Sascha getrennt verbrachte, schöne und friedliche Jahre, so kommt es mir vor, in der Wohnung am Markt. Krieg, ja, Krieg. Ich sehe sie weinen, weil mein Onkel Hans gefallen ist, »Der Krieg, Janni, bald gibt's mehr Tote als Lebende«, aber ich kenne meinen Onkel Hans nicht, und was weiß ein Kind schon vom Krieg, wenn er nicht direkt nach ihm greift. Wir gehen zusammen spazieren, meine Mutter und ich, im Hölzchen, im Stadtforst, im Bürgerpark, es ist Winter, es ist Frühling, wandern über die Koppeln nach Storkau und Hämerten, wo schon die Elbe fließt, wir sitzen auf dem Deich, sie hat Brote mitgenommen, eine Thermosflasche voll Tee. Wir fahren mit den Rädern zu den Plantagen und Gärtnereien der Umgebung, bringen Spargel, Erdbeeren, kleine harte Knüppelkirschen, Bohnen, Äpfel, Kartoffeln nach Hause, »wir sind tüchtig, wir zwei, wir brauchen gar keine Lebensmittelkarten«, sagt sie und lacht. Oder sie sitzt mit einem Buch im Erker, »hör zu, Janni«, sagt sie und liest mir ein Gedicht vor, ein Prosastück, es klingt schön, obwohl ich den Inhalt nicht verstehe. Ich setze mich

neben sie und lese auch, »lies, Janni, ich habe immer so gern gelesen, aber ich hatte ja nie Zeit«.

Jetzt hatte sie Zeit, und vielleicht wünschte sie sich, daß es so bliebe, nicht der Krieg draußen, aber der Friede drinnen bei ihr. Ich weiß es nicht. Ich gehe weiter in der Geschichte, dem Ende zu, soweit man von einem Ende reden kann.

Im April 1945, nachdem doch noch Bomben gefallen, Häuser zerstört, Menschen verschüttet, verstümmelt, verbrannt waren, rückten die Amerikaner nach Stendal vor. Das deutsche Militär war bereits abgezogen, die Stadt von Flüchtlingen verstopft, auf dem Markt feierten Franzosen und Polen das Ende ihrer Gefangenschaft. Walter Schneider saß mit den noch verbliebenen Genossen zusammen, um die Partei für das neue Zeitalter zu rüsten.

Gegen Mittag kam Berta mit einem Handwagen zu Christine gerannt, atemlos vor Aufregung. Das Lebensmittelmagazin der Wehrmacht, draußen beim Haferbreiter Weg, werde geplündert, man müsse hin, sofort.

»Los, los«, drängte sie und holte auch noch den Lewkinschen Handwagen aus dem Schuppen. »Sonst kriegen wir nichts mehr.«

»Nein, plündern, das kann man doch nicht!« rief Christine voller Widerwillen, erwies sich dann jedoch tüchtiger bei diesem Geschäft als Berta, die angesichts der aus allen Fugen geratenen, sich kreischend über Butterfässern und Marmeladekübeln balgenden Stendaler Bürger hinter eine Mauer flüchtete, während Christine ins Gewühl tauchte und nicht nur mehrere Kartons mit Margarine und Büchsenfleisch eroberte, sondern auch noch eine Kiste Schnaps, zwei Kanister voll Öl, sechs Kilo Schmalz und schließlich, nachdem ihr eine wütende Rivalin bereits den Mantelkragen abgerissen und Himbeergelee ins Gesicht geklatscht hatte, als Krönung einen Sack mit unbekanntem Inhalt, der sich zu Hause als fünfzig Pfund Rohkaffee entpuppte. Unter Lebensgefahr, denn von den Dächern der Silos warfen ehemalige Kriegsgefangene in ihrer Begeisterung Rosinenkisten und Reissäcke auf die Menge, schleppte sie ein Stück nach dem anderen zu den Handwagen.

»Gottogott, Frau Lewkin, Sie sind ja ein richtiger Drahtbesen!« sagte Berta ehrfürchtig beim Teilen der Beute, was Christine, trotz einer gewissen Beschämung, mit Stolz erfüllte.

Wir gehen schon nicht unter, dachte sie.

In den frühen Morgenstunden des nächsten Tages hörte sie die amerikanischen Panzer über den Markt rollen. Sie war mit Marianne allein in der Wohnung, ohne Nachricht von Sascha, auch ohne Fritz Behrends Schutz, der sein Geschäft geschlossen und sich mit der weinenden Dora abgesetzt hatte, vermutlich irgendwohin aufs Land.

»Der weiß schon, warum«, sagte Berta Schneider. »War doch ein Obernazi, vielleicht sogar Gestapospitzel. Die kommen jetzt erst mal ins Loch und vielleicht nie wieder raus.«

Endlich, im Mai, stand Sascha vor der Tür, abgerissen, übermüdet, verschmutzt, nicht viel anders als vor zwanzig Jahren nach seiner ersten Flucht. Wie damals bei Dr. Keune schickte Christine ihn als erstes in die Badewanne. Danach ging er zum Sofa, legte sich hin und starrte an die Decke. Marianne hockte neben ihm.

»Was hast du, Sascha?«

»Müde, Jannuschka. War weite Weg, muß ausruhen.«

»Warum bist du so traurig?«

»Viel trauriges Sachen gesehen. Welt schlecht, Jannuschka. Aber kein Angst, für dich wird gut sein.«

Nach einigen Tagen lag er immer noch dort, sagte nichts, fragte nichts, beteiligte sich weder am Familienleben noch an den öffentlichen Ereignissen. Christine, in der Meinung, daß dieser Zustand sich durch gutes Zureden bessern ließe, ermunterte und ermahnte ihn, appellierte an sein politisches Interesse, versuchte vor allem, ihn durch allerlei Aufträge in Gang zu bringen.

Er widersprach nicht, flickte Lampen, dichtete Wasserhähne, erledigte auch diese oder jene Besorgung, kehrte aber nach getaner Arbeit sogleich auf das Sofa zurück, wie eine Aufziehpuppe, die ihren Automatismus abspult und sonst nichts. Vorbei die Zeit der wehenden Schals und großen Gesten. Langsam, mit gesenktem Kopf, ging er durch die Stadt, reagierte weder auf Grüße noch Zurufe, und es konnte passieren, daß er plötzlich mitten auf der Breiten Straße stehenblieb, den Blick ins Leere gerichtet, weggetreten aus Zeit und Raum.

Einmal, als er wieder dem Sofa zustrebte, wollte Christine ihn daran hindern.

»Bitte laß dich nicht so hängen, Sascha«, sagte sie. »Allmählich wird es zuviel. Wir alle haben Schweres durchgemacht, man muß sich zusammennehmen.«

Sie hatte sich schon oft um ein Gespräch bemüht, im Bett, beim Essen, immer vergebens. Diesmal wandte er sich nicht ab, murmelte nicht »Laß mich Ruhe«, verließ nicht das Zimmer. Er sah sie an, mit der Trauer, die ihn schon früher überfallen hatte, wenn auch immer nur für kurze Zeit, und sagte: »Kann nicht, Tina.«

Christine bemerkte, zum ersten Mal, schien es ihr, die tiefen Falten von den Backenknochen zum Hals, die Tränensäcke, die müden Augenlider, ein alter Mann, von einem Tag auf den anderen.

»Aber Sascha!« sagte sie. »Wir müssen doch leben. Wir brauchen wieder eine Existenz. Du bist doch erst einundfünfzig.«

Er schüttelte den Kopf. »Hundert, Tina. Zuviel erlebt. Hätte nicht dürfen gehen nach Rußland.«

»Was hättest du denn tun sollen?« rief sie in Panik. »Du hast es dir selber eingebrockt, jetzt steh es durch. Andere können sich auch nicht aufs Sofa legen.«

Da weinte er. Er schlang die Arme um sie, klammerte sich an ihren runden, weichen Körper und weinte. Vielleicht erwartete er, daß sie sagte, »ich habe es nicht so gemeint, Sascha, nein, du kannst nichts dafür, Hitler, der Krieg, das Leben, Schicksal«, aber sie brachte es nicht über die Lippen. Sie weinte nur, genau wie er.

Von da an ließ sie ihn in Ruhe und versuchte, die Familie durch kleine Schwarzhandelsgeschäfte über Wasser zu halten, mit Hilfe der erbeuteten Schnapsflaschen und des Rohkaffees, den sie fünfziggrammweise verkaufte oder gegen Dinge des täglichen Bedarfs eintauschte. Geld spielte im Moment keine Rolle. Aber wie es später weitergehen sollte, wußte sie nicht. Vielleicht noch einmal ein Geschäft, dachte sie. Oder eine Stelle bei Fritz Behrend, wenn er zurückkommt.

Unnötige Sorgen. Alles, soweit die äußere Existenz betroffen war, regelte sich von selbst, schon im Juli, als britische Truppen die Amerikaner abgelöst hatten und plötzlich Parolen durch die Stadt geisterten, die Russen kämen nach Stendal. Niemand glaubte es. Aber eines Morgens waren sämtliche Ausfallstraßen von den Engländern abgeriegelt. Nur noch Besitzer von Passierscheinen durften heraus.

An diesem Abend kam Walter Schneider zu den Lewkins, etwas verlegen, denn er und Sascha hatten sich seit 1941 nicht mehr gesehen.

»Wie dir gehen, Walter?« fragte Sascha, und Walter Schneider sagte, sie bauten die Partei wieder auf, und wenn die sowjetischen Freunde erst da wären, würde es eine Menge Arbeit geben.

»Ja, ja«, sagte Sascha. »Gut sein. Endlich neue Gesellschaft, ohne Kapital und Not von arme Leute.«

Walter Schneider sah ihn erstaunt an. »Aber ob das nun gerade für dich so gut wird? Hast du keine Angst?«

Sascha schüttelte den Kopf. »Ich getan nichts Böses, nur arme russische Menschen geholfen, alle wissen in Shitomir, werden alle sprechen für mich.«

»Mann!« rief Walter Schneider und tippte sich an die Stirn. »Bis die für dich gesprochen haben, hängst du schon am nächsten Baum!«

»O Gott«, Christine schrie auf, und Walter Schneider sagte, Gott könne jetzt auch nicht mehr helfen, da hätte man eher dran denken müssen, und hier sei ein Passierschein für sie, Sascha und die Kleine, auch noch für ein Auto mit Fahrer, und sie sollten bloß machen, daß sie wegkämen.

Er holte ein Papier aus der Jackentasche und gab es Christine. »Habe ich von der Militärregierung, da kenne ich jemanden, aber erzählen Sie es keinem.«

Christine merkte, wie ihr Mund vom Gaumen bis zu den Lippen trocken wurde.

»Frau Lewkin«, sagte Walter Schneider eindringlich. »Sie müssen verschwinden. Schnell, spätestens bis morgen abend. Es gibt schon Listen für die Russen, da ist Sascha auch mit drauf. Suchen Sie sich ein Fahrzeug, Hüttenrauch vielleicht, der wollte heute morgen weg mit seinem Lastwagen und ist nicht durchgekommen.« Er stand auf. »Ich darf das alles gar nicht. Aber ich will nicht, daß ihm was passiert. Oder Ihnen und der Kleinen.«

»Sind meine Landsleute«, sagte Sascha.

»Verdammt noch mal, du bist aber nicht mehr ihr Genosse!« schrie Walter Schneider außer sich. »Mitgefangen, mitgehangen, und wenn du der Weihnachtsmann gewesen wärst in Shitomir. Kapiert er das denn nicht, Frau Lewkin?«

»Doch«, sagte Christine. »Er versteht es schon. Danke, Herr Schneider, Sie sind wirklich ein Freund. Sascha weiß das auch.«

Als Walter Schneider gegangen war, blieben Christine und Sascha noch am Tisch sitzen. Die Lampe mit dem rosa Seidenschirm warf ihren Lichtkegel auf den Passierschein, die Wände des

Zimmers, Eckvitrine, Kommode, Erker verschwammen im Schatten.

»Wir müssen weg von hier, Sascha«, sagte Christine.

»Ich Russe«, sagte er. »Warum weglaufen vor Russen?«

Er legte den Kopf in die Hände. »Was ich gemacht mit meine Leben, Tina.«

Eine Stunde später klingelte Christine, ihren Passierschein in der Hand, den Fuhrunternehmer Hüttenrauch aus dem Bett. Man einigte sich schnell und ohne Umstände. Die Abfahrt wurde für den nächsten Nachmittag festgesetzt, jeder sollte eine Hälfte des Planwagens beladen können.

»Wohin wollen Sie eigentlich?« fragte Hüttenrauch. »Muß ich ja schließlich wissen.«

»Nach Göttingen«, sagte Christine. »Zu meiner Schwester. Und Sie?«

»Egal, wohin. Hauptsache weg. Meine Frau verstecke ich hinten im Wagen, vielleicht merkt der Tommy das nicht.«

Zu Hause, wo Sascha immer noch am Tisch saß, den Kopf in den Händen, stellte sie eine Liste der Dinge auf, die mitgenommen werden sollten. Sie ging durch die Wohnung, öffnete Schränke und Schubladen, wählte aus, verwarf. Frühmorgens um sechs kam Berta Schneider zum Helfen. Sie arbeiteten ruhig und besonnen, wie sie es gewohnt waren seit langem, und als Hüttenrauchs Lastwagen vor der Tür hielt, waren Koffer und Kisten gepackt, Kleidung, Wäsche, Bettzeug, Wertgegenstände wie die Keuneschen Silberbestecke, nie benutzt, aus Angst, jemand könnte sie wiedererkennen, die chinesischen Snuffbottles, das Meißner Service und, mindestens ebenso wichtig, die im Haus befindlichen Lebensmittel, vor allem der Schnaps und der Rohkaffee.

»Ein bißchen was hat noch Platz«, sagte Hüttenrauch, und sie luden Luise Jepsens Kommode auf, die Biedermeiermöbel, Maries Nähtisch. Die Betten mußten stehenbleiben. Es gab ohnehin genug Betten bei Mieke, deren Mann noch 1944 als Reichsbahnoberinspektor nach Lodz abkommandiert und von polnischen Partisanen erschossen worden war. Man konnte nur hoffen, daß Mieke die Bombenangriffe und sonstigen Katastrophen der letzten Zeit heil überstanden hatte. Christine, seit der Kapitulation ohne Nachricht von ihr, weigerte sich, darüber nachzudenken, wußte auch nicht, zu wem sonst sie gehen sollte. Justus kam nicht in Betracht, Lena mit ihrem einen Zimmer im Krankenhaus ebensowenig, Hans war bei Stalingrad gefallen, Klaus als kriegsgefangener Marinesoldat in einem PW-Camp in Arkansas, und bei Mutter Gesa wohnten bereits der ausgebombte Fiete samt Familie, die Witwe von Hans sowie Anna.

»Daß auch alles so kommen mußte«, sagte Berta

Schneider, während sie die Reste des Haushalts für den Transport in ihre eigene Wohnung herrichtete. »Das schöne Eßzimmer. Ich kann mich nicht mal darüber freuen.« Sie fing an zu weinen. »Hoffentlich müssen Sie nicht noch ins Flüchtlingslager.«

»Bestimmt nicht.« Christine nahm ein Bild von der Wand, eine junge Frau mit Korkenzieherlocken unter dem Schutenhut, vielleicht eine Großmutter von Dr. Keune, und steckte es in ihre Reisetasche.

»Wissen Sie, Berta, eigentlich haben wir doch immer Glück gehabt, äußerlich, meine ich, und jetzt auch wieder. Andere müssen mit dem Rucksack fort. Und wir? Ein halber Lastwagen voll.«

Sie ging zu Berta und umarmte sie. »Auch, daß wir uns getroffen haben, war ein Glück, Berta.«

»Ja, Frau Lewkin«, schluchzte Berta, und das war das letzte. Gleich darauf noch einmal der Markt, die Marienkirche, die Breite Straße, Altes Dorf, Ünglinger Tor. »Go ahead«, sagte der englische Posten am Stadtrand. Stendal lag hinter ihr.

»Es war die schrecklichste Fahrt meines Lebens«, sagte meine Mutter später zu mir. Aber an diesem Tag, als sie, den Arm um mich gelegt, vorn in Hüttenrauchs Wagen saß, merkte ich nichts davon. Der Tag war regnerisch, sie trug ihr graues Kostüm, den leichten dunkelblauen Sommermantel und kein Kopftuch wie die meisten Frauen damals im Krieg, sondern sogar bei dieser Gelegenheit einen Hut. Ihre Verzweiflung behielt sie für sich.

»Tante Mieke wird sich freuen, wenn wir kommen«, sagte sie, »dann ist sie nicht mehr so allein«, und Sascha erzählte von »große Universität Göttingen, kannst du sehen vieles berühmtes Professoren, Jannuschka, und wenn groß sein, du auch studieren«. Nach der Kontrolle durch die Engländer kroch auch Frau Hüttenrauch hinter dem Bretterstapel, wo ihr Mann sie versteckt hatte, hervor und drängte sich mit auf den Sitz, laut weinend über den Verlust ihres schönen und schwer erarbeiteten Hauses. »Mein saurer Schweiß!« rief sie. »Nun ist alles hin, warum hast du dich bloß so an die Nazis rangeschmissen.« Ihr Mann drohte sie aus dem Wagen zu werfen, wenn sie nicht den Mund hielte, aber sie jammerte weiter, bis Christine sagte: »Genug jetzt, Frau Hüttenrauch, es ist unwürdig, wie Sie sich benehmen.« Da war sie still.

»Die schrecklichste Fahrt meines Lebens.« Weil sie die Wohnung hinter sich lassen mußte, das Chippendale-Eßzimmer, eine Stadt, in der sie mit soviel Hoffnung angefangen, Freunde gefunden, Sascha geliebt, ihre Tochter bekommen hatte, die Dame von Dr. Keune und Frau Feinkost-Lewkin gewesen war? Oder wußte sie, daß nach diesem Ende nichts mehr folgen würde als ein Abgesang?

Ich glaube, so war es, sie hatte ihre Träume endgültig begraben.

Göttingen. Meine Erinnerungen bekommen Konturen und Chronologie. Die Wohnung am Friedländer Weg, ein langer Flur, zwei Zimmer für uns, zwei für Tante Mieke. Tante Mieke, die aussieht wie meine Mutter, auch genauso spricht und lacht. Sie stehen zusammen in der Küche, kochen falsche Leberwurst aus Mehl, Thymian und dem Schmalz, das wir mitgebracht haben, Suppen aus Steckrüben, Mohrrüben, Kohl und kleinen Stückchen Schweinebauch, alles eingetauscht gegen den Rohkaffee aus Stendal. Nicht einmal ein Pfund Fett im ganzen Monat als Ration und achthundert Gramm Fleisch, wer sollte davon leben. Für den letzten Schnaps besorgen sie Kohlen, um wenigstens den Küchenherd heizen zu können. Andere haben nicht einmal das in dem eisigen sechsundvierziger Winter.

Sascha liegt wieder auf dem Sofa. Manchmal steht er auf und geht mit mir in die Stadt, den Friedländer Weg entlang, am Theater vorbei, zu dem Gänseliesel am Markt, dem zerbombten Bahnhof und über den Wall, wo in der Dämmerung die Käuzchen rufen. »Krieg vorbei, Jannuschka«, sagt er vor dem Auditorium maximum. »Gibt wieder Studenten. Warum ich nicht haben studiert? Alles falsch gemacht in meine Leben. Sollst du machen richtig.«

»Das heißt, du sollst es richtig machen, Sascha«, sagte ich, im Tonfall von Christine. Ich bin elf inzwischen, gehe ins Gymnasium, habe Göttinger Freunde. Ich wünsche mir einen Vater, der nicht kauderwelscht und der einen Beruf hat. »Was ist dein Vater?« fragen sie, und ich weiß nicht, was ich darauf antworten soll.

»Kann nicht mehr ändern, Jannuschka«, sagt er. »Wollte machen alles gut für dich.«

Im Herbst dreiundfünfzig ging ich fort von zu Hause. Kurz darauf streifte ihn ein Schlaganfall. Er hatte noch fünf Jahre zu leben.

Fünf letzte Jahre für Christine und Sascha. Frühstück, Mittagessen, Abendbrot. Sie streicht ihm die Brötchen, legt ihm Kartoffeln, Fleisch, Gemüse auf den Teller, macht Wurstschnitten für ihn zurecht.

Sie gehen spazieren, immer zusammen, allein verläuft er sich. Sie sitzt mit ihm auf einer Bank am Wall, fährt mit ihm zum Rohns und nach Nikolausberg. Er spricht nicht mehr viel, aber sprechen kann sie mit Mieke. Über Kiel. Kiel, wieder die Quelle ihrer Existenz. Nach Mutter Gesas Tod im Sommer 1948 werden die Mieteinnahmen der beiden Häuser unter den Geschwistern verteilt, ein monatliches Einkommen, nicht viel, doch es reicht, solange sie bei Mieke wohnen können. Christine trägt ihre Kostüme aus Stendal. Sie braucht nichts mehr. Ich weiß nicht, ob sie noch Wünsche hatte.

Vier Jahre nach Saschas Tod heiratete Mieke einen Mann aus Alfeld, und meine Mutter kam zu mir. »Laß mich nicht so allein«, weinte sie.

Warum habe ich mich nicht gewehrt? Ich war frei damals, die Ehe, in die sie mich hineingeredet hatte, gab es nicht mehr, ich wollte nach Mexico City mit meiner Tochter, an die deutsche Schule dort, »weite Welt, Jannuschka«, hatte Sascha gesagt, und vielleicht, dachte ich, wartet dort noch etwas anderes auf mich als Lehrerin, immer nur Lehrerin.

Hoffnungen, Sehnsüchte. Zum ersten Mal eigene Pläne. Aber meine Mutter weinte, und ich holte sie zu mir. Warum? Weil ich gelernt hatte, daß es nicht immer so geht, wie man will? Sie übernahm meine Wohnung, meine Tochter und mich. Wir aßen, was sie kochte, wir fuhren an die Ostsee im Urlaub. Ich blieb Lehrerin, weil ich für sie sorgen mußte, ich verlor einen Freund, weil ich nicht zu ihm ziehen konnte, ich ließ meine Hoffnungen zerbrechen und gab ihr die Schuld, so wie auch sie anderen die Schuld zugewiesen hatte für die Versäumnisse ihres Lebens. Das alte Muster.

Ich nehme noch einmal das Bild aus dem gelben Karton, Christine mit dem Fächer. Echte Chamonixspitze, Janni. Damals brach sie auf. Das Ende dann der Sessel am Fenster. Vergangenheit überholt die Gegenwart. Sie spricht mit den Wänden. Sie stirbt.

Und vorher die Frage.
Ich habe keine Antwort gefunden. Nicht für sie. Aber für mich. Ich werde ein neues Muster suchen. Ich bin auf dem Weg. Mariannes Geschichte.

Irina Korschunow

Glück hat seinen Preis
Roman

285 Seiten, gebunden

Der Eulenruf
Roman

304 Seiten, gebunden

Malenka
Roman

300 Seiten, gebunden

Fallschirmseide
Roman

304 Seiten, gebunden

Das Spiegelbild
Roman

288 Seiten, gebunden

Ebbe und Flut
Roman

320 Seiten, gebunden

Angelika Schrobsdorff im dtv

»Die Schrobsdorff hat ihr Leben lang nur
wahre Sätze geschrieben.«
Johannes Mario Simmel

Die Reise nach Sofia
dtv 10539
Sofia und Paris – ein Bild
zweier Welten: Beobachtungen über Konsum und
Liebe, Freiheit und Glück
in Ost und West.

Die Herren
Roman
dtv 10894
Ein psychologisch-erotischer Roman, dessen
Erstveröffentlichung 1961
als skandalös empfunden
wurde.

**Jerusalem war immer
eine schwere Adresse**
dtv 11442
Ein Bericht über den Aufstand der Palästinenser,
ein sehr persönliches,
menschliches Zeugnis für
Versöhnung und Toleranz.

Der Geliebte
Roman
dtv 11546

**Der schöne Mann und
andere Erzählungen**
dtv 11637

**Die kurze Stunde
zwischen Tag und Nacht**
Roman
dtv 11697
Jerusalem – Paris – München: Städte, mit denen
die Erzählerin schicksalhaft verbunden ist.

**»Du bist nicht so wie
andre Mütter«**
Die Geschichte einer
leidenschaftlichen Frau
dtv 11916

Spuren
Roman
dtv 11951
Ein Tag aus dem Leben
einer jungen Frau, die mit
ihrem achtjährigen Sohn
in München lebt.

Jericho
Eine Liebesgeschichte
dtv 12317

Grandhotel Bulgaria
Heimkehr in die
Vergangenheit
dtv 24115
Eine Reise nach Sofia
heute.

Penelope Lively im dtv

»Penelope Lively ist Expertin darin, Dinge von
zeitloser Gültigkeit in Worte zu fassen.«
New York Times Book Review

Moon Tiger
Roman · dtv 12380
Das Leben der Claudia Hampton wird bestimmt von der Rivalität mit ihrem Bruder, von der eigenartigen Beziehung zum Vater ihrer Tochter und jenem tragischen Zwischenfall in der Wüste, der schon mehr als vierzig Jahre zurückliegt…

Kleopatras Schwester
Roman · dtv 11918
Eine Gruppe von Reisenden gerät in die Gewalt eines größenwahnsinnigen Machthabers. Dabei entwickelt sich eine ganz besondere Liebesgeschichte…

London im Kopf
dtv 11981
Der Architekt Matthew Halland, Vater einer Tochter, geschieden, arbeitet an einem ehrgeizigen Bauprojekt in den Londoner Docklands. Während der Komplex aus Glas und Stahl in die Höhe wächst, wird die Vergangenheit der Stadt für ihn lebendig.

Ein Schritt vom Wege
Roman · dtv 12156
Annes Leben verläuft in ruhigen, geordneten Bahnen. Als ihr Vater langsam sein Gedächtnis verliert und sie seine Papiere ordnet, erfährt sie Dinge über sein Leben, die sie tief erschüttern. Dann lernt sie einen Mann kennen, dem sie sich ganz nah fühlt…

Der wilde Garten
Roman · dtv 12336
Die Geschwister Helen und Edward leben in einem großen Haus mit wildem Garten. Nach dem Tod ihrer Mutter gerät das Leben der Geschwister – beide unverheiratet und Anfang Fünfzig – plötzlich in Bewegung.

Hinter dem Weizenfeld
Roman · dtv 12515
Ein Roman von Müttern und Töchtern, Untreue und Eifersucht, Selbstbetrug und Solidarität.

Margriet de Moor im dtv

»Ich möchte meinen Leser genau in diesen zweideutigen
Zustand versetzen, in dem die Gesetze der
Wirklichkeit aufgehoben sind.«
Margriet de Moor

Erst grau dann weiß dann blau
Roman · dtv 12073

Eines Tages ist sie verschwunden, einfach fort. Ohne Ankündigung verläßt Magda ihr angenehmes Leben, die Villa am Meer, den kultivierten Ehemann. Und ebenso plötzlich ist sie wieder da. Über die Zeit ihrer Abwesenheit verliert sie kein Wort. Die stummen Fragen ihres Mannes beantwortet sie nicht.

Der Virtuose
Roman · dtv 12330

Neapel zu Beginn des 18. Jahrhunderts – die Stadt des Belcanto zieht die junge Contessa Carlotta magisch an. In der Opernloge gibt sie sich, aller Erdenschwere entrückt, einer zauberischen Stimme hin: Es ist die Stimme Gasparo Contis, eines faszinierend schönen Kastraten. Carlotta verführt den in der Liebe Unerfahrenen nach allen Regeln der Kunst.

Rückenansicht
Erzählungen · dtv 11743

Doppelporträt
Drei Novellen · dtv 11922

»De Moor erzählt auf unerhört gekonnte Weise. Ihr gelingen die zwei, drei leicht hingesetzten Striche, die eine Figur unverkennbar machen. Und sie hat das Gespür für das Offene, das Rätsel, das jede Erzählung behalten muß, von dem man aber nie sagen kann, wie groß es eigentlich sein soll und darf.«
Christoph Siemes in der ›Zeit‹